악녀에
대하여
悪女について

아리요시 사와코 장편소설
양윤옥 옮김

현대문학

차례

1
야간 학원의 여학생

도미노코지 기미코의 얘기를 듣고 싶다고요?

내가 그 여자를 안다는 건 어떻게 알았습니까? 지금까지 어떤 주간지에서도 나를 찾아온 적이 없었는데?

아주 오래전 얘기예요, 그 여자와 알고 지낸 건. 글쎄요, 전쟁으로 허허벌판이던 도쿄에 드문드문 건물이 들어설 때였으니까 어렵사리 전후 혼란기를 벗어난 무렵이었겠지요. 한국 전쟁도 끝나가던 해였나. 그때 내가 대학생이라서 시골 고향 집에서 보내주는 돈으로 근근이 하숙비며 학비를 대던 시절이었습니다. 그럭저럭 벌써 25년 전 일이군요.

내 입으로 말하기는 좀 그렇지만, 내가 제법 착실한 성품이에요. 뭐, 대학생이라고 해봤자 일류 대학을 다닌 것도 아니라서 졸업한 뒤를 생각해 자격증 하나라도 따야겠다고 마음먹었죠. 그래서 그때 간다 진보초의 부기 학원에 다녔습니다. 네, 지금도 있어요, 꽤 큰 학원이니까 아실 겁니다. 그렇죠, 바로 거기예요. 옛날에는 물론 그렇게 번듯한 빌딩이 아니라 가건물이었어요. 학생도 젊은 사람은 별로 없었죠. 특히나 3급 반에는 거의 없었습니다. 라면 가게 사장, 전후 암시장 가게에서 좀 그럴싸한 회사로 때깔을 바꿔보려는 중년 아저씨, 세내라고 허릴없이 빈둥거리던 자든, 아무튼 그런 허접한 사람들만 모인 게 3급 반이었지요. 네, 물론 나는 낮에는 대학교 수업이 있으니까 부기 학원은 야간반에 다녔습니다.

"자네는 대학생이야? 오호, 대단하네."

나만 보면 아저씨들이 그렇게 칭찬을 했는데, 사실 그 사람들은 성적이 좋게 나오질 않았습니다. 생각해보면 당연한 일이지요. 어린 나이에 철모 둘러쓰고 목숨 걸고 전쟁터에 나갔는데 그게 패전으로 끝나버렸으니 뭐, 충격으로 한참 동안 넋이 나갔던 사람들이잖습니까. 갑작스레 세상이 잠잠해져서 총 들었던 손으로 주판 퉁기며 복식 부기를 배우고 있으니 나 같은 학생보다는 열 배쯤 힘들었겠지요. 3급은 석 달이면 끝나는데 그걸 못하고 중간에 사라지는 사람들이 많았어요.

"이렇게 어려운 거 배우느니 그 시간에 머리 써서 돈 왕창 벌고 그 돈으로 부기 잘하는 놈을 고용하는 게 훨씬 더 효율적이겠다."

그렇게 투덜거리기 일쑤였고, 내게 아주 진지하게 이런 제안을 하는 아저씨도 있었습니다.

"어이, 학생, 대학 졸업하면 진짜로 우리 가게에 와서 일할래?"

야간반이라 수업 끝나면 9시가 넘어요. 점차 낯을 익히면서 마음 맞는 사람들끼리 집에 가는 길에 붉은 초롱을 내건 주점에 들러 한잔씩 했죠. 사실 나는 그 사람들 입장에서는 아직 어린애였을 거예요. 시골에서 도쿄로 올라와 근근이 버티던 시절이었으니까 그런 자리에 불러주면 어른 대접을 받는 것 같아 기분이 좋았지요. 하지만 원래 태생이 소심해서 속으로는 벌벌 떨면서 따라다녔어요. 막소주니 매실소주 같은 게 아직 남아 있던 시절입니다. 내가 술에는 영 약해서, 예에, 체질에 맞지를 않아요, 세 모금만 마시면 속이 울렁거립니다. 그래도 어른 축에 끼려고 억지로 세 모금까지는 마시곤 했죠.

바로 그 3급 반에, 그 여자가 있었습니다.

요즘은 사방에 부기 학원도 많이 생기고 아주 유행이더라고요. 4급이나 3급 반은 여학생이 훨씬 더 많다고 하는데, 그때만 해도 여자가 부기를 배우는 일은 드물었어요. 여학생은 그 여자 딱 한 명뿐이었죠, 우리 3급 반에.

술 들어가면 예나 지금이나 남자는 여자 얘기를 하게 마련인데, 그 여자는 단연 주목의 대상이었습니다.

"그 여학생, 어디 사는 아가씨래?"

누군가 그렇게 말문을 열었는데 냉큼 대답한 사람이 있었어요.

"응, 아카사카에 산다고 하던데."

다들 그자에게 선수를 뺏겼다는 마음이었을 겁니다. 우선 내가 그랬거든요. 이크, 큰일 났구나, 라고 반사적으로 생각했죠. 불그죽죽한 얼굴에 기름기 번들거리는 아저씨였으니까요. 나 말고도 다들 뭔가 위험하다고 느꼈을 거예요. 아무튼 스즈키 씨는—예에, 우리는 당시에 그렇게 불렀어요. 성씨는 스즈키, 이름은 아마 기미코, 君子라는 한자를 썼던 것 같은데, 이건 내 기억이 틀렸는지도 모르겠군요. 결혼하면서 물론 성씨는 바뀌었겠지요—아무튼 그 스즈키 기미코는 우리 반에는 어쩐지 어울리지 않는 아가씨였어요. 무엇보다 나이가 너무 어렸죠. 얼굴도 몸집도 자그마해서 여자라기보다 어린 소녀 같은 인상이었습니다. 그 흔히 없이 필기하고 주판알만 퉁기다가 수업이 끝나면 소리 없이 사라지는, 그야말로 수수께끼 같은 존재였어요. 그래서 아카사카에 사는 걸 어떻게 알아냈는지, 다들 숨을 헉 삼키며 그 아저씨를 쳐다봤죠.

"이놈, 벌써 건드렸구나?"

라면 가게 사장이 그렇게 소리친 건 아마 대표로 한 말이라고 해도 무방할 겁니다. 아 참, 그 당시만 해도 라면이라는 말은 아직 쓰지 않았어요. 중화국수라고 했죠. 중국 사람은 아니지만.

"에이, 아오야마 길거리에서 어쩌다 우연히 만난 거야. 벌건 대낮이었다니까? 어디 회사에라도 다니는지 아니면 학생인지 궁금하던 참이라 내가 어디 가느냐고 그냥 한번 물어봤어. 그랬더니 집에 간다고 하더라고. 그래서 집이 어디냐고 물어봤고, 그랬더니 아카사카라면서 큰길 건너 노기자카 쪽으로 갔어. 그것뿐이야, 진짜로."

"흥, 일단 그 말을 믿어주기로 하고, 건배나 하자."

"아카사카에 산다면 게이샤 수업 중인 아가씨인가?"

"설마. 아무리 봐도 물장사하고는 요만큼도 관계가 없는 애야."

"그렇지? 하지만 왜 부기를 배우러 다닐까, 굳이 진보초까지."

"그 집 부모는 어떻게 애를 밤중에 학원에 보내는지 몰라. 다 큰 처자인데."

"누가 아니래, 너 같은 영감탱이가 있는 줄도 모르고 말이지."

그렇게 낄낄거리며 술을 마시고 점점 취해가는 동안에 나는 그들 모두 스즈키 기미코라는 아가씨에게 큰 관심이 있다는 것을 알았습니다. 왜냐면 나만 술에 취하지 않았으니까요. 취할 수도 없었고, 점점 걱정만 커졌죠. 중년 남자들은 아예 노골적이라서 그녀가 처녀냐 아니냐로 토론까지 하는 바람에 내가 다 불쾌했습니다.

대학생이면 2급부터 시작해도 충분히 따라갈 수 있는데 내가 평소부터 신중한 성격이고 게다가 주산을 잘 못해서 3급 반에 들어갔어요. 그런데 2급과 3급은 학원 안에서도 반 분위기가 상당히 차이가 나더라고요. 잠시만 꾹 참자고 나 혼자 다짐을 했죠. 여름이 되기 전에 3급 시험이 있었으니까요. 나는 합격할 자신이 있어서 그때는 얼른 2급 반으로 올라가자고 마음먹었습니다.

아무튼 그런 일이 있었던 터라서 나는 교실에서는 되도록 그녀 옆에 자리를 잡았습니다. 못된 아저씨들이 발톱을 세우고 달려드는 걸 막아주자는 정의감 때문이었지요. 네, 돌이켜 생각해보면 그게 내 첫사랑이었어요.

옆에 나란히 앉아서 보니까 주판알을 퉁기는 그녀의 손끝이 아주 경쾌하고 계산이 정확해서 깜짝 놀랐습니다.

"스즈키 씨, 주산이 몇 급이에요?"

아마 그게 내가 그녀에게 처음으로 건넨 말이었을 겁니다.

"어머, 제가 그렇게 잘하는 것처럼 보이시나요?"

박꽃같이 하얀 얼굴에 살짝 웃음을 지으면서 그렇게 낭랑한 말씨로 되묻는데 내가 참 어쩔 줄을 모르겠더군요. 이건 명백히 도쿄 귀족의 말투잖아요. 도쿄에 와서 그렇게 세련된 말씨를 쓰는 사람은 처음 봤습니다.

"아니, 진짜 잘하는데요?"

"초등학생 때 학교에서 배운 것뿐이에요."

"정말?"

"왜 그러세요?"

"손놀림이 너무 익숙해 보여서."

"어라라, 저는 그저 열심히 한 것뿐이랍니다."

그런데 그 별것도 아닌 짧은 대화가 우리 반 아저씨들의 주목을 받았지 뭡니까. 나중에 생각해보니 그게 좋은 일이었는지 나쁜 일이었는지, 나도 잘 모르겠네요.

3급 시험은 비가 잦은 6월에 치렀습니다. 합격인지 불합격인지는 모르지만 일단 시험이 끝났으니까 교실에 해방감이 넘쳤어요. 그날 밤에는 라면 가게 사장이 앞장서서 한잔 하자고 나섰습니다.

"스즈키 씨도 함께 가자. 어쩌면 오늘로 헤어질지도 모르는데."

라면 가게 사장이 끈덕지게 권하자 그녀는 내 얼굴을 흘끔 쳐다보더니 어른스러운 말투로 "그럼 제가 잠깐만 한 자리 차지해도 될까요?"라고 대답하고 따라나섰습니다. 나는 내심 조마조마했지만 술자리 같은 곳에 끼지 말고 어서 집에 가라고 할 수도 없잖습니까. 그녀의 눈빛을 어정쩡하게 맞받아주고 그이들과 함께 붉은 초롱이 내걸린 술집에 갔습니다.

시험도 끝났겠다, 어쨌든 석 달간의 과정을 마쳤다는 만족감이 있었던 모양이지요. 매실소주에 막소주에, 다들 쭉쭉 마셔댔습니다. 술을 들이켜는 꼴들을 보니 역시 그녀를 의식하고 있다는 게 내 눈에는 눈꼴시게 느껴지더라고요.

그녀가 앞에 놓인 매실소주를 마치 물처럼 술술 마시는 데는 나도 깜짝 놀랐습니다.

"와아, 맛있네요. 그런데 이건 뭔가요?"

"매실소주예요. 소주에 매실주를 타서 맛을 낸 거."

"어라라, 그런가요? 그럼 독하겠네. 저, 괜찮을까요?"

"한 잔만 하고 관두는 게 좋아요."

하지만 그녀는 전혀 취한 기색도 없고 라면 가게 사장이 자꾸 권하자 결국 두 잔째로 이어졌습니다.

내가 걱정하는 걸 아는지 모르는지 그녀는 허름한 포장마차 같은 술집 안을 호기심 어린 눈빛으로 둘러보더군요. 뚝배기 깨지는 소리로 떠드는 취객들을 보고는 이윽고 나한테만 살짝 "저, 이런 데 처음이에요"라고 작은 소리랄까 꺼져가는 소리라고 할까, 몹시 불안한 듯 속삭였습니다. 그래서 나도 모르게 대답해버렸어요.

"그렇죠? 스즈키 씨 같은 아가씨가 올 데가 아니에요."

본심이었죠, 그게.

"어이, 학생!"

제대 군인 아저씨가 고함을 치더라고요.

"이 맹랑한 녀석, 스즈키 씨하고 뭘 속닥거리고 있어? 자기들끼리만 속닥거릴 거야?"

　벌써 술에 취했는지 아니면 취한 척하는 건지, 그러잖아도 처음
부터 어째 살벌한 분위기였습니다.

　어쩔 줄 모르고 있는데, 그녀가 자리에서 일어나 말했습니다.

　"밤도 늦었으니 저는 먼저 실례하겠습니다. 부모님께서 몹시 걱
정하실 거예요. 참으로 죄송할 따름입니다."

　그렇게 격식 차린 말투는 나도 처음 듣었지만, 걸걸한 중년 남자
들을 잠시 멍하게 만드는 효과가 있었어요. 나도 불쑥 용기가 나서
자리에서 벌떡 일어섰죠.

　"배웅은 제가 하겠습니다. 매실소주가 꽤 독해요, 가는 길에 무
슨 일이라도 생기면 큰일이니까요."

　3급은 상업고교 정도의 학력이면 충분하니까 나는 틀림없이 합
격할 자신이 있었고, 그이들은 대부분 2급에 올라가지 못할 테니
까 나중 일은 내 알 바 아니라는 나름대로의 속셈도 있었죠. 네에,
술기운도 거들었는지 모르겠군요.

　"하야카와 씨 덕분에 잘 빠져나왔어요. 고맙습니다."

　술집을 나와 전차에 탄 뒤에 그녀가 그렇게 칭찬해줘서 나는 마
치 영웅이 된 기분이었습니다. 예, 그때만 해도 지하철이 아니라
노면전차였어요.

　"그런 술집에 데려간 사람들이 잘못이죠. 내가 좀 더 일찌감치
말렸어야 하는데."

　"어라라. 그래도 하야카와 씨가 곁에 계셔서 든든했어요. 안 그
랬으면 나, 울어버렸을 거예요. 그런 곳은 처음이고, 어쩐지 초라

14

해지는 기분이어서 금세 후회했거든요. 그런 분들과는 어울려본 적도 없어서……."

지금도 생각나는데, 그녀는 목소리가 조용조용 작아서 귀를 입 가에 가까이 대지 않으면 들리지 않을 정도였어요. 그만큼 남자 마음을 뒤흔들었지요. 청순하다는 건 바로 그런 목소리가 아닌가 싶어요.

요즘과는 달리 택시가 많지 않던 시절이고, 택시를 타고 다닐 만한 경제력도 없었습니다. 전차를 타고 하라주쿠 역에 내려서 둘이한참을 걸어갔어요. 아직 젊었고 그 무렵에는 다들 당연하게 걸어 다녔으니까요. 참 많은 이야기를 나눴는데 나는 뭐, 꿈꾸는 것처럼 몽롱해져 있었죠. 첫사랑 소녀와 마침내 둘이서 밤길을 걷게 됐으니 그럴 만도 하지요. 그때 무슨 얘기를 나눴는지, 이제는 하나도 기억나지 않는군요. 노기자카 아래쪽 한 귀퉁이가 전쟁 통에도 불타지 않고 남았는데 거기에 큼직한 저택이 있었습니다.

그 저택 앞에서 그녀가 내게 말하더군요.

"하야카와 씨, 오늘 정말 고마웠습니다. 밤늦은 시간이라 저희 부모님께서 다시 다음에 감사 인사를 하겠지만, 말씀드리면 분명 고마워하실 거예요. 혹시 오늘 시험에 합격하면 2급 수업을 받을 예정이니까 앞으로도 잘 부탁드립니다."

"아, 아뇨. 네, 네, 그럼요."

아직 학생이라서 그런 깍듯한 인사는 받아본 적도 없었죠. 어쩔 줄 모르고 갈팡질팡하는 사이에 그녀는 거대한 대문 옆의 작은 출입문을 잡고, "그럼 편히 가세요. 안녕히 주무시고요"라고 그야말로 예의 바르게 두 발을 딱 맞추고 깊숙이 고개를 숙이더니 안으로 사라졌습니다.

나는 한참을 우두커니 서 있었습니다. 말씨하며 저택 같은 집하며, 완전히 압도되었지요. 그림의 떡이라는 걸 새삼 실감했어요. 부기 3급 반 교실에서 쓰레기장에 날아온 한 마리 학처럼 보였던 것도 당연하구나, 역시 양가의 규수였구나, 하고 생각했습니다. 너무 흥분해서 그날 밤에는 한없이 걷고 또 걸어서 새벽녘에야 하숙집에 도착했을 정도예요.

3급 합격자는 나와 그녀, 그리고 뜻밖에도 라면 가게 사장, 나머지는 다른 반 사람이었습니다. 라면 가게 사장이라고는 했지만, 혹시 아시는지 모르겠네요, 요즘은 도쿄에만 일고여덟 군데의 레스토랑을 가진 사와야마 에이지라는 사람이에요. 부동산 회사도 상당한 규모로 경영하고 있으니까 이른바 전후에 대성공을 거둔 사업가라고 해야겠지요.

그나저나 2급부터는 현역 학생 많은 데다 내용도 부쩍 어려워져서 주산 때문에 정말 고생했습니다. 덧셈 뺄셈은 그럭저럭 넘어간다지만 1.8퍼센트니 뭐니 하는 숫자를 척척 내놓기까지는 시간이 걸렸거든요. 하지만 대학교가 여름 방학이라서 낮에 따로 주산 학원에 다니면서 나름대로 열심히 했습니다. 그도 그럴 것이 야간 학원에 가면 그녀를 볼 수 있다는 기대감이 있었으니까요.

그래도 석 달 만에 2급을 마스터하는 건 무리였습니다. 그녀도 여섯 달이 걸렸어요. 사와야마 에이지라는 사람은 석 달 만에 낙오해서 가을 무렵에는 더 이상 나타나지 않았죠. 대차 대조표를 한눈에 알아볼 정도가 되었을 즈음에야 나도 그녀도 2급 시험에 합격했습니다. 12월이었어요. 나도 진심으로 기뻤고 그녀도 정말 좋아하더군요. 그때도 걷고 또 걸어서 그녀의 집까지 배웅했습니다. 겨울 하늘은 온통 별이 가득했어요. 요즘처럼 스모그 때문에 밤하늘의 별을 못 보게 될 줄은 그 무렵에는 상상도 못 했습니다.

"하야카와 씨, 숫자라는 건 정말 아름다워요. 별을 닮은 것 같지 않나요? 복식 부기로는 어떤 것이든 할 수 있어요. 부기 공부가 이렇게 재미있는 줄은 몰랐어요. 저기 좀 보세요, 저 별이 1이고, 저쪽은 3, 5, 7, 8. 숫자가 점점이 박혀 보석처럼 빛나는 것 같아요."

그런 얘기를 여자가 조곤조곤 들려주니, 어떻겠습니까, 젊은 사내라면 마법에 걸린 것처럼 반쯤 넋이 나가죠. 나도 하늘을 올려다보면서 그야말로 감동의 도가니였어요. 부기 2급을 따면 회계 장부의 구조가 훤히 보이면서 그 재미를 깨닫게 됩니다. 하지만 그걸 그렇게 아름다운 말로 표현하다니, 나는 지금도 못 해요. 아무튼 그때 내가 물어봤어요.

"스즈키 씨는 어떤 별을 좋아해요?"

"모두 다 좋아한답니다. 저토록 아름다운 것이라면 뭐든지 다 좋아요."

그 대답도 나를 감동시켰죠. 나는 북두칠성 국자 끝의 별을 가장 좋아했지만 문득 창피해져서 할 말을 잃었습니다.

"어머나……."

문득 그녀가 말끝을 흐리더니 발밑을 내려다봤습니다. 하얀 강아지 한 마리가 곧 숨이 끊길 듯 헉헉거리며 엎드려 있더군요. 그녀는 강아지를 덥석 안아 들고 이미 별 따위는 까맣게 잊어버린 모습이었습니다.

"가엾어라, 버려진 강아지군요. 꼭 나 같아요."

놀라서 바라보니 그녀가 눈물을 흘리더라고요. 뭐, 버려진 강아지를 안아준 건 이해하겠는데 '나 같다'는 건 무슨 뜻이었는지 모르겠어요.

그녀를 만난 것은 그게 끝입니다.

나는 1급 반으로 올라갔는데 그녀는 더 이상 야간 학원에 나타나지 않았으니까요. 1급이면 부기론과 재무제표론, 거기에 소득세법, 법인세법, 지방세법 중 고정자산세에 관한 부분이며 세무사 국가시험 준비 등의 교육 과정입니다. 그녀는 아주 우수한 편이었지만 여자가 하기에는 아무래도 힘에 부쳤겠지요. 나도 1급 자격증 딸 때까지 총 다섯 과목을 하나하나 통과하느라 결국 1년이 걸렸어요.

그래서 스즈키 기미코와 함께 공부한 것은 기껏해야 아홉 달 정도였어요. 당시 나는 대학교 3학년이었습니다.

그녀가 여류 사업가로 매스컴에서 큰 인기를 얻고 있다는 것은 전혀 몰랐어요. 결혼으로 성씨가 바뀐 탓도 있겠지요. 도미노코지 기미코가 바로 그 스즈키 기미코라는 건 1년 반쯤 전에 내가 허리를 삐끗해 잠시 회사를 쉴 때, 우연히 텔레비전에 나온 것을 보고서야 알았죠. 예에, 주로 주부를 대상으로 한 오전 프로그램이에요. 얼굴이며 목소리가 너무 똑같아서 혹시나 하고 아내에게 물어봤습니다. 그랬더니 성씨는 다르지만 이름이 '기미코'라면서, 그 방송에 자주 나온다더군요. 25년 만에 나는 평범한 샐러리맨이 됐는데 그녀는 훌륭한 여류 사업가로 니혼바시에 대형 빌딩을 짓고 보석점까지 경영하면서 돈을 물처럼 쓸 정도가 되었다고 생각하니 세월이 참 무상하더군요.

게다가 그 무렵에 직접 그녀를 한 번 보기도 했습니다. 점심시간에 우연히 니혼바시 백화점 앞을 지나는데 왠지 경호가 삼엄한 분위기여서 궁에서 왕비님이라도 나오셨나 하고 지켜보고 있었더니 웬 빨간 옷을 입은 여자, 아니지, 파란색이었나? 양복이었는지 기모노였는지도 기억나지 않지만, 아무튼 샹들리에처럼 번쩍거리는 여자가 나오더라고요. 그 여자와 눈이 마주친 순간, 흠칫했습니다.

"어라라, 하야카와 씨! 하야카와 씨 아니세요? 와아, 반가워요!"

사람들도 많고 나는 좀 창피해서 한시바삐 그 자리를 뜨고 싶었습니다. 그래서 명함만 얼른 건네주고 허둥지둥 빠져나왔죠. 아, 그 명함이 그 여자의 핸드백 속에 있어서 나를 찾아온 거예요? 네, 그랬군요.

맞습니다, 그 사나흘 뒤에 회사로 전화가 왔어요. 틀림없는 그 목소리였어요.

"하야카와 씨, 정말 반가워요. 저를 기억하고 계셨군요. 저도 잊은 적이 없어요. 식사라도 대접하고 싶은데, 다음 주 일정이 어떻게 되세요?"

전화였으니까 나도 침착하게 대응했죠. 네, 식사 약속도 했어요. 그 전화 통화를 한 게 금요일이었습니다. 그날 밤에는 설레서 잠이 오지 않았어요. 하늘의 별 얘기도, 버려진 강아지도 바로 어제 일처럼 생각나더군요.

그다음 날이 토요일이라서 집에 돌아와 석간신문을 펼쳐보고는 숨이 턱 막혔습니다. '허식虛飾의 여왕, 수수께끼 같은 죽음'이라고 사회면에 큼직하게 실려 있었으니까요.

그 뒤로 주간지라는 주간지마다 일제히 그녀의 특집 기사가 실렸잖습니까. 근데 어떤 기사도 나는 믿을 수가 없어요. 악녀라는 식의 기사가 대부분이었지만, 그런 말도 안 되는 소리가 어딨습니까. 인간이란 그리 쉽게 변하는 게 아니에요. 그녀는 예의 바르고 선한 마음을 가진 사람이었어요. 버려진 강아지를 끌어안고 눈물을 흘리던 사람이에요. 나는 이제 주간지 따위는 쳐다보기도 싫더라고요.

자살이라고 판단한 기사도 있던데, 자살할 사람이 그 전날에 반갑게 식사 약속 같은 걸 하겠습니까? 하지만 그런 착한 사람을 누군가 살해했다는 것도 이상하고……. 뭔가 어이없는 실수 때문에 사망한 게 아닐까요? 실제로는 어떻습니까?

2
초등학교 동창

도미노코지 기미코公子……?

아, 그 기미코君子 말이군요. 그렇죠? 걔가, 아니, 그분이 초등학교와 중학교 다닐 때는 스즈키 기미코라는 이름을 썼어요. 네, 기미코라는 한자도 달라요. 성명학 점괘로 이름을 바꾼 거 아닐까요?

텔레비전에 출연할 때, 이름표를 가슴에 달고 나오잖아요. 처음에 그거 보고는 모르는 사람인가 했는데, 목소리도 그렇고 말투도 그렇고 기미코를 꼭 닮은 거예요. 어느 틈에 저렇게 훌륭한 사람이 됐나 싶기도 하고, 근데 다른 사람 같기도 하고, 그래도 반가운 마음이 앞서서 프로그램 끝나자마자 방송국에 전화를 해봤어요. 그랬더니 기미코가 금세 전화를 받는 거예요.

"나, 나, 마키코야! 너 스즈키 기미코 아니니?"

그냥 정신없이 물어봤어요. 그랬더니,

"마키코? 어라라!"

수화기 너머에서 기미코가 잠시 어리둥절해하는 것 같더라고요. 우리 둘 다 똑같은 심정이었을 거예요. '어라라!'라는 게 옛날부터 기미코가 입버릇처럼 하던 말이거든요. 놀랐을 때도 '어라라', 난처할 때도 '어라라' 하면서 내 얼굴을 빤히 쳐다보곤 했죠.

"기미코, 정말 출세했구나. 이제 기미코라고 함부로 부르면 안 되겠네? 텔레비전에 진짜 예쁘게 나오더라. 아유, 다행이다, 다행이야."

"예쁘게 나왔다고? 고마워. 마키코 같은 친구가 이 방송을 봐주는구나. 나, 카메라 앞에서 좀 당황한 것 같아서 걱정했어. 어땠는지 모르겠네?"

"걱정할 거 하나도 없어, 진짜 멋있게 나왔어. 나하고 동갑으로 안 보이던데? 열 살쯤은 젊게 나오더라."

"어라라."

"아차, 미안해. 무척 바쁠 텐데 내 전화 때문에 곤란하지 않아?"

"그렇지 않아. 마키코와 이렇게 얘기할 수 있다니, 텔레비전에 나오기를 정말 잘했네. 가족 모두 건강하시지?"

"아버지 어머니는 이제 많이 늙으셨지만 그래도 손자가 있어서……. 기미코, 너희는 어때? 아주머니 건강하게 잘 지내셔?"

"덕분에 아주 잘 지내시지."

"다행이다. 아주머니께 안부 인사 전해줘. 우린 여전히 가난하지만 다들 씩씩하게 잘 살고 있어. 혹시 이 근처에 오면 우리 집에 들려줘. 옛날처럼 그 자리에서 똑같이 장사하고 있으니까."

"지금 당장 달려가고 싶은데 오늘은 일정이 좀 빡빡해. 가까운 시일 내에 꼭 갈게."

전화를 끊고 나는 그 뒤 사나흘을 들떠 있었어요. 텔레비전에 출연한 어릴 적 친구와 갑작스레 전화 통화까지 했으니까요.

"기미코가 초등학생 때부터 예뻤지만 텔레비전으로 보니까 그때보다 훨씬 더 세련되었네. 역시 부자가 되면 달라지나 봐. 여자 몸으로, 참 대단하다, 그렇지?"

똑같은 소리를 자꾸 되풀이하니까 애 아빠가 짜증이 났는지 뜻밖의 말을 하더라고요.

"잡화점에 데릴사위로 들어오는 한심한 사내도 있는데, 라는 얘기지?"

사내들이란 배배 꼬인 데가 있다니까요. 나 참, 어이가 없어서.

"내가 언제 그런 얘길 했어? 아까 텔레비전에 나왔던 여자, 우리 옆집에 살던 친구야. 학교 동창이란 말이야."

"옆집이라니, 약국?"

"아니, 그 맞은편 가게. 지금은 슈퍼가 됐지만 옛날에는 채소 가게였어."

"채소 가게?"

"그래, 그 기미코가 우리 동네 채소 가게 딸이었다니까. '야오마사'라는 채소 가게. 게다가 걔가 엄둥이였어."

"그건 또 뭔 소리야?"

"기미코가 비밀이라면서 나한테만 살짝 털어놨어. 우리 둘이 학

교 다닐 때 진짜 친했거든. 내가 전화하니까 지금 당장 달려가고
싶다잖아. 가까운 시일 내에 꼭 온다고 했으니까 당신도 한번 봐.
여배우도 요즘에는 걔만큼 예쁜 사람은 없을 정도야.”

그렇죠, 기미코가 학예회 때마다 늘 주인공을 맡았어요. 얼굴도
예쁘지만 목소리가 아주 독특해서 큰 소리를 내도 뭔가 은은하게
들려요. 초등학교 때부터 남학생들이 주위를 에워싼 느낌이었죠.
아, 맞다, 느다고 아죠? 걔가 그린 사람이 있었어요. 뭐랄까, 마하나
기보다 하얀 꽃 같으면서도 왠지 화려한 친구였어요.

공부도 제법 잘했어요. 나는 머리가 나빠서 성적은 꼴찌부터 세
는 게 빨랐지만, 기미코는 산수 답안지를 나눠 주면서 내 점수가
너무 형편없는 게 걱정스러웠는지 ‘어라라, 어라라’ 해가면서 내
가 틀린 문제를, 이건 이렇게 하면 잘 풀린다고 선생님보다 더 잘
알아듣게 설명해줬어요.

그렇게 착한 친구, 나는 이날 입때까지 본 적이 없어요. 네, 주산
학원에도 둘이 나란히 다녔죠. 주산 학원이 아오야마 쪽에 있었어
요. 전쟁 끝난 직후에도 계속했죠. 이 근처는 도쿄에서는 드물게
전쟁 통에도 멀쩡히 살아남은 곳이었으니까요. 하긴 요즘에는 완
전히 바뀌어버렸죠. 아니, 우리 집 옆의 슈퍼마켓도 7, 8년 전에 느
닷없이 들어섰거든요. 그런 슈퍼마켓이 들어오면 우리 같은 잡화
점은 진짜로 곤란해요. 애 아빠가 초등학교 옆이니까 문방구점으
로 업종을 바꾸자고 했는데 다행히 저 앞 큰길 쪽에 대형 맨션이
들어서면서 그쪽 입주민 덕분에 우리도 문 닫지 않고 그럭저럭 장
사해서 먹고살지, 안 그랬으면 어림도 없어요.

기미코네 아버지, 친아버지는 아니었어도 참 좋은 분이었어요. 우리 가게하고 비슷하게 코딱지만 하고 그냥 흔해빠진 채소 가게였어요. 근데 아저씨 아주머니가 기미코하고 닮은 구석이 하나도 없었어요. 그러니 업둥이라는 말을 듣고도 그럴 만하다 싶더라고요.

이 동네는 큰길 쪽으로는 저택들이 있고, 그 뒤쪽으로 우리처럼 작은 상점들이 밀치락달치락 섞여 있어요. 그래서 아카사카의 히노키초 초등학교는 귀한 집 도련님이나 아가씨들, 그리고 나처럼 서민 아이들, 두 부류가 북적북적 같이 다녔죠. 기미코는 어느 쪽이었냐면 큰길 쪽 아이들 같았습니다. 몸가짐이 얌전하고 왠지 차림새가 늘 깔끔해서 진짜 채소 가게 딸 같지 않았어요. 그래도 장사하는 집 아이니까 부모로서는 주산쯤은 가르쳐야겠다고 생각했겠지요. 나 같은 바보도 주산 학원에 보내줬으니까.

나야 뭐, 학교 공부도 싫은데 게다가 주산까지 하라니까 너무 싫었지요. 그래도 끝까지 학원에 다닌 건 다 기미코 덕분이에요.

"에이, 가기 싫어. 주산 같은 거 해봤자 머리가 좋아지는 것도 아니잖아."

"아냐, 마키코, 주산을 잘하면 머리가 좋아지는 거란다."

마치 어린아이 타이르듯이 조곤조곤 말하는 거예요.

"왜? 숫자 같은 거 더하든 빼든 그게 뭐 어떻다고?"

"3에 5를 더하면 8이 되고, 8에 3을 곱하면 24가 돼. 어때, 재미있지 않니? 주판알을 튕기면 나는 가슴이 두근거리던데. 머릿속이 깨끗이 정리되는 것 같아서 기분 좋아."

기미코는 두 손으로는 셀 수도 없을 만큼 많은 회사를 세우고 사업가로 대성공을 했잖아요. 근데 나는 이렇게 좁아터진 잡화점에서 애 셋 낳고, 새벽부터 밤까지 동네 아이들 상대로 소리 질러가면서 살죠. 근데 그렇게 하늘과 땅만큼 차이가 나는 것도 나는 당연하다고 생각해요. 어려서 주산 배울 때부터 걔랑 나는 마음가짐이 전혀 달랐으니까요.

네에, 노기자카 언덕길 내려와서 길모퉁이에 있는 큰 맨션, 아카시기 드림 하이츠? 그기 비토 씨네가 지있잖아요. 잇, 아니에요? 그래도 옛날에 그 자리에 비토 씨네 대저택이 있었는데? 그 집 딸도 우리하고 동창이지만 초등학교만 같이 다니고 중학교 때부터는 부잣집 자제들만 다니는 가쿠슈인學習院으로 가버렸어요. 비토 유키코라는 애였는데 걔가 지금도 그 맨션에 살아요. 결혼해서 성씨는 아사이로 바뀌었지만요. 진짜 옛날에는 그 맨션 자리에 돌담이 높직하고 아주 번듯한 저택이 있었어요. 참말로 많이도 변해버렸네.

비토 유키코는—지금은 결혼해서 남편 쪽 성씨를 따라 아사이 유키코예요—큰길 쪽 저택에 사는 아이들 중에서도 최고로 거만을 떠는 여자애였어요. 어려서부터 심술 사납고 성격이 아주 못됐었다니까. 나는 진짜 걔가 너무 싫었어요. 요즘에도 이따금 길에서 마주치는데, 그쪽도 생판 낯선 사람처럼 도도하게 지나가고 나도 모르는 척 싹 무시해버려요.

언제였는지는 잊어버렸지만 내가 기미코한테 이런 말을 한 적이 있어요.

"기미코가 저 부잣집에서 태어나고 비토 유키코가 채소 가게 딸이어야 진짜 제대로 된 세상인 거 같아."

그때 기미코가 뭐라고 대답했는지는 까먹었네. 그래도 기미코는 누구한테나 진심으로 대해주는 친구라서 다들 그렇게 싫어하는 비토 유키코와도 친구가 되어줬잖아요. 다른 애들은 아무도 함께 놀아주지 않았는데. 아무튼 얄미운 애였으니까요.

"이런 시대만 아니었으면 나는 당연히 가쿠슈인 초등학교에 다녔을 거야."

참내, 초등학교 1학년 때부터 6년 동안 내내 그 소리를 했어요. 못생기기는 또 얼마나 못생겼는지, 그런 못난이를 아내로 맞아준 남자가 있다는 게 신기할 정도예요.

나도 뭐, 질투심이 나서 그런 얘기를 했는지도 모르겠어요. 제일 친한 기미코가 비토 씨네 집에 자주 들락거렸으니까요.

"기미코, 저런 집에 왜 자꾸 들락거려? 나는 유키코, 진짜 싫어."

"유키코 어머님이 내가 마음에 드셨나 봐. 나도 유키코 어머님만 보면 우리 친엄마는 이런 분이 아니었을까 하는 생각이 들어. 나를 키워준 양부모님에게는 죄송하지만, 역시 친혈육은 아니잖아. 마키코, 너는 잘 모르겠지만 업둥이라는 건 어쩐지 외롭고 섭섭할 때가 많아. 근데 유키코 집에 가면 아늑한 느낌이 들어. 뭔가 풍족해지는 기분이야."

조곤조곤 그런 얘기를 하면 나는 어떻게 대꾸할 말이 없더라고요. 긴가민가하고 있으면 기미코가 내 손을 잡고 눈을 빤히 들여다보면서 당부를 하는 거예요.

"하지만 마키코, 꼭 부탁할 게 있어. 우리 아버지 어머니는 내가 업둥이라는 사실을 모르는 줄 알고 계셔. 그러니까 아무한테도 내가 업둥이라는 말은 하면 안 돼. 알았지, 응?"

그래서 나는 누구한테도 입도 뻥긋하지 않았어요. 기미코가 그렇게 세상을 떠나버렸으니 이제는 마음먹고 얘기하지만, 정말 아무한테도 그 얘기는 안 했어요. 그야 애 아빠한테는 말했죠, 부부지간인데. 남편만 빼고는 부모한테도 아직까지 얘기한 적이 없어요.

그나저나 우리 남편은 왜 그런지 내가 기미코 얘기만 하면 괜히 기르퉁해서 화를 내더라고요.

"당신, 그 얘기 좀 그만해. 그쪽은 유명 인사야. 초등학교 동창이한두 명도 아닐 텐데, 당신하고 잠깐 통화한 걸 기억하겠어? 그런사람이 우리 가게까지 대체 왜 오겠느냐고."

"말도 안 돼. 그건 나하고 기미코가 얼마나 친했는지 몰라서 하는 소리야. 기미코는 남을 배신하는 친구가 아니야. 온다고 했으면 꼭 오는 애란 말이야."

그렇게 쏘아붙이긴 했지만 하루하루 지나면서 나도 좀 불안해져서 텔레비전 방송국에 전화까지 한 건 상식 없는 짓이었나, 은근히 걱정스럽기도 했죠.

"여보, 그래도 기미코는, 내가 잊어버리지도 않아, 어렸을 때라서 뭔지는 잘 몰랐지만, 전쟁 중에 집 앞에서 대낮에 개 두 마리가 교미를 한 적이 있었어. 그걸 보고 약국 가토 아저씨가 양동이로 물을 끼얹은 거야. 그랬더니 기미코가 채소 가게에서 뛰어나와 불쌍하다, 불쌍하다 하고 한쪽 개를 껴안고 제 치맛자락으로 물 묻은 걸 닦아주면서 눈물이 글썽글썽하더라니까. 그게 자기네 개도 아니었어. 누군지 모르는 남의 집 개였다니까. 개도 기미코의 심성에 감동했는지 점점 얌전해져서 쿵쿵거리며 귀염을 떨더라고. 기미코가 예쁘게 차려입은 제 치마로 개를 닦아줬다고. 그때 내가 깜짝 놀랐던 게 아직도 기억이 나. 개한테도 그렇게 친절한 애였는데 동창 중에 가장 친했던 나를 잊어버릴 리 없어. 당장이라도 달려가고 싶다고 전화에 대고 말했던 거, 거짓말 아니야. 아마 요즘 좀 바빠서 못 오고 있을 거야."

괜히 불안해져서 계속 똑같은 소리를 애 아빠한테 퍼부었죠.

아니, 전쟁 끝났을 때 내가 초등학교 3학년이었거든요. 우리도 기미코네도 시골 고향 집이라는 게 없어서 피난도 못 가고 초등학교 6년에 중학교 3년, 도합 9년을 같은 학교에 다녔어요. 게다가 집이 바로 이웃이었잖아요. 나를 잊어버릴 리가 없죠.

하지만 그렇게 유명해졌으니 자기가 채소 가게 딸이었다는 건 감추고 싶었을 수도 있겠지요. 그래서 나와의 우정을 잊지 않았더라도 옛날 일은 그냥 덮어두려고 할지도 모른다는 생각은 했었어요.

텔레비전에서는 그 뒤에도 오전이나 점심시간 방송에 자주 나왔지만, 나도 더 이상 전화질은 안 하고, 그 대신 나올 때마다 바짝 붙어서 꼭꼭 봤죠. 경제에 관한 어려운 내용을 알기 쉽게 얘기해주더라고요. 나는 그것도 제대로 알아듣지는 못했지만요. 여자의 삶에 대해 마치 학자 같은 말투로 이야기해주는데 들어볼수록 아주 훌륭한 인물이어서 이제는 동창이었다느니 친한 친구였다느니, 가볍게 입을 놀려서는 안 되겠구나 싶기도 했죠. 게다가 항상 근사한 드레스를 입고 그게 또 너무 잘 어울리고, 그러니 내가 완전 팬이 되어버렸죠. 그때는 내 친구 기미코가 아니라 도미노코지 기미코라는 스타가 아예 신처럼 보이더라니까요. 어쩌면 저렇게 아름다울까, 어쩌면 저렇게 대단한 여자가 다 있을까, 하고 동경하면서 아주 폭 빠져버렸어요.

이런 허접한 잡화점에 그런 선녀 같은 사람이 찾아오다니, 나도 점점 상상도 못 할 일이라는 생각이 들더라고요.

그러니 텔레비전 방송국에 전화하고 한 3년쯤 지나서 우리 가게 앞에 엄청 좋은 자동차가 서고 그 안에서 연한 보랏빛 향기가 나는 듯한 옷을 입고 기미코가 내렸을 때, 내가 정말 기절할 뻔했다니까요, 너무 놀라서.

그 차가 어떤 차라고 했더라, 나중에 우리 남편이 화들짝 놀랐었는데?

여보, 잠깐만 이리 와봐. ……엇, 어디 갔지? 아, 미안해요, 잠깐만 기다리세요.

아휴, 오래 기다리셨죠. 애 아빠가 단단히 화가 났네요. 내가 너무 말이 많다나요? 이 사람 저 사람 가릴 것 없이 주절주절 떠들지 좀 말라고 성화예요. 그래서 잠깐 부부 싸움을 했네요. 기다리시게 해서 미안해요. 어머, 그새 차도 다 식어버렸네.

어디까지 얘기했더라. 아, 그렇지, 기미코가 큼직한 자가용 차로 우리 가게에 찾아왔는데 그 차…… 어머, 이름을 또 까먹었네. 미국의 어떤 훌륭한 사람 이름이었는데? 포드도 아니고, 좀 더 옛날 사람인데? 아, 네네, 맞아요, 링컨 컨티넨탈! 네, 애 아빠가 그거라고 했어요. 그게 아주 비싼 차라면서요.

아무튼 기미코가 큼직한 장미 꽃다발을 안고 우리 가게에 찾아온 거예요.

"마키코, 언젠가 나한테 전화해줘서 고마워. 잊어버린 건 아닌데 일이 너무 바빠서 미처 오지 못했어. 하지만 이거, 마키코한테 주려고 내가 그동안 한 송이 한 송이 꽃다발을 만들었어."

그걸 고맙게 받아들면서 나는 진짜 꽃이라고만 생각했어요. 근데 자세히 보고는 깜짝 놀랐죠. 아니, 꽃향기까지 나는데 꽃도 잎사귀도 조화인 거예요. 저기 꽂아놓은 저거예요. 벌써 3년 전 일이니까 색도 바랬고 향기도 사라졌지만 저게 기미코가 준 선물이랍니다.

방금 애 아빠하고 부부 싸움을 한 것도요, 나야 기미코와는 겨우 그런 정도의 인연밖에 없지만, 그래도 내가 아는 기미코는 결코 나쁜 사람이 아니었으니까 그것만은 어떻게든 밝혀주고 싶기 때문이에요. 그 사건이 터지면서 주간지마다 주절주절 떠들어댄 기사를 읽고 내가 정말 눈이 돌아갈 만큼 놀랐어요. 어떻게 그런 엉터리 소설 같은 기사를 써냈는지.

생각 좀 해보세요. 회사를 몇 군데나 경영하는 바쁜 사람이 옛날 단짝 친구에게 선물하려고 틈틈이 조화를 한 송이 한 송이 정성껏 만들었어요. 나쁜 사람이라면 그런 일을 할 리가 있습니까? 그렇잖아요?

여기 이 자리에 앉아서 바로 그 찻잔으로 내가 끓여준 차를 참 맛있게도 마셨어요, 그 친구가.

"마키코, 내가 채소 가게 딸이었다고 솔직하게 얘기해도 사람들은 농담인 줄 알지 뭐야."

"그야 그렇지, 내가 봐도 기미코는 천상에서 내려온 사람 같은데. 하긴 나하고 주산 학원 다닐 때부터 너는 마음가짐이 남달랐어. 어렸을 때부터 참말로 인물이었다니까."

나는 진심으로 칭찬해주려는 마음에서 한 말이었는데 기미코가 문득 의아한 얼굴로 나를 빤히 쳐다보면서 조용히 찻잔을 내려놓디끼고요.

아니, 이런 얘기를 해야 하나 말아야 하나…….

뭐, 사실은 사실이니까 말하겠는데요, 그때 기미코가 나한테 아주 진지한 표정으로 묻더라고요.

"마키코, 그건 무슨 얘기야?"

"응?"

"주산 학원이라니, 무슨 얘기인지 모르겠어."

"아오야마의 거기, 노기자카 언덕길 올라가면 잇초메 앞에 있던 주산 학원. 거기 나하고 함께 다녔잖아. 나는 진짜 가기 싫었는데 기미코가 주산 배우면 아주 재미있다면서 초등학생 때부터 정말로……."

"그거, 누군가 다른 사람 아니니? 나는 주산 배운 적이 없는데?"

그러니 내가 화들짝 놀랐죠. 아니, 진짜로 우리 둘이서 주산 학원에 다녔거든요. 내가 그런 일로 거짓말을 할 이유도 없잖아요. 다른 누군가를 착각하다니, 그럴 리가 있나요.

"사람들은 나를 돈 버는 데 천재라는 식으로 말하지만, 나는 내 손으로 돈을 세어본 적도 없어. 주산을 배웠으면 좋았겠다고 생각한 적은 있지만, 요즘은 전자계산기라는 편리한 기기가 생겼잖니. 하지만 나는 그 전자계산기도 두드려본 적이 없어. 왠지 감전될 것 같아서 무서운걸."

기미코가 향기가 날 것 같은 미소를 지으면서 말하더라고요.

"그나저나 이 근처도 많이 변해버렸구나."

"응, 비토 씨네 집도 맨션이 되어버렸어."

"어라라, 비토 씨 댁에는 정말 큰 신세를 졌었는데. 요즘 어떻게 지내시는지 모르겠네."

기미코가 중학교 3학년 때, 채소 가게 아저씨가 미군 지프차에 치여 돌아가셨거든요. 그러니 어쩔 수 없이 가게는 문 닫고, 기미코가 어머니와 둘이서 비토 씨네 집에서 한동안 식객 노릇을 했잖아요. 하지만 나는요, 그 집 딸 유키코가 결혼해서 그 맨션에서 산다는 얘기는 안 했네요. 네, 굳이 그런 얘길 뭐가 좋다고 하겠어요.

그렇게 기미코는 우리 가게에 15분쯤 있다가 자가용 차 타고 돌아갔어요. 두고두고 너무 감격스럽고 정말 꿈을 꾼 것만 같았죠.

네, 남편에게도 큰소리를 땅땅 쳤어요.

그나저나 실제로는 어떻게 된 건가요? 기미코가 살해된 거예요? 너무 큰 부자가 되는 바람에 강도니 뭐니 그런 놈들이 노렸을 거라고는 생각했어요. 나는 이런 코딱지만 한 가게에서 애들하고 복닥거리면서 사니까 큼직한 자가용 차는 못 타는 대신 살해될 걱정은 없지요. 참, 생각해보니 기미코가 너무 딱하지 뭐예요. 정말로 착한 애였으니까요. 저거 좀 보세요, 저 장미꽃.

하지만 오늘 처음으로 해본 얘기지만, 주산 학원에 함께 다녔다

는 거, 혹시 내가 머리가 나빠서 뭔가 착각한 걸까요? 분명 둘이서
함께 다니긴 했는데……. 하지만 기미코도 거짓말할 사람은 아니
고…….

3
주인집 따님

네, 제가 아사이의 아내인데요, 무슨 일이시죠?

도미노코지 기미코에 관해서……? 아, 그건 좀 곤란한데요.

물론 알고는 있습니다. '수수께끼 같은 죽음'이라고 신문마다 기사가 실렸으니까요. 저희 집에도 벌써 주간지 기자가 찾아왔었어요. 하지만 취재에는 일절 응하지 않기로 했습니다. 남편은 평범한 샐러리맨이고, 이른바 엘리트 코스를 걸어온 사람이에요. 남편의 판단에 따라 그 사건에 휩쓸리지 않고 조용히 넘어가기로 했습니다.

그 여자에 관해서 제가 알고 있는 건 그저 초등학교에서 우연히 같은 반이었다는 것뿐이에요. 그래서 딱히 드릴 말씀도 없어요. 인터뷰를 하실 거라면 먼저 남편과 상의하시고 그런 다음에 찾아와

주셨으면 합니다.

가쿠슈인이라고요? 누가요? 제가 가쿠슈인에 다녔다니, 누가 그런 말을 했나요? 저는 중학교 때부터 아오야마 학원에 다녔어요. 저희 어머니가 가쿠슈인을 나오셨는데 혹시 그걸 저로 잘못 알았던 거 아닐까요? 어머니는 똑같은 귀족이라도 왕족 출신이지 무가 귀족이 아니셨어요. 사람들은 귀족이라고 하면 모두 메이지 이후의 가문이라고 오해를 하더군요. 그래서 말씀드리겠는데, 어머니는 무로마치 이후의 유서 깊은 왕족 가문에서 태어나셨습니다. 하지만 그것도 이제는 케케묵은 구시대 얘기지요. 전쟁에 패한 뒤로는 그런 건 전혀 가치 없다는 식으로 취급하니까요.

어머니는 5년 전에 돌아가셨습니다. 그래서 상속세를 내려고 여기 있던 저택을 처분했어요. 토지는 사와야마 부동산이라는 곳에서 매입했다고 들었습니다만, 이 드림 하이츠 맨션의 주인은 도미노코지 기미코 씨예요. 그래서 오빠에게 상의했더니 이 맨션은 사지 말라고 하더군요. 하지만 요즘 주택난이 심해서 어디든 다 집값이 비싸잖습니까. 그래서 제가 직접 도미노코지 씨를 만나 가격을 좀 낮춰달라고 부탁했습니다. 그랬더니 선선하게 할인을 해주더군요. 하지만 이건 남편과 상의한 다음이 아니면 말씀드릴 수 없는 일인데……. 저는 결혼해서 남편과 이 맨션에서 살고 있지만 오빠는 지금 뉴욕에 가 있어요. 샐러리맨입니다. 네, 저보다 네 살 많은 오빠예요.

도미노코지 기미코 씨가 스즈키 기미코라는 건 어머니 돌아가시기 1년 전쯤에 알았습니다. 텔레비전을 보시던 어머니가 저를 큰 소리로 부르셨어요. 네, 그러니까 지금으로부터 6년 전 일이겠네요.

"유키코, 저 여자, 그 애 아니니? 저기 채소 가게 딸아이."

"스즈키? 어머, 스즈키 기미코네? 근데 왜 텔레비전에 나왔지?"

"여자가 억만장자가 되는 방법이라는 좌담회에 나온 거란다. 근데 성씨가 전혀 다르구나. 무슨무슨 코지라고 하는데?"

"결혼해서 남편 성씨를 따른 모양이죠. 나도 비토에서 아사이로 바뀌었잖아요."

"그런데 이름이 좀 이상하구나. 아야노코지, 기타노코지라면 왕족 중에 있긴 한데."

둘이서 그런 얘기를 하면서 텔레비전을 보고 있는데 그 사람이 클로즈업되면서 가슴에 단 흰색 이름표에 도미노코지 기미코라는 글씨가 보이더군요.

"도미노코지 기미코네요. 근데 이름 한자도 달라졌어요. 君子였잖아요, 옛날에는?"

"도미노코지라는 건 교토에 있는 도로명이야. 왕족 중에 그런 이름은 없을 텐데?"

"저 애가 왕족하고 결혼할 리가 없지요."

"그건 그렇구나. 하지만 이런 성씨, 평민 쪽에도 없었어."

어머니는 전쟁에 패한 뒤에도 결국 돌아가실 때까지 의식이 바뀌지 않으셨어요. 그래서 왕족이니 평민이니 하는 말씀을 자주 하셨습니다.

하지만 텔레비전에서 그 애가 하는 말을 듣고 저희는 점점 더 말문이 막혔습니다. 스즈키가 은은한 미소를 지어가며 작은 목소리로 이야기하는 내용이 아무래도 저희 집과 관련이 있었기 때문이에요.

"부자가 되는 거, 제 경우에는 우연한 사건이었답니다. 전쟁 후에 살림살이가 갑작스레 힘들어진 지인들이 보석을 어떻게 팔아야 할지 몰라 난감해하셨기 때문에 저는 도와드린다는 마음으로 보석점에 끼워 판매해드리곤 했어요. 그러다 보니 굳이 가게를 통할 것 없이 보석 구매자들과 직거래를 하는 것이 돈이 필요하신 분들을 위해서도 좋다는 걸 깨달았지요. 그렇게 저도 모르는 사이에 보석상이 되어버렸답니다."

"레스토랑도 경영하신다던데, 그건 어떻게 시작하게 됐나요?"

"보석상을 하려면 적합한 자리에 정식으로 가게를 내야지, 그러지 않으면 자칫 브로커처럼 된다고 어떤 분이 어드바이스를 해주시더군요. 그리고 그분이 자신의 건물 일부를 임대해주셨어요. 그래서 1층은 보석점, 2층은 간단한 레스토랑으로 할 생각이었는데 그분이 도산을 해버렸지 뭐예요. 그 바람에 지금 돌이켜보면 정말 싼 가격으로 넓은 토지를 손에 넣었어요. 기왕 지을 거면 큰 빌딩을 지어서 되도록 많은 분들이 이용하시도록 해야겠다, 그렇게 생각했지요. 하지만 유리 세공품을 취급해보자든가 유명한 레스토랑 담당자가 찾아와 경영은 전적으로 맡길 테니 한번 해보자든가, 많은 분들의 그런 호의를 차례차례 받아들이는 동안에 어느새 회사가 자꾸 늘어났어요. 그래서 저로서는 돈을 벌겠다든가 뭔가 열심히 해보겠다든가, 그런 생각을 해본 적이 거의 없어요. 지금까지 그저 운명이 흘러가는 대로 따라왔을 뿐이랍니다."

"그러면 도미노코지 씨는 돈을 버는 요령이 무엇이라고 생각하십니까?"

"글쎄요, 이걸 요령이라고 할 수 있을지는 모르겠지만, 일단 신용을 얻으면 웬만한 일은 다 잘 풀리지 않을까요? 제 경우에는 저를 믿고 맡겨주시는 분들이 항상 든든하게 뒷받침을 해주신다는 실감이 있었어요. 게다가 원래부터 운이 좋은 편인가 봐요. 오늘날까지 고생이라고는 해본 기억이 없으니까요."

조용한 말투는 초등학교 때와 별반 다르지 않았지만, 방송이 끝난 뒤에 어머니와 저는 서로 마주 보며 한동안 할 말을 잃었습니다.

한참이 지나서야 어머니가 '어라라' 하고 한숨을 내쉬었지요. 네, 맞습니다. '어라라'라는 건 어머니가 입버릇처럼 하시던 말씀이에요. 저는 장난삼아 일부러 흉내 내본 적은 있지만 그런 말투를 닮지는 않았습니다.

어머니는 스즈키 기미코를 무척 예뻐하셨어요. 제가 이 동네 초등학교에 입학하는 바람에 뒷골목에 사는 수준 낮은 아이들에게 꽤 시달렸지만, 기미코는 그런 저를 감싸주곤 했거든요. 네, 저는 그 애가 나쁜 사람이라고는 단 한 번도 생각한 적이 없어요. 친절하게 대해줬어요, 특히 저한테는. 그래서 저희 집에도 자주 드나들었습니다. 전쟁 후에 저희 집에 있던 가정부가 떠나버리자 왕족 가문의 따님으로 곱게 자란 어머니는 어쩔 줄을 모르셨는데, 지금 생각해보면 아직 어린애였던 기미코가 때로는 식사 준비까지 해줬으니까 저희로서는 큰 도움이 됐지요. 중학교 때부터는 제가 사립

학교로 옮겼기 때문에 각자 헤어졌지만, 네, 맞아요, 생각해보면 오히려 서로 다른 학교에 다니게 된 뒤부터 그 애가 더 자주 저희 집에 드나들었습니다. 아오야마 학원 바자회나 학예회 같은 행사에도 참석했었어요, 제가 티켓을 줬으니까요.

그러니 좀 의아할 수밖에 없었지요, '오늘날까지 고생이라고는 해본 기억이 없다'는 그 말.

기미코가 원래 채소 가게 딸이었거든요. 아주 작은 가게였습니다. 전쟁 전에는 저희 집에 과일이며 채소를 대주던 가게였어요. 그 집 아저씨가 전쟁 중에 이 구역 상가의 중심인물이어서, 배급물품을 나눠 줄 때 저희 집에 편의를 많이 봐줬다고 어머니가 얘기하시더군요. 다리를 약간 절룩거리던 분이라 그런 일을 당했겠지요, 노기자카 언덕길 위에서 미군 지프차에 치였어요. 기미코도 저도 중학교 3학년 때의 일입니다.

그때 기미코가 저희 어머니에게 뛰어와 하염없이 울었던 게 기억나는군요. 자신을 키워준 아버지인데 그 은혜를 갚기도 전에 돌아가셨다고요. 네, 기미코 말로는 어딘가 유서 깊은 집안에서 태어났는데 사정이 있어서 채소 가게에 업둥이로 들어왔다고 했습니다. 저희 어머니 말씀으로는, 어느 귀족 가문의 망나니 아들이 하녀에게 손을 대서 낳은 사생아일 거라더군요.

아무튼 채소 가게는 문을 닫을 수밖에 없었어요. 여자 혼자 하기는 힘든 일이고, 가만 생각해보니까 그때 아주머니가 충격을 받아 거의 폐인이 되다시피 했던 것 같아요. 그런데 어머니는 그런 것도 모르고 두 모녀를 저희 집에 들였습니다. 동정심도 물론 있었겠지만, 어머니로서는 가정부와 잔심부름할 아이가 생길 절호의 기회라고 생각하셨겠지요. 오빠도 저도 전혀 찬성하지 않았습니다. 게다가 아버지는 전쟁 끝나고 반쯤 넋이 나가서 판단력을 잃은 상태였어요.

그렇습니다, 저희 집에 와서 1년쯤 있었어요. 채소 가게는 임대한 가게였고 그간 모아둔 돈도 없는 데다 아주머니는 노상 누워 지내다시피해서 별로 도움이 되지 않았어요. 기미코 혼자 청소에 식사 준비까지 도맡아 했었지요. 저는 학교 친구를 가정부로 부리는 게 어쩐지 마음에 걸렸습니다. 그래서 아오야마 학원 행사에라도 초대해서 좀 달래주려고 티켓을 챙겨주곤 했어요. 기미코는 공립 중학교 학생이었으니까요.

"중학교가 의무 교육만 아니었어도……."

언젠가 눈물을 글썽이며 그런 말을 한 적이 있습니다. 의무 교육만 아니면 일하러 나갈 수 있다는 뜻이었어요. 저는 그 말을 듣고서야 초등학교, 중학교가 의무 교육이라는 걸 알고 내심 놀랐던 게 생각나는군요.

기미코는 중학교를 졸업하고는 야학에 다녔어요. 참 대단하다고 생각했죠. 저희 집안은 결국 전쟁 전의 풍족한 살림살이를 회복하지 못했고, 더구나 아버지 어머니가 연달아 돌아가시면서 집도 땅도 다 처분하고 오늘에 이르렀습니다. 아마 그 당시에도 기미코와 아주머니에게 변변히 월급도 챙겨주지 못했겠지요. 하지만 그런 문제로 기미코가 저희를 원망하는 말을 한 적은 전혀 없었습니다.

그해 가을쯤이었나. 아마 제가 고등학교에 입학한 무렵일 거예요. 기미코가 일자리가 생겼다면서 낮에도 나가고, 그때쯤에는 아주머니도 기운을 차려서 저희 집안일을 해줬습니다.

기미코가 낮에는 직장에, 밤에는 야학에 다니다 보니까, 좀 미안한 얘기지만 동창이었다는 게 서로 간에 점점 부담스러워졌어요. 그도 그럴 것이 영락하기는 했어도 저는 학교에서 왕족 가문의 자제들과 어울렸으니까 아무래도 둘이 나눌 만한 화제가 없었거든요. 기미코는 변함없이 지킬 데 갔고 저희 하인 축제 행사에도 빠짐없이 얼굴을 내밀었지만 점점 저와 함께 나다니는 일은 없어졌습니다.

야학은 어디로 다녔느냐고요? 그건 잘 모르겠어요. 어머니는 알고 계셨을 텐데……. 아마 남녀공학 고등학교 야간반에 다니지 않았을까요? 제가 학교 클럽 활동으로 귀가가 늦어졌을 때, 웬 남자가 기미코를 집 앞까지 데려다주는 걸 한두 번 본 적이 있습니다. 네, 저희 집 작은 출입문은 잠그지 않고 항상 열어뒀으니까요.

무엇보다 오빠가 거의 매일 밤늦게 돌아오니까 출입문을 잠글 수가 없었지요.

아, 오빠 얘기가 나왔으니 말인데……, 이런 얘기를 해도 되는지 모르겠네. 이건 남편과 상의해본 다음에 얘기하지요. 저희 집안에 부끄러운 일이거든요. 하지만 기미코와 아주머니가 저희 집에서 나가게 된 이유를 설명하려면 아무래도 그 얘기를…….

지금 돌이켜보면 아무래도 오빠가 기미코를 마음에 두고 있었던 것 같아요. 오빠도 아무 말이 없었고 아버지 어머니도 그 일에 대해서는 저한테 얘기를 안 하셨으니까 저도 자세한 건 모르겠어요. 그러니까 이런 얘기는 쓰지 말아주세요. 올케언니가 그 일로 또 토라지면 제 입장이 난처하거든요. 하지만 오빠가 결혼하기 전의 일이니까 말해도 괜찮은가…… . 참 난감하군요. 역시 남편과 상의한 다음에 얘기하도록 하지요.

아뇨, 오빠와 기미코가 육체관계라니, 설마요. 그런 일은 절대로 없었다고 생각해요. 기미코가 그렇게 예쁜 얼굴도 아니었는데요, 뭘. 무엇보다 아직 어린 나이였어요. 하지만 남자들이란 열 여자 마다하지 않는다는 속담도 있잖아요. 그러니 오빠도 조금은 흔들렸던 게 아닌가 싶어요.

저는 정말 아무것도 모릅니다. 아무튼 어느 날인가, 한밤중에 아주머니가 소리소리 지르면서 한바탕 난리를 친 적이 있었어요. 저는 그저 무섭기만 했던 기억밖에 없습니다. 아주머니가 손에 잡히는 대로 마구 집어던지면서 소리를 질렀으니까요. 아버지 어머니도 벌벌 떨기만 하셨고요.

어떻든 저희 집안으로서는 장남을 채소 가게 딸과 결혼시킬 수는 없었겠지요. 그리고 얼마 뒤였어요, 기미코와 아주머니가 저희 집을 떠난 게. 왜 떠났는지 어머니가 전혀 말씀이 없으셨으니까 아직 고등학생이었던 저는 결국 아무것도 모른 채 일이 끝나버렸고, 두 사람이 어디로 갔는지도 알지 못했습니다.

그 뒤로 오빠는 지금의 올케언니와 결혼했습니다. 나중에 어머니와 올케언니 사이가 험악해졌을 때, 어머니가 불쑥 이런 말씀을 하셨던 게 생각나는군요.

"채소 가게 집 딸이 오히려 더 나았을 것 같아."

"어머니, 그때 무슨 일이 있었어요?"

"그때는 그저 큰일 났다는 생각에 한시바삐 내보낼 궁리만 했었어. 그 애하고는 너무나 격이 맞지를 않잖아. 게다가 그 애 어머니를 가정부로 썼는데 사돈이 되다니, 아무리 생각해도 그건 무리한 이야기지. 애초에 다 큰 아들이 있는데 여자애를 집 안에 들인 게 잘못이었어. 인정을 베풀어줬더니 원수가 되었지 뭐야. 힘들게 돈을 마련해서 네 아버지가 그 모녀의 집 부족금을 내주기로 하고 간신히 일을 마무리했어. 하지만 기미코는 영리하기도 하고 참한 아이였어. 제 엄마하고는 하늘과 땅만큼 달랐지."

"친모녀가 아니라고 했지요?"

"기미코는 그렇게 얘기했었지. 근데 그 마누라가 워낙 포악스러워서 그런 얘기는 물어보지도 못했어. 얼굴도 전혀 닮은 데가 없고."

"아저씨하고도 닮은 데가 없었잖아요."

"어라라, 맞다, 그렇구나."

그러고는 제가 아오야마 대학을 졸업하기 전인지 후인지, 그때쯤부터 기미코가 다시 저희 집에 드나들기 시작했습니다.

"근처에 온 김에 잠깐 들렀습니다."

"어라라, 기미코, 요즘은 어떻게 지내니?"

"긴자 보석점에서 일하고 있어요."

"그래, 네가 일을 하는구나."

왕족 가문의 아가씨로 자란 어머니는 밖에 나가 일한다는 게 무엇인지, 돌아가실 때까지 전혀 모르셨을 거예요. 물론 저도 대학 졸업하자마자 중매로 결혼했으니까 사회에 나가 일한다는 것에 대해서는 잘 모르지요. 동창회에 나가보면 왕족 학교에도 똑똑한 친구들이 있어서 사회에 진출하는 경우가 있는데 역시 그 친구들은 사고방식도 약간 다르다는 생각이 들더군요.

네, 그 무렵이었어요, 기미코가 먼저 그런 얘기를 꺼냈습니다.

"어머님, 갖고 계신 보석을 팔아보시겠어요? 좋은 가격으로 쳐드릴게요."

네, 기미코 쪽에서 먼저 꺼낸 얘기였어요. 제가 옆에 있었기 때문에 똑똑히 기억합니다.

어머니는 보석이 돈이 된다는 건 꿈에도 생각을 못 하던 분이라 좋아라고 당장 보석 상자를 꺼내 기미코에게 보여줬습니다.

다이아몬드는 전쟁 중에 애국이라는 명목으로 공출해갔지요. 그래서 사파이어, 루비, 에메랄드, 거기에 허리끈에 다는 보석과 머리에 꽂는 보석까지 모두 꺼내 보여주셨어요. 저도 깜짝 놀랐습니다. 어머니가 그런 보석을 몸에 달고 옷에 꽂던 시절은 제가 태어나기 전이거나 직후였을 거예요. 아무튼 제가 철이 든 뒤로는 계속 전쟁 중이었으니까 저도 그런 모습은 한 번도 본 적이 없었습니다.

"어머님, 역시 왕족 가문은 다르시네요. 이렇게 많은 보석을 갖고 계신 분은 처음이에요. 이 루비는 흠집 하나 없네요. 와아, 아름다워라. 비둘기의 핏빛과 똑같은 색깔이 가장 고급품이라고 하던데 이 루비가 바로 그 색깔이에요. 우선 이것과 묘목석猫目石을 제가 받아갈게요. 보석점 쪽에 가져가 가격이 나오면 곧바로 소식 전해드리러 올게요."

그렇게 말하고 돌아갔습니다. 텔레비전에 나와서 말했던 것과는 전혀 다르지요.

2, 3일 지나서 기미코가 돈다발을 들고 다시 찾아왔습니다.

"어머님, 그 루비 자체는 최상품인데 세팅이 구식이라서 값은 골동품 가격밖에 안 나온다고 하네요. 그러니까 이건 보석만 쳐준 가격인데, 어떠세요?"

어머니도 저도 두툼한 돈다발을 보고는 깜짝 놀랐습니다. 어머니가 결혼할 때 가져온 보석이고, 저는 아직 반지 같은 걸 껴본 적이 없던 시절이었으니까 그런 큰돈을 보고는 가격이 높은지 낮은지 알 도리가 없었지요. 아무튼 그 뒤로 날마다 저녁으로 스키야키를 해먹었던 게 기억납니다. 네에, 스키야키를.

"조상님 덕분에 입이 호강하는구나."

어머니가 절절히 그런 말씀을 하셨었어요.

제 결혼 상대가 정해졌을 때쯤에는 어머니의 보석 상자는 텅 비어버렸어요. 돈이 뭉텅이로 들어오는 게 반가워서 당시에는 저도 기미코가 집에 들락거리는 것을 좋아했습니다.

"어머나, 유키코, 결혼 축하해. 그렇다면 이걸 반지로 다시 세팅해야겠네. 역시 다이아몬드로 하는 게 좋겠지? 이 비취 주위의 다이아몬드로는 일자형 반지, 이 에메랄드 펜던트의 다이아몬드로는 결혼반지를 만들어줄게."

목소리는 조용한데 말을 어찌나 잘하는지, 남아 있던 두 개의 보석까지 순식간에 가져가서 2주일쯤 뒤에 제 반지로 만들어 가져왔습니다. 하지만 비취와 에메랄드는 돌아오지 않았죠.

"얼마 안 되지만 반지 세팅 비용은 유키코의 결혼 축하금이라는 뜻으로 내가 부담할게."

하지만 그걸로 끝, 비취도 에메랄드도 결국 돌아오지 않았습니다. 어머니는 그다지 아까워하지도 않았지만, 뭔가 감쪽같이 날아간 느낌이지요.

그나저나 그건 어떻게 된 건가요, 기미코가 속옷 차림으로 사망했다면서요. 아, 이브닝드레스를 입고 있었다고요? 하지만 그건 대낮에 일어난 일이잖아요. 그런데 왜 이브닝드레스를 입고 살해되었을까요. 자살이라는 주간지 기사도 나온 모양이던데. 어머님이 살아 계셨다면 연거푸 '어라라, 어라라' 하며 탄식하셨을 것 같군요.

어떻든 자세한 내용은 남편과 상의한 다음에 말씀드릴게요. 자, 그럼 이만 실례하겠습니다.

4
바람둥이 대학생

도미노코지 기미코에 관해서요? 아, 이제 그 얘기는 제발 좀 그 만합시다.

혼자 죽었는지 살해를 당했는지, 아무튼 이상하게 죽는 바람에 주간지라는 주간지는 죄다 나를 공격하면서 하나같이 '첫 남편, 첫 남편'이라고 기사를 써대니, 나는 그렇다 치고 지금 내 아내와 아 이들까지 신경쇠약에 걸릴 지경입니다.

게다가 기가 막힌 게 사실을 제대로 써낸 주간지는 단 한 곳도 없었어요. 이렇게 되면 나도 이판사판이에요. 있는 그대로 이야기 할 테니까 제발 정확하게 써주세요. 아시겠습니까?

그 여자를 처음 만난 건 1952년 가을이었습니다. 니혼바시의 라 면 가게에서 만났어요. 내가 대학생일 때였는데, 집에서 용돈은 넉넉히 보내줬지만 그래도 아르바이트라는 걸 해보고 싶었습니다. 아직 철모르던 때라서 별생각 없이 여자만 보면 혹하던 그런 나이였어요. 얌전하고 조용하고 얼굴이 하얀 아가씨라서 잠깐 넘어갔던 거라고요. 네, 아르바이트로 그 라면 가게에서 일했습니다. 라면이라는 말이 지금처럼 흔하지 않던 시절이었어요. 아뇨, 라면 가게라기보다 좀 더 손이 많이 가는 요리도 하던 식당이에요. 그 여자는 거기서 계산대를 담당했습니다. 가게 문 닫으면 집에 돌아가는 시간이 아무래도 똑같잖아요. 젊은 사람들끼리 당연히 눈도 맞을 거 아닙니까.

그야 사내니까 내 쪽에서 먼저 집에 가자고 꼬드겼죠. 둘 다 술에 취하진 않았을 겁니다. 그 여자가 싫다고 거절하면 나 혼자 잠깐 술집에 들렀다 갈 생각이었으니까요. 근데 그 여자가 선선히 따라오는 거예요. 나도 좀 믿어지지 않았죠. 아직 파마도 안 했고, 길게 땋아 내린 생머리에 블라우스와 감색 치마를 입은 소박한 차림새였으니까 홍등가의 매춘부와는 당연히 다른 부류의 아가씨였습니다.

당시 내가 살던 아파트에 들어서자마자 당장 껴안고 키스를 했죠. 그 여자는 저항하지도 않았고 내 품에서 사르르 녹아드는 느낌이었어요. 네, 처녀였던 것 같기는 해요. 나 역시 홍등가에 갈 용기가 없어서 아직 동정이었으니까 뭐, 아무 정신이 없었어요.

결혼에 대한 얘기는 둘 다 한 번도 꺼낸 적이 없었습니다. 아직 그런 걸 구체적으로 생각해본 적도 없었고, 이렇게 쉽게 허락하는 여자라면 결혼하자고 다그칠 일도 없을 거라고만 생각했죠.

우리 집은 시즈오카에서 나름대로 명문가예요. 뭐, 그리 대단한 집안은 아니지만 아버지도 도쿄에서 대학 나오셨고, 그래서 나도 도쿄의 대학에 오게 됐다고 할까. 처음에는 아는 집에서 하숙을 했는데 고향의 아버지 사업이 잘 풀리면서 아파트로 옮겼습니다. 그러니까 내가 대학 졸업하기 전의 일이에요.

아파트에서 둘이 동거하기 시작한 당초에는 남자 혼자 사는 것보다 여자가 있으니까 이래저래 편리하다는 정도로 생각했었어요. 네, 처음 관계를 맺고 한 달쯤 지나서, 그러니까 그해 연말이었는데, 그 여자가 간단한 짐을 싸들고 내 아파트로 들어온 겁니다. 그때만 해도 그 여자한테 폭 빠져 있던 참이라 나는 전혀 개의치 않았습니다. 낮에는 학교에 가고, 강의 끝나면 라면 가게에 나가서 계산대에 앉아 있는 그 여자를 바라보며 아르바이트를 했으니까 그야 뭐, 정말 각별한 재미가 있었죠. 주인아저씨 몰래 사랑의 눈빛을 주고받는 스릴이 있었으니까요.

그 식당 주인이 요즘은 중소기업의 영웅으로 손꼽히는 사람이에요. 사와야마 에이지 씨라고, 네, 아시죠? 과거 행적을 캐보면 이래저래 수상쩍은 점도 많은 사람이지만, 아무튼 당시에 벌써 대여섯 군데 식당을 경영하고 있었습니다. 활력 넘치는 불그죽죽한 얼굴의 중년 남자인데, 웬만해서는 식당에 나오지도 않지만 어쩌다 나오면 아주 요란하게 요리사와 웨이터, 우리 아르바이트생들에게까지 힘을 불어넣곤 했습니다.

"우리 가게는 전국에서 최고로 맛있는 식당이야. 그런 마음가짐으로 요리하고 서빙을 해야 돼. 이게 가장 중요한 거야, 알겠나?"

전국 최고라니, 얼토당토않은 삼류 라면 가게였지만 아무튼 사와야마 씨가 나타나면 2, 3일은 식당에 활기가 넘쳤으니까 뭐, 대단한 인물이죠. 나는 한 석 달 정도만 아르바이트를 할 생각이었는데 그 여자가 계산대를 맡고 있으니 아무래도 걱정스러워서 제법 오래 일했습니다. 사와야마 씨가 사람들 많은 데서 노골적으로 그 여자에게 수작을 걸곤 했거든요.

이를테면 이런 식이에요.

"기미코, 남자 친구 생겼어? 엇, 아직 없다고? 이런 말도 안 되는 일이 있나. 좋아, 그렇다면 내가 사랑해줄까? 젊은 날은 두 번 다시 오지 않는 거야. 나중에 호호 할멈이 된 뒤에 후회해봤자 이미 때는 늦어."

물론 남들 다 있는 데서 건넨 얘기지만 그게 딱히 농담만은 아닌 것 같아서 여간 속이 불편한 게 아니었어요. 나는 저녁 시간에만 나갔지만 그 여자는 낮 시간에도 일했으니까요. 혹시나 무슨 일이 있을지도 모르잖습니까. 은근히 불안해져서 학교 끝나면 잽싸게 달려가곤 했습니다.

"저런 아저씨의 마수에 걸려들었다가는 끝장이야."

내가 그런 말을 하면 그 여자는 말수가 적은 편이어서 그냥 괜찮다고 웃기만 했어요.

어떻든 젊은 혈기에 시작한 동거라는 건 아무리 스릴이 있어도 금세 싫증이 나게 마련입니다. 막상 대학 졸업하고 취직하고 나니까 친구들에게 라면 가게 계산대에서 일하는 여자를 내 아내라고 소개할 마음이 나지 않더라고요.

그 여자와의 잠자리요? 야아, 진짜 노골적으로 물어보시네. 그건 뭐, 그냥 담백했어요.

나는 고향에 내려가서도 집안 식구들에게 여자가 있다는 얘기는 안 했습니다.

게다가 그 여자도 별다른 요구를 하지 않았어요. 아침부터 일하러 나가고, 내가 취직한 뒤에도 아침이면 밥상 잘 차려주고 배웅하면서 잘 다녀오시라고 따듯이 인사까지 해주니까 나도 멋진 사내란 당연히 이런 대접을 받는 것이라는 정도로만 생각했었죠.

내가 무슨 말을 해도 순종하는 여자였어요. 그러니 아무리 싫증나고 답답해도 뭔가 싸울 만한 꼬투리가 잡히지 않더라고요.

"그라면 가게, 이제 관두지? 주인아저씨가 영 마음에 안 들던데."

말은 그렇게 했지만 내가 먹여 살릴 테니 일하러 나가지 말라고 강력히 말릴 수는 없었습니다. 애초에 결혼할 마음이라고는 눈곱만큼도 없었으니까요.

직장에 들어가면 선배들과 어울려 놀러 다니게 마련입니다. 밖에서 여자를 사고 술을 진탕 마시고 돌아와도 그 여자는 싫은 내색한번 안 했어요. 그러니 내 집에서 나가라고 소리칠 구실이 없었습니다.

"언제까지 여기 있을 생각이야?"

"왜 그런 말을 해? 나는 당신 아내야."

"결혼식도 올리지 않았는데 아내는 무슨?"

"그래도 이 아파트 사람들은 나를 새댁이라고 부르는데?"

이건 뭐, 내빼는 수밖에 없다고 생각했습니다. 얼굴 생김새도 웬

만하고, 품에 안으면 내가 하라는 대로 순종하고, 그리 나쁜 여자
는 아니었지만 아내로 삼을 마음은 도저히 들지 않았으니까요. 그
런 점에서는 똑같은 경우라도 매춘부는 어떻든 돈으로 깨끗이 해
결되니까 편하죠. 한참 나중에야 절절히 깨달았습니다.

입사 2년 차가 되자 고향 집에서도, 직장 상사에게서도 줄줄이
혼담이 들어왔어요. 그래서 그 여자에게는 비밀로 하고 내 짐을 조
금씩 정리하면서 다른 아파트를 물색하러 다녔습니다. 근데 그걸
그 여자가 눈치챘던 모양이에요.

"아이가 들어선 거 같아."

허 참, 정말 소스라치게 놀랐죠. 대비를 철저히 했으니 그럴 리
도 없었고, 게다가 그 무렵에는 같은 방에서 단순히 잠만 잤을 뿐
이라서 더더군다나 아이가 생길 리가 없었어요.

"농담하지 마. 혹시 생겼다면 내 아이가 아니겠지."

"당신, 어떻게 그런 말을……."

"아무튼 애는 안 돼. 나는 책임 못 져. 나도 그렇고 너도 그렇고
아직 너무 어리잖아. 부모가 될 만한 나이가 아니라고."

"난 낳을 거야."

조용한 목소리였지만, 섬뜩하더라고요. 굳이 흠잡을 만한 게 없
는데도 도저히 결혼할 마음이 안 났던 것은 그 여자의 그런 성격을
내가 어렴풋이 알았기 때문이었다는 생각이 들더라고요.

"정신 차리고 잘 생각해봐. 태어나는 아기도 가엾잖아? 아버지
가 반대하는 아이야. 호적에도 올리지 못해."

"사생아겠지? 그래도 버려진 아이보다는 훨씬 나아."

"뭐라고?"

"나도 부모에게서 버림받고 그 댁에 드나들던 장사치 집에서 자랐어. 내 아이한테는 그런 마음고생, 시키고 싶지 않아. 당신에게 폐는 끼치지 않을 생각이야. 나 혼자 낳아서 내 힘으로 키울 거니까."

"아이 둘러업고 라면 가게 계산대에서 일할 수 있어?"

"어라라, 당신은 역시 착한 사람이야. 마음속으로는 아이가 가엾지?"

"뭐라고?"

"착한 사람이니까 그런 상상을 하겠지. 틀림없이 착한 아이가 태어날 거야."

서로 간에 대화가 도무지 맞물리지를 않는 거예요.

아무튼 아이를 낳느냐 마느냐 하는 문제로 드디어 싸움다운 싸움을 하면서 나는 네 마음대로 하라고 고함을 쳤습니다. 그러고는 여자가 라면 가게에 일하러 나간 토요일 오후에 내 짐을 죄다 싣고 다른 아파트로 이사해버렸습니다.

나한테 폐는 끼치지 않겠다고 말한 대로, 그 여자는 나를 쫓아오지는 않았습니다. 다행이다 하고 가슴을 쓸어내렸죠. 새 아파트에서 혼자 살게 되니 해방감이 느껴지더라고요. 내 손으로 속옷을 빨아야 하는 게 귀찮기는 했지만, 생각해보니 여태 아파트 안의 공간이 그 여자로 가득 차 있어서 몹시 답답했었다는 것을 새삼 깨달았습니다.

고향의 부모님에게는, 좀 더 자리가 잡힐 때까지 당분간 독신으로 회사 일에 전념하겠노라고 그럴싸한 편지를 써서 중매 사진과 함께 답장을 보냈습니다. 그걸로 부모님은 안심하신 듯했습니다.

크게 데어서 그 뒤로는 아예 여자라고는 집 안에 들이지 않았습니다. 초일류 종합상사의 젊은 사원인데 여자들에게 인기가 없다면 그게 오히려 이상하겠죠. 선배를 따라 바에 가면 다들 질투할 정도였어요. 하지만 잠깐 즐기는 거라고 미리 마음먹고, 한 여자와 깊은 관계를 갖는 일은 결코 없었습니다. 잠자리를 하게 되더라도 여자 쪽에서 괜찮다고 해도 반드시 중무장을 했죠. 혹시라도 여자에게서 '애가 생겼다'는 말은 다시는 듣고 싶지 않았으니까요.

그 여자에게서는 별다른 소식이 없었습니다. 괜한 거짓말로 내 관심을 끌려고 했던 모양이라고 생각했죠.

그러니 반년이나 지난 다음에야 그 여자가 회사로 전화해서 뜻밖의 말을 했을 때는 정말 눈앞이 캄캄했습니다.

"아기 낳았어. 아들이야. 당신을 꼭 닮았어. 한번 보러 올래?"

내가 어떤 대답을 했는지, 기억도 안 나요.

일단 병원과 전화번호, 병실 번호를 메모하고 전화를 끊었을 때는 무릎이 덜덜 떨려서 한참 동안 자리에서 일어서지도 못했습니다.

하지만 2년 동안 동거했던 것은 사실이고, 헤어지기는 했어도 여자가 애를 낳아버렸으니 나도 영 모르는 척할 수는 없잖습니까. 내 자식이 태어났다는 소식이 왔는데, 퇴근하면서 나는 들뜨기는커녕 도살장에 끌려가는 양 같은 심정이었습니다.

정말 내 자식인가 하는 의심을 지울 수가 없었죠. 이건 뭐, 아버지라면 누구나 갖게 되는 본능적인 불안이겠지만, 내 경우에는 그

몇십 배는 불안했습니다. 라면 가게 주인아저씨 얼굴이 자꾸 머릿속에 떠오르고, 그렇다고 안 가볼 수도 없고……. 나 스스로도 온몸의 핏기가 싹 가시는 게 느껴지더라고요. 아마 병원에 도착했을 때는 얼굴이 새파래져 있었을 겁니다.

병실 번호는 미리 알았지만 거기 걸려 있는 명패를 보고는 깜짝 놀랐습니다. 와타세 기미코, 라고 내 성씨를 떡하니 적어놨더라고요. 성발 비시셌녀ㄷ요. 이렇ㄷ 8기를 ㅔ서 병신료 들어갔습니다

"요시오 씨, 역시 와줬구나. 반가워."

목소리는 여전히 조용조용했지만, 그 여자가 입고 있는 옷이며 병실 안에 놓인 꽃다발이 심상치 않았습니다. 그때만 해도 보기 힘든 물건이었는데, 얇은 나일론의 네글리제라고 하던가, 그런 걸 입고 있었어요. 머리는 묶지 않고 길게 빗어 내렸더라고요. 머리를 풀어 내렸구나, 우선 그 생각부터 했습니다. 주위에 아무도 없어서 나는 부루퉁하게 대꾸했습니다.

"낳지 말라고 그토록 말했는데 정말로 낳았어?"

"그래도 여자라면 누구든 아이를 원하는 거야. 아기는 하늘의 은혜인걸."

"아이는 어디 있어?"

"여기는 엄마와 아이를 따로 돌봐주는 산부인과야. 신생아실에서 하루 스물네 시간 빈틈없이 돌봐줘. 그사이에 엄마 몸이 완전히 회복되도록 해주려는 거야. 아, 지금 간호사 부를게."

베갯머리의 벨을 누르자 잠시 뒤에 간호사가 왔습니다.

"우리 아기 좀 데려다주세요."

곧바로 아기를 안고 왔는데, 발목에 번호패 같은 게 달렸고 거기에 '와타세'라고 성씨가 적혀 있더군요.

　막 태어난 아기를 나는 <u>으스스한</u> 심정으로 바라보았을 뿐, 아무 감흥도 없었습니다.

　"귀엽지? 눈하고 코가 당신을 꼭 닮았어. 진통으로 고생했던 기억은 이 아이를 보자마자 어디론가 날아가버렸어. 지금은 하느님께 감사하는 마음밖에 없어."

　간호사도 지켜보는 자리라서 나는 뭐라고 할 말이 없었습니다.

　"아가, 여기 봐. 아빠가 오셨네?"

　간호사가 옆에서 맞장구를 쳤지만 이내 분위기가 이상하다는 걸 눈치챈 모양이지요. 곧바로 아기를 안고 신생아실로 사라졌습니다.

　"대체 어쩔 셈이야? 나는 책임 못 진다고 분명히 말했었잖아."

　"알고 있어. 내가 혼자 낳았으니까 당신한테 책임지라고는 안 할 거야. 하지만 태어난 이상, 아빠에게 얼굴만이라도 보여주고 싶었어."

　"명패가 모두 내 성씨로 되어 있던데?"

　"산통이 시작되었을 때, 아파트 이웃 사람들이 깜짝 놀라서 이 병원으로 데려다줬어. 나도 모르는 사이에 그 사람들이 병원 측에 당신 이름을 알려줬나 봐. 다들 당신에게서 버림받은 내가 가엾었던 모양이지."

　"분명하게 말하겠는데, 이건 나한테 엄청난 민폐야."

　사실 인간적으로 내가 비열하다는 마음도 없잖아 있었지만, 그 여자가 너무 역겨웠습니다. 결국 헤어지게 된 건 그런 만만치 않은 면을 감지했었기 때문이죠. 내가 이런 꽃뱀 짓에 넘어갈 것 같으냐, 라는 마음이 더 강했습니다. 그 여자가 눌러살던 아파트는 내가 보증금을 냈고 그걸 그대로 둔 채로 나왔어요. 말하자면 그게 위자료인 셈 아닙니까.

"나는 아까 그 아이, 내 자식이라고 생각하지 않아. 아니, 생각하고 싶기 않아."

그 여자는 말없이 나를 지그시 쳐다보더군요. 굵은 눈물이 주르륵 뺨을 타고 흘렀을 때는 다시금 내가 비인도적인 짓을 하고 있다는 생각이 들었지만, 이런 여자에게 휘말려 평생 마음에도 없는 결혼 생활을 하는 건 정말 싫다는 생각에 주먹을 부르쥐고 단호하게 말했습니다.

"다시 한 번 말하겠는데, 나는 내 아이라고 인지認知할 생각이 없어."

여자는 손수건으로 천천히 눈물을 훔치더니 말없이 쳐다보더군요. 나도 입을 꾹 다물었죠.

"알았어. 당신이 어떤 사람인지, 잘 알았어."

"그럼 난 그만 간다."

"응, 잘 가. 항상 건강하기를 빌게."

좀 잔인한 짓을 했구나, 입원비쯤은 부담했어야 하는데, 하고 그 뒤로 1년 내내 생각날 때마다 가슴이 따끔따끔했지만, 그 여자 쪽에서 회사에 연락하는 일은 두 번 다시 없었습니다.

아무튼 느닷없이 '당신 아이예요' 하면서 신생아를 내밀었을 때의 충격은 뭐, 말로 표현할 수가 없습니다. 한참 동안 술을 마셔도 취하지 않고 여자들과 어울릴 마음도 나지 않았을 정도예요. 혹시 진짜 내 자식이라면 나는 그야말로 지독히 나쁜 짓을 한 것이라는 자책으로 내내 괴로웠습니다. 밤에는 악몽에 시달리고 길거리에서 아기를 보면 오금이 저리고, 진짜 힘들었어요.

고향 집은 시즈오카 현의 조그만 동네인데, 어쩌다 연휴에 돌아가면 부모님도 친척들도 이구동성으로 말했습니다.

"이제 슬슬 결혼해서 가정을 꾸려야지."

그때마다 괜히 몸이 파르르 떨렸어요. 그 여자가 아이를 안고 신혼집에 나타나기라도 하면 어쩌나, 조건반사처럼 그런 장면이 자꾸 떠오르는 거예요.

"아, 아닙니다. 회사 일도 좀 더 배우고 사회인으로서 자신감을 가진 뒤에나 해야지요. 아직 많이 부족합니다. 결혼이란 인류지대사잖아요."

내가 했던 그 말에는 분명 강한 설득력이 있었을 겁니다.

마침내 내가 결혼한 것은 그로부터 5년이나 지난 다음이었어요. 서른이 다 된 나이였습니다. 고향에서 부모님이 흡족해한 아가씨예요. 먼 친척뻘이지만 직접 혈연은 아닙니다. 형식적으로 선은 봤는데 어려서부터 알고 지냈고 가족도 알고 심성도 다 아는 여자예요. 나도 겨우 예전의 충격에서 깨어났고 회사에서 일하는 보람도 느끼던 시기였으니까 좋다고 승낙했습니다. 주례며 뭐며 부모님에게 다 맡겨버리고, 네, 나는 고향에 내려가 신사에서 결혼식만 올렸습니다. 아버지는 도쿄에서 성대하게 치르자고 했는데, 회사

상사 누구는 불렀는데 누구는 안 불렀네 하면서 나중에 시끄러워지는 게 성가시기도 하고……. 네, 그런 경우가 꽤 있어요. 그래서 사생활과 회사 일은 칼같이 구분하기로 하고, 친구도 중고등학교 때 특히 친했던 친구들만 초대해서 간소하게 치렀습니다.

지금 생각해보면 결혼식을 도쿄에서 올리지 않은 건 정말 다행이었어요.

신혼여행은 시마반도志摩半島로 갔습니다. 네, 그럴싸하게 떠났어요. 그런데 신혼여행지에 도착한 그다음 날로 전보가 날아왔습니다.

— 즉시 집으로 돌아오라. 아버지.

대체 무슨 일인지, 그때는 알지도 못했죠. 2박 3일 예정이었는데 1박만 하고 부리나케 시즈오카로 돌아왔습니다.

무슨 일이었을 것 같습니까? 허 참, 내가 나도 모르게 이미 6년 전에 결혼을 했더라고요. 스즈키 기미코라는 여자하고. 그 아이가 태어나기 1년 전에 이미 혼인 신고를 해버린 겁니다. 게다가 아이가 둘이에요. 와타세 요시히코, 와타세 요시테루.

결혼이라는 인륜지대사가 막도장 서류 한 장만 제출하면 법적으로 성립된다는 거, 선생님은 어떻게 생각하십니까.

내가 취직할 때, 호적초본 몇 장을 우편으로 받은 적이 있었어요. 기미코가 그때 본적을 확인했던 모양이지요. 새 헌법은 결혼하면 부모 호적에서 분리되잖습니까. 내 본적이 도쿄 아자부에 있던 그 아파트 주소로 옮겨져 있었어요. 세대주는 나, 아내는 기미코, 거기에 아이가 둘. 그 여자는 기미코에 公子라는 한자를 사용했었는데, 호적상으로는 흔해빠진 君子라는 것도 그때 알았습니다.

후유, 말하기도 힘들군요.

그다음 이야기는 우리 어머니를 만나서 직접 들어보시죠. 어머니는 훨씬 더 기막힌 일을 당했으니까요. 아 참, 집사람은 모르게 만나셔야 합니다. 아, 내가 어머니에게 미리 연락해둘게요.

아내 말입니까? 그때 결혼식을 올렸던 그 사람이에요. 아내도 신혼여행 떠났다가 느닷없는 재난에 휘말렸으니, 뭐, 엄청나게 화를 냈었죠. 지금도 그 여자 얘기라면 질색을 합니다. 저희 어머니에게만 조용히 물어보세요. 부탁드립니다.

5

끔찍한 소송

도미노코지 기미코 씨에 관해서⋯⋯.

네, 괜찮습니다. 아들에게서 미리 연락은 받았어요. 다시 생각할
수록 현기증 나는 일이지만, 어느 분이든 진실을 정확하게 밝혀주
셨으면 하던 참이었습니다.

그나저나 도쿄라는 곳은 참 무서운 곳이에요. 그 일 때문에 나는
더 이상 고향에서 얼굴 들고 살기가 힘들어 남편이 세상을 떠난 뒤
에 아들을 따라 도쿄로 올라와 며느리 눈치 살펴가며 잔뜩 웅크린
채 함께 살고 있지만요.

내 자식 자랑 같지만, 우리 요시오는 초등학교 때도 중학교 때도
공부를 여간 잘한 게 아니에요. 도쿄 대학 진학은 남편도 나도 당
연한 일이라고 생각했지요. 덕분에 대기업에 취직도 했고 이제 색

시만 얻으면 되겠다 싶어서 요시오에게 몇 번 말을 했는데 당분간 일에만 집중하겠다고 하더라고요. 그런 몹쓸 여자에게 걸려 고생하는 줄은 꿈에도 생각을 못 하고 어쩌면 저리도 믿음직스러운 소리를 할까, 그저 감탄만 했었지 뭐예요.

하지만 남자도 결혼 적령기라는 게 있지 않습니까. 게다가 요시오 밑으로 남동생과 여동생이 있어요. 큰애부터 차례대로 결혼해야 하는데, 이러다 자칫하면 줄줄이 밀려서 힘들어질 것 같더라고요. 요시오는 자꾸 미적미적 미루고 있었죠. 그래서 다섯 살이나 어리지만 우리 친정 쪽에 요시오도 어려서부터 자주 봐왔던 아가씨와 연줄이 닿아서 내가 사진을 들고 도쿄로 왔었어요. 네, 요시오가 누구 다른 여자와 사귀는 것은 아닌지, 그것도 확인할 겸 일부러 올라왔었지요.

요시오도 이제는 때가 됐다고 생각했는지 일이 착착 진행되어서 마침내 결혼식을 올렸어요. 피로연도 개가 장남이라서 지방은 지방 나름대로 친척이 워낙 많으니까 이래저래 여간 힘든 게 아니에요. 요시오는 간소하게 치러서 좋다고 합디다만, 그리 간단할 리가 있나요. 그래도 참석한 분들이 저마다 반색을 하시면서 좋은 혼인이다, 잘 어울리는 부부가 탄생했다고 말씀해주셔서 나도 부모로서 할 일을 한 가지 무사히 마쳤구나 하고 흐뭇했었지요.

신혼여행 떠나는 것을 배웅하고 나니까 어쩐지 마음이 적적해지더라고요. 아들을 며느리에게 빼앗기는 기분이라는 게 이런 거구나, 어떻든 미움받는 시어미는 되지 말자고 결심을 했지요. 그래서 내가 먼저 서둘러서 남편에게 말했습니다.

"여보, 요시오는 회사 일 바쁘다고 결혼식이고 피로연이고 모두 우리한테 떠맡겼잖아요. 그 애 하는 걸 보니 혼인 신고도 그냥 두면 영 안 할 것 같아요. 신혼여행에서 돌아오는 길로 혼인 신고를 할 수 있게 호적등본을 떼어 둡시다."

"그렇군. 요시츠구도 취직 시험이 있고 하니까 함께 떼어 와야겠네."

하지만 남편은 추히주에 취해서 많은 금세 디너을 깟치림 했지만서도 역시 혈압 높은 게 걱정이 되기도 해서 결국 내가 그다음 날 혼자 구청에 나갔습니다.

구청에서 호적등본을 받아 보니 요시오의 이름 밑에 굵은 선이 그어져 있더라고요. 뭔가 잘못되었나 하고 불길한 예감이 들어서 담당자에게 물어봤어요.

"이건 왜 이런 건가요? 여기 선 그어진 거, 어째 불길하군요. 우리 아들은 아직 살아 있는데요."

그랬더니 호적 담당자가 찬찬히 일러주듯이 말하더라고요.

"전후에 호적법이 개정되었거든요. 장남이라도 결혼하면 이렇게 호적이 따로 분리됩니다."

"그건 알고 있어요. 그래서 서류를 갖춰 혼인 신고를 하려고 하는데요."

"혼인 신고는 아드님의 현재 주소를 관할하는 구청에 제출하면 됩니다."

"하지만 어제 결혼한 아이가 이 아들인데?"

"와타세 요시오 씨요?"

"그렇습니다."

"거, 이상하군요. 요시오 씨는 스즈키 기미코라는 분과 혼인 신고를 해서 제적除籍 처리가 되어 있어요. 보세요, 여기 적혀 있지요?"

작은 글씨를 확인해보고 나는 숨이 멎을 만큼 놀랐습니다.

"대체, 이, 이 스즈키 기미코라는 게 누, 누구지요?"

호적 담당자가 딱하다는 얼굴로 나를 쳐다보는 거예요.

"글쎄요, 저는 잘 모르지요. 아무튼 6년 전에 혼인 신고를 해서 이렇게 처리가 된 걸로 나와 있습니다. 아버님인 와타세 씨와는 별도의 호적이 만들어진 것이지요. 만일 이 와타세 요시오라는 분이 어제 또 결혼을 했다면 중혼이 됩니다. 아, 물론 이혼을 하셨다면 중혼은 아니고요."

머리가 멍해지는 것만 같았습니다.

호적등본을 받아들고 곧바로 남편 회사로 갔습니다. 네, 양식 장어 먹이를 취급하는 회사예요. 남편 집안이 오래전부터 그 일을 해와서 그 무렵에는 물론 사장이었습니다. 나는 사장실로 곧장 달려갔습니다.

"왜 그래?"

"여보, 노, 놀라지 말고 이것 좀 보세요."

"어허, 왜 이리 허둥거리나. 뭐야, 이건 호적등본이잖아."

"요시오가 겨, 결혼을 했더라니까요."

"뭐야?"

남편이 돋보기를 벗고 자잘한 글씨를 확인했습니다.

"6년 전이라면 대학 졸업하던 해 아니야?"

"입사하자마자예요, 날짜를 보면."

"이봐, 요시오한테 전보를 치라고. 즉시 집으로 돌아오라. 아버지, 라고 해."

"여보……."

"우선 그 녀석한테 확인을 해야 할 거 아니야. 아, 됐어, 비서를 우체국에 보내야겠네. 그게 더 빠르겠어. 한시라도 빠른 게 좋아."

그러고는 남편은 평소 돈독하게 지내던 변호사 사무실로 향했습니다.

그날 밤늦게 돌아온 요시오를 맞아들여 호적등본을 보여줬더니 남편보다 더 소스라치게 놀라더라고요.

"너, 부모에게 말도 없이 결혼을 했었어?"

"아, 아니에요. 설마 그 여자가 이런 짓을 할 줄은 생각도 못 했어요."

"그 여자라니? 스즈키 기미코라는 게 대체 누구야? 술집 아가씨냐?"

"아뇨, 그런 건 아니고……."

"어떤 여자인지 말해봐! 어서 말 못 하겠나!"

나는 옆에서 속이 탔지요. 남편 혈압도 걱정이지만, 요시오와 함께 수줍은 얼굴로 신혼여행에서 돌아온 며느리 귀에 이런 얘기가 들어가면 안 되잖아요.

"여보, 큰소리 좀 내지 말아요, 제발."

내가 그렇게 몇 번을 애걸복걸했습니다.

요시오는 그래도 우리에게 정직하게 다 말했던 것 같아요. 동거한 적이 있었다. 아이가 생겼다고 해서 도망쳤다. 하지만 내 자식일 리가 없다고 지금도 생각한다. 절대로 자신은 결혼은 안 했다. 혼인 신고 따위는 한 기억이 없다……. 그렇게 죄다 털어놓았습니다.

"흠, 그래? 변호사에게 문의했더니 혼인 무효 소송을 하면 문제없을 거라던데, 아이까지 있었다면 일이 더 복잡해질지도 모르겠군."

"하지만 혈액검사를 해보는 방법도 있어요. 아무튼 제가 내일 첫차로 도쿄에 가서 이 여자를 만나봐야겠어요."

"변호사는 즉시 새 호적등본을 떼어 오겠다고 하던데……. 그나저나 요시오, 아주 지독한 여자한테 걸렸구나."

나는 남편이 분통이 터져서 고함이라도 지를까 봐 전전긍긍, 혈압도 걱정이고 며느리 귀에 들어갈까 그것도 걱정이고, 그래서 옆에 바짝 붙어 있었는데 의외로 화를 내기보다 딱하게 생각하는 말투더라고요. 남자들이란 그런 때는 서로 동지애라도 느끼는 모양이지요?

그다음 날, 요시오는 회사에 급한 볼일이 생겨서 가봐야 한다고 며느리에게도, 며느리 친정에도 둘러대서 도쿄로 보냈습니다. 그리고 며느리는 우선 우리 집에서 지내라고 했어요. 친지들이며 이웃들을 초대해 피로연까지 성대하게 치른 마당에 그렇게 거짓말이라도 해야지 뭐, 다른 방도가 없었어요.

그로부터 나흘쯤 지났었나? 며느리가 부르는 소리가 들리더라고요.

"어머님, 손님이 오셨어요."

그래서 현관으로 나가봤더니, 우리 며느리 정도의 젊은 여자가 아주 기품 있는 분위기로 서 있는 거예요.

"와타세 요시오 씨의 어머님이십니까?"

"네, 그렇습니다만."

"처음 뵙겠습니다. 저는 기미코라고 합니다."

"누, 누구라고?"

"와타세 요시오의 아내입니다. 어머님, 얼마나 뵙고 싶었는지 모른답니다. 요시오 씨가 곧 데려가겠다고만 하는지라 뭔가 사정이 있으신가 하고 여태까지 찾아뵙지도 못했습니다."

아주 조곤조곤한 목소리였어요. 이런 기품 있는 여자를 사귀었으면서 왜 집에 데려와 소개하지 않았을까, 등이 오싹한 가운데서도 그런 생각을 했다니까요. 하지만 등 뒤에서 와장창하고 찻잔 떨어지는 소리가 들려서 번쩍 정신을 차렸지요. 며느리가 손님이 왔다고 차를 내오다가 방금 그 이야기를 들은 거예요.

"자, 잠깐만요, 당신 일 때문에 우리 요시오가 도쿄에 간 걸로 아는데?"

"네, 말씀은 들었습니다. 그래서 이렇게 어머님을 뵈러 찾아왔어요. 제가 부족한 점이 많아서 요시오 씨 마음에 들지 않았다는 건 잘 알지만, 그래서는 아이 둘이 너무나 딱해서요."

"뭣이, 아이가 둘?"

"어머님도 자식을 키우셨으니 제 심정을 이해하시겠지요? 어머님이 저 같은 일을 당했다면 어떻게 하셨을까요?"

"그래도 우리 요시오는 동거만 했을 뿐, 결혼은 하지도 않았고 아이도 제 자식이 아니라고 분명하게 말했다는데……."

"저는 요시오 씨가 거짓말을 했다고는 생각하고 싶지 않답니다. 저희는 결혼을 했고 아이가 둘이라는 건 틀림없는 사실인 걸요."

"내가 얼마 전에 요시오 아파트에도 갔었는데 댁이나 아이들은 그림자도 못 봤어요. 요시오는 당신과는 이미 5년 전에 헤어졌다고 했다고요."

"네, 저는 꾹 참고 기다릴 생각이었습니다. 아이가 둘이나 되니까 언젠가는 요시오 씨가 제게로 돌아올 것이다, 오직 그 생각만 하면서 참고 또 참았답니다. 아이가 둘 다 아들이고 요시오 씨와 붕어빵처럼 꼭 닮았는걸요."

누군가 집 밖으로 뛰쳐나가더군요. 우리 며느리라는 걸 깨닫고 졸지에 내가 뒤쫓아 나갔습니다.

"얘, 요시코, 요시코!"

며느리가 눈물범벅이 된 얼굴로 돌아보며 부르짖는 거예요.

"저를 속였어요. 뭔가 이상하다 했더니만, 이건 정말 너무하잖아요!"

그러고는 내 걸음으로는 도저히 따라잡을 수도 없이 휑하니 가버리더라고요.

네, 나도 그 자리에 주저앉아 그냥 엉엉 울고 싶었지요.

며느리는 신경질적으로 소리를 질렀지만, 그에 비하면 도쿄에서 온 여자는 내 속이 다 뒤집힐 만큼 침착하기 짝이 없는 목소리였습니다.

"이봐요, 기미코라고 했지요? 그쪽도 뭔가 감정이 격해졌는지 모르겠지만, 나는 정말 뭐가 뭔지 모르겠네요. 방금 뛰쳐나간 새 며느리와 바로 일주일 전 대안길일大安吉日에 신 앞에서 결혼식을 올렸다고요."

"네, 저도 그 이야기는 들었습니다. 참 딱하시네요, 저분도."

조용조용한 몸짓으로 후드득 눈물을 떨구는 것을 보고 있으려니 우리 이들이 퀴으로 못 된 시내가 아니었나 싶어서 나는 그저 그것만 걱정이었습니다.

"글쎄 우리 요시오는 결혼한 적이 없다고 했다니까요. 댁이 마음대로 혼인 신고를 해버렸다고 하던데."

"어라라, 제가 그런 엄청난 짓을 할 사람으로 보이시나요? 둘이서 나란히 도쿄 미나토 구청에 가서 혼인 신고를 했고, 두 아이의 출생 신고도 요시오 씨가 해줬습니다."

"아무튼 애 아버지가 돌아올 때까지 잠깐만 기다려봐요."

"네, 어머님, 저는 기다리는 데는 이미 익숙하답니다. 언제까지라도 기다리겠습니다."

말투가 전혀 사납지 않은 거예요. 온순한 얼굴로 조곤조곤 얘기를 하니 나도 내심 안쓰럽더라고요. 그나저나 아이가 둘이라니, 그렇다면 내게 이미 손자가 있었다는 얘기 아닙니까. 참말로 여우에 홀린 듯한 일이지 뭐예요. 시골집이니 응접실이라야 별 대단한 곳도 아니지만 아무튼 집 안에 들여놓고 남편이 오기만을 기다렸어요. 그런데 이번에는 내가 안절부절못하겠는 거예요. 며느리는 어디로 갔는지, 무슨 얘기를 하고 다닐지, 이만저만 걱정이어야 말이지요. 작은 동네라서 소문이 금세 퍼지고, 그 뒤에 정말로 한바탕 난리판이 벌어졌습니다.

남편이 돌아오자 여자는 얌전하게 절까지 하더라고요.

"요시오 말을 믿느냐 댁의 말을 믿느냐, 둘 중 하나라고 생각하네. 어떻든 우리는 중매인을 통해 정식으로 결혼식을 올리고 피로연도 치른 마당에 주위 사람들 눈도 있고, 요시오가 이미 결혼했었다는 얘기는 할 수가 없는 형편이야. 부모로서 참으로 하기 힘든 말이지만, 우선 그 점은 이해해주겠는가."

"아버님 어머님께서는 저희 일을 전혀 모르셨으니 어쩔 수 없으시겠지요. 하지만 요시오 씨는 왜 다른 분과 결혼을 했을까요. 저는 정말 믿을 수가 없습니다. 제가 마음에 들지 않는다면 나름대로 절차를 거쳐 저와 헤어질 수도 있을 것이고, 그건 제가 부족한 점이 많았기 때문이라고 생각합니다. 하지만 아이들에게는 아무 죄도 없잖아요. 저도 아이들에게 아빠가 이런 짓을 했다는 얘기는 차마 할 수가 없답니다. 지금 한창 귀여운 때예요. 언젠가는 요시오 씨가 마음을 돌릴 거라고 생각하고 저는 여태껏 생활비 한번 받은 적 없이 저 혼자 열심히 일하면서 아이들을 키워왔습니다."

"허 참, 그런 아이들이 있다면 어째서 요시오가 여태껏 부모에게 말을 안 했는지, 영문을 모르겠군. 아무튼 요시오와 댁의 문제는 변호사를 통해 해결하도록 하세."

"어라라, 방금 그건 무슨 말씀이신지요. 변호사에게 무엇을 부탁하시려구요?"

"아무튼 요시오는 자네와 결혼할 의사가 없었어. 하지만 동거한 것은 인정하고 있네. 회사에 취직하고서 자네와의 관계를 청산할 마음을 먹었을 때는 이미 혼인 신고가 되어 있었다는 얘기니까 이 일은 이제 법률 전문가에게 맡기는 수밖에 다른 도리가 없지 않은가."

"그러십니까. 그렇다면 저를 와타세가의 며느리로 받아들일 수 없다는 말씀이시군요."

"아니, 요시오가 다른 여자와 이제 막 결혼한 참인데, 어쩔 수 없는 일 아닌가."

"두 아이를 데려오면 부모님께서도 분명 마음을 바꾸실 거라고 생각했지만, 제가 행여 아이들 앞에서 흐트러진 모습을 보일까 봐 오늘은 데려오지 않았습니다. 하지만 변호사가 진실한 법률 전문가라면 틀림없이 우리 두 아이를 지켜주겠지요. 하느님의 은덕이라고 생각할 수밖에 없을 만큼 착한 아이들이에요. 요시히코는 올해 유치원에 들어가고 요시테루는 이제 말도 곧잘 한답니다. 두 아이를 보신다면 분명 아버님의 생각도 바뀌실 거예요."

구구절절 어찌나 말을 잘하는지 나는 마음이 갈팡질팡하는 가운데서도 눈물을 글썽이고 말았죠. 아마 남편도 상당히 마음이 흔들렸을 거예요. 그 여자가 악어가죽 핸드백에서 작고 동그란 은빛 통을 꺼냈을 때, 나는 좀 특이한 모양의 시계인 줄만 알았어요. 거기에서 하얀 알약을 꺼내 입에 넣더니 태연한 얼굴로 차와 함께 꿀꺽 삼키더라고요.

"우리 두 아이만 인정해주신다면 저는 괜찮습니다. 그저 운명이라고 생각하고 제 삶은 포기하면 되니까요. 요시오 씨가 다른 여자분과 결혼하다니, 저는 정말 생각지도 못한 일이어서 그저께부터 밥 한술 못 뜨고 잠 한숨 못 잤답니다."

그러고는 입을 딱 다물어버리니 남편도 나도 뭐라고 할 말이 없어서, 내 아들이지만 참 요시오는 어떻게 이런 큰 죄를 지었을까, 하고 한숨만 내쉬었습니다.

그런데 그 여자가 갑자기 털썩 쓰러졌을 때, 나는 소스라치게 놀라서 어쩔 줄 몰랐지만 남편은 역시나 남자더군요, 순간적으로 상황을 파악했는지 급하게 여자를 안아 일으키면서 묻더라고요.

"이봐요, 방금 뭘 먹은 게야?"

"저는, 이 자리에서, 그만, 죽고 싶어요……."

그날 마침 요시오의 남동생이 집에 와 있던 참이었어요.

"요시츠구, 어서 구급차 불러! 당장 119로 신고해!"

구급차가 도착할 무렵에는 며느리 친정에서도 중매인 쪽에서도 속속 모여들었으니, 이것 참, 그보다 난감할 데가 또 있겠습니까. 그렇잖아도 작은 동네인데 구급차까지 불렀으니 신문에 날 일은 아닌지 몰라도 뭐, 아주 큰 사건 아니겠어요? 그렇죠, 바로 일주일 전에 결혼식을 올린 집에 웬 여자가 뛰어들어 약을 먹었다면 이건 뭐, 순식간에 소문이 퍼지는 건 막을 도리가 없지요.

응급실에서 위세척을 했는데 치사량의 수면제를 먹었다고 하더라고요. 사흘쯤 의식 불명 상태였다가 겨우 깨어났어요. 그 사흘 동안 우리는 살아도 산 것 같지를 않았죠. 도쿄에서 요시오가 내려와 그 아이들은 제 자식이 아니라고 주장하지, 중매인과 며느리 친정에서는 비난을 퍼붓지, 거기다가 사람이 하나 죽기라도 한다면 우리 집안은 아예 끝장나는 거 아니겠습니까.

하지만 변호사는 전후 사정을 듣자마자 즉각 그러더라고요.

"악질적인 꽃뱀에게 걸리셨군요. 이건 재난이라고 생각할 수밖에 없습니다. 혼인 신고가 되었고 자식이 둘이나 있는데 부친과 그 집안에서 6년 동안 그런 사실을 알지 못했다는 건 상식적으로 납득하기 어려운 일입니다. 혈액형은 큰아이가 AB형이고 둘째 아이는 D형이라고 했다는군요. 요시오 씨가 D형이고 여자 쪽은 AB형이니까 그것도 쟁점이 되지 못합니다. 소송을 해봤자 괜히 시간만 허비할 뿐 남자 쪽이 전적으로 불리하니까 돈으로 해결하는 게 가장 현명합니다."

"하지만 죽을 결심을 한 사람이 돈을 준다고 받아줄까요?"

"에이, 그건 연극이에요. 정말로 죽을 작정이었다면 아무도 모르는 데서 약을 먹었겠지요. 그건 이쪽에 망신을 주려는 게 목적입니다. 괜히 감정에 휩쓸리지 않도록 앞으로는 만나지 않는 게 좋습니다."

"그래도 그 여자가 마음대로 호적에 올렸잖습니까. 우리도 마음대로 호적에서 빼버리고 다시 정식으로 혼인 신고를 하면 안 될까요?"

"그랬다가는 그 여자 쪽이 바라던 대로 된통 걸려드는 겁니다."

"어째서요?"

"중혼죄가 성립되거든요. 형사 소송을 제기하면 요시오 씨는 즉각 구속이에요."

남편도 나도 피가 얼어붙는 것 같았지요. 그래서 정식으로 변호사에게 이 문제를 일임했습니다. 그런데 이게 웬일이야, 그 여자 쪽에서도 변호사를 준비했더라고요, 마치 기다렸다는 듯이. 우리 쪽 변호사가 얼굴이 새파래져서 보고를 하러 달려왔어요. 아주 악덕 변호사로 이름난 사람이래요. 우리 쪽에서 결혼식을 올린 사실은 어떻게 감출 도리가 없잖습니까. 그나마 법적인 수속을 밟지 않아서 범죄가 되지는 않는다더군요. 참내, 피로연도 한 뒤잖습니까, 어떻든 일을 조용히 마무리하는 것밖에는 달리 방법이 없더라고요. 소송으로 가지 않고, 그러면서도 정식으로 이혼을 시키기 위해서는 어떻게 해야 하는가, 우리 쪽 변호사와 그쪽 변호사, 전문가끼리 협의해서 가정 재판소까지 갈 것 없이 위자료를 지불하고 협의 이혼을 하는 수밖에 없다는 결론이 나왔습니다. 한마디로 돈을 내라는 거예요. 정말 어처구니가 없었지요. 오로지 꾹 참고 기다려왔노라고 그렇게 서럽게 조곤조곤 얘기했던 여자가, 우리 눈앞에서 수면제를 먹기 전에 벌써 도쿄 쪽에 변호사를 준비해둔 거예요. 우리가 변호사를 내세우겠다고 하니까 '어라라' 하면서 화들짝 놀라던 그 여자가 말이에요.

그쪽이 제시한 이혼 합의금은 기절할 만큼 큰 액수였어요. 우리 남편, 아마 그 일로 수명이 몇 년은 줄었을 거예요. 그때 당시에 5천만 엔이라는 큰돈을 요구했으니까요.

"또다시 집에 쳐들어와 약이라도 먹으면 그때는 정말 큰일이니까 어쩔 수 없어."

남편도 기운이 빠져서 그렇게 얘기하더라고요. 단단히 약점을 잡혔으니 액수를 내리자는 얘기도 못 했죠. 한시바삐 며느리를 정식으로 호적에 올려야 한다는 초조감도 있었고요. 돈으로 해결된다면 어떤 요구도 순순히 들어주는 게 오히려 속 편하다고 생각했어요. 그나저나 참말로 큰돈이었어요. 변호사 말로는, 우리가 혼인무효 소송에 들어간다면 그 여자가 몇 번이든 우리 집에 찾아오겠다고 얘기했다는 거예요. 게다가 이런 소송은 결론이 나기까지 몇십 년씩 걸린다네요.

그러니 그 중에 그 여자가 텔레비전에 출연해 처여덕스럽게 지껄이는 모습을 볼 때마다 내가 어떤 심정이었겠어요.

"돈이란 다른 사람을 굳게 믿어주면 언제든 필요한 만큼 따라오게 마련이랍니다."

정말 피가 거꾸로 솟구치는 것 같았지요.

그 여자, 살해됐지요? 그 당시 우리 요시오도 살인이 죄만 아니라면 죽이고 싶다고 했었어요. 아, 오해는 하지 마세요, 우리 아들이 죽인 건 아니니까. 5천만 엔에 협의 이혼하고 그런 여자와는 아무 관계없이 그야말로 떳떳하게 평화로운 가정을 이뤘어요. 이제 그런 여자와는 더 이상 엮이고 싶지도 않아요.

그런데 어째 묘하게 죽는 바람에 주간지라는 주간지마다 '첫 남편, 첫 남편' 하면서 요시오를 쫓아다니니, 민폐도 이런 민폐가 없죠. 게다가 그쪽에 아이도 있잖아요. 요시오가 혹시라도 무슨 일이 생기면 그 아이들이 이쪽 재산을 노릴 거 아닙니까.

가업은 둘째 아들에게 물려주기로 했는데, 그나마 참 다행이에요. 양식 장어는 전후에 대히트를 쳐서 사업이 쭉쭉 성장했어요. 요시오는 큰아들이지만 도쿄에서 월급쟁이로 일하면서 옹색하게 살고 있습니다. 5천만 엔을 그런 식으로 날렸으니 어쩔 수 없다고 제 입으로도 얘기하더군요.

그나저나 5천만 엔을 손아귀에 넣을 때, 그 여자 나이가 겨우 스물두세 살이었어요. 그러니 그 돈으로 어떤 대담한 짓거리든 다 할 수 있었겠지요. 그 당시 5천만 엔은 지금으로 치면 몇억 엔은 되니까요.

아무튼 세상 참 좁다고 실감했던 게 그 얼마 뒤였어요. 우리 고향에서 토지를 매물로 내놓았던 남편 친구에게서 스즈키 기미코를 아느냐는 문의가 들어왔어요. 그야 토지를 사들일 정도의 돈은 우리 쪽에서 내줬으니까 당연히 매입금을 낼 능력은 있을 거라고 남편이 대답해줬다더라고요. 그랬더니 계약금만 내고는 몇 년째 잔금을 안 줬다는 거예요. 만나면 곧 주겠다고 말을 하면서도 차일피일, 그러다가 그 자리에 번듯한 호텔이 들어서버렸어요. 네, 이즈의 그 대형 호텔입니다. 계약금만 내고 이 핑계 저 핑계 버티다가 땅값이 오르기를 기다려 전매해버린 거예요. 그 여자, 그런 얍삽한 짓을 여기뿐만 아니라 사방에서 하고 다녔던 거 아닙니까?

6
신혼의 아파트

도미노코지 기미코에 관해서 알고 싶다고요?

네에, 잘 알죠. 꽤 오래전 일이지만 같은 아파트에서 살았고, 그 새댁하고는 특히 마음이 잘 맞아서 아주 친하게 지냈어요.

네, 그 무렵에는 와타세라는 사람과 결혼해서 살았어요. 물론 정식으로 결혼했죠, 기미코 씨가 결혼식을 올렸다면서 아파트 각 호마다 인사를 다녔는데요. 기념품으로 은 재떨이를 나눠 줬어요. 제법 값비싼 물건이었어요. 나한테 인사하러 왔을 때가 생각나네요.

"이번에 결혼한 와타세의 아내입니다. 시골의 남편 친가 쪽에서 결혼식과 피로연을 했기 때문에 인사가 늦어졌지만, 앞으로 잘 부탁드립니다."

"와타세 씨가 결혼을 했어요? 우리한테는 독신주의라고 하더니만."

"어라라, 그래서 이웃에 저를 소개해주지 않았군요. 하지만 시골 시부모님께서 이웃집에 꼭 인사를 드리라고 당부하셨어요."

예쁘장한 데다 차림새도 고급스럽고 말투도 상스러운 데가 없어서 나는 처음 보자마자 이런 새댁이라면 괜찮겠다고 생각했어요. 아파트 같은 공동주택에서 살다 보면 서로 다툴 일도 많거든요. 하지만 새댁은 맞벌이라서 낮에는 얼굴 마주칠 일이 없고 밤늦게야 둘이서 나란히 돌아오곤 했어요. 이따금 영화라도 보러 가는지, 와타세 씨와 팔짱을 끼고 나가곤 해서 곁에서 보기에도 사이좋은 신혼부부였죠.

우리 집은 결혼하자마자 애가 들어서는 바람에 아이 돌보랴 삼시 세끼 밥 차리랴, 남편 한 사람 월급으로 먹고살다 보니 새댁네처럼 우아하게 사는 걸 보면 얼마나 부러웠는지 몰라요. 둘이 커플 스웨터도 입고 다녔어요. 게다가 그 새댁이 직접 짠 스웨터였죠. 네, 손재주가 좋았어요. 옷을 죄다 손수 만들어서 입었다니까요. 재봉틀도 없는데 멋진 드레스를 줄줄이 입고 다녀서 무슨 일을 하는 여자인가 하고 당연히 아파트 아줌마들 사이에 화제가 됐었죠.

"레스토랑에서 계산대 일을 맡고 있어요."

새댁도 그렇게 말했고 와타세 씨 쪽도 똑같은 말을 했으니까 그야 사실이었겠죠. 아줌마들이란 의심이 많아서 부부가 똑같은 말을 하지 않는 한 믿지 않거든요. 아 참, 그렇지, 와타세 씨가 이런 말을 했었어요.

"레스토랑이라고 할 정도는 아니지만, 네, 일단 계산대 담당자로 일하고 있습니다."

계산대를 담당한다는 게 뭔지 잘 몰라서 새댁이 일하는 식당에까지 직접 가본 아줌마가 있었어요. 네, 아파트 사는 사람들이 좀 그렇고 그런 면이 있어서 여간 성가신 게 아니에요. 사실 말과 행동이 다른 사람들이 그 무렵에는 아주 많았거든요. 암거래 장사꾼이 잘났다고 활개를 치고 다니던 시절이니까요. 우리 아파트에도 뭔가 수상쩍은 일을 하는 사람들이 있었죠. 도쿄는 그때도 주택난이 심했는데 우리는 결혼하지끼지 애기 생기는 바람에 집을 구하느라 크게 고생했었어요. 다행히 빈집이 딱 한 군데 있어서 덥석 정해버렸죠. 목조 건물 아파트였는데 요즘은 그 근처에 온통 철근 고층 맨션이 들어서서 옛 자취라고는 찾아볼 수도 없어요.

내가 그 새댁을 지금도 착한 사람이라고 굳게 믿는 것은 우리 딸아이한테 정말 잘해줬기 때문이에요. 아침이면 우리와는 달리 시간 여유가 있으니까 딸아이는 일어나자마자 그 집 문을 두드렸죠. 새댁네도 방 한 칸짜리 좁은 집이었지만 언제라도 아침부터 반갑게 맞아줬어요. 아침은 아예 그 집에서 먹고 왔다니까요. 그때 우리 유리코는 반쯤은 새댁이 키워준 거나 마찬가지예요. 그런 유리코가 벌써 대학을 졸업했으니까, 참말로 옛날 일이네요.

우리 남편은 좀 비판적이었어요.

"와타세는 아직 대학생이잖아. 결혼은 너무 이르지. 게다가 그 새댁은 미성년자 아니야? 그 집 부모는 어떻게 그런 어린애들을 결혼시켰는지 모르겠어."

"그래도 동거니 뭐니, 그런 어설픈 짓을 하는 것보다는 낫잖아. 와타세 씨가 시즈오카에서 큰 부자라던데, 뭐."

"쳇, 우리 아버지는 부자가 아니라서 미안하다."

어느 집이나 다 그런가요? 우리 남편은 다른 집에 대해 좀 좋은 얘기만 하면 금세 토라진다니까요.

"여보, 그 새댁이 애들을 얼마나 좋아하는데. 우리 유리코를 진짜 잘 봐줘. 아침마다 거기 놀러 가잖아. 올 때마다 항상 머리 스타일이 달라져 있다니까. 올려 묶기도 하고 리본을 달아주기도 하고, 아무튼 손재주도 좋아. 게다가 우리 유리코, 눈이 예쁘다고 얼마나 칭찬을 해주는지."

"눈 하나는 날 닮았지. 그거 말고는 죄다 당신을 닮았으니 칭찬하려야 할 수가 없겠지."

"흥, 무슨 소리야. 당신, 그 새댁한테 좀 배워야겠네. 나도 당신이 한 것과 똑같은 말을 했었거든, 우리 유리코는 눈 하나가 장점이라고. 그랬더니 새댁이 뭐라고 한 줄 알아? 내 눈에는 아름다운 것만 보인다, 아름다운 것이 한 가지만 있으면 전부가 아름답게 보인다, 그래서 이따금 실수도 하지만 그래도 추한 부분만 보는 것보다 훨씬 행복하지 않으냐, 그러더라고."

"쳇, 말은 그럴싸하네."

"그렇지 않아. 그 여자, 워낙 집안이 좋아서 그런 고귀한 품성을 타고난 것 같아."

"집안이 좋아?"

"친어머니가 아니라 양어머니 밑에서 자랐나 봐. 뭔가 사정이 있어서 태어나자마자 업둥이로 내보내졌대. 친부모님에 대해서는 말할 수 있을 때가 되면 자세히 알려드리겠다, 그러더라고. 아마 유명한 사람의 딸인 것 같아."

"어느 귀족 집안의 방탕한 아들이 하녀를 건드려 사생아 딸을 낳은 모양이지. 삼류 소설 같은 얘기네. 전쟁 끝난 뒤로 이제 일본은 민주주의 국가야. 집안이 귀하네 마네, 아직 나이도 어린 여자가 그런 얘기를 은근슬쩍 흘리다니, 참 어이없는 시대착오다."

아마 우리 남편은 와타세 씨가 아직 대학생인데도 그렇게 어리고 예쁜 아내를 가진 게 영 마음에 안 들었던 모양이지요. 하지만 내가 본 바로는 와타세 씨네는 꿈같은 커플이었어요. 이름이 와타세 요시오였던 것으로 기억하는데, 상당히 핸섬한 청년인 데다 이쪽도 집안이 좋은지 예의가 깍듯해서 아침저녁으로 인사를 빠뜨린 적이 없어요.

우리는 애가 있어서 늘 집 안이 어질러져 있었지만, 새댁네는 항상 깔끔하게 정리해놓고 종이로 만든 꽃으로 곳곳을 꾸며 놓아서, 약간 소녀 취향이기는 했지만 참 깔끔했어요. 아, 그렇지, 결혼 인사 선물을 나눠 줄 때도 홍백색 끈 밑에 작은 종이학을 일일이 끼워 넣어서 포장을 했더라고요. 그런 걸 온갖 정성을 들여 예쁘게 꾸미는 여자였어요.

내가 칭찬을 해줬더니 새댁이 그러더군요.

"어라라, 저는 아름다운 것이라면 뭐든지 다 좋아요. 요시오 씨는 그런 거 별로 좋아하지 않지만."

손에 낀 반지가 무척 잘 어울렸고, 게다가 매일같이 다른 반지를 끼고 다녔어요.

"기미코 씨는 대체 반지가 몇 개나 되는 거야?"

나도 모르게 물어본 적이 있을 정도예요.

"제 양어머니가 친어머니에게서 맡아둔 보석이에요. 저도 이제 결혼을 했으니까 껴보라고 이따금 꺼내주세요. 시댁에서 받은 반지는 소중히 간직해야 하니까 되도록 끼지 않으려구요. 혹시라도 손 씻으려고 잠깐 빼놓았다가 깜빡 잊어버리기라도 하면 큰일이 잖아요."

전후에는 먹을거리도 부족하던 시절이니까 나는 보석 같은 건 생각도 못 해봤어요. 그래서 새댁이 상당한 집안 출신인 게 틀림없다고 생각했죠. 우리 아버지 어머니는 반지 하나 쥐어준 적이 없거든요. 나는 결혼식 때도 반지를 못 받았고 시댁 쪽에서도 그런 건 줄 생각도 안 했어요.

근데 와타세 씨가 대체 왜 그랬는지, 지금도 나는 당최 이해가 안 돼요. 그런 최고의 아내를 그 남자가 차버렸잖아요. 그것도 새댁이 배가 불룩해졌을 때요. 아무래도 와타세 씨가 취직을 해서 사회인이 된 게 계기였던 것 같아요. 거의 날마다 집에 안 들어오더니 급기야는 자기 짐만 챙겨서 나가버렸어요.

그때는 아파트 아줌마들이 죄다 분개했었죠. 다른 일이라면 또 모르지만, 임신 중인 아내를 두고 가버리다니, 남편으로서 최악이 잖아요.

"역시 결혼을 너무 일찍 했어. 젊은 혈기에 잠깐 실수했던 거지."

우리 남편이 아주 당연하다는 얼굴로 그런 소리를 해서 내가 따지고 들었죠.

"당신도 대학 다닐 때 그 비슷한 짓을 했던 모양이지? 좋아, 젊

은 혈기에 잠깐 실수한 거라고 치자. 그럼 아이는 대체 누가 책임
질 건데?"

남의 일에 우리 부부가 크게 싸웠던 게 생각나네요.

임신과 출산이라면 내가 경험자니까 이런저런 충고도 많이 해
주고, 최대한 잘 먹고 영양을 섭취하게 하려고 야식도 가끔 갖다줬
어요. 그 새댁, 배가 불룩해서도 일하러 다녔거든요.

"애 아빠는 어디서 어떻게 지내고 있어?"

"어디로 갔는지를 모르겠어요."

"회사는 다닐 거 아냐."

"네. 하지만 회사에 전화하면 그이가 몹시 싫어할 거고, 저도 직
장에까지 전화하고 싶지는 않아요. 좀 힘들기는 하지만 배 속에서
아기가 뛰놀기 시작하니까 그이가 없어도 이제 그리 힘들지 않네
요. 언젠가는 마음을 돌려 집에 들어오겠지요. '정이 없어도 자식
으로 사는 게 부부'라면서 시어머니도 저를 달래주시더라구요."

아직 나이도 어린데 참 다부진 여자라고 우리가 감탄했었죠. 너
무 딱하다고 아파트 아줌마들이 죄다 나서서 기저귀도 챙겨주고,
나는 우리 애가 쓰던 헌것이지만 기저귀 커버도 준비해줬어요. 임
산부 검진도 안 받았다고 하길래 우리가 아기 수첩이며 진통이 시
작되면 데려갈 병원까지 미리 알아봤죠.

그 무렵을 돌이켜보면, 기미코 씨가 여자 혼자 몸으로 그렇게 큰
성공을 거둔 것도 그런 인복 덕분일 거예요. 평소에는 견원지간이
던 아파트 아줌마들이 그때는 일치단결해서 기미코 씨를 도와줬
으니까요.

그때 일은 정말 잊을 수가 없네요. 새벽 2시쯤이었을 거예요. 갑자기 신음하는 소리가 들리는데 그야 경험자라면 당장 진통이라는 걸 알죠. 내가 한달음에 뛰어갔어요.

"새댁, 정신 잃으면 안 돼. 걱정할 거 없어. 조금만 참으면 진통이 가라앉으니까 그사이에 병원에 가자."

그렇게 등을 쓰다듬으면서 달랬지요. 다행히 산부인과가 아파트 근처였어요. 아줌마 서너 명이 그 밤중에 새댁을 데리고 갔죠. 병원 입구에서 다시 진통이 오는 통에 우리도 다들 얼굴이 새파래져서 병원 벨을 마구 눌렀어요.

요즘과는 달리, 그때는 산부인과 의사나 간호사가 싫은 내색 한 번 하는 일 없이 곧바로 분만실로 안내해줬습니다. 나는 아파트로 다시 뛰어가 남은 밥으로 주먹밥을 만들어다가 진통이 잠시 멎은 참에 챙겨줬어요. 애를 낳을 때는 무엇보다 체력이 필요하잖아요. 그렇게 해서 요시히코가 태어난 게 오전 6시 정각이었어요. 내가 그 시간까지 똑똑히 기억하고 있다니까요. 우리 유리코를 그렇게나 잘 돌봐주던 새댁이잖아요, 그 신세는 갚아야죠.

분만실에서 힘찬 아기 울음소리가 들렸을 때, 복도에서 기다리던 우리 아줌마들, 그제야 마음이 놓여서 서로 얼굴을 마주 보며 감격했었죠.

잠시 뒤에 간호사가 사내아이라고 알려주더군요.

"그나저나 와타세 씨한테는 어떻게 연락을 하지?"

아줌마 한 사람이 작은 소리로 속닥거리더라고요.

"회사에 전화하면 되잖아."

"난 그렇게까지 오지랖 넓은 짓은 하기 싫은데."

그렇게 꽁무니를 빼는 아줌마도 있었죠.

"오지랖 넓기는, 뭐가? 이건 너무 심한 거 아니냐고, 새댁 혼자 아이를 낳게 하다니. 제 자식이라면 최소한 우리한테도 큰 신세를 졌다고 인사쯤은 해야 인간이지."

그렇게 얘기하는 아줌마도 있어서 나는 정말 공감했습니다.

그나마 다행이라고 해야 하니, 마침 1인실 한 곳만 비어 있어서 새댁이 거기로 들어간 게 아침 6시 반이었어요.

우리가 저마다 축하한다고 한마디씩 해줬는데 새댁은 그야말로 기뻐서 어쩔 줄을 모르는 거예요.

"고맙습니다. 아주머니들께 이렇게 큰 신세를 지고, 저는 정말 행복한 사람이에요."

그러더니 우리한테 묻더라고요.

"그런데 우리 아기 얼굴 보셨어요?"

"아니, 아기를 이쪽 방으로 데려오는 거 아닌가?"

"이 산부인과는 신생아실이 따로 있대요. 그러니까 가시는 길에 얼굴 한번 봐주세요. 요시오 씨를 꼭 닮았을 테니까 금세 알아보실 거예요."

출산이라는 건 여자에게는 평생의 큰일이니까 우리 경험자들은 새댁이 푹 잘 수 있게 해주자고 일찌감치 병실을 나왔어요. 나는 마지막까지 남았다가 작은 소리로 물어봤죠.

"와타세 씨한테 연락해줄까?"

"아니에요, 제가 연락할게요. 어서 보여주고 싶을 만큼 꼭 닮았어요, 요시오 씨를."

마냥 기뻐서 어쩔 줄 모르는 표정이었어요. 남편의 식어버린 사
랑을 이 아기로 되찾을 수 있다고 생각하는가, 하고 참 딱하더라고
요. 아직 팔팔한 와타세 씨가 과연 아빠로서 책임감을 느끼고 다시
돌아올지, 아무래도 미심쩍은 느낌이었거든요.

신생아실에는 다음 날 점심때 가봤어요. 간호사에게 와타세 씨
의 아이를 좀 보자고 했더니 유리창 너머 여섯 번째 바구니라고 알
려주더군요. 유리창에 바짝 붙어서 들여다봤는데 와타세 씨를 닮
았는지 어떤지는 잘 모르겠더라고요.

"새댁, 잘 잤어? 해산한 뒤에는 아무튼 푹 쉬는 게 좋아. 책 같은
거 읽었다가는 시력이 급격히 떨어질 수 있어."

"어라라, 그래요? 중요한 걸 가르쳐주시네요. 다행이다."

"와타세 씨에게 연락은 했어?"

"네, 전화했더니 당장 달려왔더라구요. 정말 기뻤어요."

"그래, 다행이네. 와타세 씨, 깜짝 놀라지?"

"아뇨, 제가 아이 가진 건 이미 알고 있었으니까 별로 놀라지는
않았어요. 자기도 이제 아빠가 되었다고 감개무량한 얼굴을 하더
라구요."

그렇다면 희망이 있겠구나, 결혼식 뒤에 시부모가 아파트 이웃
사람들에게 선물까지 챙겨줄 정도인데 설마 이 부부를 헤어지게
하지는 않겠구나, 하고 나도 안심했습니다.

퇴원할 때까지 아파트에서 친하게 지냈던 아줌마들이 번갈아
찾아갔는데, 아무도 와타세 씨를 본 사람은 없었어요.

"그날 딱 하루만 왔다 갔었나?"

"그러고는 또 발을 뚝 끊었다면 이건 문제네, 문제야."

"새댁은 앞으로 대체 어떻게 될까?"

아파트에서는 모이면 그런 이야기들을 했었죠. 아, 근데 새댁 병실에 꽃이 잔뜩 배달되어서 마치 꽃밭 같았다, 그것도 뭔가 이상하다, 그런 얘기를 하는 사람이 있었네요.

"내체 누가 보내주는 기야, 그 꽃으?"

"새댁이 일하던 곳에서 보내줬나?"

"하지만 친구 하나 찾아오는 꼴을 못 봤는데, 나는."

"나도."

저마다 그런 얘기를 하니 이건 정말 수수께끼였죠.

나는 거의 날마다 찾아가서 새댁의 속옷 빨래도 해주곤 했으니까, 한번 넌지시 물어봤어요.

"꽃이 이렇게 많고, 정말 예쁘다. 누가 보낸 거야?"

생화라는 게 이틀만 지나면 시들잖아요. 그런데 꽃다발과 꽃병이 점점 늘어나기만 하고 줄어들지를 않는 데다 어떤 꽃이든 바로 그날 도착한 것처럼 싱싱하더라고요.

"여기저기서 보내주셨어요. 친구와 친지분들이요. 제가 그나마 발이 넓은 편인가 봐요. 저도 깜짝 놀랐지 뭐예요. 제가 아름다운 거 좋아한다는 걸 다들 아시고서 하나같이 꽃을 들고 오시네요. 저 장미꽃은 그이가 간밤에 가져왔어요. 제가 장미꽃을 좋아한다는 거, 그이가 잘 알거든요. 근데 남자가 꽃을 들고 오는 게 어지간히 겸연쩍었는지 들어오자마자 제 눈앞에 쑥 들이밀더니 부루퉁하게

'장미야'라고 하더라구요. 저도 보면 다 아는데 말이에요."

"어머, 그랬어? 와타세 씨가 간밤에 왔었구나."

"네, 밤늦게 왔었어요. 요즘 회사 일이 바쁜 모양이에요."

그 와타세가 꽃다발을 들고 오는 모습은 상상하기가 어려웠지만, 그게 사실이라면 새댁이 말했던 대로 자식을 보고 두 사람이 다시 합치기로 했나 보다, 하고 가슴을 쓸어내렸죠. 새댁의 말씨가, 텔레비전을 보셨으면 잘 아시겠지만, 그때부터 조곤조곤 작은 목소리에 아주 차분해요. 그래서 나도 모르게 점점 귀를 기울여서 듣게 되죠.

근데 새댁이 퇴원한 뒤로 한동안 아파트에 돌아오지 않았어요.

"어디로 가버렸을까?"

"와타세 씨한테 간 모양이지."

"그럼 해피엔드네?"

"이 아파트는 어떻게 할 생각일까?"

"이제 곧 자리 잡히는 대로 인사도 할 겸 이삿짐 챙겨가겠지."

우리는 아무튼 만사가 다 잘 풀렸다고만 생각했어요.

그런데 보름쯤 지나서 새댁이 아파트에 돌아와서는 예전처럼 혼자 지내는 거예요.

"지난번 해산때는 큰 신세를 졌어요. 정말 고맙습니다."

우리한테 공손하게 인사는 했는데, 결혼 때처럼 선물을 돌리는 일도 없고, 날마다 아침 9시쯤에 나갔다가 밤 11시에나 돌아오더라고요.

그래서 내가 머뭇머뭇 물어봤어요.

"새댁, 아이는 어떻게 했어?"

"부탁할 만한 분이 있어서 그쪽에 맡겼어요. 제가 일을 나가야
해서."

뭔가를 빤히 응시하는 눈빛으로 그렇게 말하는 거예요. 그러니
와타세 씨와는 어떻게 되었느냐는 말은 차마 물어볼 수도 없더라
고요.

텔레비전에서 엄청 든 길 비는 여지리는 식으로 소개하면서 갑
작스럽게 화면에 나왔을 때, 나는 곧바로 그 새댁이라고 알아봤어
요. 전혀 나이 먹지 않은 것에 놀랐지만, 그래도 정말 반가웠죠. 별
고생 한번 한 적 없이 어느새 뒤돌아보니 부자가 되어 있더라고 말
하던데, 나는 그 얘기 들으면서 눈물이 주르륵 흐르더라고요.

아이가 생긴 참에 남편에게서 버림을 받았잖아요. 그런 슬픔을
떨치고 혼자서 얼마나 이를 악물고 노력했겠어요. 그런 얘기는 입
도 뻥긋하지 않았지만, 고생이야 이루 말로 다 할 수 없었겠지요.

그래서 기미코 씨가 사망했을 때, 언론에서 그렇게 험하게 떠들
어대는 데는 정말 화가 나더라고요. 그 새댁, 나쁜 짓은 절대 못 한
다는 거, 내가 잘 알아요. 한 아파트에서 살다 보면 그런 것쯤이야
금세 알죠.

네, 해산하고 1년여 만에 새댁은 아파트를 떠났어요. 어디로 갔
는지는 나도 모르죠. 15년이 지나서야 텔레비전에 나오는 걸 봤어
요. 방송국으로 편지를 보냈더니 '사토노 유리코 님께'라고 적힌
카드와 함께 최고급 외제 화장대를 떡하니 보내주는 바람에 화들
짝 놀랐다니까요. 의리가 있다고나 할까. 그나저나 참 대단하지요,

이 화장대? 할리우드 여배우들이나 쓸 것 같은 물건이잖아요. 유리코 결혼할 때 실어 보낼 생각이었는데, 새댁이 그런 식으로 세상을 떠나버렸으니 아무래도 꺼림칙하네요.

자살이라고 써낸 주간지도 있던데, 설마 그럴 리가요. 내가 그때 기미코 씨에 대한 기사가 실린 주간지는 죄다 사다가 읽어봤는데, 대체 왜들 그러는지 모르겠어요. 무엇보다 그 새댁, 나쁜 짓이라고는 하나도 한 적이 없는데 왜 여기저기서 악녀라고 떠들어대는 거예요? 돈을 많이 번 게 나쁜 짓이라면 사업가들이나 부자들은 모두 다 악당입니까? 아니, 얘기가 그렇잖아요?

7
보석 감정사

도미노코지 기미코?

물론 나야 잘 알지요. 그런데요, 그 도미노코지라는 건 본명이 아닐 겁니다.

처음 만난 건 내가 신바시 역 옆의 보석점에서 근무하던 때였어요. 그 여자도 같은 가게에서 일했습니다. 전쟁 끝나고 물자가 영 부족해서 어디를 가봐도 윤택한 기운이라고는 없던 시절이었지만, 그래도 그 보석점에는 꿈이 있었습니다. 지금 생각해보면 그런 아름다운 분위기를 빚어낸 게 그 여자의 힘이었던 것 같아요. 아직 여자라기보다 소녀 같은 모습이었지만 그 무렵부터 아주 화사한 꿈같은 게 싹트고 있었으니까요.

우리가 근무한 보석점의 사장은 전쟁으로 다이아몬드를 공출하던 시절에 아주 지저분한 짓을 해서 전쟁 끝나자마자 큰 부자가 된 사람이었습니다. 웬만해서는 가게에 얼굴도 내밀지 않았지만, 그런 얘기를 지배인으로 일하던 사람한테서 내가 직접 들었어요. 네, 전쟁 중에 애국이라는 명분으로 정부에서 반 강제로 다이아몬드를 공출한 적이 있잖아요. 그때 귀족이며 명문가 사모님들이 애국심으로 다이아몬드를 죄다 내놨죠. 그걸 보석 감정인이랍시고 그럴싸하게 둘러대서 중간에 빼돌린 거예요.

"사모님, 말씀드리기가 참으로 난처합니다만 이 다이아몬드는 가짜입니다."

그렇게 돌려보내고는 저녁에 그 댁에 찾아가 그야말로 헐값에 매수하는 수법을 썼다는군요.

전쟁에 승산이 없다는 걸 그때 이미 눈치챘으니까 참 대단한 사람이라고 지배인은 오히려 자랑스러운 일처럼 얘기하더라고요. 내가 기미코에게 그런 말을 했더니 기가 막힌다는 듯 탄식을 하더군요.

"어라라, 그런 짓을 하다니, 너무 심해요."

"나도 진짜 말문이 막히더라."

"아, 싫다. 어쩐지 범죄 같아요."

눈썹을 찌푸리며 말했던 것이 기억납니다. 결백한 성품의 아가씨였죠. 아주 순수한 소녀라는 인상이 지금도 강하게 남아 있습니다.

보석점에서 근무한 건 나와 기미코 둘뿐이었습니다. 네에, 손님이 거의 없었어요. 그때만 해도 입에 풀칠이라도 하려고 사람들이 눈이 벌게져서 뛰어다니던 시절이니까요. 작은 가게였고 진열창에 자수정이니 석류석 같은 것, 그러니까 보석이 아니라 전문점에서 귀석貴石이라고 하는 것들로 브로치나 펜던트, 반지 등을 만들어 겨우 진열하는 정도였어요.

지배인 말로는, 공출 다이아몬드를 사기 쳐서 매수해둔 양이 막대할 거라고 했는데 그런 물건들은 보석점에 진열하지도 않았고 사러 오는 손님도 없었습니다. 지금 생각해보면 왜 그런 가게를 열었는지 뻔히 짐작이 되기만, 그 당시에는 이렇게 손님이 없는데 월급을 제대로 주기나 할지 내심 불안할 정도였죠.

찾아오는 사람은 보석을 사려는 손님보다 오히려 팔려는 이들이 더 많았습니다. 에메랄드며 비취 같은 걸 장바구니에서 슬쩍 꺼내 보이며 전당포에 찾아온 아주머니 같은 얼굴로 묻곤 했습니다.

"저어, 이거 값을 얼마나 쳐줄까요?"

나도 그 무렵에는 보석을 전혀 몰랐어요. 잠시만 기다리라고 하고는 안에 들어가 지배인을 불러오거나 지배인도 없을 때는 사장님 사무실에 전화해서 나오시라고 했습니다.

그렇게 기다리는 동안에 기미코가 손님을 상대해드리는 거예요.

"아, 빛깔이 정말 곱군요. 초록 잎에 이슬방울처럼 투명하게 보이네요."

"벽옥碧玉이라고 했어. 값비싼 물건이니 소중히 간직하라고 하셨는데, 어느 정도 가격에 팔릴지 알아보려고……."

"어라라, 이걸 내놓으시려고요?"

"발등에 불이 떨어졌으니 어쩔 수가 없네. 배를 곯으면서 보석

붙들고 있어봤자 무슨 소용이겠어."

"정말 예뻐요. 흠집 하나 없는걸요. 어라라, 정말 마음에 들어요, 이 초록빛."

"양 끝에 다이아몬드가 있었는데 그건 전쟁 중에 공출했어. 전쟁에 패할 줄 알았으면 내놓지 않았을 텐데."

그런 대화를 하는 사이에 지배인이 돌아오는 겁니다.

"아이고, 죄송합니다. 오래 기다리셨지요?"

한쪽 눈에 확대경을 끼고 보석을 찬찬히 점검하는 동안, 손님은 기미코에게 자신이 전쟁 전후에 어떻게 처지가 바뀌었는지 하소연하는 거예요. 뭐, 판에 박은 듯이 다들 똑같은 사연이었어요. 명문가에서 태어나 훌륭한 사람과 결혼했는데 전쟁이 끝나면서 끼니까지 걱정해야 하는 신세가 되었다는 탄식이었죠.

"역시 훌륭한 물건을 갖고 계시네요. 장식 다이아몬드가 있었을 텐데, 참 아깝습니다."

"네, 방금도 그 얘기를 했어요. 전쟁에 패할 줄 알았으면 절대로 내놓지 않았을 거라고. 우리는 다이아몬드 브로치와 머리에 꽂는 액세서리까지 다 내놨어요. 내 눈앞에서 뚝뚝 떼어가고 이제 남은 건 보석 받침과 귀석뿐이네요. 이거, 가격은 얼마나 될까요?"

"저희 가게에서는 언제든지 5만 엔에 매입하겠습니다만, 혹시 모르니까 다른 보석점에도 한번 알아보시는 게 어떨까요?"

5만 엔이라면 당시로서는 큰돈이었습니다. 새끼손가락 끝마디만 한 비취가 천 엔짜리 50장으로 바뀌다니, 옆에 있던 나까지 깜짝 놀랄 가격이었으니까요. 대부분의 손님들은 지배인이 말한 대로 일단 돌아갔지만 사흘이 안 되어 다시 찾아왔습니다.

"이거, 지난번 그 가격으로 사주세요."

보석점 금고에는 그런 때를 대비해 항상 현금을 준비해뒀죠.

손님이 돌아간 뒤에 지배인이 말하는 거예요.

"양쪽에 이렇게 구멍이 뚫려서 별 쓸모가 없을 것 같아. 세팅도 케케묵은 티가 나고, 아무래도 다이아몬드를 한 바퀴 돌려야 하나. 풀린 찌재는 최고급이니까 디자인을 단순하게 하는 게 좋겠어."

그러면서 보석 기술자에게 물건을 보내는데 그 심부름은 항상 기미코가 맡았습니다. 가격이 가격인지라 혹시라도 불상사가 생길까 봐 마침 가게 문 닫을 때쯤이면 내가 함께 가겠다고 말했었죠. 그랬더니 기미코가 태연히 말하는 거예요.

"아이, 괜찮아요. 학원 바로 옆인데요, 뭘."

"학원?"

"네, 간다 쪽의 야간 학원에 다녀요."

"영어 학원인가?"

"글쎄요."

아무래도 영어는 아닌 것 같았지만, 별로 밝히고 싶지 않은 눈치여서 나도 굳이 캐묻지 않았습니다. 손님이 없는 조용한 시간 대부분을 기미코는 가게 한쪽에서 책을 읽으며 보냈습니다. 번역 소설을 읽을 때도 있었지만, 재무제표론 같은 어려운 책을 들여다보기도 해서 내심 놀랐던 게 기억납니다.

아무튼 보통 아가씨는 아니었어요, 그 무렵부터.

보석 기술자가 만든 반지 등을 기미코가 낮 시간에 찾으러 가는 일도 자주 있었습니다. 가게에 지배인이 없을 때는 살짝 상자를 열어 자기 손가락에 끼고 황홀한 듯 바라보곤 했죠.

"오우치 씨, 정말 멋있어요, 보석이란 건."

"네에, 잘 어울리십니다, 스즈키 기미코 씨."

네, 스즈키 기미코였어요, 그때는.

지금이니까 하는 얘기지만, 그 1년쯤 뒤에 기미코가 성이 바뀐다는 말을 했을 때는 상당히 충격을 받았습니다.

"저, 결혼했어요. 그래서 와타세로 성이 바뀐답니다. 이제 스즈키가 아니라 와타세 기미코예요."

어디선가 보석을 서너 개씩 가져다 지배인에게 보여주기 시작한 것도 그 무렵이었어요.

"시어머님이 괜찮은 가격으로 팔고 싶다고 하시는데, 이건 얼마나 나갈까요?"

"기미코, 장남과 결혼한 모양이지?"

"네."

"그럼 이 사파이어는 잘 갖고 있어. 보석은 한번 내 손을 떠나면 결코 돌아오지 않아. 나중에 틀림없이 후회한다고."

"그래도 팔아달라고 하셨는걸요. 시어머님이 얘기하신 거니까 가격 잘 쳐서 받아주세요."

"글쎄, 이 사파이어는 50만 엔, 에메랄드는 60만 엔, 진주는 9천 엔 정도인데, 어때?"

"괜찮은데요? 일단 편지로 의사를 타진해볼게요."

"기미코, 아주 좋은 집안에 시집갔구나."

"어라라, 그런가요?"

"이만한 크기의 에메랄드를 가진 사람은 국내에 몇 명 안 돼. 와타세 씨라고 했지?"

"네."

"나는 들어본 적이 없는 성씨인데? 아무튼 이런 보석을 팔려고 내놓은 걸 보니까 시집가서 호강하기는 힘들겠다."

"그래서 당분간은 맞벌이를 하기로 했어요. 괜찮아요, 저는 일하는 거 좋아하니까."

사나흘 지나 지배인에게 보석을 건네줬지만 백만 엔 이하였으니까 에메랄드나 사파이어, 둘 중 하나는 아까워서 팔지 않았던 모양이에요.

"내가 데려다줄까? 그런 큰돈 들고 학원에 가면 위험할 텐데."

내가 물었더니 하얀 이를 살짝 내보이면서 미소를 짓더라고요.

"밤에 다니는 학원은 이제 관뒀어요. 남편이 싫어해서."

그래서 처음으로 집까지 배웅을 해주었는데 노기자카 언덕길을 내려간 곳의 큰 저택이었습니다.

"정말 고맙습니다. 큰돈이라 실은 좀 겁이 났었거든요."

그러고는 작은 출입문으로 사라졌습니다. 좀 의아했던 것은 그 으리으리한 저택보다 문패의 이름이 와타세가 아니라는 것이었어요. 뭐였더라, 이토였나 가토였나, 아, 맞다, 비토였네요. 고색창연한 대문 기둥의 문패에 비토라는 성씨가 적혀 있었습니다.

대체 어떻게 된 건가 하고 고개를 갸웃거렸지요. 결혼해서 스즈키 기미코가 와타세 기미코가 되었다고 했는데 그 저택에 걸린 문패는 비토였으니까요.

다음 날 그녀에게 물어봤습니다. 그랬더니 별일 아니라는 듯 술술 대답하더군요.

"비토 씨는 시어머님 친정 쪽이에요. 원래 와타세가는 아오야마에 있었지만 이번 전쟁 통에 불타버려서 시어머님의 친정에 신세를 지고 있거든요. 시어머님은 아직 피난 가신 시골에 그대로 계시구요. 집이 없어졌으니 돌아오려야 돌아오실 수가 없답니다. 하루빨리 남편과 집을 마련해야 할 형편이에요. 그래서 제가 맞벌이를 하게 된 거예요."

전혀 의심할 여지가 없는 설명이었습니다.

"그나저나 굉장한 저택이라서 좀 놀랐어."

"어라라, 그런가요? 하지만 와타세가의 집이 훨씬 더 컸어요. 돈도 많았구요. 이제는 다 옛날 얘기가 되었지만."

기미코가 어쩐지 기품 있고 말투가 상냥했던 이유를 그제야 겨우 알 것 같았습니다. 작은 가게에서 매일 둘이서만 일했으니까 연심이 싹트지 않았다고 한다면 거짓말이겠지요. 하지만 그림의 떡이구나, 적극적으로 다가가지 않은 게 다행이었구나, 하고 생각했습니다.

그리고 얼마 뒤에 그녀가 야간 학원을 그만둔 대신 또 다른 곳에서 일하는 것 같은 느낌이 들더라고요. 보석점 문 닫자마자 뛰쳐나가듯이 급하게 가곤 했으니까요. 갓 결혼한 새댁이 남편 오기 전에 서둘러 집에 가려는 것 같은 분위기도 아니었습니다.

한번은 지배인이 그런 얘기를 한 적이 있어요.

"기미코는 하루 종일 일을 한다니까. 저렇게 열심이니 돈도 꽤 많이 모았을 게야. 하긴 요즘 세상살이가 워낙 힘드니 그럴 만도 하지."

그래서 내가 물어봤어요.

"여기 말고 또 다른 데서도 일을 해요?"

"엇, 자네는 몰랐어?"

"네, 결혼했다는 얘기는 들었습니다만."

"작은 가게지만 니혼바시 쪽에서 중화요리점을 경영하는 모양이야."

"예에?"

"사장님이 식사하러 나갔던 길에 봤대. 계산대에 앉아 있는데 여간 당차지 않더라고 하던데."

니혼바시의 중화요리점 이름을 알아내 당장 그날 저녁에 가봤죠. 하지만 안에 들어가 국수라도 먹어볼 용기는 없었습니다. 분명 가게 입구의 계산대에 앉아 손님에게서 돈을 받고 계산을 해주는 사람은 기미코였습니다.

여자가, 더구나 아직 어린 아가씨가 다른 사람의 두 배나 일하는 것에 큰 감동을 받았죠. 와타세가가 어떤 명문가인지는 모르겠지만, 남편과 함께 집안을 일으켜보겠다고 저렇게 열심히 사는구나, 하고 생각하니 나도 좀 더 분발해야겠다는 마음이 들더군요. 마냥 가게 지키는 일만 할 게 아니라 보석 감정사 자격증을 따서 당당한 보석상이 되자고 적극적인 자세를 갖게 된 게 바로 기미코 덕분입니다.

네, 그 얼마 뒤에 기미코는 보석점을 그만뒀어요. 무슨 이유였는지, 지배인도 자세한 내용은 모르는 것 같았습니다.

"아마 그 식당 일이 바빠진 모양이야."

남의 아내가 된 사람이지만 나는 뭔가 섭섭하고 여전히 미련이 남더라고요. 니혼바시의 중화요리점 쪽에 슬쩍 보러 갔는데, 이번에는 기미코의 모습이 보이지 않았습니다.

식당 안으로 들어가서 물어봤어요.

"저어, 와타세 씨는 오늘 쉬는 날입니까?"

그랬더니 식당 직원들이 어리둥절한 얼굴을 하는 거예요.

"항상 여기 계산대에 앉아 있던 여자분 말이에요."

"아, 스즈키 기미코라면 여기 그만뒀어요."

"그만뒀다고요? 이 식당, 그 여자 가게라고 했는데?"

"아니, 무슨 소리예요. 스즈키 기미코는 저녁 시간에만 장부 정리 아르바이트 일을 했어요."

그 말에 이번에는 내가 어리둥절했습니다. 이쪽 식당에는 결혼한 사실을 감췄나? 그런 생각도 들고, 설마 그럴 리가 없다는 생각도 들고, 뭐가 뭔지 영문을 알 수 없었습니다.

그 뒤에도 나는 계속 그 보석점에서 일해서, 이윽고 경영의 속내를 속속들이 파악했습니다. 주로 보석을 팔러 오는 손님을 노려 닥치는 대로 사들이는 거예요. 세상이 안정되면 보석 가격이 급등한다는 걸 사장님도 지배인도 잘 알고 있었던 것이죠. 요즘처럼 세무서가 까다롭게 구는 일이 없었던 시절이어서 보석을 팔러 온 아마추어에게 가게에서 파는 가격의 5분의 1에서 10분의 1 정도를 주고 사들인다는 것도 알았습니다. 보석점이랍시고 가게를 열어놓긴 했지만 실제로는 브로커였던 셈이지요. 네, 알기 쉽게 예를 들어볼까요?

"루비를 사고 싶은데 물건 좀 보여주세요."

그런 손님이 찾아오면 지배인은 하루 이틀 말미를 달라고 해서 십여 개의 루비를 준비합니다. 그러고서 가격을 얘기하는데 나는 까닥 턱이 빠질 뻔했습니다.

새끼손가락만 한 작은 것도 30만 엔, 조금 크다 싶으면 80만에서 120만 엔을 부르더라니까요.

손님 쪽에서도 당연하다는 듯이 그중에서 하나를 골라 깎지도 않고 현금으로 사갔습니다.

이렇게 힘든 시절에 대체 어떤 사람들이 보석에 그런 큰돈을 펑펑 쓰는지, 신기하기만 했죠. 때로는 전화를 받고 지배인이 직접 보석 상자를 낡은 보자기에 싸들고 출장 가는 일도 있었습니다.

정말 오만 가지 생각이 다 들더군요. 민주주의 시대가 도래했다고 신문과 라디오에서 떠들어대지만, 옛날과 똑같이 그날그날 먹고살기 급급한 서민과 엄청난 가격의 보석을 태연히 사들이는 귀족이 여전히 존재한다는 걸 알았으니까요.

사업적으로 보석은 특히 이윤이 크다는 것도 알았습니다. 단순히 아름다운 것뿐만 아니라 엄청난 돈벌이가 된다는 것을 깨달은 거예요.

점차 지배인과 사장님의 신뢰를 얻으면서 나도 보석 기술자에게 심부름도 다니고 단골 고객에게 새로 세팅한 반지 배달도 나갔습니다. 요즘과는 달리 그 당시는 영화업계가 황금기를 구가할 때여서 스타 배우분들이 보석을 많이 사들였어요. 턱없는 가격을 불러도 호기롭게 척척 사주니까 때로는 겁이 날 정도였죠.

"다이아몬드 5캐럿 넘는 거, 그 가게에 있어요?"

태연히 그런 문의를 하는 고객이 있어요. 그러면 지배인이 부리나케 달려가는 겁니다.

미군들도 사귀는 여자를 자주 데려왔는데 기껏해야 진주 반지나 목걸이를 사주는 정도여서 그리 중요한 고객은 아니었어요.

그러고서 한 십 년쯤 지났을 때였나, 나를 지명하는 고객의 전화가 왔습니다.

"보석을 좀 보여주셨으면 하는데요."

"네, 어디로 찾아뵈면 될까요?"

"니혼바시요. 도미노코지라고 합니다."

목소리가 어쩐지 귀에 익었지만, 아무튼 지배인에게 잠깐 외출하겠다고 말하고 가게를 나섰습니다. 나도 그때는 어엿한 정직원이라 어디로 어떤 상품을 가져가는지 일일이 보고하지 않아도 상관없었어요.

니혼바시의 약속 장소는 예전에 와타세 기미코가 아르바이트 일을 했는지 직접 경영했는지 알 수 없었던 그 식당 자리였어요. 그때는 벌써 번듯한 10층짜리 철근 콘크리트 빌딩이 서 있었죠. 그 7층 엘리베이터 앞에 '도미노코지'라는 명패가 내걸린 사무실이 있었습니다. 노크를 하자 젊은 비서가 예의 바르게 응접실로 안내해주더라고요. 천장에 샹들리에가 줄줄이 달려 있는 게 특이한 첫

인상이었습니다.

"어라라, 오우치 씨, 오랜만이에요!"

맞은편 문이 열리는데 예전 모습 그대로의 기미코가 나타나질 않습니까. 나는 뭐, 화들짝 놀라서 한참을 멍해져 있었죠.

기미코는 내가 들고 간 보석은 한번 쓱 쳐다보기만 하고, 전혀 뜻밖의 얘기를 꺼내더라고요.

"이 보석은 진부 제가 구입하도록 하지요. 그보다 오우치 씨, 이 빌딩에 보석점을 열기로 했는데 책임자로 일해주실 수 있을까요?"

정말 당황스러운 일의 연속이었죠. 하지만 나도 언제까지나 신바시의 브로커 보석점에서 심부름만 하고 싶지는 않았습니다. 그래서 구체적으로 어떤 일을 해야 하는지 자세히 들려달라고 했습니다.

"구체적이고 말 것도 없답니다. 제가 사장이니까 오우치 씨는 전무님이시지요. 보석에 대해서라면 이제는 훤히 아실 때도 되었죠. 아, GIA 감정사 시험을 준비하신다구요? 정말 대단하시네요."

기미코의 조용한 말투를 듣다 보면 어쩐지 스르륵 빨려들어요. 게다가 예전의 성품을 잘 알고 있어서 일단 그녀를 믿어보자는 마음이 들었죠.

"그 보석점에서 월급은 얼마나 받으세요? 어머나, 여전하네요. 우리 보석점으로 와주신다면 제가 그 다섯 배는 드릴게요. 그리고 큰 상품이 팔렸을 때는 따로 수수료를 드리기로 하면 어떨까요? 오우치 씨에게 딸린 고객도 많으시지요? 우선 미국에 건너가 GIA 감정사 자격부터 따오셨으면 좋겠어요. 비용은 제가 대드릴 테니까요."

그야말로 최상의 조건이었습니다.

동업자에게 캐스팅된 것이라서 지배인에게는 어디로 간다는 말도 없이 사직했습니다. 그쪽에서도 굳이 붙잡지는 않았지만, 석 달동안 미국에서 GIA 수업을 받고 돌아와 이쪽 보석점을 개업했더니 지배인이 직접 전화를 했더라고요.

"자네 미워서 하는 소리가 아니라, 조심하는 게 좋아. 이래저래안 좋은 소문이 떠도는 여자야."

"어떤 소문인데요?"

"아무튼 위태위태하대. 자네는 사람이 너무 착해서 탈이야. 신중하게 일하라고."

그 말뿐, 자세한 얘기는 하지 않더라고요.

그리고 그 사건이 일어난 날까지 최소한 제가 책임지고 운영했던 보석점은 최근 십여 년간 보석 붐을 타고 오일 쇼크가 밀려왔을때도 연속 흑자였어요.

그날 일은 나도 자세한 건 모릅니다. 보시다시피 우리 보석점은빌딩 동쪽 편이고, 사건이 난 곳은 빌딩 북쪽 편이니까요. 기미코사장이 사망했다는 소식은 점심 식사를 끝낸 참에 들었습니다. 이빌딩에는 고급 레스토랑도 있고 간이식당도 있지만 나는 처자식이 있는 몸이라 값싼 런치를 시켜 먹고 계산서를 들여다보던 참이었어요. 손목시계를 보니 정확히 2시였던 것이 기억납니다.

자살인지 타살인지, 전혀 짐작도 못 하겠습니다. 여기 취직한 뒤로 기미코 사장은 구름 위의 존재 같은 사람이라서 말을 주고받을 기회도 거의 없었어요. 나도 보석 판매에 열을 올리던 참이라 사장의 사생활은 알아보려고 한 적도 없습니다.

자아, 이 정도면 되겠습니까?

그러면 최근에 입수한 진기한 상품 한번 보시겠습니까? 절대로 비싼 물건이 아닙니다. 라피스 라줄리 브로치, 앤티크입니다. 부담 없는 가격인데, 어떠십니까?

나이아몬드? 그건 최상품만 구비해놓고 있죠. 돌아가신 기미코 사장의 방침에 따라 미국 GIA 기준으로 말씀드리면 투명도 VS1 이하의 물건은 전혀 취급하지 않습니다. 기미코 사장은 최상의 아름다움을 추구했어요. 사망한 뒤에 주간지마다 도미노코지 기미코가 가짜 보석을 팔아먹었다는 기사가 나왔지만요, 그건 정말 참을 수 없는 모욕입니다. 자, 잘 보십시오. 이 다이아몬드는 3.5캐럿, 색깔은 G입니다. 클래러티(투명도) 등급은 VVS1이에요. 프러포션(균형)에도 난점이 전혀 없지요? 자신 있게 추천합니다. 가격은 4천만 엔, 약간 조정 가능합니다만, 어떠십니까?

8
사장님의 아내

사와야마의 아내입니다. 남편에게 볼일이 있어서 오셨다고요? 아하, 그래서 남편이 웬일로 일찍 들어오겠다고 전화를 했었군요. 네, 들어오세요.

설마 회사에서는 말하기가 난처해서 집까지 찾아오신 건 아니지요?

도미노코지 기미코에 관해서라고요? 아이쿠, 못살아.

나는 모릅니다. 아니, 알기야 알지요. 근데 그 얘긴 하고 싶지 않아요. 그만 돌아가세요. 아니, 우선 앉으세요. 얘기를 해보죠. 내 인생에 정말 딱 한 번밖에 없었던 큰 사건이니까요. 나와 이유는 다르지만 아마 남편도 그 일로 큰 충격을 받았을걸요?

아니에요, 그 여자가 아직 스즈키 기미코라는 이름을 쓰던 시절이에요. 벌써 20년이 넘은 옛날 일인데 아직도 몸이 찌뿌듯한 날에는 꿈에 나타나 가위에 눌린다니까요.

아니, 이보세요, 그렇잖아요. 22, 23년 전이면 그 여자는 아직 십대일 때였어요. 우리 남편은 전후에 보석은 물론이고 탈지분유에서 콩깻묵까지 닥치는 대로 장사를 했어요. 전쟁으로 세상이 엉망진창이던 시절이잖아요. 요즘에는 도저히 입 밖에 내기 힘든 일에 손을 대기도 했겠지요. 하기만 우리 남편은요, 일은 일이고 가정은 가정이다, 분명하게 선을 긋고 처자식을 세상 무엇보다 소중하게 여기던 사람이에요. 그런데 그 여자가 그 경계를 깨고 우리 집에 간간이 드나들었다니까요.

그 무렵에는 나이로 봐서도 아직 어렸고 아주 영리해서 나도 그리 나쁘게 생각하지는 않았어요. 그 애가 보석을 들고 우리 집 응접실, 마침 지금 댁이 앉아 있는 곳에 오도카니 앉아서 남편이 돌아오기를 기다린 적도 자주 있었어요.

네, 여기서 함께 밥을 먹은 적도 있어요. 아무튼 5시부터 심부름을 와서 기다리는데 남편은 12시쯤에나 술에 취해 돌아오니 나도 그 아이가 딱해 보였지요.

우리 아이들과 잘 놀아주고 어느새 나하고도 친해져서 둘이 연극을 보러 간 적도 있었어요. 지금 생각하면 정말로 분통이 터지는 일이죠.

"사모님, 아이가 있다는 거, 정말 좋은 일이네요."

"그야 좋고말고. 자식이란 아무 조건 없이 사랑스러워. 이래저래 힘든 일도 많지만 아이들을 낳은 것만은 후회한 적이 없어."

"그러실 것 같아요. 저도 아이가 정말 좋아요. 남의 아이도 이렇게 귀여운데 제가 낳아 기르면 얼마나 행복할지, 상상만 해도 흐뭇해요."

"아직 나이도 어린데 벌써? 그렇게 아이가 좋으면 어서 결혼해야지. 너처럼 젊고 예쁜 아가씨라면 프러포즈하는 사람이 한둘이 아닐 텐데."

"근데 사모님, 전혀 없어요. 제가 별 매력이 없나 봐요."

"그럴 리가 있나. 하긴 전쟁 통에 젊은 남자들이 숱하게 전사하는 바람에 결혼난이 심각하다고 신문에 기사가 났더라."

"네, 남자 한 명에 여자는 트럭 한 대분만큼이나 된다네요. 저는 분명 올드미스가 될 거 같아요. 아무래도 그런 예감이 들어요."

"바보 같은 소릴 다 한다. 하지만 결혼은 인연이 닿아야 하니까 나도 여기저기 신랑감을 알아볼게."

"잘 부탁드립니다, 사모님."

기미코가 제 입으로 전쟁 전에 버려진 아이라고 하더라고요. 업둥이를 키워준 양아버지는 전사하셨고, 네, 전사했다고 말했어요. 아버지는 전사하시고 어머니는 치매 상태가 돼서 자기 혼자 온갖 고생을 했노라고 제 처지를 나한테 털어놓았거든요. 그 애가 사업 쪽에도 아주 관심이 많았으니까 남편 가게 쪽에 분명 적당한 결혼 상대가 있겠다 싶어서 진짜로 내가 신랑감을 찾아주려고 했었죠.

하지만 남편에게 그런 얘기를 하면 왠지 떨떠름한 얼굴을 하더라고요.

"여기저기서 집적거리는 모양인데 기미코가 꽤 고고해서 웬만한 남자는 마음에 차지도 않는 것 같던데?"

"그래도 당신 밑의 능력 있는 남자 직원과 결혼시키면 둘이 함께 우리 일을 도와주지 않겠어? 전업주부로 들어앉을 아이는 아닐 것 같고."

"그건 그렇지. 웬만한 남자보다 순발력이 뛰어나. 보석점에 앉혀놓기 딱 좋은 여자원이야. 우선 기품이 있잖아. 제법 지체 높은 집안 출신인 모양이야."

"어머, 이상하네? 나한테는 업둥이라고 했는데. 당신한테도 제 처지 얘기를 했어?"

"아니, 나는 지배인을 통해 건너 들었지. 전쟁 전에 웬 귀족 가문의 보석을 많이 받아와서 그걸 우리 가게에서 대부분 매입했어. 업둥이라고 해도 뭔가 사연이 있어서 다른 집에 맡겨진 거 아닌가?"

"앗, 여보!"

그건 아내로서의 육감이었죠. 남편 말투가 갈팡질팡하는 게 아무래도 수상쩍더라고요. 오로지 일만 아는 사람이고 이날 입때까지 앓아누워본 적도 없는 사람이에요. 근데 정력이 넘친다고 할까, 여자 버릇이 영 나쁜 거예요. 남부러울 것 없이 돈은 척척 벌어오는데, 아무튼 남편의 여자 편력 때문에 내가 얼마나 마음고생을 했는지 몰라요.

"처자식 내팽개칠 만큼 빠져들지는 않을 테니까 걱정 마. 사나이 인생의 보람이라고 이해해줘."

그런 소리로 나를 다독이는데, 참 기가 차는 얘기지요, 아내 입장에서는. 그건 정말 정신적으로 견뎌낼 수가 없는 일이에요. 돈을 많이 벌어오는 것은 좋지만, 자기 좋다고 달라붙는 여자들한테 아주 위세 좋게 돈이든 물건이든 다 퍼준다니까.

"아침에 거울 앞에서 면도할 때, 당신 얼굴을 찬찬히 들여다봐. 그 여자들, 당신이 좋아서 달라붙는 게 아니야. 당신 돈 보고 달라붙는 거지."

그렇게 남편이 가장 싫어하는 소리를 퍼부었죠. 아무튼 밤이면 와이셔츠에 향수 냄새를 풍기는 건 다반사고 등짝에 손톱자국을 내오질 않나, 아주 가관이에요. 이건 뭐, 못 본 척할 수도 없고, 진짜 그럴 때의 부부 싸움이라는 게 정말로 짜증난다니까요.

그러느니 전쟁 중에 아침저녁으로 하느님 부처님께 우리가 이기게 해달라고, 우리 남편 무사히 돌아오게 해달라고 빌던 때가 차라리 더 좋았다는 생각까지 했어요, 내가.

겨우 전쟁 끝나고 온통 잿더미가 되어버린 도쿄에서 남편이 이리 뛰고 저리 뛰며 사업을 시작했을 때는 사내란 참 믿음직스럽다고 생각했었는데, 갈수록 태산이라는 게 바로 이런 경우지 뭐예요. 사내니까 어느 정도 바람을 피우는 건 어쩔 수 없다고 나 혼자 삭여봐도 뚜렷하게 눈에 보이는 물증을 몸에 달고 들어오면, 아휴, 자식들 눈도 있어서 일단 나도 감정을 억제하지만, 도저히 그럴 수 없을 때가 있더라고요. 완전 지옥이죠. 우선 자식들에게는 그런 거 들키지 말고 어떻든 잘 키워내야 할 거 아니냐고요.

그래서 남편 주위에 여자 냄새가 난다 싶으면 우선 의심부터 하고 보면 틀림이 없어요. 대개는 내 짐작이 맞았으니까. 하지만 이제 와서 돌이켜보면 남편이 진심으로 빠져들어 허우적거렸던 건 그 여자뿐이었어요.

하지만 그때는 거기까지는 알지도 못하고 일단 고압적으로 캐물었죠.

"당신, 그 애하고 무슨 사이야? 어서 털어놔."

"이봐, 내가 여자 버릇 나쁜 것은 인정하겠어. 하지만 아직 아마추어에게 손댄 적은 없어."

"지난번에 가정부도 건드렸었잖아."

"열 여자 싫어하는 남자 없다지만, 가정부는 아주 스릴 만점이야. 당신 코앞에서 살살 피해가면서 사귀니까 말이지."

"뭐야? 하이고, 전쟁 전과는 달리 낙태가 불법이 아니라서 그나마 다행이네. 아니면 지금쯤 당신 자식이 한둘이 아닐걸?"

"그런 서툰 짓은 안 하니까 걱정 마. 사내에게 마누라만큼 무서운 것도 없어. 게다가 자식에 대한 책임도 있잖아. 가정은 틀림없이 지킬 테니까 제발 내 유일한 취미를 인정해줘."

"싫어, 싫다고!"

말다툼도 어지간히 많이 했지만, 그 여자 일만은 남편도 끝까지 딱 잡아뗐다니까요.

"이봐, 그 애는 그냥 직원이야. 무엇보다 자기가 손댄 여자를 제 집에 불러들이는 얼간이가 어디 있어? 걔가 아직 어리지만 상당히 야무진 아가씨야. 신바시 보석점 일 끝나는 대로 야간 학원 다니면서 부기 2급 자격증도 땄다잖아. 대단한 아가씨라고. 이참에 1급 합격해서 세무사 자격까지 딸 생각으로 지금도 맹렬히 공부하고 있어. 언젠가 당신이 말했던 대로 나도 괜찮은 신랑감 찾아볼 테니까 당신도 내 식구라는 마음으로 어디 좋은 녀석 있으면 중매나 하라고. 나는 그 애가 결혼해도 아무 불만 없어. 단 우리 보석점 일을 그만두는 것은 곤란해. 그 애 손가락 봤어? 그 하얗고 나긋한 손가락에 반지를 끼워놓으면 어떤 보석이든 백만 엔은 더 비싸게 팔려. 보석 감정이니 뭐니 잘난 소리를 하는 자들이 있지만, 보석 구매하는 사람들을 보라고. 여자라면 우선 예쁘게 보이는 보석은 아무리 비싸도 덥석 사가게 되어 있어. 남자라면 재산이라는 생각으로 보석을 판단하기 때문에 그 애가 조곤조곤 추천해주면 대개는 가격이 비싼 것을 사게 마련이야. 신바시 보석점에는 그야말로 귀중한 인재야. 당신이 싫다면 집에는 오지 말라고 하겠지만, 보석 매매는 암시장 쌀과 다를 게 없어. 신바시 보석점 지배인에게도 비밀로 하고 싶은 물건은 집으로 가져오라고 했으면 좋겠는데 말이야."

그렇게까지 얘기하니 나도 깜빡 넘어가서 입을 다무는 수밖에 없었죠.

걱정거리를 없애려면 그 애의 신랑감을 찾아주는 방법밖에 없는데 그 시절에는 남자들이 죄다 패전 충격 때문인지, 친척 중에는 해군 항공대나 특공대에서 전역한 애들만 보이고 제대로 된 젊은이는 찾을 수가 없더라고요.

남편은 보석점에 식당에 정신없이 사업을 확장하고 있었지만 나는 보석에는 전혀 관심도 없었어요. 무엇보다 아이들 키우느라 날마다 허둥거렸고, 부엌일로 거칠어진 손에 보석이 가당키나 하냐고요. 비싼 돈 들여 보석 사들이는 여자들, 당최 이해를 못 하겠더라고요. 예쁘기야 물론 예쁘지만 유리로 만들어도 똑같은 게 나오잖아요?

아무튼 부부 싸움 이후로 그 애가 집에 나타나지 않았어도 나는 별반 의심을 하지 않았어요.

설마 그런 일이 일어날 줄은 생각도 못 했으니까요.

그게 언제였나, 아, 그래요, 반년쯤 지나서였나 아니면 좀 더 지나서였나, 아무튼 그 애가 흔히 집에 찾아왔더라고요. 배가 불룩해져서 말이죠. 물론 내가 애를 셋이나 낳았으니 산달이 머지않았다는 건 한눈에 알아봤어요.

"어머, 기미코, 결혼했어? 나는 까맣게 몰랐네. 남편이 몇 번이나 얘기하길래 나는 좋은 신랑감만 찾고 있었는데, 그럴 필요도 없었네."

가벼운 마음으로, 그다음에는 축하한다는 말을 해주려고 했죠.

근데 이게 웬일이에요, 걔가 여기 이 소파에 앉아서 눈에 눈물이 그렁그렁해서 내 얼굴을 빤히 쳐다보는 거예요.

"왜 그래, 무슨 힘든 일이라도 있어?"

"아뇨, 힘든 건 아니에요. 이미 각오했으니까요. 단지 사모님에게는 사실 그대로 말씀드리고 싶어서요."

머릿속의 피가 한순간에 얼어붙는 것 같았죠. 언젠가의 내 예감이 딱 맞았다고 생각하니까 목이 바짝 타서 말도 안 나오더라고요.

"설마 너, 이거, 우리 남편의?"

"네, 그렇습니다."

참, 세상 어디에 이런 일을 겪은 여자가 있을까요? 나는 아내예요, 본처라고요, 본처. 그런데 첩이 — 한때의 바람기라지만 임신까지 했으니 첩이지요 — 내 눈이 무서워서 나 몰래 어디서 애를 낳았다면 그나마 말이 되겠죠. 근데 남편까지 따돌리고 느닷없이 만삭의 배를 안고 본처 집에 쳐들어오다니, 참내, 기가 차서.

"너 대체 어쩔 거야? 나는 엄연한 아내야. 자식이 셋이나 있단 말이야. 나는 남편이 혹시 이혼을 하자고 해도 절대로 못 해!"

"그건 사모님 말씀이 당연하고, 저도 사모님 눈에 눈물 날 일은 하지 않을 거예요."

"그건 또 뭔 소리래?"

"사정을 다 알면서도 제가 사생아를 낳기로 결심한 거니까 사모님께는 어떤 폐도 끼치지 않겠습니다."

그거 아시지요, 그 애 말하는 투. 조용조용, 속삭이듯이 조곤조곤 얘기하잖아요. 그러면 나는 정반대로 목소리가 커지고 날카로워져서 완전히 불같이 화를 내게 되죠. 그 애가 눈물을 뚝뚝 흘리면서도 아무튼 말은 조용하고 공손하게 한다니까요.

"폐를 끼치지 않겠다니, 그게 무슨 뜻이야? 분명하게 말해보라고!"

"그러니까 저 혼자 사생아로 낳아 기르겠다는 말씀을 드리는 거예요."

"기미코, 그게 말이 되니? 태어나는 아이도 생각해야 할 거 아냐. 아빠 없는 아이, 너무 딱하잖아. 물론 나한테도 실례되는 짓이야. 태어나는 아이를 위해서라도 그런 터무니없는 짓을 해서는 안 되잖아."

"사모님, 아이를 낳는 게 어째서 터무니없는 짓인가요?"

"당연히 터무니없는 짓이지. 넌 결혼도 안 했잖아. 우리 남편처럼 여자 버릇 나쁜 사내가 잠깐 손댔다지만, 그래도 너는 아직 젊고 앞으로 살날이 더 많으니까 좋은 사람 찾을 때까지 이딴 일은 없었던 걸로 해야 할 거 아니야."

"사모님, 그렇게 남편 험담을 하시면 이 댁 자제분들에게도 나쁘지 않겠어요? 저어도 저는 사장님에 대해 이러쿵저러쿵 나무랄 마음은 없습니다."

"그러면 대체 왜 나를 찾아왔는데?"

"사모님이라면 이해해주실 것 같았어요. 배 속의 아이가 꿈틀거릴 때, 저는 정말 기뻤답니다. 한 생명이 깃들었다는 실감이 있었어요. 사모님도 똑같은 경험을 하셨잖아요? 자식을 둔 부모라면 당연하겠지요. 함께 기뻐해주셨으면 좋겠어요."

"함께 기뻐해주다니, 너하고 나는 입장이 하늘과 땅 차이야. 우리는 진즉에, 전쟁 터지기 전에 결혼했어. 격식 다 갖춰서 정식으로 신 앞에서 결혼식을 올렸다고. 친지들에게 축하금도 받았어. 이미 비상시국이었기 때문에 피로연은 간소하게 치렀지만, 그래도 결혼식만은 당당하게 부처님 앞에서 올렸단 말이야. 그래서 내 자식들 셋은 모두 다 주위의 축복을 받으면서 태어났어."

"네, 그것만은 정말 부러운 일이에요. 그래서 사모님을 뵈러 온 거예요. 부디 이해해주세요."

"뭘 이해해달라는 거냐고!"

"설령 누구에게서도 축복받지 못하더라도 아이를 가진 순수한 기쁨은 사모님이시라면 틀림없이 알아주실 거라고 생각했어요."

"난 그런 거 몰라! 내가 알 게 뭐야?"

밑도 끝도 없는 입씨름을 하고 있는데 대문 벨이 울리고 남편이 돌아왔더군요. 응접실에 불이 켜졌고 내가 마중을 안 나오니까 뭔가 이상하다고 생각했던 모양이에요. 제 손으로 응접실 문을 열고 빼꼼히 들여다보더라고요.

내가 쓰윽 흘겨봤는데 남편은 기미코를 보고 소스라치게 놀라는 눈치였어요.

"어, 어떻게 된 거야? 네가 왜 우리 집에 와 있어?"

걔가 그때는 눈물도 흘리지 않고 아무 말 없이 오도카니 앉아 있더군요.

"기미코가 당신 아이를 가졌다고 나를 찾아왔어. 이렇게 배가 부를 때까지 내버려두고, 당신 대체 어쩔 거야? 몇 번을 말해야 당신의 그 못된 버릇이 고쳐지겠어? 직원이라 손 안 댈 거라고 그토록 장담하더니 죄다 거짓말이었잖아!"

남편을 향해 생각나는 대로 소리소리 지르며 욕을 퍼부었죠. 아무튼 너무 화가 나고, 걔가 아주 조용조용 얘기하는 통에 더 짜증이 나서 남편 얼굴을 보자마자 폭발해버렸어요. 무슨 욕을 어떻게 했는지, 이제는 생각도 안 나네요.

남편은 나를 달래느라고 쩔쩔 매고 기미코한테는 뭔가 말하려야 할 말은 없고, 아마 자기로서도 뜻밖의 일이었던 모양이에요. 술기운이고 뭐고 확 깨버린 눈치였어요.

"너, 대체 무슨 생각으로 우리 집에 왔어? 아이라니, 나는 모르는 일이야. 그 애가 누구 자식인지 알게 뭐냐고."

그때까지 말없이 앉아 있던 기미코가 그 순간 찌르는 듯 차가운 목소리로 말했던 게 기억나네요.

"당신 아이예요. 그것만은 확실합니다. 아무리 사모님 앞이라지만 하실 말씀과 하지 말아야 할 말씀이 있지요. 정히 그렇게 말씀하신다면, 제가 공개적으로 이 아이가 누구 아이인지 명명백백히 밝히겠습니다. 사모님, 그럼 저는 이만 실례하겠습니다. 사모님은 남편께서 비겁한 사람이라고는 생각하지 않으셨겠지요? 저도 방금 전까지 그런 분이라고는 생각해본 적이 없답니다."

그런 얘기를 빠른 말씨로 주워섬기는 것도 아니고, 목소리를 높이는 것도 아니고, 아주 조용조용, 조곤조곤, 듣는 사람이 답답할 만큼 찬찬히 얘기하는 거예요.

그 여자가 자리에서 일어서자 남편이 뒤따라 나가려고 하더군요.

"이봐, 잠깐만! 대체 어쩔 작정인데?"

그래서 내가 한마디 해줬죠.

"왜, 그냥 내버려두시지? 당신, 한번 된통 당해봐야 해."

하지만 남편은 그 여자를 뒤쫓아 밖으로 뛰쳐나갔습니다.

나는 응접실에 혼자 남아 방금 일어난 일이 도무지 믿어지지 않아서 내 머리를 쥐어뜯고 비명을 지르며 바닥을 뒹굴었습니다. 진짜 히스테리 발작이었죠. 그때부터 생리가 딱 멈춰버렸다니까요. 네, 그 뒤로도 꽤 오랫동안 고생했어요. 남편과는 그날 이후로 한 지붕 아래 살면서도 서로 얼굴도 안 보고 살아요. 나는 절대 용서할 마음이 없고, 남편은 남편대로 염치가 없겠지요.

우리 부부간에 그 애 얘기는 그걸로 끝, 두 번 다시 언급한 적이 없습니다. 그 대신 남편의 바람기가 그쯤에서 잠잠해졌어요. 척 보면 알죠, 술만 마셨는지 아니면 딴 짓거리도 했는지는. 나한테도 큰 충격이었지만 남편한테도 아주 따끔한 사건이었던 모양이에요.

세월이 가고 집안이 점점 평온해지면서 역시 좋든 싫든 부부간이니까 잊어야 할 일은 잊어버리게 되더라고요.

근데 기미코 걔가 잊을 만하니까 다시 텔레비전에 떡하니 나타나 완전히 옛날 그 말투로 턱도 없는 소리를 늘어놓는 거예요.

"고생이라고는 여태까지 해본 적이 없답니다. 오로지 주위 사람들을 신뢰하면서 일하다 보면 그쪽에서도 저를 신뢰해주셨어요. 겸연쩍은 말이지만, 역시 사랑이겠지요, 사람과 사람 사이를 이어주는 것은. 그런 관계가 이루어지면 어떤 일이든 순조롭게 풀려나간답니다."

참내, 기가 막혀서. 내가 맘먹고 텔레비전 방송국에 항의 편지라도 보낼까 했어요. 하지만 우리한테도 창피한 일인 것 같아서 마음을 돌려먹었죠. 방송국도 참 무책임하다니까. 출연자의 신상쯤은 분명하게 파악해야 하는 거 아니에요?

어머, 남편이 왔네요. 벨 누르는 거 보면 다 알아요. 남편이 그 애 얘기를 어떻게 하는지, 그 얼굴 좀 한번 보고 싶네요.

9

후원자

아, 예, 안녕하십니까, 제가 사와야마 에이지입니다.

아까 회사로 전화하셨을 때는 한창 바쁜 시간이라서 집에 가 계
시라고 했는데, 생각보다 일찍 오셨군요.

도미노코지 기미코에 관해서……. 엇, 아내에게서 벌써 얘기를
들으셨다고요? 허 참, 난감하군요.

당신은 저쪽에 가 있어. 차라도 좀 내오라고. 뭘 히죽히죽 웃고
있어? 홍차든 엽차든, 뭐든 좀 챙겨 와. 어서 가라니까.

아니지, 잠깐 밖으로 나가실까요? 이 근처에 밤 시간까지 영업
하는 찻집이 있거든요. 마누라 앞에서 얘기하기도 좀 그렇고, 게다
가 집사람이 알고 있는 건 극히 일부분이에요. 나가십시다, 집사람
이 차 준비하는 틈에.

괜찮으시지요?

여보, 차는 됐어. 잠깐 나갔다 올게. 아니, 손님께서 사정이 있으시다잖아. 응, 금방 돌아올 거야.

이것 참, 죄송합니다. 마누라들이란 아무튼 끝끝내 남편 실수를 용서해주지 않는다니까요. 선생한테는 무슨 얘기를 했습니까?

아, 만삭의 몸으로 우리 집에 쳐들어왔던 얘기요?

네, 그때는 정말로 간담이 서늘했지요. 더구나 집사람 앞이었으니 남자로서 더욱더 입장이 난처했습니다. 설마 그런 짓을 할 줄은 꿈에도 생각을 못 했으니까요. 얌전하고 순종적이어서 내 말을 거스른 적이 없는 아가씨였거든요.

그 여자를 알게 된 건 간다에 있는 부기 학원에서였습니다. 나는 3급 복식 부기 공부도 하고, 눈에 띄는 젊은이가 있으면 우리 가게에서 일도 좀 시킬 생각으로 다녔죠. 야간 학원인데다 3급 반이라서 쓸 만한 사람이 별로 없었는데, 그중에 딱 한 명의 여학생이 그 여자였어요. 혈기 왕성한 대학생 하나가 당장 열을 올리며 졸졸 따라다니는 눈치였지만, 나야 나이도 있고 일단 겨냥만 하고 때가 무르익기를 느긋하게 기다리는 편이었지요.

차림새가 상당히 단정하길래 낮에는 어디 직장에라도 다니느냐고 내가 물어봤습니다. 그랬더니 솔직하게 대답을 해주더라고요.

"네, 하지만 그리 좋은 일자리가 아니라서 부기를 배워 좀 더 괜찮은 회사에 들어가볼 생각이에요."

"내가 신바시에 작은 가게가 하나 있는데, 부기 시험 합격할 때까지 낮에는 거기서 일해볼래? 공부할 시간은 충분히 확보해줄 테니까."

"어떤 가게인데요?"

"보석점."

"어라라."

아직 어리더라도 여자들은 보석이라는 말만 들으면 즉시 눈을 반짝이는 법이지요. 내가 중화요리점—당시에는 아직 라면이라는 말이 시름 쩌림 일상적으로 쓰이지는 않았어요—을 경영한다고 하면 여자들이 뒤도 돌아보지 않지만, 보석점이라고 하면 술집에서는 요즘도 아가씨들 눈빛이 확 달라져요. 그래서 신바시 보석점으로 불러들이는 건 자신이 있었습니다. 월급도 다른 곳의 세 배를 준다고 했으니까요.

"생각 좀 해볼게요. 어머니와 상의도 하고요."

제법 신중하게 대답했지만 결국 내 작전에 넘어왔습니다.

"형제자매는 없나?"

"네."

"어머님과 함께 살고 있고?"

"네."

"아버님은?"

"전사하셨어요."

"저런, 언제?"

한참 대답을 망설이더라고요.

"실은 아버지는 제가 어릴 때 돌아가신 걸로 되어 있어요. 어머니가 별로 얘기하고 싶어 하지 않지만 전쟁 전에는 귀족이셨어요,

아버지가."

얘기를 듣다 보니 무슨 사연인지 대강 알 만하더군요. 귀족 가문의 아들과 하녀 사이에 생긴 사생아인 거예요. 뭐, 흔한 얘기잖습니까.

하지만 전쟁에 패하면서 귀족 가문은 대부분 파산해버렸으니 외도로 생긴 아이까지 돌봐줄 여유는 없었겠지요. 그녀가 꽤 괜찮은 학교를 나왔다는 건 말투며 태도가 기품이 있어서 미리 짐작은 했었습니다.

내가 보석 장사라서 하는 얘기는 아니지만, 이 아가씨는 잘만 연마하면 큰 가치를 낳을 원석이라는 생각이 들더군요. 찬찬히 시간을 두고 길들여보기로 마음먹었습니다. 귀족 가문의 사생아라면 아무래도 관심이 가게 마련이죠. 게다가 자기 말로는 열일곱 살이라는데 내 눈에는 아직 열다섯도 안 된 어린애여서 당장 손댈 마음은 없었어요. 무라사키노우에의 성장을 지켜보는 히카루 겐지* 같은 심경이었으니까 제법 각별한 맛이 있었죠, 네에.

신바시 보석점은 지배인에게 다 맡기다시피 하고 나는 대부분 내 사무실에서 다양한 사업에 몰두했었어요. 지금처럼 세법이 엄격한 시대가 아니라서 미군에게 찍힐 일만 아니면 어떤 사업이든 내 생각대로 술술 풀렸습니다.

간다 부기 학원에는 다니다 말다 했지만, 한 차례 다들 어울려

---

* 11세기 초에 궁녀 무라사키 시키부가 쓴 장편 대하소설 『겐지 이야기』의 등장인물. 귀족 히카루 겐지는 어린 소녀 무라사키노우에를 이상적으로 양육하여 후에 아내로 맞아들인다.

술을 마시러 갔었어요. 그때 그녀가 중간에 먼저 실례하겠노라고 자리에서 일어서니까 대학생이 배웅해주겠다고 얼른 일어섰던 게 아직 기억에 남아 있군요.

술자리에서 털고 일어설 때를 정확히 아는 예의 바른 태도를 보니 역시 여간내기가 아니다 싶어서 만족스러웠습니다. 낮에 우리 보석점에서 일한다는 건 아무도 눈치를 못 챘던 것 같아요. 석 달 만에 3급 합격하고 그 반년 뒤에 2급까지 합격한 건 그 당시고서는 드문 일이니까 분명 머리가 좋긴 하지만, 신바시 보석점에 손님이 많은 편이 아니라 공부할 시간이 넉넉하기도 했을 겁니다. 지배인에게서 상당히 어려운 책을 공부하더라는 얘기도 들었으니까요.

2급 합격을 축하할 겸 미리 준비해둔 작은 크기의 다이아몬드 반지도 선물했었죠.

"고맙습니다."

"신바시 가게는 그만두겠나? 아니면 계속하고 싶어?"

"되도록 계속 다녔으면 좋겠는데 1급 시험은 한 과목씩 착실히 공부하지 않으면 제 학력으로는 좀 어려울 것 같아요."

네, 놀랐지요. 1급을 통과하면 국가시험을 칠 수 있어서 세무사는 따놓은 당상이에요. 하지만 부기학에 소득세, 법인세, 고정자산세 같은 전문적인 법률 공부라서 대학 졸업자도 웬만해서는 1급에 합격하기가 힘들잖습니까.

"세무사가 될 생각이었어?"

"네, 뭐든 자격이 있어야 어머니하고 둘이 살아가는 데 마음이 놓일 거 같아서요."

"그럼 신바시 보석점에서 네가 원하는 만큼 열심히 공부해서 세무사가 되도록 해. 내가 얼마든지 밀어줄 테니까."

"사장님……."

"뭔데?"

"저는 이미 2급 자격증이 있으니까 밤에는 그걸 활용하는 일을 하고 싶어요. 신바시 보석점에서는 부기를 쓸 일도 없고, 어디 다른 곳에 괜찮은 일자리가 없을까요?"

"밤에도 일을 하겠다고?"

"네, 어머니가 시름시름 아프시고, 제가 아직 젊으니까 야간 학원에 다닌다고 생각하면 일하는 건 전혀 힘들지 않아요."

"그럼 니혼바시 중화요리점에서 밤 시간에만 계산대를 맡아볼래?"

"어라라."

아주 좋아하더라고요. 그날 밤에 긴자의 고급 식당에서 저녁을 먹고 니혼바시의 중화요리점을 구경시켜줬지요. 그러고는 얼근하게 취한 그녀를 여관에 데려가는 것쯤이야 누워서 떡 먹기였습니다. 요즘의 러브호텔 같은 여관인데 그녀가 전혀 저항하지 않았어요. 하지만 처녀였던 건 틀림없습니다. 그러니 나도 함부로 다룰 수가 없었죠.

"함께 목욕이나 할까?"

내가 은근슬쩍 말했더니 그녀는 그제야 정신이 번쩍 든 모양이더라고요.

"저, 그만 돌아갈래요. 어머니가 크게 걱정하실 거예요. 저를 아직 어린애라고만 생각하시는데……. 어서 가야겠어요."

갑자기 안절부절못하더니 나까지 흥이 깨져버릴 만큼 잽싸게 옷을 찾아 입더군요. 집에 데려다주겠다는데도 손을 뿌리치듯이 급하게 가버렸어요.

하지만 다음 날에는 평소와 다름없이 신바시 보석점에 출근했고, 오후 6시 반부터 10시 반까지는 니혼바시 중화요리점에서 일을 시작했습니다. 내가 그다음 날 저녁에 니혼바시 가게에 나가 챠슈멘을 후루룩 먹으면서 물어봤습니다.

"어때, 일은 할 만한가?"

"네, 아주 좋아요. 식당에 활기가 넘쳐서 정말 재미있답니다. 어머니께 사장님 얘기를 했더니 흐뭇해하셨어요. 덕분에 제가 큰 효도를 했어요."

말을 그렇게 예쁘게 하니 특별한 관계이기도 하겠다, 월급을 쭉쭉 올려주게 마련이지요.

낮에는 보석점에서, 밤에는 중화요리점에서 하루 종일 일을 하니 나와 만날 기회가 지극히 한정적일 수밖에 없었어요. 보석점에서 좀 일찌감치 퇴근해 여관에서 잠깐씩 만나곤 했습니다. 아무튼 밤에는 그녀가 철저히 거부했으니까요.

"안 돼요. 어머니가 걱정하세요. 게다가 이런 일은 아무리 친어머니가 아니라도 차마 말을 못 하잖아요."

"친어머니가 아니라니?"

"제가 말을 안 했던가요? 지금 어머니는 저를 낳아주신 친어머니가 아니에요. 하지만 키워주신 은혜도 있고, 정말 친어머니처럼 저를 딱하게 생각해주세요."

"딱하게 생각하다니?"

"어머니는 여자가 바깥일을 하는 건 천만뜻밖이라고 생각하세요. 남자는 나가서 일하고 여자는 집 안에 들어앉는 게 당연하다고 생각하셔서 제가 일을 나가는 것에 항상 자책감이 드시나 봐요. 하지만 어머니 나이대의 여자들은 아예 일자리가 없었잖아요. 게다가 저는 일하는 것도 공부하는 것도 좋아하니까 지금 이 상황이 꿈처럼 행복해요. 사장님이 저를 좋아해주시다니, 생각도 못 한 일이었구요."

"나는 처음 봤을 때부터 너를 점찍었어."

"어라라."

그녀도 젊었지만 나도 장년기를 맞이해 한창 분발하던 때였으니까 아침이든 점심이든 그런 걸로 풀 죽을 일은 없었습니다. 하지만 그때만 해도 내가 한창때라서 여자가 그녀 하나뿐인 건 아니었어요. 내 쪽에서 조금만 뜸하면 혹시 자기를 잊어버렸을까 걱정이 되는지 신바시 보석점에서 심부름이니 뭐니 핑곗거리를 만들어 우리 집으로 찾아오기도 했습니다. 이를테면 반지 상자를 들고 와서 마누라에게 사장님이 이거 갖다드리라고 했다면서 두고 가는 거예요. 내가 집에 와서 그 얘기를 들으면 그야말로 가슴이 철렁할 거 아닙니까.

"내가 자네 어머님께 불쑥불쑥 찾아가면 자네도 난처할 거 아냐. 우리 서로 간에 가정에는 끼어들지 말자."

"하지만 가게에서는 제가 먼저 사장님께 말을 건넬 수도 없잖아요. 견디기가 너무 힘들어서 그만……. 죄송해요. 앞으로는 안 그럴게요."

그러면서 파르르 떠는 그녀를 품에 안으면, 아, 이 아이를 활짝 피어나게 해줄 사람이 바로 나로구나, 하는 기쁨이 몰려오는 거예요. 이 아이만은 특별 대접을 해야 한다, 소중히 지켜주자, 다짐을 하곤 했죠.

하지만 남자란 사업에 골몰해서 여기를 돌아볼 틈도 없는 경우가 많지 않습니까. 그러면 그녀가 또다시 우리 집에 나타나는 겁니다. 그러다 마누라하고 완전히 친해져서 둘이 나란히 연극도 보러가고, 참내, 그 무렵에 마누라가 그녀 이야기를 하면 나도 마음이 적잖이 복잡했었지요.

"사장님 덕분에 아파트로 이사했어요. 지금까지 남의집살이에 어머니가 기를 펴지 못했는데 정말 감사해요. 정식으로 인사드립니다."

둘이서만 있을 때도 참 예의도 바르게 인사를 꼬박꼬박 잘했습니다. 사내로서야 뭐, 기쁘고 겸연쩍고 그렇지요. 둘 다 홀딱 벗고 있는 참에 그런 인사를 들으니까.

"그보다, 괜찮은 거야? 아르바이트 대학생하고 친하게 지낸다는 소문이 들리던데."

"와타세 씨 말이지요? 매일 밤 아파트까지 데려다주곤 해요. 밤길이 무서운데 고마운 일이죠."

"정말 그것뿐이지?"

"그럼요. 그것 말고 뭐가 또 있겠어요?"

"신바시 보석점에서는 네가 결혼을 했다고 하더라고."

"그야 임신을 했으니까 그렇지요. 그렇게 말해두지 않으면 나중에 곤란하잖아요."

"임신?"

나는 깜짝 놀랐습니다. 아직 꽃봉오리 같은 아가씨가 마치 남의 일처럼 천연덕스럽게 그런 얘기를 하니 말이죠. 그녀의 생리 주기를 확인해 잘 대비해오기는 했는데 무방비한 때도 없었다고는 자신할 수가 없었어요.

"아뿔싸, 그랬구나. 내가 큰 실수를 했네. 빠를수록 좋으니까 내일이라도 병원에 가보자. 내가 함께 가줄 테니까."

"왜요?"

"왜냐니, 애를 낳을 수는 없잖아."

"어째서요?"

"어째서냐니, 너한테는 미안한 얘기지만 알다시피 나는 처자식이 있는 몸이야. 가정을 깨뜨릴 생각은 없어."

"가정을 깨뜨리라는 부탁은 하지도 않겠지만 굳이 제 앞에서 그런 말씀을 하시는 건 잔인하지요. 너무하세요."

작은 목소리로 중얼거리고는 조용히 눈물을 뚝뚝 흘리는 거예요. 보고 있는 사이에 가엾어져서 이런 어린 아가씨에게 손댄 건 큰 죄였다고 나도 깊이 반성했습니다.

하지만 그 뒤부터가 정말 힘들었어요. 아무리 달래봐도 애를 낳는다고 고집을 부리는 겁니다.

"한 생명이 싹텄어요. 그런데 의사를 찾아가 그 생명을 없애다니, 생각만 해도 몸이 떨려요. 저, 사람이 차에 치여 죽는 거 본 적이 있어요. 그것과 똑같은 일이잖아요."

"이건 전혀 다른 일이지. 앞으로 태어날 아이의 행복을 생각해보라고. 나는 내 자식으로 인지할 수 없어. 한 가정의 가장으로서 내 식구들을 흔들고 싶지는 않다고. 무엇보다 너는 어머니가 되기에는 아직 어려. 실제로는 열여섯 살이지?"

"아이가 태어날 때는 열일곱 살이에요."

"그래도 너무 어려."

"그렇지 않아요. 제 동창 중에 중학교 졸업하자마자 결혼해서 벌써 애를 낳은 친구도 있어요."

"하지만 그 친구는 결혼을 했겠지. 너는 결혼하지 않았어. 나는 너를 갖고 놀자는 건 아니었지만 결혼하겠다는 말은 한 번도 한 적 없어."

"왜 똑같은 말을 되풀이하세요? 사장님에게는 사랑 말고는 아무것도 원하지 않아요. 저는 아이를 낳고 싶다니까요. 앞으로 분명 제 인생의 버팀목이 될 거고, 무엇보다 제 몸속에 깃든 생명이니까 소중하죠. 아이가 태어날 때까지 먹고살기 어렵지 않게 저금도 해뒀어요. 사장님께는 아무것도 바라지 않을 테니까 염려 마세요. 사생아라도 좋아요. 제 호적도 그런 상태니까 저는 아무렇지도 않아요."

"어머니는 알고 계셔?"

"아직 모르실 거예요. 살이 좀 찐 것 같다고만 하시던데. 임신하면 젖꼭지가 보랏빛이 되더라구요. 저, 처음 알았어요. 제 몸이 어른으로 성장하는 것 같아서 무척 기쁘답니다."

"어머니에게 어떻게 말할 건데?"

"사실대로 얘기해야죠. 사랑하는 사람의 아이인데 사정이 있어서 결혼은 못 한다구요. 그 대신 아이를 낳으면 지금보다 세 배는 더 일하겠다고 할 거예요. 정말로 그럴 생각이에요. 임신하면 여자는 용기가 생기나 봐요."

들뜬 눈빛에 꿈꾸는 듯한 목소리로 그러더라고요. 용기라니, 허참, 말문이 턱 막혔죠.

"정신 똑바로 차리고 생각해봐. 너에게도 장래가 있잖아. 딱 맞는 결혼 상대가 나타났을 때, 아이가 있다고 하면 과거가 들통나서 혼담이 틀어질 거 아니야."

"결혼이라니, 어라라, 사장님을 두고 다른 사람과 결혼을 해요? 전 상상도 못 하겠어요. 게다가 과거라니, 그게 뭔데요?"

"나하고 사귀었다는 거지."

"그게 왜 과거예요, 현재인데?"

"글쎄 나는 너보다 스물다섯 살이나 나이가 많아. 내가 할아버지가 됐을 때, 너는 한창 나이라니까?"

"사장님이 할아버지가 되다니, 그런 생각은 하지 마세요. 언제까지나 우리 둘이서 젊고 아름답게 살아가야지요."

"그거야 대찬성이지만, 아이 낳는 것만은 반대야. 내가 책임지고 어머님께 찾아가 머리를 조아려볼까?"

"낳게 해달라구요?"

"아니, 그 반대지."

"그렇다면 만나지 않으시는 게 어머니에게는 충격이 덜하겠네요."

"아파트 이웃 사람들도 이상하게 생각할 거 아냐. 결혼도 안 하고 배가 불룩해지면 말이야."

"그러면 이사할래요. 하지만 어떤 시선으로 바라보든 전 상관없어요. 당당히 가슴을 내밀고 다닐 거라구요. 아이가 태어난다는 건 멋진 일이잖아요. 제가 이렇게 기뻐하는데 왜 자꾸 이상한 말씀만 하세요?"

"하지만 넌 미성년자야."

"그래도 임신했어요. 아이를 낳아서는 안 된다는 법은 어디에도 없어요. 이제 사장님하고 더 이상 이 얘기는 안 할래요. 보석점도 요리점도 관두고, 애 낳은 뒤에나 만나기로 할까요?"

실제로 그녀는 얼마 뒤에 보석점을 그만두었습니다. 중화요리점 계산대는 손님들에게 상반신만 보이니까 두 달쯤 더 다녔는데 거기도 아무 말 없이 나오지 않았습니다. 아무래도 마음에 걸렸지만, 그런 일로 그녀가 사는 아파트까지 찾아가기도 난처하고, 대관절 어떻게 된 건가, 걱정만 하고 있었죠. 하릴없이 아파트 주위를 서성거리는 것도 영 내키지 않고, 그때는 지금처럼 어디에서나 전화할 수 있는 시대가 아니었으니까요.

막상 눈앞에 나타나지 않으니까, 그래, 어머니가 곁에 있다는데 설마 아비 없는 자식을 낳으라고 했을 리는 없다, 요즘 다들 하는 대로 어떻게든 처리했을 것이다, 그런 생각이 들더군요. 나도 사업을 사방팔방으로 펼쳐서 날마다 눈이 핑핑 돌게 바빴어요. 절대로 잊어버린 건 아니지만 점점 머릿속에서 멀어져갈 즈음에 느닷없이 그녀가 만삭의 몸으로 우리 집에 쳐들어와 응접실에서 마누라를 앞에 놓고 눈물을 흘리고 있었다, 네, 얘기가 그렇게 된 겁니다.

마누라 앞이라서 배 속의 아이가 누구 아이인지 알게 뭐냐고 짐짓 심한 말을 해버렸는데, 그게 그녀의 자존심을 크게 건드렸던 모양이에요. 결국 그날 밤에는 그녀의 마음이 진정될 때까지 하염없이 밤거리를 걸었습니다. 배 속의 아이를 이만큼까지 키웠으니 나도 이제는 각오할 수밖에 없다는 생각이 들더군요.

"처자식이 있으니 그 아이를 인지해줄 수는 없지만 내가 경제적인 것만은 보살펴줄게."

"어라라, 전 첩은 절대로 싫어요. 저금해둔 게 있다고 말했잖아요. 아이 낳으면 전화로 연락드릴 테니까 날마다 꽃다발만 보내주세요. 그것만 해주시면 돼요. 전 정말 아무것도 원하지 않아요. 사장님 돈을 노리고 아이를 가졌다는 식으로 사모님은 오해하셨지만 저는 제 힘으로, 제가 일해서 키울 거예요. 다행히 어머니가 계시니까 아이 낳는 대로 일하러 나갈 수 있어요. 사장님, 저 다시 써주실 거죠?"

그러고는 보름 뒤에 사무실로 그녀의 전화가 왔습니다.

"아들이에요! 사장님을 꼭 닮았어요. 저랑 약속했던 거, 잊지 않으셨지요? 꽃다발 말이에요. 여기 7호실로 꽃다발을 아주 많이 보내주세요. 부탁드릴게요. 아파트 이웃 사람들이 아기 아빠가 누군지 알아내려고 아예 지키고 서 있어요. 어머니도 계속 옆에 계시구요. 그러니까 오시기 좋은 날에 다시 전화 드릴게요. 3.8킬로그램이에요. 네, 어제 낳았어요. 모자가 모두 무사하답니다. 감사해요!"

꽃집에다가 날마다 다양한 꽃으로 보내주라고 부탁하기는 했는데, 마냥 천진하게 기뻐하는 그녀가 나한테는 큰 부담으로 다가왔지요.

사흘 뒤에는, 내일 밤에 와달라는 전화가 왔습니다. 알려준 대로 7호실로 찾아갔습니다.

"어라라, 오셨군요, 고마워요. 어서 좀 보세요, 우리 아기예요."

신토 침대 옆에 긴오 베이비용 침대가 있고 거기에 발간 얼굴의 아기가 새근새근 자고 있었습니다. 나도 모르게 눈물이 나더군요. 책임을 통감했습니다. 호적에 올리지 못하는 대신, 경제적인 면에서는 틀림없이 내 힘으로 이 아이에게 뭔가 물려주자고 마음먹었습니다.

두 달 뒤에 그녀가 다시 일하고 싶다고 해서 니혼바시 중화요리점의 계산대를 점심때부터 밤까지 맡겼습니다. 그녀의 몸이 금세 원래대로 회복되어서 놀랐어요. 마누라 때는 그런 건 느끼지도 못했는데 아이 낳은 여자는 확실히 몸이 변하더라고요. 여자한테 빠진다는 게 이런 건가 싶더라니까요. 진짜로 그전보다 더 좋은 여자가 되었어요. 마흔 넘은 나이에 그런 경험을 할 줄은 정말로 생각도 못 했죠.

그러다 보니 다시 1년도 안 되어 임신을 해버렸어요.

"외톨이보다 형제가 있는 게 좋아요. 서로 도우며 살아갈 수 있잖아요. 저는 외딸이라서 형제자매 있는 친구들이 항상 부러웠어요. 아, 이렇게 기쁜 일이 또 있을까요, 보물 같은 아이를 둘씩이나 주시다니!"

둘째가 태어났을 때는 니혼바시 보석점을 차후에 그녀 명의로 해주기로 마음먹었습니다. 자리가 워낙 좋아서 여자 혼자 두 아이를 키우는 데 충분하다고 본 겁니다. 그런데 큰애가 초등학교에 입학한 해에 내가 그런 얘기를 했더니 그녀가 도리질을 치더라고요.

"그냥 주시는 건 싫어요. 저한테 파세요, 사드릴 테니까."

게다가 매달 5만 엔씩 할부로 해달라는 거예요. 참 사랑스럽더군요, 그때는.

근데 보석점 옆 모퉁이 땅과 뒤편에 있던 구멍가게까지 어느 틈에 죄다 사들여서 보시는 대로 번듯한 빌딩을 지어버렸어요. 너무 신기해서 내가 도리어 어리둥절했을 정도입니다.

보석점은 일찌감치 명의를 그녀에게 넘겨주었는데 그걸 담보로 은행에서 대출을 받아 땅을 사들였다고 하더라고요.

"잊으시면 안 돼요, 사장님. 저는 세무사 자격이 있는 사람이에요. 부기도 그저 멋으로 공부한 게 아니랍니다."

그녀가 화사하게 웃으면서 말하더군요. 게다가 이따금 내게 돈을 빌리러 왔습니다. 구쓰카케 별장지 쪽에 토지 5천 평이네, 덴엔초후 신도시에 5백 평이네, 아무튼 3년 뒤에는 원금을 갚아줬지만 그 여자, 정말 감이 뛰어나요. 어디의 어떤 땅이 폭등할지 훤히 내다보더라니까요. 그녀가 싼 가격에 사들인 구쓰카케 쪽은 이제 가루이자와로 이름이 바뀌었죠. 그쪽 땅은 호텔에서 매입해갔어요. 아마 어이없을 만큼 큰돈이 들어왔을 겁니다.

고도성장의 물결에 그녀는 그 젊은 나이에 어느 누구보다 일찌감치 올라탄 거예요. 1급 부기 공부로 고정자산세라는 것을 배우고는 즉시 실천에 옮긴 것이지요.

내가 지금 예순다섯 살이에요. 그녀와의 관계는 그녀가 사망하기 나흘 전까지도 이어졌습니다. 예전 같은 정력은 없지만, 일단 그 여자를 알아버리면 버릴 남자는 없어요.

하지만 왜 그렇게 죽었는지 모르겠어요. 전혀 짐작도 가질 않습니다. 그녀가 몇 년 전에 텔레비전에 출연하면서부터 나한테는 사업적인 상담은 전혀 하지 않더라고요. 남들 눈에 띠면 큰일이라면서 옛날처럼 마음 편히 여행도 하지 않았어요. 그전에는 마누라 모르게 해외여행도 다녔는데 말이죠.

그나저나 내가 깜짝 놀란 건 그녀가 두 번이나 결혼을 했었다고, 사망한 뒤에 주간지마다 떠들어댄 겁니다. 내 이름은 어디에도 없고, 예전에 우리 보석점에서 일했던 아르바이트 대학생 와타세와의 사이에 아이가 둘 있다고 기사가 실렸잖습니까. 꼼꼼하게도 호적등본 사진까지 넣어서 말이죠. 나는 그거, 아직도 믿어지지 않아요. 그 여자는 그런 말도 안 되는 여자가 아니었어요. 착하고 거짓 없는, 어느 쪽인가 하면 결백한 성품의 여자였죠. 나 말고 딴 남자가 있었다니, 이것 참. 게다가 남편이라고 지목된 자들이 속았네 어쨌네 하는 모양인데, 참 어이없는 놈들입니다. 아이들은 둘 다 내 자식이에요. 둘째는 아예 나를 붕어빵처럼 빼닮았습니다. 네, 한번 만나보세요. 하지만 아이들에게 아버지에 관한 얘기는 일절 안 한 것 같아요. 예전부터 아이들에게 나를 아저씨라고 부르라고 했죠. 그 아이들은 지금도 뭔가 일이 생기면 내가 도와줍니다. 내 자식이 틀림없으니까요.

10
유명 디자이너

도미노코지 기미코 씨에 관해서······.

네, 오래도록 저희 가게를 찾아주셔서 잘 알고 있습니다.

아직 와타세 기미코라는 이름으로 니혼바시에서 레스토랑을 경영하시던 때부터였으니까 그럭저럭 20년쯤 되겠지요? 처음 저희 가게 앞에 서 있는 모습을 발견했을 때, 저는 어디 귀한 댁 따님이라고만 생각했었어요. 아주 젊은 데다 참으로 사랑스러운 얼굴이시잖아요.

"어떤 옷을 찾으십니까?"

처음에 제가 먼저 말을 걸었던 것 같아요. 그랬더니 그분이 조용조용 속삭이는 목소리로 물어보시더라고요.

"이 쇼윈도의 원피스 말인데요, 연보라색으로 만들면 가격이 얼마나 될까요?"

"네, 가격은 똑같습니다만."

"어라라."

안심한 것인지 놀란 것인지, 제 얼굴을 지그시 쳐다보더군요.

그 연보라색 드레스를 주문한 것이 처음 저희와 함께하게 된 계기였어요. 작은 얼굴에 아담한 몸집이라고 여기저기서 많은 분들이 칭찬하시던데, 그분은 보기 드문 정도로 실제 몸매보다 낙씬하게 보이는 타입이에요. 치수를 재보면 바스트도 히프도 겉보기보다 훨씬 큰 분이었습니다. 그나저나 제가 치수를 메모하는데 뜻밖의 말씀을 하시더라고요.

"역시 아이를 낳으면 몸매가 달라지나 봐요."

제가 깜짝 놀라서 되물었지요.

"어머, 결혼하셨어요? 아직 아가씨인 줄만 알았어요. 에이, 아직 고등학생이신 거 아니에요?"

"고등학교도 대학교도 가고 싶었는데, 집안에서 억지로 결혼을 시켰어요."

"이렇게 예쁘시니 신랑분이 기다릴 수가 없었던 모양이네요."

"어라라, 그걸 어떻게 아셨어요?"

"저희가 전쟁 전부터 의상실을 해왔으니까 척 보면 안답니다."

그때만 해도 밤일하시는 여자분들 외에는 아직 그런 칵테일드레스를 주문하는 일은 거의 없던 시절이라서 내심 반가웠던 게 기억납니다. 귀한 댁 아가씨로 보였으니까요. 나이는 아직 십 대였고, 결코 값싼 쇼핑이 아니었습니다.

가봉假縫은 늘 점심때쯤에 저희 가게로 오셔서 했습니다. 저는 상당히 화려한 디자인이라고 생각하면서 만들어드려도 그분이 입으면 수수한 느낌이 나버리는 거예요.

"여기 이 프릴, 좀 더 화려하게 해드릴까요?"

"아뇨, 이거면 됐어요."

"하지만 뭐랄까, 좀 어른스럽게 보이는데요?"

"그게 좋아요. 너무 어리다고 은근히 무시하는 것 같아서 싫었거든요."

"누가 그런 말을 할까요? 남편분이시라면 아직 어린 아내를 좋아하실 텐데."

"남편은 괜찮은데, 일하는 사람들이 만만하게 본다니까요."

설마 그때는 가게를 경영하시는 줄은 모르고, 가정부 얘기인 모양이라고 저 혼자 짐작만 했었어요. 아무튼 전쟁 전 귀족 가문이 하나같이 살림살이가 힘들어졌잖아요. 옛날 옷을 요즘 디자인으로 수선해달라는 주문이나 간간이 들어오는 정도라서 항상 안타깝게 생각하던 시절이었습니다. 전쟁 끝나고서도 아직 이런 댁이 있다면 그나마 다행이라고 안도했지요.

게다가 그분은 제게는 행운의 여신 같은 고객이었어요. 그분이 오시면서부터 저희 의상실이 인기를 끌어서 바느질하는 사람을 급하게 몇 명 더 채용했을 정도니까요.

성함과 주소를 물었더니 분쿄 구 혼고에 있는 아파트라고 하시더라고요. 거기라면 서민 동네라서 내심 당황스러웠지만 아마 신혼 생활을 자유롭게 보내려고 따로 나와 사시는 모양이라고 생각했었지요.

"자제분은 따님이세요?"

"아뇨, 아들이에요. 딸이라면 모녀가 똑같은 드레스도 맞춰 입고, 정말 재미있을 텐데."

"그러면 엄마와 딸이 아니라 자매처럼 보이겠네요."

"어라라, 아직 아기인데요?"

"아이는 금세 큰답니다. 열 살만 되어도 세트로 맞춰 입으실 수 있어요."

"그렇겠죠? 상상만 해도 즐겁네요. 다음에는 꼭 딸을 낳아야겠어요."

완성된 칵테일드레스가 무척 마음에 들었는지 정장이며 앙상블을 연달아 주문해주셨습니다. 하지만 그 무렵에는 화려한 건 그리 좋아하지 않으셨어요. 튼튼한 천으로 수수한 맞춤 정장을 해드리면 도리어 젊음이 강조되었지요. 정말 옷의 성격을 그토록 몸으로 잘 표현해내는 고객은 저도 의상업계에 들어선 지 꽤 오래되었지만 기껏해야 몇몇 분밖에 안 계세요.

그리고 그때 했던 말씀대로 정말 1년도 안 되어 임산부용 드레스를 다시 주문해주셨어요.

"축하드립니다!"

"고마워요. 이번에는 분명 딸일 것 같으니까 좀 더 화려하게 해주세요."

한번에 세 벌이나 맞춰 가셨죠. 쇼핑할 때나 집에서 입을 옷은 엄청 화려한 무늬로 하셨어요.

"꽃이나 그림, 아무튼 아름다운 것만 바라볼 거예요. 그러면 예쁜 딸아이가 태어나겠죠?"

"네에, 태교가 정말 중요하지요. 해산은 어느 병원에서?"

"첫아이 때 큰 병원에 갔다가 질렸던 일이 있어서 이번에는 집 근처의 작고 가정적인 산부인과로 갈 생각이에요."

"예정일은 언제인가요?"

"12월 초순이에요. 연년생을 낳게 되었지 뭐예요."

"저한테도 연락해주세요. 축하드리러 찾아뵙고 싶어요. 아기 옷도 준비해드릴 겸."

"고마워요. 하지만 아기 옷은 첫째 때 받은 게 너무 많아서 처치 곤란이니까 나중에 아장아장 걸을 때쯤에 엄마와 아기, 세트로 맞춰주세요."

"벌써부터 기대가 되는군요."

옷이 완성되면 반드시 직접 받으러 오셨어요. 네, 때로는 대형 외제차도 타고 오셨죠. 남편분이 대체 어떤 일을 하시는지 궁금하기도 했지만, 고객이 말씀하시지 않는 한 저희 쪽에서 먼저 사생활을 시시콜콜 묻지 않는 게 규칙이랍니다. 어떤 집안이든 다 각자의 사정이라는 게 있으니까요.

계산은 처음부터 그때그때 현금으로 해주셨어요. 나중에 주셔도 괜찮다고 말씀드렸는데 그 무렵부터 단호하게 고개를 젓곤 하셨죠.

"난 빚지는 것은 싫어요. 빌렸다는 생각이 머리를 짓누르는 것 같아서 한 푼도 남겨두고 싶지 않은걸요."

사망하실 때 입었던 이브닝드레스도 저희 의상실에서 만들어 드린 옷입니다. 주간지마다 별별 이상한 기사를 쏟아내서 정말 어처구니가 없었지만, 그분은 어느 쪽인가 하면 돈에 대해서는 무심한 편이고 계산이 깔끔한 분이었어요. 그 이브닝드레스 수공비도 다 계산해주셨습니다. 그분이 돈을 벌어들인 방식이 악랄하고 도리에 맞지 않는 짓을 많이 했다느니 집 근처 메밀국숫집에 외상값이 산더미처럼 쌓여 있었다느니 하는 얘기는 분명 뭔가 잘못 알고 하는 소리예요. 제가 아는 기미코 씨로서는 도저히 생각할 수도 없는 일이니까요. 죽은 사람은 입이 없다고 하더니만, 그분을 두고 악녀라느니 뭐니 함부로 지껄이는 사람들, 저는 정말 분해서 잠이 안 올 정도예요. 요즘 주간지는 참으로 한심하다니까요. 일류 주간지에서도 취재를 제대로 안 하고 기사를 써내는 경우가 있다던데요? 제가 의상실을 확장해서 요즘 여배우들의 드레스도 만들어드리고 있지만, 제가 보기에는 다들 정말 가엾어요. 시시콜콜 캐내는 건 물론이고 아예 없는 일까지 마구 기사로 올린다는 거예요. 무조건 재미있게 써내기만 하면 된다는 생각이죠, 무책임하게.

기미코 씨도 그래요, 빚에 몰려 자살했다느니 금전적인 원한으로 살해됐다느니, 주간지마다 제멋대로 떠들어대니 너무 한심하잖습니까. 그런 착하고 훌륭한 분이 남에게 원한을 살 일이 뭐가 있겠어요? 더구나 자살이라니, 그런 짓을 할 리도 없어요. 두 아드님의 성장을 누구보다 즐겁게 기다리시던 분이었어요. 이건 뭔가 잘못되어도 단단히 잘못되었어요. 대낮에 이브닝드레스 차림으로 사망하셨잖아요? 그분은 드레스 입는 법을 누구보다 잘 아셨어요.

대낮부터 이브닝드레스를 입으실 분이 아니라는 얘기지요. 그러니 난 뭐가 어떻게 된 건지 도무지 모르겠어요.

옷 취향 말인가요? 보라색을 좋아해서 항상 보랏빛 뭉치 같았다는 주간지 기사도 있었는데, 잘못 알아도 크게 잘못 알았어요. 드레시와 스포티로 나눈다면 드레시한 쪽을 더 선호하셨지만 정장도 꽤 입는 편이었어요.

다만 그분이 새 옷을 주문할 때는 다른 어느 누구에게도 없는 한 가지 확실한 기준이 있었습니다.

바로 보석이에요.

첫 맞춤복인 연보라색 원피스도 완성품을 입어볼 때, 핸드백에서 작은 보석 상자를 꺼내 도톰하면서도 길쭉한 왼쪽 손가락에 반지를 끼고 보여주셨어요.

"이 반지하고 잘 어울리지요? 자수정인데 아주 유니크한 세팅이에요."

저는 항상 고객에게 잘 어울리는 드레스를 고민하는 직업이지만, 그때 분명하게 또 하나의 창이 열린 듯한 느낌이었습니다. 사람과 드레스와 액세서리가 일체가 되어야 비로소 참된 멋이 창조된다는 것을 그날 기미코 씨에게서 배운 거예요.

정말 그분은 제게는 행운의 여신이었습니다. 일부러 고객을 소개해주시는 것도 아닌데 그분이 전화만 해주셔도 그날은 손님이 줄줄이 들어오곤 했으니까요.

언제였나, 무슨 얘기 끝이었는지 제가 그 말을 했습니다.

"어라라, 내가 그런 말을 자주 들어요. 어디 요리점에라도 가면 내가 오는 날은 유난히 손님이 많다고 하더라구요. 일식 요리점은 방이 몇 개나 되잖아요. 장사가 안 되는 날은 그 방이 죄다 텅텅 비는 바람에 일하는 아줌마까지 한숨을 쉰다네요. 그런데 내가 얼굴을 내밀면, 아, 이제 당분간은 괜찮겠다, 하고 마음이 놓인대요."

"곳곳에 행운을 나눠주고 다니시는군요."

"그럼 그만큼 내 행운이 줄어드는 걸까요?"

"그럴 리기 있나요. 시모님처럼 행복한 분은 웬만해서는 찾기 힘들어요."

"그럴까요?"

"남편분은 큰 부자인 데다 두 아드님을 얻으셨고 게다가 이렇게 아름답고 젊으시잖아요. 그런데도 행복하지 않다면 이 세상에 행복한 사람은 하나도 없겠지요?"

아, 그렇구나, 어쩌면 그 무렵에 이혼 얘기가 나왔는지도 모르겠네요. 하지만 저희는 그런 건 상상도 못 했죠. 이혼했다고 기미코 씨가 직접 말하기 전까지는.

"이거, 남편이 사준 브로치인데 이 색깔에 맞춰서 카나리아 색 드레스, 고민 좀 해주실래요?"

"아름답죠, 이 오팔. 대부분 문스톤 정도로 생각하는데 예쁜 빛깔이 반짝 흔들리다가 사라지니까 이건 대체 뭐냐고 다들 묻더라구요. 이거 보세요, 무지개를 달의 이슬방울에 살짝 가둬둔 것 같잖아요. 여기에는 어떤 드레스가 좋을까요? 색이 진한 옷이어야 반지가 두드러지겠지요? 남편이 괜찮은 보석을 찾아냈다고 칭찬해주더라구요."

"남편 생일이라서 손님을 치르기로 했어요. 각별하게 지내시는 몇몇 분만 오실 거예요. 그런 때는 나는 되도록 눈에 띄지 않는 옷차림을 해야겠지요? 하지만 검은색은 싫은데…… 반지와 목걸이는 진주로 할 생각이에요. 결혼하기 전에 남편이 준 첫 선물이에요."

직접 만나 뵌 적은 없지만 그런 식으로 남편분의 성격이나 인품이 기미코 씨의 말끝에 은근슬쩍 드러나서 저는 성실하고 취향이 고급스러운 귀공자 같은 분이라고 상상했었어요.

그랬는데 어느 날 갑작스럽게 치수가 크게 달라져서 이혼한 것을 알게 됐어요.

"어머, 무슨 걱정거리라도 있으세요?"

바스트 치수는 아이를 한 명이라도 낳게 되면 대부분 출산 전후에 크게 무너지게 마련인데 기미코 씨는 해산 후에도 계속 풍성하고 예쁜 모양을 유지하는 이상적인 치수였어요. 그러니 저도 모르게 깜빡 사적인 질문을 던지게 됐지요.

"역시 알아보시는군요."

"아뇨, 갑작스럽게 야위신 것 같아서……"

"이혼했어요."

제 귀를 의심했습니다. 그런 일은 기미코 씨에게만은 결코 있을 리 없다고 생각했었으니까요.

가늘게 야윈 자신의 목덜미를 빤히 바라보면서 자기 자신에게 들려주듯이 조용한 목소리로 중얼거리더라고요.

"어라라, 아닌 게 아니라 말랐네요. 여자에게 이혼이라는 건 정말 큰일인가 봐요."

대체 무슨 이유로 이혼했느냐는 말이 목구멍에서 튀어나오려고 했지만 꾹 억눌렀습니다. 저희 같은 직업은 손님 쪽에서 먼저 말씀하시지 않는 한, 사적인 호기심을 가져서는 안 되니까요. 자진해서 약점을 드러냈다가 저희가 그런 얘기를 퍼뜨릴 리도 없는데 자기 쪽에서 발길을 뚝 끊어버리는 분들이 계시거든요. 어떻든 직업 정신이 투철하지 않고서는 20여 년씩 이 업계에서 버텨낼 수가 없는 것이지요.

네, 재혼하실 때의 웨딩드레스는 제가 만들어드렸습니다.

"깜짝 놀랄 뉴스예요. 나, 다시 결혼하기로 했어요."

"와아, 축하드립니다! 이런 깜짝 뉴스라면 대환영이에요."

"하지만 앞으로 또 다른 깜짝 뉴스는 없어요."

"네에, 당연히 그러셔야지요."

"재혼은 핑크나 블루의 연한 색깔 웨딩드레스를 입는다고 하던데, 정말인가요? 지난번에는 전통 결혼식을 올려서 서양식 웨딩드레스는 입어본 적이 없어요. 저기, 흰색으로 해도 괜찮을까요?"

"물론이지요. 할머니 나이에 재혼하는 거라면 핑크색도 나쁘지 않지만, 사모님은 지난번 결혼이 지나치게 빨랐어요. 일반적인 적령기로 보면 지금이 딱이지요."

이혼하고 3년이 지난 뒤였던 것 같아요.

"이건 너무 소녀 같은 느낌일까요? 웨딩드레스 전체에 작은 백장미를 리본에 꿰어서 촘촘히 달았으면 좋겠는데."

"그렇다면 조화로 해야겠군요."

"생화로 할 수 있으면 가장 좋을 텐데요."

"하지만 백장미를 생화로 달면 쉽게 상해서 도리어 지저분할 수 있어요. 조화가 오히려 더 생화처럼 보이지요."

"어라라, 재미있네요, 조화가 오히려 생화처럼 보이다니."

기미코 씨는 결코 요란한 웃음소리를 내는 일이 없었어요. 유난히 자주 하시던 말씀처럼 '은은하게' 웃었지요. 지난 3년 세월에 이혼의 상처가 치유되었구나, 하고 저까지 덩달아 흐뭇했습니다.

그때의 웨딩드레스는 제가 지금까지 만든 옷 중에서 최고의 작품이라고 자부합니다. 프랑스제 튈* 위에 스위스제 레이스 프릴을 겹겹이 달고 그 아래로 살짝살짝 장미꽃이 보이는 거예요.

결혼식은 도쿄 아오야마의 교회에서 했습니다. 가봉 때부터 벌써 대략 상상이 되는데 그 드레스는 상상했던 것 이상으로 잘 나왔어요. 물론 입어주신 분이 아름다웠던 덕분이지요. 기미코 씨는 완전히 백장미의 요정이었으니까요. 아들이 둘이나 된다는 게 거짓말 같았어요. 누가 보더라도 처녀 신부였지요. 허리는 잘록하고 눈매가 꿈꾸는 것처럼 순진했습니다.

저는 드레스를 주로 바라봤지만 재혼 상대인 도미모토라는 분도 찬찬히 살펴봤습니다.

어깨도 넓고 체격이 탄탄한 분이어서 미남이랄 수는 없어도 늠름하고 씩씩한 인상이었어요. 전남편이라는 분은 한 번도 본 적이 없지만 기미코 씨가 이번에는 정반대의 인물을 고른 모양이구나,

* 얇은 명주 망사. 프랑스의 도시 튈에서 따온 이름.

하는 생각이 들었습니다.

그 무렵에 기미코 씨가 니혼바시에 큰 빌딩을 짓는다는 걸 알았기 때문에 아직 젊은 여자분이 혼자서 어떻게 그런 큰 사업을 감당하시나 싶었는데, 아마 도미모토 씨가 사업가로서 좋은 파트너가 되어줬나 보다 했었지요.

"그이가 전남편을 어찌나 질투하는지 몰라요. 반지도 일일이 전남편이 사줬느냐고 캐묻는 거예요. 기껏말을 못 해서 내기 신 깃은 내가 샀다고 하는데 그렇지 않은 건 선뜻 말을 못 하고 어물거려요. 그러면 그이는 반지를 움켜쥐고 나가서는 한두 급 큰 보석으로 바꿔다가 말도 없이 쑥 내민답니다."

예상했던 것보다 신경질적이고 그래도 역시 터프한 구석이 있는 남자라고 생각했습니다.

"선생님, 우리 빌딩에 가게 내실래요? 남편이 질투가 심해서 여성 경영인들만 모실 생각이거든요. 니혼바시의 오피스가에서 젊은 아가씨들이 줄줄이 나오는 모습은 아주 장관이랍니다. 그런 젊은 분들을 대상으로 기성복 전문점을 해보는 거 어떠세요? 임대료는 안 내셔도 되니까요."

저도 바느질하는 사람들과 봉제 공장을 해보려던 참이었고, 행운의 여신이 내려주신 말씀이기도 해서 그 빌딩에 '프레타포르테' 점포를 내게 됐습니다. 하지만 그렇게 대박을 칠 줄은 생각도 못했어요. 칼라와 한쪽 소매에 조화를 하나씩 달아주는 디자인이 제 상표처럼 통해서 도쿄 아가씨들이 모두 저희 옷을 입고 다니니까 그게 최고의 광고 효과를 낸 것이지요.

저희 프레타포르테 점포는 현재 도쿄에 다섯 개, 오사카에 여섯 개, 나고야에 세 개, 교토와 후쿠오카에도 네 개씩, 어머, 스물두 곳 인가요? 이상하네, 25호점이 얼마 전에 오픈했는데? 아, 가나자와 와 삿포로, 요코하마에도 한 군데씩 있군요. 호텔 아케이드나 백화 점마다 저희 디자인 코너가 있답니다.

기미코 씨가 텔레비전에 출연하게 되었을 때, 저를 찾아오셨어요.

"어떡해요, 출연료는 어이없을 만큼 적은데 드레스는 매번 똑같 은 걸 입고 나갈 수도 없고, 정말 어쩌면 좋죠?"

그래서 출연하실 때마다 모두 저희 가게에서 옷을 맞춰드렸습 니다.

기미코 씨의 빌딩 임대료 말인가요? 그거야 아무리 기미코 씨가 그냥 쓰라고 했지만 비즈니스는 비즈니스지요, 통상대로 정확히 냈습니다. 당연하잖아요?

옷이 화려해진 건 텔레비전 화면에 잘 받는 색을 고르다 보니 점 점 꽃이 피듯이 환해졌어요. 세상이 너무 화려해지는 바람에 전쟁 전이나 전쟁 때 잿더미가 된 도쿄를 기억하는 저는 이따금 이 나라 가 이래도 되나, 하고 문득 멈춰서고 싶을 정도였어요.

하지만 기미코 씨는 귀여운 눈빛을 하고 속삭이듯이 얘기하곤 했습니다.

"내가 드디어 꽃 같은 사십 대에 들어섰네요. 정말 감사한 시대 지 뭐예요. 옛날에는 사십 대 여자가 이런 핑크빛 드레스를 입으면 색정광이라는 말을 들었잖아요. 하지만 나는 좀 더 화려하게 꾸며 서 나이 드는 걸 막아볼래요. 선생님도 그런 마음으로, 여기서 멈

추지 말고 훨씬 더 멋진 드레스를 만들어주세요."

그래서 저는 기미코 씨가 자살을 했다고는 도저히 생각할 수가 없어요.

게다가 주간지를 보고 소스라치게 놀란 것은 기미코 씨가 남편과 이혼했다는 얘기였습니다. 그 시기에 기미코 씨가 뭔가 달라진 기색이 전혀 없었고, 남편분 성씨 대신 '도미노코지'라는 이름을 썼지만 그건 일종의 펜네임이고 남편에 대한 배려라고만 생각했었거든요. 남편분이 유명한 사람을 아내로 뒀다는 소리를 듣는 걸 아무래도 꺼려할 테니까 기미코 씨가 '도미모토' 대신 '도미노코지'라는 명패를 내걸고 사업을 하는 모양이라고만 생각했어요.

그나저나 저는 지금도 믿어지지를 않네요. 주간지마다 마치 악덕 사업가의 화신인 것처럼 기사를 써내고 있잖아요. 그분은 착한 사람이었어요. 네, 착한 사람이라는 건 기미코 씨에게 딱 맞는 표현이지요. 마음이 아름답고 투명한 분이었다고 저는 생각합니다. 어떤 진한 색깔이라도 그분이 입으면 꿈처럼 신비한 분위기가 빚어졌어요. 디자이너로서 이 길을 걸어온 지도 이제 50년이 됩니다만, 그런 고객은 단 한 분밖에 없었습니다. 정말 선한 분이셨어요. 그렇지 않고서야 드레스가 그렇게 환하게 어울릴 리가 없지요. 저의 직업적인 직감입니다. 그분은 나쁜 짓은 결코 하지 않을 사람이에요.

11
은퇴한 노 변호사

도미모토의 결혼? 아, 그건 한마디로 로망스였지요, 네.

도미모토는 나로 보자면, 그게 뭐냐, 일고*에서부터 대학까지 동창이었고, 문과의 법학과여서 일고 시절에는 같은 기숙사의 같은 방에서 지냈으니, 에, 그러니까 한마디로 말해서, 친우지요, 친우.

술을 아주 좋아해서 "아아, 옥잔에 꽃 띄우고……"**라고 고성방가를 해대는 털털한 학생처럼 보였는데 대학을 졸업하더니 아주 몰라볼 정도로 멀끔한 신사가 되어 일본은행에 입사를 했어요. 나는 관직에 투신해서, 에, 여태 죽지 않고 살아 있으니 요즘은 옛날

---

* 一高. 정식 명칭은 제일고등학교. 구 학제의 명문 고교로, 현재 도쿄대 교양학부에 해당한다.
** 제일고의 기숙사가寄宿舍歌 첫 부분.

누구누구 얘기가 나오면 모두들 나한테 물어보러 오는군요, 허허허.

얼마 전에도, 거 뭡니까, 가마쿠라의 도케이지東慶寺에 일고를 기념하는 향릉총*을 짓겠다고 하길래 나도 추대되어 나갔어요. 일고라는 건 전후에 학제가 6·3제로 바뀌면서 없어진 제일고등학교예요. 지금의 고마바**에 있었던 학교라고 말해봐야 요즘 젊은이들은 모르지요. 우리 손자가 올해 그 고마바의 도쿄대에 들어갔어요, 그래서 내기 한마디 했지요.

"오늘부터는 너도 이 할애비의 후배야. 일고는 선후배 간에 예의가 깍듯하고 정이 도타운 전통이 있으니 꼭 명심해라."

그랬더니 손자 녀석이 이게 무슨 소리냐는 얼굴로 제 어미에게 귀엣말을 해요.

"할아버지가 아무래도 치매기가 있나 봐. 내가 일고에 합격했다고 생각하시잖아. 이상하지?"

내가 나이는 먹었어도 귀는 멀지 않았어요. 똑똑히 다 들었으니 나도 고함을 칠 수밖에.

"무슨 소리를 하는 게야, 고마바 쪽은 일고, 혼고***쪽은 제국 대학****이지!"

그랬더니 마치 어린애 타이르듯이 제 부모보다 웃어른인 나한테 설교를 합디다. 허 참.

---

* 向陵塚. 일고 동창들이 건립한 능으로, 해마다 그해에 서거한 동창을 애도하고 이미 타계한 수많은 선배를 추모하며 후배 및 유족이 향불을 올리는 곳이다.
** 駒場. 도쿄 메구로 구의 옛 지명으로, 도쿄 대학이 있다.
*** 本郷. 도쿄 분쿄 구의 도쿄 대학 혼고 캠퍼스.
**** 현재의 도쿄 대학.

"할아버지, 제국 대학이란 건 벌써 30년 전에 없어졌어요. 정신을 놓으시면 안 돼요. 최소한 제가 그 일고와 제국 대학을 졸업할 때까지는 사셔야지요. 어디 아프시기라도 하면 아버지 어머니 힘드시니까 몸도 건강하고 정신도 건강하게, 아시겠지요, 양쪽 다 건강하셔야 해요, 주위 사람들 힘들지 않게."

허 참, 아, 그나저나 무슨 얘기를 하던 중이었나? 아, 그렇지, 향릉총 얘기였지. 즉 옛날에는 일고라는 학교가 있어서 전국의 건아들이 모이는 곳이었다, 그것을 기념하자, 라는 뜻에서 졸업생 이름을 죄다 동판에 새겨 향릉총에 넣어두고 영원히 기억하자는 것이었는데, 거기서 도미모토 간타로富本寬太郎라는 이름을 발견했을 때는 참으로 감개무량했소이다. 우수한 인재였는데 아깝게 젊은 나이에 세상을 떠났어요. 쉰 살도 안 되었을 때니까. 하지만 그 친구의 로망스가 열매를 맺었으니 실생활은 행복 그 자체였지.

요즘은 로맨스라고 하지만 우리 때는 로망스라고 발음을 했었어요. 물론 참으로 열렬했었지만 그때는 모두 플라토닉 러브였으니까 요즘 사람들은 그런 심경을 모를 것이야, 음. 순수한 사랑이라는 것은 옛날 얘기가 되어버렸어. 도미모토 간타로의 사랑은 그야말로 순수한 로망스여서 요즘 같은 시대에는 소설로 써내도 잘 안 팔릴 게요.

엉, 뭐라고? 도미모토가 아니라 그 아들의 결혼 얘기라고? 아, 그러면 도미모토 간이치富本寬一 얘기로구먼. 도미모토 간타로의 안사람이, 그렇지, 로망스로 맺어진 그 부인의 이름이 미야코宮子 씨였어요. 그래서 아들 이름을 간이치라고 붙였던 것이지. 부인은 그런 이름은 싫다고 크게 반대한 모양인데 도미모토가 자기 이름이 한 글자 들어가니 괜찮다고 고집을 부렸어요.

오, 그래, 간이치 일로 찾아오셨구먼. 나는 깜빡 일본은행 다니던 도미모토 아버지 얘기인 줄 알았소.

예, 아들 간이치라면 요즘 실로 행복한 결혼 생활을 보내고 있소이다. 인간이란 한차례 크게 좌절하고 나면 씩씩해진다고 하지만, 간이치의 성주네는 원래부디 씩씩한 사내였어요. 럭비를 했거든, 부친과는 별로 닮은 데가 없는 젊은이였소만, 예, 그래도 한차례 좌절한 뒤로는 아주 현명해졌어요. 매사에 신중해졌지.

지난해 세상 떠난 우리 안사람이 아주 사교적인 성격이었어요. 여기저기 중매해주는 것을 아주 좋아했지. 그래서 간이치의 결혼은 두 번 다 우리 안사람이 중매를 섰습니다. 그렇긴 한데 두 번째 결혼은, 안사람이 어쩐지 책임감이 느껴졌던 모양이에요, 여대 재학 중인 처자들로만 골라서 선 자리를 마련하고 그쪽 부모들과도 찬찬히 교제한 다음에야 다행히 결혼에 이른 것인데, 안사람이 중매자로 나서고 싶어했지만서도 내가 이번만은 사양하는 게 옳다고 주장해서, 말하자면 우리는 사전 포석만 깔아놓고 정식 중매는 간이치의 은사님에게 부탁했다, 그런 얘기지요.

허허, 참으로 다행이지요. 이제, 그 뭣이냐, 나도 저승 가서 도미모토 만나면 마음 편히 악수할 수 있게 됐소이다. 도미모토의 손자가 벌써 셋이나 생겼으니까.

도미모토 간이치의 결혼 말이오? 방금 얘기했잖습니까, 아주 잘 살고 있어요. 우리 안사람이 세상 떠날 때는 미야코 씨가 찾아와 손을 잡고 눈물을 흘리며 인사를 합디다. 좋은 며느리를 소개해줘서 정말로 고맙다고 말이지.

뭣이라, 그전 결혼에 대해 얘기해달라고?

그건 뭐 형편없는 얘기야.

그런 얘기는 글로 쓸 가치도 없어. 전후에 개정된 호적법에 문제가 많기는 했지만서도, 호적이란 것은 옛날에는 간단히 본적을 변경할 수가 없었어요. 부당한 차별을 받은 사람들이 더러 그것 때문에 힘들기도 했겠으나 그래도 호적을 더럽혀서는 안 된다는 의식이 옛날 사람들은 잠재적으로 밑바탕에 자리 잡고 있었다는 말이지. 그것이 명예를 지킨다든가 자부심을 갖는다든가, 살아가는 데 토대가 되어줬던 게야.

간이치의 첫 결혼 때는 그야말로 그쪽에서 부탁이 들어와서 하게 된 중매였어요. 어느 날 미야코 씨가 우리 집에 찾아와 혼인 당사자들끼리 이미 정해버린 일이지만 남편이 살아 있었다면 분명 우리에게 중매를 부탁했을 거라고 얘기를 했어요. 안사람이 몸이 달아서 냉큼 물어봤지.

"어떤 아가씨인데요?"

"정말 참한 아가씨예요. 말씨가 어찌나 공손한지, 요즘에도 이런 아가씨가 다 있나 싶더라고요."

"간이치가 직접 찾아서 데려왔어요?"

"그렇답니다."

"열렬한 로맨스였겠군요, 부친을 닮아서."

그러고 사나흘 지나 두 사람이 나란히 인사를 하러 왔어요. 예

155

에, 놀랐지요. 미야코 씨가 한창 젊을 때, 도미모토 녀석, 이런 절세 미인을 참 용케도 함락시켰구나 하고 감탄을 했었는데, 아들놈이 고른 여자는 미야코 씨보다 더 미인이더라고.

"무슨 말씀을, 미야코 씨는 고전 미인이라 콧날이 오뚝하고 입매는 야무지고 훨씬 더 예쁘지요. 그 아가씨는 그냥 평범한 얼굴인데 화장을 아주 잘했더라고요. 우리 처녀 때는 어디 여염집 여자가 그런 화장을 했나요? 아이라인이라고 하나, 어쩌나 진한지 꼭 영화배우 같던데요."

"맞아, 내 얘기가 바로 그거야. 영락없이 여배우 오카다 요시코야."

"에이, 오카다 요시코가 훨씬 더 예쁘죠."

"그래도 분위기가 비슷해."

"그건 그래요. 하지만 미야코 씨가 얌전한 아가씨라고 하길래 좀 수수한 분위기를 상상했는데 무척 화려한 여자네요. 그 다이아몬드, 당신도 봤지요?"

"안 보려고 해도 눈에 띄던데. 그런 큼직한 다이아몬드를 간이치가 사줬나?"

"설마."

"그러면 미야코 씨 것인가?"

"아뇨, 미야코 씨는 그런 큼직한 다이아몬드는 없어요. 게다가 전쟁 중에 보석은 죄다 헌납했지요. 그 보석만 있었으면 아키코 결혼식 때 챙겨줬을 텐데 너무 아쉽다고 지난번에 왔을 때도 얘기했었잖아요."

"그러면 다이아몬드는 그 아가씨 것인가? 그렇다면 이건 영락 없이 『금색야차』*로군. 아주 똑같이 구색을 맞췄잖아."

"하지만 그 아가씨가 설마 아카가시 만지**는 아니겠지요?"

아니, 우리는 전혀 나쁜 마음은 없었어요. 하지만 도미모토의 아 들이 간이치, 어머니는 미야, 게다가 며느리가 될 여자는 큼직한 다이아몬드를 가졌다면 아무래도 왕년의 오자키 고요 선생의, 요 즘으로 치면 대 베스트셀러였던 소설 『금색야차』가 떠오르는 건 우리 연배라면 당연한 일이지요. 나쁜 마음에서 한 얘기는 아니지 만 나와 아내는 그 뒤로 두 사람 얘기를 할 때마다 암호처럼 그 말 을 쓰곤 했소이다.

"여보, 금색야차가 교회에서 서양식으로 결혼한다네요."

"아, 그래?"

그때는 설마하니 정말로 『금색야차』와 똑같은 사건이 일어날 줄은 생각도 못 했으니까.

다만 집사람이 고개를 갸우뚱하며 이런 얘기를 했던 게 기억이 나요.

"여보, 그 다이아몬드는 아가씨가 끼고 다니기에는 너무 크지 않아요?"

생각해보면 그게 바로 여자의 육감이라는 것이지.

결혼식은 아오야마의 교회에서 했어요. 프랑스 인형 같은 신부

---

* 『金色夜叉』. 작가 오자키 고요의 유명한 소설. 남자 주인공의 이름은 '간이치', 여자 주인공은 '미야'. 한국에서는 조중환의 『장한몽』 혹은 『이수일과 심순애』로 번안되 었다.

** 『금색야차』에서 실연에 빠진 남자 주인공을 사모하는 여인.

였지요. 교회 결혼식은 지극히 간소한 것이었어요. 반가운 얼굴들이 죄다 모였었구면. 도미모토는 형제가 많아서 간이치의 큰아버지와 고모, 사촌 형제며 재종 형제, 거기에 미야코 씨 쪽 친척들까지 빠짐없이 초대한 모양입디다. 우리는 일고와 대학 시절의 여러 벗들이 죄 모여서 와아 와아 하고 결혼식 시작할 때까지 반갑게들 인사해가며 오랜만에 회포를 풀었습니다.

그랬는데 여자 같은 목소리를 내는 목사기 니와서 일동에게 얘기를 하더구면.

"여러분, 자리에 앉아주십시오. 신랑 측 친족과 친구분들은 제단을 향해 오른편 좌석에 앉아주십시오. 신부 측 친족과 친구분들은 제단을 향해 왼편 좌석에 앉아주시면 감사하겠습니다."

다들 하라는 대로 줄줄이 자리에 앉았지요. 나와 안사람은 중매인으로 신랑 신부와 함께 입장해야 하는지라 대기실로 안내를 받아서 들어갔고.

"자아, 남자분은 제 신호에 따라 똑바로 행진하시면 됩니다. 그리고 신랑의 뒤를 따라 중매인이 걸어오시다가 제단 앞에서 잠시 기다려주시고요. 그러면 음악이 시작되고 신부가 입장하겠습니다. 한 걸음 한 걸음, 이런 식으로 음악에 맞춰서 나가시면 됩니다."

일본인인데도 요상하게 외국인 같은 악센트로 설명을 해줬구면. 예전에는 기독교인이 아니면 교회에서 식을 올리지 않았어. 미야코 씨에게 물어보니 도미모토 가문은 불교 정토진종이라고 하던데 왜 교회에서 결혼식을 하는지 잘 모르겠더라고. 신부 쪽이 크리스천인 것도 아닌 모양이고.

아무튼 나는 목사가 하라는 대로 고요히 가라앉은 교회 안으로 간이치의 뒤를 따라 입장했어요. 작은 교회여서 오른편 좌석은 하객으로 가득했어. 그런데 왼편 좌석에는 사람이 없어. 그거 보고 내가 중간에 잠깐 주춤했었구먼.

신부가 고아라는 얘기는 미리 들어서 알고 있었어요.

집안이나 출생에 대한 것은 딱한 속사정이 있으니 묻지 말아주십사고 신랑 신부가 인사하러 오기 전에 일부러 내 사무실에 전화로 연락이 왔었어요.

하지만 부모 형제는 없다고 해도 초등학교며 여학교의 은사쯤은 있을 게 아닌가. 여자 친구들도 그런 자리에 불렀으면 좋지 않았겠느냔 말이지. 결혼식에 신부 측 참석자가 한 사람도 없다는 건 전대미문의 일이지.

장중한 오르간 음악이 흐르는데 신부가 내 곁을 스르륵 스치듯이 걸어가 간이치와 나란히 섰어요. 내가 살기도 오래 살았고, 아내가 사교적인 성품이라서 그런 일을 덥석 받아들이는 바람에 지금까지 중매도 꽤 많이 해왔소만, 그런 요란한 웨딩드레스는 내 생전에 처음 봤소이다. 요즘 이름난 양재사이자 일본 전국에 수많은 점포를 가진 여자가 특별히 공을 들여 디자인한 웨딩드레스라는 얘기는 나중에 들었지만서도, 온통 장미꽃, 장미꽃, 응, 그래요, 가슴팍이고 허리고 할 것 없이 온통 장미꽃을 달았더란 말이지. 치맛자락이 아주 길게 끌렸는데 거기에도 장미꽃 홍수야. 색깔은 흰색이었나? 아무튼 장미꽃 생화가 걸어오는 것 같았구먼. 아니, 조화가 아니었는데? 꽃향기가 강해서 한동안 머리가 띵했던 게 기억나는데.

엄숙한 미사 중에 가톨릭 목사, 아, 가톨릭은 목사가 아니라 신부라고 하나요, 그렇군. 그 신부가 먼저 신랑에게 결혼 서약을 받았어요. 다음에 똑같은 말을 신부에게도 물었고.

신부가 '맹세합니다'라고 대답하는데 약간 이상했어요. 목소리가 파르르 떨리더라고.

식이 끝나고 신랑 신부가 하객을 향해 인사할 때, 신부 눈에서 눈물이 흐르는 것을 보고, 아, 그렇구나, 마침내 행복을 얻어서 감격했구나, 나는 그렇게 이해하고 신부 측의 빈자리에 대한 건 잊어버리자고 마음먹었지.

간이치가 아무튼 럭비에 몰두하느라 부친처럼 수재는 아니었지만 도미모토 일가가 죄다 우수한 사람들이고 미야코 씨의 친가도 명문가니까 그런 집안과 어깨를 나란히 할 만한 하객은 그 젊은 나이에는 없기도 하겠다고 애써 이해를 해준 것이지요.

결혼식을 올리고 한 시간 뒤에 데이코쿠 호텔에서 50여 명이 연회를 했어요. 응, 모두 오른편 좌석에 앉았던 사람들이지.

"혹시 신부 측 부모가 반대하는 결혼인가?"

그렇게 나한테 슬쩍 물어보는 사람이 몇몇 있었어요.

"아니, 부모가 안 계신다네. 완전 고아야."

내가 대답은 해줬지만 아무래도 다들 의아한 표정이었습니다. 친구들조차 부르지 않았으니 당연히 의아하게 생각할 만도 하지요. 나도 그 일은 한참 동안 잊을 수가 없었구먼.

요리는 아주 호화판이었어요. 거 뭣이냐, 풀코스 디너라고 하던데? 도미모토가 살아 있었다면 얼마나 흐뭇해했을까, 저절로 그런 생각이 들었지요. 참으로 감개무량하기는 했는데, 놀랍게도 신부가 단 한시도 자리에 앉아 있지를 않았어.

장미꽃 범벅에서 핑크색 이브닝드레스로 갈아입었나 했더니만 그다음은 하늘색 샹들리에처럼 번쩍거리는 옷에 꽃무늬 옷에 깃털 옷에, 아무튼 코스 요리의 접시가 바뀔 때마다 신부가 옷을 갈아입고 나오더라니까. 그때마다 안사람이 데리고 들어와야 하니, 잠깐 앉아서 뭘 먹을 새도 없었다고 했어요.

"어휴, 서양식 도조지* 같더라니까요."

우리 안사람이 아주 딱 맞는 비유를 했지 뭐야.

내 지인 중에 재벌 미쓰이 가문과 혼인하는 이가 있어서 젊은 시절에 초대받은 적이 있었지만, 옷을 대여섯 번을 갈아입고 나오는 통에, 물론 50여 년 전 일이니 죄다 후리소데**였지만, 그때도 내가 깜짝 놀랐었는데, 50명 남짓한 작은 연회에 전채에다 생선 요리에다 육류에다 디저트에 커피까지, 역시 다섯 번은 옷을 바꿔 입은 셈이 되나? 아니, 좀 더 많았던 것 같아. 도조지가 아홉 번이나 옷을 갈아입었다는 얘기도 했었으니까.

내가 중매인으로서 주례사를 하면서 신부 학력은 아오야마 학원 단과대학 졸업이라고 했소이다. 나이는 스물세 살이라고 했고. 간이치가 미리 그렇게 적어서 내게 건네줬거든.

---

* 기슈의 사찰 도조지道成寺에 얽힌 전설. 짝사랑한 승려의 냉대에 한이 맺혀 뱀이 되어서 그를 불태워버린 한 여인의 사랑 이야기다. 노能에서부터 가부키와 인형극까지 일본 전통 예능 소재의 하나. 주인공의 옷차림이 여러 차례 바뀐다.
** 소매가 긴 여성용 전통 예복.

"신랑 간이치는 샐러리맨으로서 직무에 투철한 것은 물론입니다만, 신부 기미코는 결혼 후에도 일을 계속할 것이나 앞으로 우리의 존경하는 벗 도미모토 간타로의 손자가 태어나면 가정에 전념하기로 하였습니다. 중매인으로서 한시라도 빨리 손자를, 아, 그렇긴하나 지금부터 반년 이내라면 좀 난처하겠습니다만, 하긴 요즘은 그런 일도 드물지 않지요. 아무튼 빨리 훌륭한 자제를 얻어 즐거운 가정을 만들어갈 수 있도록 여러분의 후의를 부탁드립니다."

그런 식으로 끝을 맺었습니다. 내가 연설은 꽤 하는 편이에요. 아무튼 왼편 좌석이 텅 빈 것을 상쇄하려고 하객을 웃기는 데 중점을 두고 주례사를 했고 나름대로 성공적이었다고 생각합니다.

부친 도미모토가 일본은행의 엘리트 간부였고 젊은 나이에 그만큼 출세한 사람이었으니 덴엔초후 신도시에 부지 5백 평의 번듯한 집이 있었어요. 정원이 너무 넓으니까 그 일부를 팔아 별채를 지어주면 되겠다 했더니만, 미야코 씨가 우리에게 고민거리를 상의하러 온 게 결혼식 올리고 한 달도 안 된 참이었지.

들어보니 신혼부부는 아파트에 따로 나가 살고 미야코 씨는 그 넓은 집에서 혼자 살고 있다는 거예요. 그래서 내가 간이치를 불러 따끔하게 나무랐습니다. 이 불효한 놈, 내가 살아 있는 한, 요즘 전후 세대의 시건방진 짓을 가만히 내버려둘 성 싶으냐, 시어머니와 함께 살기 싫다는 며느리라면 당장 내쫓으라고 심한 소리를 했었구먼.

그랬더니만 간이치가 아주 난처한 얼굴을 하는 게야.

"실은 복잡한 사정이 있습니다. 집은 신축하려고 합니다."

"아니, 그 번듯한 집이 뭐가 부족하다는 건가. 그게 자네 안사람의 의견인가?"

"아닙니다. 물론 사내로서 제 의견에 따른 일입니다."

"왜 신축을 하겠다는 겐가?"

"그건 말씀드리기 어렵습니다만, 어떻든 어머니를 설득할 생각입니다. 안사람도 부모의 정이 간절한 사람이라 하루빨리 함께 살기를 원하고 있습니다."

"흠, 그런가. 그렇다면 자네가 어머니와 안사람을 잘 설득해서 어떻든 어머님을 섭섭하지 않게 해드려야지. 자네 아버님을 대신해 내가 이렇게 부탁하네."

"네, 감사한 말씀이십니다."

그러고 1년 뒤였나, 신축 축하연을 할 테니 집에 식사하러 오시라는 연락이 왔어요. 전쟁 끝나자마자 도미모토가 사망했기 때문에 그 집안의 재정 상태가 옛날 같지 않다는 건 짐작하고 있었지. 간이치가 종합상사에 취직한 지 아직 3년밖에 안 된 터라 제힘으로 집을 신축했을 리는 없어요. 부지가 넓으니 그 반을 팔았다면 별채는 따로 지을 필요도 없고 아마 50여 평의 작은 문화주택을 지었을 것이다, 그렇게 생각하고 찾아갔습니다.

그런데 내가 아주 깜짝 놀라버렸어. 서양식 대문 기둥에 영어로 'TOMIMOTO'라고 떡하니 써넣고, 주차하는 번듯한 현관도 있고, 아예 미국 백악관을 그대로 본뜬 거대한 건물이 우뚝 서 있는 게 아닌가.

그날이 일요일이었고 시간은 3시 반이었구먼.

"오호, 집이 아주 호화롭구나. 놀랍네."

그러면서 안에 들어갔더니 손님을 결혼식 때와 똑같은 면면들로 무려 50명이나 불렀더라고. 그 50명이 여기저기 넉넉하니 앉아도 공간이 남아요. 현관 로비에서 응접실까지 일본 적십자사 본사 건물만큼 넓고, 그보다 훨씬 더 호화판이야.

그런데 그건 시작일 뿐이고 정원 쪽으로 눈길을 던졌다가 내 눈을 의심했어요. 눈앞에 숲이 펼쳐져 있는 게야 5백 평 정도가 아니야. 그 두 배는 훌쩍 넘는 널찍한 부지였구먼.

"부인, 이거 어떻게 된 겁니까?"

신축 축하 인사를 할 만한 분위기가 아니어서 내가 미야코 씨에게 솔직하게 물어봤어요.

"며느리가 옆집 땅을 빚을 내서라도 사라고 하니 우리 애도, 어머님, 삽시다, 하더라고요. 옆집 우메타니 씨네 토지를 통째로 사버렸어요."

"우메타니 씨네라면, 예전에 오노에 마쓰노스케가 영화를 찍었다는 그 정원이 있는 집 아닙니까?"

"네, 그렇답니다."

"그러면 여기가 그 시대극 명배우 마쓰노스케가 칼싸움을 했던 숲이로군요."

"그렇습니다. 하지만 며느리는 그런 옛날 영화에 대해서는 알지도 못했어요."

"그야 그렇겠지요. 넓이가 어느 정도나 됩니까?"

"3천 평이라고 하네요."

"그걸 매입했단 말인가요?"

"네에, 며느리가."

"실례지만, 며느리가 대체 무슨 일을 하고 있습니까?"

"니혼바시에서 레스토랑을 경영하고, 이제 곧 그쪽 건물도 개축을 한다네요. 고정자산세 같은 세법에도 해박해서 계산도 수치를 다 내서, '은행에서 이만큼은 대출하고 거기에 제 저금도 있으니까 어머님은 걱정 마세요'라고 하더라고요. 게다가 보석점도 경영하는 모양이에요."

"아직 젊은 나이에 참 대단하군요. 전쟁 전 세대인 우리는 자꾸만 뒤처지는 시대가 되었군요."

"하지만 뭔가 아슬아슬 불안합니다."

"부인이 불안해하실 일은 없겠지요. 일 잘하는 며느리가 들어와서 다행입니다. 집이 이만하면 하녀 없이는 살 수 없겠지요?"

"네에, 요리사도 있어요."

"어허, 요리사까지?"

"레스토랑을 경영하니까 우선 이 집에서 훈련을 한다네요. 물론 어디 호텔에서 실력을 쌓은 요리사를 뽑아 왔다니까 주로 며느리의 취향에 맞도록 훈련을 하는가 봐요."

"허어, 거참, 그렇군요."

응접실 옆은 50명이 아니라 백 명이라도 너끈히 들어갈 만한 식당인데 샹들리에가 6대째 묵은 등나무 꽃처럼 주렁주렁 매달려 있었구먼.

웨이터가 극진하게 접대를 하고 데이코쿠 호텔 못지않은 요리가 차례차례 나와서, 초대객이 다들 어리둥절해했지요. 접시 달그락거리는 소리 틈틈이 니혼바시의 레스토랑이니 보석점에 대해 이러니저러니 사담들이 오고 갔지. 도미모토의 일가친척들이 교회에서 왼쪽편의 빈 좌석을 하나같이 의심의 눈빛으로 바라봤었는데 그날 새 며느리에게 완전히 한 방 먹은 셈이었어요. 돌아갈 때는 각자 선물 보따리까지 쥐여 주고 초대객 전원에게 택시를 불러줬구먼. 비용이 엄청났을 게야. 이제 이십 대의 젊은 나이에 그런 일을 하다니, 더구나 여자가.

"세상 무서운 줄을 모르는구먼."

"그래도 오늘은 뻔질나게 옷을 갈아입지 않아서 다행이네요."

돌아오는 길에는 나도 아내도 상당히 분개했구먼.

그러고는 채 2년도 안 되었어. 어느 날 간이치가 내 사무실에 나타났어요. 상의할 일이 있노라고 하는데, 얼굴이 홱 변해버렸더라고. 럭비로 단련된 그 늠름한 몸이 뼈와 가죽만 남은 처참한 꼴이더라니까.

"이, 이게 웬일인가!"

"아저씨, 제가 어떻게 해야 좋을지 모르겠습니다."

"대체 무슨 일인가?"

"아내가……, 아내한테……, 이런 걸 차마 생각이나 할 수 있었겠습니까?"

"안사람에게 무슨 비리라도 있었는가?"

"……따로 자식이 있는 것 같습니다."

"뭐, 뭣이?"

"……."

"어디에?"

"그건 잘 모르겠습니다."

"본인은 뭐라고 얘기하는데?"

"부정하고 있습니다."

"그런데 자네는 그 말을 믿을 수 없다는 얘기인가?"

"그렇습니다."

"무슨 정보라도 알아냈는가?"

"둘이 외출한 참에 길에서 아내의 지인들을 만난 적이 있는데 그때마다 똑같은 얘기를 했습니다. 아드님은 많이 컸지요, 라고. 그것도 한두 번이 아닙니다."

"그런 때에 자네 안사람은 어떻게 대답했나?"

"예에, 덕분에, 라고 했어요."

"그게 무슨 소리야?"

"나중에 자기를 다른 사람과 착각한 모양이라고 하더군요. 하지만 저는 점점 더 불안합니다. 자꾸 캐물으면 아내도 불쾌해해요. 믿지 못하겠다면 어쩔 수 없다, 나한테 아이가 있다고 생각해라, 라고 했습니다."

"이보게, 그런 건 호적등본을 떼어 보면 금세 알 일 아닌가. 혼인 신고할 때, 안사람의 호적등본을 못 봤는가?"

"봤습니다. 아이는 적혀 있지 않았어요. 저는 처녀와 결혼한 것으로 알고 있었죠. 나이도 저보다 세 살 아래라고만 생각했는데 혼인 신고 서류를 낼 때, 저와 똑같은 1936년생이었다는 걸 알았습니다."

"그렇지, 내가 피로연 때에 자네가 적어준 대로 신부는 스물세 살이라고 말했었어. 그러면 그때 스물여섯이었단 말인가, 신부가?"

"정확하게는 스물다섯이었습니다. 생일이 결혼식 뒤였으니까요."

"그래서 사네는 필 고민하고 있는 껜기."

"친구 중에 변호사가 있어요. 정식으로 상담한 것은 아니고, 내가 아는 사람 중에 이런 이상한 여자와 결혼한 경우가 있노라고 얘기를 했더니, 본적을 바꾸면 이전 결혼이나 이혼 내력은 지울 수 있다, 요즘 흔한 일이다, 라는 거예요. 그러면 그전 호적을 알아볼 수 있느냐고 물었더니, 그건 마음만 먹으면 얼마든지 가능하다, 아이의 주소와 성명만 알면 즉시 알아볼 수 있다고 하더군요. 그런데 제가 도저히 그걸 알아볼 용기가 나지 않습니다."

앞서도 말했던 대로 내가 법학부 출신이에요. 관료가 되기는 했지만 전쟁 끝난 뒤에 변호사로 사무실을 개업했지요. 그래서 도미모토가 살아 있었다면 어떻게 했을지 생각해봤어. 그러고는 우선 신부의 호적을 샅샅이 조사하는 작업에 들어갔지.

그 여자는 자신을 고아라고 말했었지만, 모친이 살아 있었어요. 그리고 그쪽 호적에 그 여자가 낳은 아이 둘이 양자로 입적되어 있었어. 부친은 와타세 요시오, 모친은 스즈키 기미코라고 나와 있었어요. 결혼 6년 만에 협의 이혼한 것으로 되어 있더구먼. 와타세가에도 조사원을 보내 이혼의 원인을 알아봤더니 그 여자가 무단으로 혼인 신고를 해버렸고 혼인 무효 소송을 했는데 도무지 응하지 않았다는 게야. 아무튼 협의 이혼을 한 뒤에 부자 관계 부존재 소송을 했지만 몇 년이 지나도 그 여자가 양보도 하지 않고, 혼인 신고 필적 감정에도 몇 년씩이나 걸리고, 게다가 그게 백 퍼센트 증빙 자료가 되는 것도 아니어서 와타세가 쪽에서는 이미 포기한 상태라는 게야. 아예 그쪽 남자의 부친 앞에서 목을 매려고 했다지 뭐야. 아, 음독자살? 아니, 내가 알아본 바로는 눈앞에서 목을 매려고 했다던데? 아무튼 자살극을 연출한 것이겠지만 자칫하면 큰일을 치를 뻔했다는 것이지. 협의 이혼을 하면서 막대한 돈을 뜯겼다는 것도 알아냈어요. 5억 엔이라나 하는 액수였구먼, 허 참.

그만큼 자료를 모아놓고 내가 그 여자를 불렀어요.

"그런 불행한 과거를 파헤치는 것도 법률가가 하시는 일인가요? 저는 순수한 마음으로 아름답게 살고 싶었답니다. 과거의 슬픈 추억을 간이치 씨 귀에 들어가게 할 생각은 털끝만큼도 없었습니다. 그게 잘못된 일일까요?"

얼굴빛 하나 변하지 않고 그러더라니까.

도미모토 간이치가 그 뒤에 어떻게 그 여자와 이혼했는지는 본인에게 직접 물어보시오. 뭐라고? 아, 간이치가 해외 출장 중이었군. 거, 다행일세. 당신 연재소설 끝날 때까지 일본에 돌아오지 않기를 빌어야겠구먼. 이제는 새로 결혼해서 아주 행복하게 잘 살고 있으니까.

12
로망스 노부인

이토 선생님 소개로 오셨다고요. 무슨 일이신지…….

아, 도미노코지 기미코?

그 얘기는 이토 선생님이 낱낱이 다 알고 계세요. 우리 아들 간이치는 동남아시아에 출장 중이고, 다음 주에는 돌아오겠지만 아마 선생님을 만나지 않을 것 같네요. 그 여자가 급작스럽게 사망했을 때, 주간지에서 너무 쫓아다니는 바람에 여간 힘든 게 아니었어요. 아들은 그중 어떤 분도 만나지 않았고 어떤 말도 하지 않았습니다. 내가 부디 돌아가달라, 지금은 평화롭게 잘 살고 있으니 공연히 평지풍파를 일으키지 말아달라, 아들은 그저 사기를 당했을 뿐이다, 라고 말씀을 드렸는데 주간지에 그 얘기가 마치 간이치가 한 말처럼 실렸더라고요. 그 바람에 나중에 아들에게 나만 된통 혼이 났습니다.

선생님이 왜 그 여자에게 관심을 가지셨는지 모르겠군요. 지금까지 쓰신 작품을 나도 꽤 많이 읽었는데 주인공은 항상 훌륭한 분들이었잖아요? 적어도 정의라는 것에 대해 선생님은 강한 확신을 갖고 계신 것으로 알고 있는데 왜 그런 여자 이야기를 쓰시려고 할까요.

같은 여자로서 창피할 만큼 그 여자는 악덕의 화신이었어요.

간이치가 어떤 기회에 그런 여자를 알게 되었는지, 우리 아들이 워낙 말수가 적은 편이라 나는 잘 모릅니다. 고등학교 때도 대학교 때도 오로지 럭비에만 열심이었고 취직도 럭비 선배의 소개로 그럭저럭 괜찮은 곳에 입사했습니다. 부친이 수재였던 것이 그 아이에게는 콤플렉스였을까요, 어릴 때부터 공부하는 걸 싫어해서 큰 걱정이었어요.

"어머니, 나는 아버지와는 달리 머리가 나쁘니까 큰 기대는 하지 마세요. 아버지께도 그렇게 말씀해주세요."

그런 얘기를 해서 남편도 나도 가슴이 철렁했던 게 초등학교 5학년 때 일이었습니다. 여동생 아키코가 학교에서 줄곧 반장을 했던 것도 간이치로서는 막막한 점이었는지도 모르겠어요. 학교에도 내가 이따금 불려가서, 아버님 학력을 보더라도 열심히 하면 잘할 텐데 교실에서 늘 부루퉁한 태도를 보인다고 선생님께 주의를 받았습니다. 남편도 어떻게 해야 좋을지 난감해하면서, 능력이란 사람마다 타고나는 것이 다르니 딱히 아버지와 똑같은 대학에 무리해서 들어갈 것은 없다, 그런 얘기를 했었어요. 하지만 전쟁에 패한 여파도 있었고, 남편은 아들이 중학교에 들어간 얼마 뒤에 세상을 떠났습니다. 다행히 집이 넓어서 대학생 하숙도 받아가며 그럭저럭 최저 생활은 유지했었어요.

간이치가 럭비를 하면서부터 성격도 밝아지고 얼굴이 점점 제 부친을 닮아가서 나도 겨우 안도하던 참이었지요. 전쟁이 끝나도 나는 작업복을 입은 채 집 안 채마밭 일을 계속했습니다. 이 근처 집들은 다들 그런 정도의 빌림빌이었이요. 내금은 봉쇄되있시, 화폐 개혁으로 지닌 돈은 휴지 조각이 되었지, 나처럼 고생이라고는 모르고 살던 사람은 꼼짝달싹할 수 없는 상황이었으니까요. 다행스럽게도 덴엔초후 지역은 전쟁 통에도 폭격당하는 일 없이 멀쩡해서 집 안에 예전 물건들이 남아 있었던 덕분에 이불감으로 우리 딸 아키코의 원피스를 해서 입히곤 했습니다. 간이치도 아키코도 대학 시절에는 아르바이트를 해가며 학비를 마련했고, 아키코는 장학금도 받아서 남들처럼 대학은 졸업할 수 있었어요. 나는 힘없는 어미라서 아무것도 해주지 못하고, 그저 부끄럽기만 할 따름이지요.

간이치가 종합상사에 취직하고 2년째 되던 해였어요.

"어머니, 결혼하고 싶은 사람이 있어요. 소개해드릴게요."

드디어 올 것이 왔다고 생각했습니다.

"어느 집안 따님이니?"

"그런 옛날 얘기는 하지 마시고요. 이제는 집안 같은 거 따지는 시대가 아니에요. 나는 아버지와는 달리 일고도 도쿄대 출신도 아니고, 게다가 우리 집 형편도 그리 좋지 않잖아요."

"그야 그렇지. 네 말이 맞아. 하지만 오해하지 마라. 집안을 따지려는 게 아니라 어떤 아가씨인지 궁금해서 물어본 것뿐이야."

"만나보면 알아요. 실은 나보다 더 딱한 형편이에요. 부모님이 두 분 다 안 계세요."

"어머, 저런."

"야학에서 공부했대요. 머리가 뛰어난 여자라서 프러포즈하면 분명 거절할 거라고 각오했었는데, 자신이 고아여도 괜찮겠느냐, 어머님의 마음에 들겠느냐, 그것만 걱정하던데요."

"아키코도 연애 결혼에 몸 하나만으로 시집갔잖아. 나는 네가 마음에 든 사람이라면 절대로 반대하지 않아. 네 말대로 떵떵거리는 집안의 며느리한테 쩔쩔매며 사는 것보다 낫지."

"나도 그렇게 생각해요. 분명 어머니도 마음에 드실 거예요."

토요일 저녁, 아들을 따라 조용히 들어오는 그 여자는 한 송이 백합꽃처럼 보이더군요. 선한 느낌이라는 게 첫인상이었어요. 아들이 그런 모습에 깜빡 홀렸던 거, 나도 똑같이 속아 넘어갔으니까 나무랄 수도 없어요. 나이도 스무 살 정도로만 보였거든요. 말씨가 어찌나 공손한지, 내가 말을 건네면 조용조용 대답하더라고요. 부모님이 안 계신데 어쩜 이리도 착하게 자랐을까, 내심 놀랐을 정도예요.

아키코는 그 전해에 결혼해서 임신 중이었는데, 새언니 될 사람이라고 다과 준비를 거들어주러 와 있었지요. 나이 얘기를 하다가 아키코와 동갑이라는 걸 알았어요.

"야학에서 공부했다니 참 훌륭하네. 우리 간이치는 공부는 별로 좋아하지 않았는데. 학교는 어떤 학교에?"

"말씀드리기도 부끄러운 곳이에요. 낮에는 일을 해야 하는 형편이라서 어쩔 수 없었습니다."

"지금 하는 일을 물어봐도 될까?"

"니혼바시의 레스토랑에서 일해요."

아키코와 동갑이라면 그 젊은 나이에 설마 경영자일 줄은 생각도 못 했지요. 웨이트리스리고만 생각했지요. 네가 근린된 짓포을 했나, 하고 잠시 머뭇거리고 있었죠.

"아, 미안해요. 아키코, 차는 내가 내오마."

서둘러 부엌으로 나왔는데 마치 내가 선을 보는 것처럼 가슴이 두근거렸습니다. 상상했던 것보다 더 참하고 기품 넘치는 아가씨와 니혼바시 레스토랑의 웨이트리스라니, 그 상반된 두 가지가 머릿속에서 뒤엉켜 도무지 평정심을 유지하기가 힘들었어요. 집안 따위를 따질 형편은 아니지만, 설마 웨이트리스가 도미모토가의 며느리가 되리라고는 생각도 못 했으니까요. 남편이 살아 있었다면 뭐라고 말했을까. 네, 아마 나처럼 말문이 턱 막혔겠지요.

아키코와는 제법 말이 잘 통한 모양이었습니다.

"이렇게 배가 불룩한 채 나와서 미안해요. 하지만 좀 더 만삭일 때 만나는 것보다 낫겠다 싶어서 마음먹고 나왔죠."

"참 신비한 일이지요, 아기가 태어난다는 건."

"사실은 입덧 때문에 너무 힘들었는데 문득 깨닫고 보니까 입덧도 벌써 끝났더라고요."

"입덧은 어떤 식으로 나타나나요?"

"그게 정말 신기해요. 막상 입덧이 끝나니까 전혀 생각이 안 나요. 치통이나 두통과는 달라서 기억에 남지 않나 봐요."

"어라라."

"목에 구슬이 걸린 것처럼 속이 메슥거린다고 누군가에게 말했던 건 생각나요. 하지만 감각적으로 그걸 기억해낼 수 없는 거예요. 분명 동물적인 감각인가 봐요."

"어라라."

"하지만 태동을 느꼈을 때는 정말 기뻤죠. 배 속이 불룩불룩 뒤집히는 줄 알았다니까요. 근데 그게 태동이었어요."

"와아, 신비하네요."

"꼭 그렇지도 않아요. 역시 동물적인 것이죠. 식욕이 엄청나서 2인 분씩은 먹어요. 오른손으로 카스텔라를 먹으면서 왼손으로는 한 조각 더 집어 들고 있어요. 내가 생각해도 어이가 없을 정도예요."

"왕성한 생명력이겠지요, 분명."

간이치는 한참을 꾹 참았는지 드디어 중간에 말을 가로막더군요.

"아키코, 그만해. 계속 임신 이야기만 하고 있잖아. 우린 아직 그런 관계가 아니야."

그러니 아키코도 겸연쩍었던 모양이에요. 정식으로 사과를 하더군요.

"미안해요, 기미코 씨."

그래도 아직 두 사람의 관계가 순수하다는 것을 알고 나니 한결 마음이 놓이더군요. 전쟁 끝난 뒤로 주간지라도 펼쳐보면 가슴이 철렁할 만큼 민망한 그림들이 넘쳐나는 세상이잖아요. 온 국민이 색광이 된 것 같다니까요. 신문 사회면에도 고교생 매춘이 이러니 저러니 대문짝만하게 실리곤 하잖아요. 나 같은 옛날 사람은 30년 이 지나도 여전히 익숙해지지를 않아요.

저녁 식사는 둘이 데이트 겸 외식을 하겠다면서 간이치가 그 여자를 데리고 신이 나서 나가더군요.

"임마, 예쁜 아기씨네."

"정말 그렇구나. 저런 기품 있는 아가씨가 웨이트리스라니."

"웨이트리스라니, 무슨 말이야?"

"니혼바시의 레스토랑에서 일한다고 했잖니."

"그건 엄마가 잘못 들은 거야. 저 아가씨, 계산대를 맡고 있어."

"계산대를 맡다니, 그게 뭔데?"

"출구에서 전표대로 계산해주는 거."

"그런 직업이 다 있니?"

"아이 참, 아무튼 웨이트리스는 아니야. 계산이 빠르고 장부 정리도 할 줄 알아야 해. 장사 끝난 뒤에 장부 계산을 다 맞춘 다음에 돌아온다니까 상당히 책임 있는 자리야. 그래서 월급도 많이 받나 봐. 오빠보다 더 많다던데?"

"어머, 그래?"

"의무 교육 마치자마자 직업 전선에 뛰어들어서 그렇게 된 것이다, 라고 오빠한테 아주 미안해하면서 설명하더라고. 눈치도 빠르고 머리도 좋은 아가씨야. 어떻게 오빠에게 시집을 생각을 했는지 모르겠어. 아마 럭비하듯이 프러포즈를 했나 봐."

"아키코, 나는 굳이 반대하지 않아."

"나는 대찬성이야, 엄마."

하지만 뭔가 복잡한 심정이 들어서 내가 벌써 못된 시어머니 심보가 발동한 건가 했었어요. 아키코가 결혼할 때는 아들이 하나 늘었다고 기뻐했는데, 며느릿감은 아무 문제가 없는데도 딸이 하나 늘어난다는 생각은 들지 않았으니까요.

결혼식에 대해서도 피로연에 대해서도 간이치는 내게 단 한 가지도 상의하지 않았습니다.

"어머니, 결혼식은 교회에서 하기로 했으니까 그렇게 아세요."

"아, 그래?"

"어머니, 결혼식 끝나는 대로 데이코쿠 호텔에서 피로연을 할 거예요. 우리 집안에서는 누구누구를 초대할지 좀 적어주세요."

"응, 그래, 그래."

전쟁 전의 예복을 몇십 년 만에 아키코 결혼 때 입어봤었지만, 아들 결혼이라고 새 옷을 마련할 여유 같은 건 없었어요. 그보다 도쿄 최고라는 데이코쿠 호텔에서 피로연을 하자면 돈이 얼마나 많이 들지, 나는 아예 짐작도 못 하겠더라고요.

"데이코쿠 호텔에서 결혼 피로연을 하는 게 꿈이었대요. 비용은 우리가 마련할 테니 걱정 마세요."

그래서 아키코 때처럼 친구들만 우르르 몰려와 서로 품앗이 회비로 치르는 줄 알았어요. 그랬는데 막상 가보니 당시에 1인당 만엔씩이나 하는 피로연이었어요. 신부는 눈이 핑핑 돌게 이브닝드레스를 연달아 갈아입고, 마치 패션쇼 같다고들 해서 나는 정말 몸

둘 바를 모르겠더군요. 이런 때 남편이 곁에 있었으면 얼마나 든든했을까, 나 혼자 그 생각만 하고 있었죠. 이런 피로연은 대체 누가 계산을 할지, 그 생각만 하면 심장이 오그라드는 것 같았어요.

더구나 깜짝 놀란 건 이토 변호사님이 신부 학력을 아오야마 학원 단과대학 졸업이라고 하셨을 때예요. 아오야마 학원에 야학이 있었나, 아무래도 이상했지요. 그 학교라면 결코 창피할 것도 없는데, 왜 며느리는 나한테 야학에 다녔다, 낮에는 일을 했다고 말했을까. 결혼식장에 신부 가족이며 친구가 한 명도 나오지 않은 건 어째서인가. 나는 누군가를 붙잡고 큰 소리로 부르짖고 싶더라고요. 나는 모릅니다, 정말 아무것도 몰라요, 라고요.

신혼여행을 하와이로 가겠다고 했을 때는 내가 분명하게 못을 박았습니다.

"그건 안 돼. 제 분수에 맞게 살아야지. 너도 새아기도 아직 젊은 나이잖니."

그래서 겨우겨우 간사이 쪽으로 가게 됐지요. 며느리는 내 앞에서는 결코 불만을 드러내지 않았어요.

신혼여행에서 돌아왔을 때, 간이치의 얼굴이 왠지 창백하고 우울해 보인 것이 마음에 걸렸죠. 하지만 그래도 나는 기분 좋게 맞아들였어요.

"어서 오너라, 기미코. 여행은 어땠니?"

"네, 어머님. 더할 수 없이 행복했어요."

며느리는 꽃이 핀 듯 환하게 웃으면서 눈물까지 글썽였어요.

"간이치는?"

"……."

아들은 대답도 없이 냉큼 2층으로 올라가버리더군요. 그래도 며느리는 교토에서 사온 선물을, 이건 어머님께, 이건 아키코 시누이님께, 이건 태어날 아기에게, 라면서 아직 나오지도 않은 조카에게까지 정말 빈틈이 없었습니다.

"간이치는 왜 아무 말이 없지? 이상한 녀석이네."

"어라라, 아주 착한 사람이에요. 어머님을 어찌나 소중하게 생각하는지 저도 어서 아들을 낳고 싶었답니다."

"교토는 좋았니?"

"꿈만 같았어요. 저희가 오기를 기다린 것처럼 벚꽃이 만개했는데 도쿄 벚꽃과는 상당히 달랐어요. 마루야마 공원의 벚나무가 붉은빛을 띤 것에도 놀랐답니다. 꽃이 어찌나 아름다운지. 저는 아름다운 것만 보면서 지낼 수 있어서 행복했어요. 이런 행복이 내게 찾아오다니, 정말 꿈같아요. 어머님, 저 괜찮을까요? 간이치 씨가 다정하게 대해주기는 하지만 그에게 행여 미움이라도 사면 어쩌나, 생각만 해도 자꾸 눈물이 나요."

"괜찮아, 내가 있잖니. 둘이서 사이좋게 지내보자. 앞으로 잘 부탁한다."

"네, 어머님, 저야말로 잘 부탁드립니다."

새아기가 아침이면 일찌감치 일어나서 손도 빠르게 3인분의 아침을 차려내곤 하니까 나는 갑작스럽게 행복한 뒷방 노인네가 된 듯한 기분이었죠. 둘이 나란히 직장에 나가고 나면 문득 혼자 남은 외로움이 가슴에 스며서 시어미가 된다는 게 이런 것인가 싶기도 했어요.

일주일도 안 되어 간이치가 아파트로 따로 나가 살겠다는 말을 꺼냈을 때는 그야말로 눈앞이 캄캄했습니다.

"왜, 내가 뭘 잘못한 거니? 기미코가 그러자고 했어?"

"아니, 내 의견이에요. 안 그러면 내가 미쳐버릴 것 같아서 그래요. 어머니, 내가 하자는 대로 해주세요."

그러고는 ∧ㅣㄱㅣ등 걸ㅎ고 있는 ∧ㅣ이에 둘ㅇㅣ시 혼고의 아파트로 이사해버렸어요.

"기미코, 이건 간이치의 의견이라고 하던데 나는 정말 이해를 못 하겠다. 왜 내가 있으면 안 되지? 솔직하게 얘기해다오. 어떤 일이든 내가 받아들이고 고쳐볼게."

"어머님, 저도 영문을 모르겠어요. 부모님과 함께 사는 게 제 결혼의 꿈이었는데 그이는 혼자서라도 아파트로 가겠다고 갑자기 저렇게 고집을 부리네요. 저는 어머님이 저를 마음에 안 든다고 하셔서 그러는 줄 알았어요. 정말 그런 거라면 어머님, 부디 저를 용서해주세요. 제가 교양도 부족하고 아는 게 없어서 뭔가 잘못한 게 있다면 따끔하게 나무라주세요. 그럴 마음으로 시집을 왔으니까요."

"그러면 아파트는 네가 꺼낸 말이 아니었구나."

"네, 간이치 씨가 급하게 알아보고 결정해버렸어요. 행동력이 뛰어난 성격이라고 든든하게 생각했었는데 이제 너무 끌려다니기만 해서는 안 되겠네요."

"얘, 내가 너한테 불만을 가진 건 결코 없단다."

"앞으로는 간이치 씨 말을 듣기 전에 어머님께 먼저 상의할게요."

그러고는 일주일에 한두 번씩 나란히 얼굴을 보여주러 왔어요. 그러니 대체 뭐가 마음에 안 들어 따로 나갔는지 나는 지금도 그 이유를 모르겠어요.

그 뒤로 반년쯤 지났으나, 기미코가 혼자 나를 찾아왔더라고요. 맛있는 케이크를 한 상자 가득 가져왔어요. 네, 항상 그랬지요.

"어머님, 아주 솔깃한 얘기가 있어요. 이웃집에 사시는 분이 토지를 내놓으려고 하신다던데요."

"어떤 이웃집? 몬마 씨네?"

"아뇨, 우메타니 씨요."

"저런, 우메타니 씨가?"

"어머님, 그 집 토지는 전당포 빚을 내서라도 사야 된다고들 하던데요. 제가 여기저기서 대출을 받아볼 테니까 어머니가 옆집에 말씀 좀 해주시면 안 될까요? 그러면 중개인 수수료도 절약할 수 있어요. 그 댁과는 잘 알고 지내시는 사이인가요?"

"잘 알고말고. 네 아버님이 살아 계실 때, 그 댁과 바둑 맞수였어. 아마 그 할아버님이 돌아가시면서 상속세가 엄청나게 매겨진 모양이구나. 하지만 기미코, 우메타니 씨네는 부지가 우리보다 두 배는 넓어."

"3천 평이지요?"

"그럴 거야. 정원에 넓은 숲이 있잖니."

"어머님, 매입하시지요. 틀림없이 좋은 기회예요. 요즘에는 토지를 매입하면 은행에서 안심하고 대출해주거든요. 니혼바시 가게도 확장할 계획인데 이참에 한꺼번에 해치우려구요. 담보 물건도 있고 세무사도 있으니까 어머님은 안심하세요."

설마 내 아들이 그런 악덕 부동산업을 하는 여자와 결혼한 줄도 모르고 나는 말 그대로 어린애 심부름하듯이 우메타니 씨 댁에 의사를 타진해보러 갔었지 뭐예요. 누군지도 모르는 사람에게 팔리는 것보다 도미모토 씨라면 두말할 것 없이 좋다, 숲이 아버님의 자랑거리여서 여기저기 떼어서 매매하기는 꺼려졌던 참이다, 라고 아서서 기미고의 말대로 일이 척척 진행되었습니다.

그랬는데 이번에는 간이치가 혼자 찾아왔어요.

"어머니, 이 집을 새로 지어야겠어요. 그러면 다 함께 살 수 있거든요. 기미코도 어머니와 함께 살기를 원하니까 집 공사하는 동안에 어머니도 저희 아파트에 와 계세요."

눈 깜짝할 사이의 일이었어요.

이토 변호사님이 백악관이라고 하셨다고요? 네, 나도 정말 소스라치게 놀랐습니다. 할리우드 여배우 저택 같은 서양식 건물이 서 있고, 그 안쪽에는 옛 무인의 저택처럼 큼직큼직한 방만 여러 개가 있는 전통 가옥이 들어섰지 뭐예요.

"어머님, 마음에 드시는 방으로 골라보세요."

그렇게 말을 하는데, 나는 그저 꿈이냐 생시냐 할 뿐, 어떻게 이런 큰돈을 젊은 여자가 마음대로 융통하는지 이상하기도 하고 걱정스럽기도 하고, 참 마음이 복잡했지요.

아들도 도무지 실감이 나지 않는 얼굴이었어요. 여 집사에 가정부에 운전기사 딸린 자동차까지 눈 깜짝할 사이에 척척 들어왔으니까요.

"그보다 어머니, 니혼바시 빌딩을 보면 훨씬 더 놀랄 거예요. 10
층짜리 빌딩을 짓고 있거든요."

"누가 짓는데?"

"기미코가 짓지요."

"걔는 어떻게 그런 걸 다 한다니?"

"아내가 뛰어난 사람이에요, 배짱도 있고. 의무 교육만 받고 사
회로 뛰쳐나온 사람은 역시 생활력이 강한 모양이에요."

"결혼 피로연 때는 아오야마 학원 단과대 졸업이라고 하더니……."

"그건 내가 그냥 생각나는 대로 써드렸어요. 어머니가 초대한
친지들이 죄다 훌륭한 사람들이잖아요. 기미코는 자기 집안이 워
낙 초라해서 아무도 부르지 않겠다고 하고."

"그래, 그래, 알았다. 집안 좋은 것도 다 내 잘못이구나."

예전에는 서쪽에 있던 문이 이제는 동쪽으로 돌아가고 원래 우
리 집 자리는 차를 대는 현관으로 변했더라고요. 서양 건물과 전통
가옥이 나란히 이어져 그냥 한없이 넓기만 한 집이에요. 모두 다
새 물건인데 그 속에서 나 혼자만 오래된 물건이라고 벽이며 장지
문까지 다 소리치는 것 같고, 정말 견딜 수가 없었지요. 앞은 숲이
잖아요. 혼자 내다보기에 너무 적적한 풍경이었어요.

게다가 유난히 아는 척하는 여 집사가 별것도 아닌 일로 자꾸 물
어보러 와요.

"큰 사모님, 안녕히 주무셨습니까. 작은 사모님은 오늘 아침 식사
는 드시지 않는다고 합니다만, 큰 사모님은 어떻게 하시겠습니까?"

간이치는 주인님, 나는 큰 사모님, 기미코는 작은 사모님, 그렇

게 세 사람뿐이에요. 거기에 집안일하는 사람은 열 명이 넘으니 여간 번잡스러운 게 아니었죠. 혼자 있으면 적적하고, 그런데도 집에 사람은 북적거리는 모순에 빠져서 나는 뭘 먹어도 입맛이 안 나고, 무미건조한 나날이라는 게 바로 그때의 심경이었어요.

이혼했다는 건 이미 아시지요?

새로 지은 집에서 1년쯤 지났을 무렵, 간이치가 갑작스레 뭔가 달라진 것 같더라고요. 한밤중에 요소을 헤매고 다니는 거예요.

"간이치, 너 거기서 뭐 하니?"

"산책해요."

"이 밤중에?"

"어머니는 왜 안 주무셨어요?"

"나이가 들면 쿨쿨 잠이 오는 게 아니야."

"나는 젊은데도 잠이 안 오네요."

"부부 싸움이라도 했니?"

"부부 싸움?"

그렇게 되묻더니 껄껄껄 웃어 젖혀요. 얘가 정신이 나갔나 하고 내가 버선발로 정원에 뛰어나가 내 방으로 끌고 왔습니다. 나베시마 후작의 별채를 본떠서 지었다나 어쨌다나, 아무튼 유난히 마루가 높은 집이라서 사내놈을 끌고 들어오기가 여간 힘든 게 아니었어요.

대체 무슨 일이 있었는지 나는 전혀 모르지요. 아무튼 이혼 얘기를 먼저 꺼낸 건 간이치 쪽이었습니다. 기미코가 영 동의해주지 않아서 가정 재판소에서는 결판이 나지 않았고, 결국 간이치가 우리 토지 5백 평을 위자료로 기미코에게 내주고서야 끝이 났어요. 그러고는 나와 간이치 둘이서 간다의 아파트로 이사했습니다.

그 뒤에야 이토 변호사님에게서 그 여자의 상세한 과거 얘기를 듣고는 정말 소스라치게 놀랐지요, 내가.

그리고 3년 뒤에 이토 변호사 사모님의 중매로 우리 간이치는 착한 며느리와 재혼해서 지금은 정말로 행복하게 잘 삽니다.

6년 전이었나, 텔레비전에 도미노코지 기미코라는 이름으로 그 여자가 등장해서 고민 상담이니 돈 버는 방법이니 떠드는 것을 세이코가, 아, 네, 지금 같이 사는 새 며느리예요, 세이코가 그 방송을 열심히 보는 바람에 내가 가슴이 덜컥했어요. 그러고 다시 3년쯤 지나서 새 며느리 앞으로 편지가 배달되었는데 발신인이 도미노코지 기미코라고 찍혀 있어서 또 한 번 가슴이 덜컥 내려앉았습니다.

"이건 대체 뭐니?"

"네, 제가 팬레터를 보냈어요. 그랬더니 집안 어른들께 꼭 안부 전해달라면서, 이거 보세요, 멋진 카드에 마음을 담은 작은 선물을 보내드리겠다고 썼네요. 뭘 보내줄지 정말 궁금해요."

그다음다음 날, 나는 어디서 관이 들어온 줄 알았어요. 글쎄 관 짝만 한 크기의 상자에 '도미모토 세이코 님께, 도미노코지 기미코 드림'이라는 카드를 붙여서 배달했더라고요. 나는 놀라서 그만 머리가 멍해져버렸죠.

"이게 뭘까요? 아주 묵직해요. 여기서 열어볼 수밖에 없겠어요."

나무 상자 뚜껑을 힘겹게 열어봤더니 한 아름이나 되는 큼직한 유리병에 '마담 고디바' 초콜릿이 가득 담겨 있는데, 뚜껑 위에 빨간색 노란색 조화를 하나씩 얹은 그 유리병이 꺼내고 또 꺼내도 자꾸 나와요. 모두 합해 열두 개나 됐습니다.

"와아, 정말로 보내줬네요. 그 여자, 멋진 분이에요. 어머님, 이 초콜릿은 틀림없이 세계 최고겠지요? 벨기에라고 적혀 있어요."

"아이에게 그런 거 먹이면 못 써. 충치 생긴다."

"이걸 눈요기만 하고 못 먹으면 너무 가엾잖아요. 그나저나 이 많은 거 어쩌나, 열두 개씩이나 보내다니. 아, 이웃에 좀 나눠 줘도 될까요? 항상 우리 애를 예뻐해주신 분들에게 도미노코지 씨가 보내준 선물이라고 자랑해야겠어요."

"얘, 안 돼, 그러지 마."

"우리 아파트 단지에 도미노코지 씨 팬이 아주 많아요. 돈이란 사랑이에요, 라는 유행어도 있잖아요. 도미노코지 씨가 텔레비전에 출연한 날은 왠지 봄바람이 부는 것 같다니까요."

나도 간이치도 마담 고디바 초콜릿이 다 없어질 때까지 얼마나 꺼림칙했는지 모릅니다. 새 며느리에게 차마 말은 못 했지만, 그건 해코지가 틀림없어요. 팬레터마다 일일이 그런 선물을 보내줄 리 없잖아요?

13
저택의 여 집사

도미노코지 기미코 씨요?

네, 그분을 14년씩이나 모신 사람이니 누구보다 잘 알고 있습니다. 그렇게 훌륭하고 착한 분은, 제가 올해로 환갑이지만 제 인생을 통틀어 두 번 다시 뵌 적이 없습니다.

제가 전쟁 전에는 대재벌가의 저택에서 참 오래도록 근무했는데 어떤 집이나 각자 복잡한 사정이 있다는 것이야 그만큼 재산이 엄청난 집안이다 보니까 뭐, 당연한 일이지요. 정략결혼이라는 말도 있지 않습니까. 부모님도 당사자도 제각각의 계산으로 하는 혼인이라서 당연히 거기에는 사념에 따른 분쟁도 생기게 마련이에요. 대부호나 명문가들의 속사정이 사실 추악한 면도 없잖아 있습니다. 그런 집안에서 태어나 천하태평하게 성장한 분들도 많으시지요. 하지만 그런 분들은 거의 현명하지 못한 경우가 많아서, 저는 하늘이 양쪽 다 주시지 않는다는 것을 긴 인생을 통해 나름대로 제 눈으로 지켜봤습니다.

하지만 그 작은 사모님은 애초에 특별한 분이셨어요. 도미모토 씨와 결혼하실 때, 사심이 하나도 없었다는 것은 제가 어디든 맹세할 수 있습니다.

그야 당연하지요, 작은 사모님이 재산도 더 많고 지능도 뛰어났으니까 도미모토 씨 쪽의 힘을 이용할 마음 따위는 애당초 없었어요. 그분은 남편분을 순수하게 사랑하셨고 큰 사모님에게도 그야말로 빈틈없이 신경을 써주셨습니다.

식사 때도 자칫하면 꾸지람이 떨어지곤 했어요.

"이 수프는 어머님 입맛에 맞지 않아요. 요리사에게 단단히 일러주세요. 버터를 특히 잘 음미해서 요리하라구요. 어머님이 수프를 자주 남기시지요? 접시를 내올 때, 누가 얼마나 남겼는지, 그 이유는 무엇인지 고민하는 게 셰프의 능력이에요. 부디 잘 타일러주세요. 나는 그나마 젊으니까 참을 수 있지만, 어머님은 입에 맞는 요리로 잘 대접해서 오래오래 건강하시도록 해야지요."

그러니 요리사는 큰 사모님 때문에 늘 울상이었어요. 고기는 즐겨하시지 않고 디저트도 늘 남기셨으니까요. 빵을 집에서 직접 구웠는데 웬만해서는 큰 사모님 입맛에 맞지 않는 바람에 다들 고생이 이만저만이 아니었어요. 완두콩 수프는 좋아하셨지만 날마다 완두콩 수프만 내드릴 수도 없잖습니까.

작은 사모님을 만난 것은 니혼바시의 레스토랑 〈몽레브〉에서 웨이트리스 교육이 가능한 사람을 구한다는 얘기를 인편에 듣고서 찾아갔던 게 맨 처음이었습니다. 전쟁에 패하면서 재벌이 해체되고, 그 바람에 저희는 우르르 해고되었는데 차마 가정부 노릇을 할 수도 없어서 이래저래 난감하던 참이었거든요.

작은 사모님은 제 이력서를 보시더니 아주 흡족해하셨습니다.

"어라라, 드디어 기다리던 분이 오셨군요. 바로 당신 같은 분이 필요합니다. 이 레스토랑의 웨이트리스 교육은 임시로 맡는 걸로 생각해주세요. 지금 덴엔초후에 남편이 집을 신축하고 있답니다. 내가 바깥일이 바빠서 가정주부 역할을 할 수 없으니까 그 집이 완성되는 대로 집사 일을 전담해주세요. 당신에게는 그쪽 일이 더 적합해요."

월급도 그 자리에서 정해주셨어요. 뜻밖의 높은 액수라서 참으로 고마웠지요.

그렇게 저택이 완성되자마자 저는 그쪽으로 자리를 옮겼습니다. 그때 작은 사모님이 하셨던 말씀이 지금도 똑똑히 기억나는군요.

"당신은 이 집을 이미 백 년 전부터 맡아왔다는 마음가짐으로 척척 꾸려나가도록 하세요. 나는 당신을 굳게 믿고 모든 일을 맡길 테니까요. 다만 남편과 시어머님께는 추호도 실수가 없도록 해주세요. 그러지 않으면 내 입장이 난처해지니까요. 월급을 나한테 받는다는 것은 잊어버리세요. 아시겠지요?"

조용조용한 말투요? 왜 그런 걸 물어보시는지 모르겠군요. 작은 사모님은 항상 목소리가 단호하고 위엄이 있었어요. 그러지 않고서야 그 젊은 나이에 수많은 사람들을 통솔할 수가 없지요.

그야 남편에게는 항상 상냥하셨고 큰 사모님은 아무튼 까다로운 분이었으니까 그쪽과 저희에게 쓰는 말투는 당연히 다르지 않았겠습니까?

요리사에게는 특히나 엄격하셨어요. 언젠가 식탁에서 접시를 들고 직접 주방까지 나오신 적이 있었어요.

"다카무라 씨, 이 요리, 지금 내 눈앞에서 먹어보세요!"

주방이라는 데는 칸이 있잖아요. 펄펄 끓는 기름두 있고요. 데이코쿠 호텔에서 근무한 게 자랑거리였던 요리사가 역시 그 말에는 얼굴빛이 확 변했죠. 그런 사람들은 원래 성격이 거칠거든요. 저는 그야말로 손에 땀을 쥐었습니다.

하지만 요리사가 이마에 식은땀을 흘리며 나이프와 포크를 들고 그 음식을 다 먹을 때까지 작은 사모님은 한 마디도 안 하셨어요. 요리사가 다 먹고 나자 아무 말 없이 식당으로 돌아가셨습니다. 그러고는 똑같은 요리를 다시 서빙해줄 때까지 지그시 기다리셨어요. 재능 있는 요리사라면 그렇게 엄격하게 해주시니까 오히려 실력이 쑥쑥 늘어요, 그 저택에 있는 동안에.

"에잇, 이 소스가 뭐가 어때서?"

재능 없는 요리사는 그런 식으로 불평만 늘어놓다가 결국 일을 그만둬요. 그러니 어떤 길이든 재능과 마음가짐, 둘 다 중요한 것이지요.

큰 사모님이 왜 그렇게 매사에 불만이었는지, 저는 도저히 이해를 못 하겠어요. 늘 무료해하시는 것 같아서, 심심풀이 삼아 친구분들과 가부키나 연극이라도 보러 가시는 건 어떻겠느냐고 넌지시 말씀드린 적이 있어요. 그랬더니 당장 얼굴을 붉히시면서 쏘아붙이지 뭡니까.

"그래? 내가 이 집에 있으면 거치적거리는 모양이지? 좋아, 언제든지 나가드릴게."

작은 사모님이 하시는 일도 전혀 이해를 해주지 않아서 늘 불만을 내비쳤습니다.

"얘는 왜 매일 밤마다 이렇게 늦게 돌아올까."

하지만 밤늦게 돌아오실 때는 항상 남편과 동행하셨고, 그 남편은 늘 술에 취해 계셨어요.

남편은 물론 작은 사모님과 결혼하신 분이니 두말할 것 없이 훌륭한 인물이었겠지만, 무엇보다 아직 철이 덜 들어서…… 네? 아, 나이는 작은 사모님과 비슷하셨지만 아무튼 아직 철이 덜 든 분이었어요. 항상 남편이랍시고 이만저만 강짜가 심한 게 아니었습니다. 현관에서 작은 사모님에게 구두를 벗기라고 하질 않나, 아침이면 넥타이까지 매달라고 했다니까요. 그래도 작은 사모님은 그런 남편을 참 잘 모셨습니다. 남편분도 큰 사모님도 작은 사모님에게는 하녀를 부리는 듯한 말투였어요. 곁에서 지켜보는 제가 다 딱해지곤 했으니까요.

"그렇군요. 네, 맞는 말씀이십니다. 잘 알겠습니다."

작은 사모님은 그렇게 내내 참고 지내셨습니다.

새 집의 준공 축하 자리에는 남편 쪽 친지들만 50여 명이 오셨는데 하나같이 작은 사모님에게는 차가운 시선을 던지더라고요. 여자가 바깥일을 하는 것을 무슨 천박한 짓으로 생각하시는 것 같았어요. 하지만 작은 사모님은 애써 수수한 옷을 골라 입고 조신하게 대접하셨습니다. 저마다 한마디씩, 미국 백악관 같다느니 할리우드에 온 것 같다느니, 경멸하듯이 툭툭 던지시더라니까요. 아마 그 댁 일가는 전쟁 전의 대부호들이 어떻게 살았는지 구경도 못 해봤던 모양이지요.

전쟁이 끝나면서 일본은 변했습니다. 당연하지요, 역사상 처음으로 전쟁에서 패했으니 대재벌가의 영패한 모습이라면 참으로 이야깃거리가 될 만했죠. 특히 대재벌가의 여자들은 아무 능력도 재주도 없어서 그 즉시 비참한 꼴로 추락했어요. 하지만 우리 작은 사모님은 아직 젊은 나이에도 전쟁 따위에 굴하지 않고 마치 여왕 폐하처럼 의연하셨습니다.

제가 너무 감동해서 직접 그런 말씀을 드린 적도 있어요. 그랬더니 작은 사모님이 웃으면서 저한테 그러시더라고요.

"어라라? 어느 역술가에게서 똑같은 말을 들은 적이 있어요. 비단 방석을 짊어지고 달리는 여왕님이라나? 언젠가 왕좌에 앉을 테지만 아직은 달리는 중이라네요. 어쩌면 그 말이 맞는지도 모르겠어요. 정말로 숨 돌릴 틈도 없이 바쁜 걸 보니."

네, 작은 사모님의 전용 전화는 하루 종일 쉴 새 없이 울렸습니다. 아무리 전화벨이 울려도 다른 사람은 절대 받지 말라고 하셨기 때문에 어디서 온 전화인지는 모르겠어요. 2층 부부 침실 옆이 작은 사모님의 개인 방이었는데 그곳은 아예 전용 사무실 같았습니다.

"어머, 그래요? 그렇다면 곧바로 수속을 밟아줘요."

"얼마나 되나요? 아, 제가 즉시 구매하도록 하지요. 심부름하는 직원을 보낼까요? 오시겠다구요, 그럼 7시에, 네, 그때 뵙겠습니다."

"아이, 난 모르죠. 그건 전혀 모르는 얘기예요. 귀가 지저분해지는 그런 일은 싫어요. 아름답고 올바른 일이 아니면 아무리 이익이 나도 전혀 기쁘지 않아요. 거절합니다. 나한테는 맞지 않는 일이에요."

전광석화처럼 판단을 내리는 모습은 마치 빅토리아 여왕 같으셨어요. 그러면서도 남편분이 언제까지 전화만 받을 거냐고 투정을 부리면 그 즉시 벨소리가 들리지 않게 전화기 위아래에 방석을 씌워놓고 침실로 달려가셨습니다. 그야 뭐, 남편분과 함께 있을 때는 작은 새처럼 사랑스러우셨지요. 하지만 남편 쪽도 큰 사모님과 마찬가지로 여자가 바깥일을 하는 건 전혀 이해해주지 않는 것 같았어요.

도미노코지라는 성씨는 니혼바시의 그 빌딩이 완성되었을 때, 7층에 전용 사무실을 만들면서 처음 쓰신 거예요. 그거야말로 작은 사모님다운 사랑의 표현이었지요. 아내가 너무 유명해지는 바람에 남편 쪽이 도리어 '도미모토 기미코의 남편'이라고 불리면 마음 상하실까 봐 그것도 나름대로 배려해주신 거예요. 말하자면 펜네임 같은 것이었죠. 그래도 도미모토라는 이름을 끝내 놓지 않으려고 '도미노코지'로 하신 것은 참으로 사랑이 담긴 아이디어 아닌가요? 그런데도 그걸 타박을 놓더라고요.

"어이, 기미코, 그 이름 이상하잖아. 가짜 귀족 같고, 영 창피하

단 말이야. 무엇보다 그건 옛날 교토에 있던 도로명이야."

"네, 신혼여행 때 거기 튀김 가게가 정말 맛있었잖아요? 추억의 길이에요, 도미노코지는."

"그 튀김 가게가 도미노코지에 있었나?"

"나는 그 여행, 단 한 가지도 잊지 않았어요."

"흥, 그럴 리가 없을 텐데?"

"시ᄏᄏ."

"빨리 옷이나 갈아입어! 쳇, 또 전화질이야?"

"잠깐만요, 이번 통화만 끝내구요."

"안 오겠다? 흥, 좋아."

"아뇨, 갈게요. 자아, 전화 같은 건 이제 이 세상에서 없어졌어요."

소년 소녀의 사랑싸움 같았지요. 하지만 그 달콤한 시절이 채 2년도 안 되어 깨져버렸습니다.

갑작스럽게 남편분이 작은 사모님을 극성스럽게 불러대는 일이 싹 없어졌어요. 그러고는 작은 사모님은 밤늦도록 개인 방에서 일만 하시더라고요. 때로는 새벽까지 협상이 길게 이어지기도 했죠. 아마 부동산 거래 얘기였던 것 같아요. 밤에는 저희도 각자 침실로 돌아가지만 문득 잠이 깨면 작은 사모님 목소리가 들리곤 했거든요.

작은 사모님이 일을 시원시원하게 처리하는 것 같으면서도 끈덕진 면이 있어서 앵무새처럼 수없이 똑같은 말을 반복할 때가 있었습니다.

"네, 몇 번이든 말씀드리지요. 저는 아름다운 인생을 살고 싶어요. 그런 조건으로는 일할 수 없습니다. 공명정대하게 하셔야지요."

조용조용한 말투? 왜 똑같은 질문을 두 번이나 하시지요? 작은 사모님은 때로는 큰소리로 선언이라도 하듯이 단호한 말투를 쓰셨어요.

제가 가정부를 나무라면 나중에 반드시 이런 주의를 주셨습니다.

"스가와라 씨, 그 아이의 결점만 지적하더군요. 그건 좋지 않아요. 누구에게나 결점은 있게 마련이잖아요. 그런 걸 지적하기보다 그 사람이 가진 아름다운 것을 이끌어내야 성장도 빠르고 결점도 덮여져요. 단 한 번뿐인 인생, 난 아름다운 것만 보면서 살고 싶으니까 스가와라 씨도 그런 마음가짐으로 일해주세요."

심술궂은 올드미스는 되지 말라고 단호하게 못을 박는 말씀이어서 저는 그 말을 명심 또 명심했습니다. 그토록 까다로운 시어머니에게도 뒤에서 험담 한번을 안 하셨어요.

"원래 심성은 착한 분이에요."

요리사를 엄하게 꾸짖은 뒤에도 제게만 슬쩍 그런 말을 내비치셨어요.

"사실은 그 요리사의 실력을 누구보다 신뢰하고 있어요. 그래서 더 화가 나는 거예요. 부디 이런 내 마음을 알아주었으면 좋겠는데."

남편분과 왜 이혼을 했는지, 저는 잘 모릅니다. 남편분이 아침도 안 먹고 출근하고 밤에는 혼자 억병으로 취해서 돌아오고, 자꾸자꾸 여위는 것을 저도 목격했지만 무슨 사정 때문이었는지는 모르겠어요.

아무튼 어느 날 갑작스럽게 큰 사모님과 남편분이 집을 떠나버리셨어요. 지금도 이상하다는 생각이 들어요. 도미모토가의 문패가 걸린 저택인데 왜 그분들이 떠나셨는지 모르겠어요. 작은 사모님은 분명 남편분이 집을 신축했다고 하셨거든요. 전쟁 끝난 뒤에도 이런 거대한 저택을 지을 능력을 가진 사람이 다 있구나, 하고 처음에 제가 크게 감동했었죠. 아마 작은 사모님이 직접 짓고서도 남편이 지은 것으로 해둔 모양이라고 짐작은 했었지만요.

저녁에 작은 사모님이 집에 들어오시자마자 두 분이 떠나셨다는 말씀을 드렸지요.

"어라라, 그랬군요. 나한테 전부터 얘기했었으니까 괜찮아요. 내일은 시누이가 이삿짐을 가져간다던데 원하는 건 뭐든 가져가시라고 공손히 말씀드리세요."

"설마 헤어지시는 건 아니지요?"

"아마 그렇겠죠. 내가 무슨 잘못을 했던가요?"

"작은 사모님이요?"

"응, 내 잘못이라네요."

"아이고, 저런. 그럼 저도 크게 잘못했던 모양이네요."

"아니에요, 모두 내 잘못이라는 식으로 결론을 내리셨나 봐요."

얼굴 표정에 충격을 받은 기색은 없었지만, 갑작스럽게 혼자가 되셨으니 섭섭하지 않을 리가 있겠습니까.

지금도 생각나는데, 작은 사모님에게 혼쭐이 났던 요리사까지 안타까워서 이런 얘기를 했었어요.

"분에 넘치는 호사를 감당하지 못했던 거야, 나간 분들."

그 며칠 뒤에는 인부를 불러 개인 방에 있던 전화를 침실 베갯머리로 옮기시더군요. 전화 소리가 복도로 새어나오는 일은 그 뒤로는 전혀 없었습니다. 그렇게 목소리가 크셨는데, 참 신기할 정도였어요.

이혼이 결정 단계에 들어섰는지 아니면 작은 사모님이 기분 전환 삼아 그러셨는지, 반년도 안 되어 침실 인테리어를 싹 바꾸셨어요. 전에는 침착한 블루로 통일했었는데 이번에는 화려한 핑크색이 넘치는 인테리어여서 상당히 놀랐죠. 작은 사모님이 그때만 해도 아직 스물일곱 살이었을 거예요. 앞으로 좀 더 활짝 피어나셨으면 좋겠다, 저는 그렇게 생각했습니다.

하지만 그런 일은 그 뒤 십 년이 지나서도 없었습니다. 맹세코 말씀드리지만, 작은 사모님은 결백한 분이었어요. 인테리어를 화려하게 바꾼 그 침실에 드나든 남자라고는 단 한 사람도 없었습니다. 주간지에서는 마치 옛 이야기의 음란 방탕한 여자 귀족처럼 살았다는 식으로 줄줄이 써냈지만, 어떻게 그런 거짓말을 하는지 모르겠어요. 저한테 취재도 하지 않고 말이지요. 저 말고 어느 누가 작은 사모님의 사생활을 알고 있겠습니까.

그야 아드님들은 달랐지요. 특히 둘째 아드님은 어리광이 많아서 "엄마, 엄마" 하면서 걸핏하면 작은 사모님 방에 뛰어들었습니다.

네에, 작은 사모님께 아드님들이 있다는 것은 전통 가옥 쪽의 방을 조금 개조한 다음에야 알았어요. 그러니까 그게 침실 인테리어를 바꾸고 석 달 만의 일이었죠.

"스가와라 씨, 놀라지 마세요. 나한테 아이가 둘이나 있어요. 세상 무엇보다 기쁜 일은 이제 내 아이들과 당당하게 이 집에서 살 수 있다는 거예요. 3년 만이네요. 이혼한 게 아무렇지도 않다고 말했던 것은 내가 꾹꾹 참고 했던 이야기가 아니에요. 세상 괴롭다 해도 자식을 떼어놓고 간이치 씨와 살아야 했던 일만큼 가슴 아픈 일도 없었어요. 내일부터는 이 집에서 내 인생, 새로 출발할 거예요. 어때요, 놀랐나요?"

"네에, 늘다지 밀리고 히 셨지만 그건 좀 어렵군오. 언제 그런 자제분을 낳으셨던가요?"

"도미모토와는 재혼이었어요. 내가 열일곱에 큰애를 낳고 열여덟에 둘째를 낳았답니다."

"출산을 경험한 몸매로는 전혀 보이지 않았는데요."

"너무 어린 나이에 낳았기 때문이겠지요. 큰애는 벌써 5학년, 둘째는 4학년이에요. 그 아이들이 여기 이 숲에서 마음껏 뛰어놀기를 내가 얼마나 간절히 원했었는지."

"남편분이 아이들은 떼어놓고 결혼하라고 하셨던가요?"

"아니, 내 쪽에서 미리 조심했던 거예요. 아이들을 데려오면 혼란이 일어나는 건 불을 보듯 뻔한 일이잖아요."

"네, 그건 그렇지요."

"나는 평생을 사랑으로 살아갈 마음이에요. 그렇다면 무엇보다 아이들과 함께 사는 게 좋겠지요. 사랑의 대상으로는 역시 아이들이잖아요. 스가와라 씨가 아이들을 좋아하는 성격이면 좋겠는데."

"저는 아이 낳을 기회를 놓친 여자라서 부디 아드님들이 저를 잘 따라주시기만 하면 좋겠네요."

"남자애들이니까 마음껏 뛰어놀게 해주세요. 남편이나 시어머니는 타인이니까 내 목숨이 깎여나갈 만큼 신경을 써드렸지만, 아이는 내 배 속에서 나왔잖아요? 그러니 따로 신경 쓸 거 없어요. 그나저나 한동안 온 집 안이 동물원처럼 시끌벅적하겠지요?"

첫 결혼이 어떠셨는지 저는 전혀 모릅니다. 하지만 주간지에 나온 첫 결혼 얘기는 죄다 거짓말이라고 생각해요. 작은 사모님은 그 다음 날부터 두 아드님을 데려와 그야말로 하루하루 즐겁고 신나게 사셨어요. 요리사가 작은 사모님에게 꾸지람 들을 일이 없어졌다니까요. 아드님들이 한창 잘 먹을 때였고 카레라이스나 스파게티를 특히 좋아했어요. 풀코스 디너로 손님을 접대하는 일도 거의 없어졌고요.

아드님 생일 때는 학교 친구들을 잔뜩 초대했지만 샌드위치나 케이크가 있는 뷔페식이었으니까 요리사는 훌륭한 실력을 발휘하고 말 것도 없었어요. 작은 사모님도 함께 어울려 카레라이스를 드시고, 정말로 즐거워 보였습니다.

"이거 너무 맵지 않니?"

"아냐, 맛있어. 엄마는?"

"엄마도 맛있지. 아, 재미있어!"

어느 날 절절한 표정으로 하신 말씀이 생각나는군요.

"내가 왜 재혼 같은 걸 했는지 모르겠어요. 그동안 이런 행복을 내팽개쳤지 뭐예요. 내가 생각해도 이상해요. 아이들이 있고 사업거리가 있고, 그거면 충분하죠. 안 그래요, 스가와라 씨? 너무 많은 건 바랄 일이 아닌 것 같아요."

"그래도 아직 이렇게 젊으신데……."

"앞으로는 아이들을 위해서만 살아갈래요."

그 말씀대로 내내 깨끗하게 지내셨어요.

사와야마 씨요? 아뇨, 그런 분은 한 번도 뵌 적이 없습니다. 대체 그분이 누굽니까?

"이곳은 나와 아이들만의 세계예요. 둘 다 사내아이니까 그나마 정원에 꽃이라도 많이 심어야겠어요. 풀꽃도 좋지만 아름답게 꽃이 피는 나무도 좋겠죠. 요시히코와 요시테루가 좀 더 크면 테니스코트도 만들어야겠고."

젊은 나이에도 오로지 일에만 매진하셨지만 역시 그 외로움을 달래기 위해 정원을 자주 바꿔가며 1년 내내 끊임없이 꽃이 피게 가꾸셨지요. 카나리아를 기르기도 하고 강아지에 푹 빠지기도 했고요.

큰 아드님은 공부를 잘하는 편이라서 가정 교사 셋이 번갈아가며 돌봐주었어요. 항상 공부만 했죠. 둘째 아드님은 가정 교사가 와도 냅다 숲속으로 내빼거나 마루 밑에 숨기도 하고, 아무튼 둘 다 개성이 뚜렷했어요. 작은 사모님은 바깥일이 바빠서 아드님들과 얼굴을 마주할 기회라고는 여름 방학 때뿐이었으니까 그런 때는 셋이 나란히 유럽이며 미국으로 여행을 떠나셨습니다. 아, 저는 개와 카나리아를 돌보느라 하루도 쉬는 날이 없었지요. 그리고 모란도 손이 많이 갔어요. 그나마 마음은 편했습니다만.

노후 설계를 확실하게 해둬야 한다면서 작은 사모님이 맨션 보증금을 덥석 내주셔서 지금 제가 사는 이 집은 제 명의로 되어 있어요. 은행 대출도 십 년 만에 다 갚았으니까 작은 사모님이 갑작스럽게 돌아가셨어도 제가 살 곳은 확보해둔 셈이지요. 팔다리 성한 동안에는 일을 계속할 생각이지만, 그렇게 저를 믿고 집안일을 전적으로 맡겨주시는 주인은 다시 만나기 어려울 거 같네요.

네, 맨션 보증금을 주신 건 십여 년 전 일이에요. 설마 십여 년 전에 작은 사모님이 자살을 하리라고는 상상도 못 했고, 참 어쩌다 그렇게 돌아가셨는지, 저는 그 이유를 전혀 짐작도 못 하겠어요, 네.

14
온몸으로 사랑한 사람

예, 내가 도미모토 간이치입니다.

선생이 우리 어머니와 이토 변호사님을 만났다는 얘기는 귀국하자마자 들었습니다. 내 쪽에서 선생에게 연락해서 뵙자고 한 것은 나도 이제 그때와는 달라졌고, 어머니나 이토 변호사님과는 또 다른 생각을 갖고 있어서 그런 내용을 말씀드리고 싶었기 때문입니다.

도미노코지 기미코에 관해서……. 그녀가 사망한 뒤에 주간지마다 일제히 이러쿵저러쿵 기사를 써내고 있더군요. 나는 일절 취재에 응하지 않았는데도 실로 수많은 주간지에 내가 했다는 말들이 실렸습니다. 나도 그 여자에게 깜빡 속았다는 식으로. 하지만 그래서는 그녀가 너무도 딱합니다. 슬픈 일이에요.

모든 것은 내 부덕의 소치였습니다. 아니, 결혼 얘기가 아닙니다. 그녀와 이혼한 것이 그렇습니다. 그녀의 과거를 알았을 때, 내가 왜 그토록 감정적으로 나갔었는지, 다시 떠올릴 때마다 큰 추태였다고 반성하고 인간으로서 수양이 부족했다는 생각을 할 수밖에 없습니다. 럭비로 나름대로 심신을 단련했다고 생각했었는데 전혀 그렇지 않았던 모양입니다.

어느 럭비 선배가 일단 취직도 했으니 값비싼 요리도 먹을 줄 알아야 한다면서 우리 후배 네다섯 명을 데려간 곳이 〈몽레브〉라는 니혼바시의 레스토랑이었어요. 그녀는 계산대에 앉아 있다가 인사를 건넸습니다.

"어서 오십시오."

그때 나와 눈이 마주쳤는데 한순간 온몸에 전류가 흐르는 듯한 느낌이었습니다. 이 사람이다, 라고 생각했죠. 뭔가 번쩍 스쳤다고 할까, 흔히 말하는 대로 첫눈에 반해버렸습니다. 반쯤 넋이 나간 채 나이프와 포크로 음식을 떠 넣었습니다.

"음식 맛은 어떠세요?"

조용한 목소리에 고개를 들었더니 그녀가 선배를 향해 묻고 있었고, 다시 나와 눈이 마주쳤습니다.

"아주 좋아요. 오늘은 럭비부 후배들에게 사회인으로서 테이블 매너도 배우고 고급 양식도 좀 먹어보라고 데려왔어요. 도미모토, 자네 회사가 이 근처지? 기미코 씨, 저 친구는 이제 막 샐러리맨이 되었으니까 다음에 오면 할인 좀 많이 해줘요."

"네, 알겠습니다. 언제든지 찾아주세요. 기다리겠습니다."

공손하게 인사하고 다른 자리로 가버렸는데 나는 왠지 땀이 쏟아지더군요.

"도미모토, 왜 그렇게 나이프와 포크를 움켜쥐고 있어?"

"예?"

"미인을 보니 정신을 못 차리겠어?"

"……."

"이 친구, 이에 넋이 나갔네, 나갔어."

자리에서 일어나 선배가 계산을 하는데 나는 그 뒤에서 눈도 깜빡이지 않고 그녀의 옆얼굴을 보고 있었어요.

"고맙습니다. 또 오세요."

선배에게는 그렇게 사무적으로 말하더니 나한테는 꽃처럼 환한 웃음을 건넸습니다.

"꼭 오세요, 기다릴게요."

다음 날도 점심시간에 찾아가 '런치타임 스페셜'이라는 걸 먹었습니다. 하루도 빠짐없이 갔어요. 점심시간은 러시아워여서 니혼바시 전체의 샐러리맨이 한꺼번에 쏟아져 나오다시피 했습니다.

"안녕, 기미코 씨?"

"와타나베 씨, 좋아 보이시네요."

"여어, 기미코."

"어서 오세요."

"우리, 다음 주 일요일에 골프나 치러 갈까?"

"제가 골프를 못 쳐요. 게다가 다음 주 일요일은 휴가를 낼 수 없답니다."

"에이, 아쉽다."

손님마다 기미코에게 한마디씩 던지는데, 나는 점점 초조해지더군요. 이래저래 궁리하다가 날마다 명함을 건네주기로 했습니다. 회사에서 찍어준 명함 한 상자가 두 달 반 만에 다 떨어진 뒤에야 나는 처음으로 말을 건넸습니다.

"기미코 씨, 안녕하세요?"

"어머, 오늘은 명함을 안 주시나요?"

"어차피 휴지통에 휙 던져버릴 것 같아서 관두기로 했어요."

"아뇨, 대체 몇 장까지 주시려나, 기대하면서 저 혼자 세어보고 있었는데요?"

"내 이름은 기억해요?"

"도미모토 간이치 씨잖아요. 회사 이름과 전화번호도 외웠답니다."

"엇, 고마워요."

그날은 저녁에도 혼자 〈몽레브〉에 갔습니다. 저녁 시간에는 음식 값도 비싸졌지만 그 대신 손님들의 수준도 바뀌고 샹들리에가 반짝이는 고급스러운 분위기였습니다. 아니, 선생이 아시는 〈몽레브〉는 우리가 결혼한 뒤에 그녀가 새로 지은 빌딩의 지하에 들어선 레스토랑이고, 그전에는 좀 더 작은 공간에 샹들리에만 유난히 눈에 띄는 곳이었어요. 그녀는 아직 한참 어려 보이는 얼굴이어서 설마 그 레스토랑 주인이리라고는 전혀 생각도 못 했습니다. 결혼할 때까지도 거기 직원인 줄만 알았어요.

그녀가 이따금 레스토랑에 나오지 않는 날이 있었습니다. 입구

계산대에 그녀의 모습이 보이지 않으면 나 혼자 속이 타서 어쩔 줄을 몰랐습니다.

"기미코 씨는? 오늘은 왜 안 보입니까?"

직원에게 물어보고 그녀가 쉬는 날이라고 하면 그 길로 되돌아 나오곤 했습니다.

다음 날에 가면 그녀가 다시 반갑게 맞아줬어요.

"어서 오세요. 이제는 괴송해요. 하지만 제가 없이도 밥은 드시고 가야지요."

"안 됩니다."

나는 부루퉁하게 말하고 또다시 꼬박꼬박 레스토랑에 드나들었습니다. 월급날 전에는 홍차만 마시고 왔죠. 월급쟁이라서 런치타임 스페셜이라도 날마다 먹기가 어려웠으니까요.

그녀가 쉬는 날이 수요일과 일요일이라는 건 명함이 다 떨어질 무렵에야 알았던 것 같군요.

"수요일에는 뭘 합니까? 혹시 데이트?"

"어머, 데이트가 아니라 학원에 다녀요."

"학원?"

"네, 영어 공부를 하려고 센다가야 쪽 학원에 다닌답니다. 그런데 어학은 일주일에 한 번으로는 정말 힘들더라구요. 프랑스어도 배우고 싶은데, 시간이 없어요."

"재원은 역시 다르군요."

"다를 게 뭐가 있겠어요. 부모님이 없는 사람은 의무 교육밖에 못 받는답니다. 부모님 돈으로 대학 나온 분은 이해하기 힘드시겠지만, 제가 못 한 공부라서 그런지 항상 부족한 느낌만 드는걸요."

나로서는 무척 따끔한 얘기였습니다. 아버지와 여동생이 워낙 수재라서 나는 그 틈에 끼여 학업에는 항상 고민이 많았으니까요. 그녀가 부모님 없이 중학교만 겨우 졸업했다는 것을 알고는 용기가 났습니다.

"학원 다녀오는 길에 영화나 한 편 볼까요?"

"어라라, 고마운 말씀이시네요."

처음 본 영화, 잊히지도 않는군요. 〈이름도 없이, 가난하고 아름답게〉라는 영화였습니다. 영화가 끝나고 극장 안이 환해졌을 때, 그녀의 얼굴이 눈물로 얼룩진 것을 봤어요.

"좋은 영화인데요?"

"네, 마음이 깨끗해지는 영화예요. 정말 감동적이에요."

"다카미네 히데코라는 여배우, 좋아해요?"

"좋아하죠. 다카미네 씨도 부모님 없이 숱한 고생을 한 분이잖아요. 나도 본받아서 씩씩하게 살고 싶어요."

"저기, 아직 결혼 안 했지요?"

그녀는 잠시 나를 지그시 바라보더군요. 마침 교바시의 닛카쓰 회관 앞을 지나가던 참이었는데 그녀가 문득 걸음을 멈췄습니다.

"네, 아직."

"나하고 결혼할래요?"

"어라라."

그러더니 그녀는 손수건으로 흐르는 눈물을 훔쳤습니다.

"제가 어떤 집 딸인지도, 어떻게 자랐는지도 모르면서 결혼을 하자니, 너무 무모하시네요."

"그딴 건 상관없어요. 처음 봤을 때부터 좋아했습니다."

"네, 저도요."

선뜻 대답해주는 것이 의외였어요. 혹시 거절하더라도 끝까지 밀어붙일 각오였는데, 순간 김이 빠지는 느낌이었습니다.

그리고 그녀를 어머니에게 소개하기까지 1년이 걸렸어요. 입맞춤조차 내게 거부했었으니까요.

"아이, 싫어요. 저는 그런 여자가 아니에요."

그 3년쯤 전에 매춘 지역이 사라진 시기였습니다. 나도 물론 동정은 아니었지만, 그녀의 거절은 은연중에 내게 안도감을 심어주기에 충분했습니다.

어머니도 여동생도 찬성했고, 이토 변호사님께 인사차 찾아뵈었을 때는 예쁘고 기품 있는 아가씨라는 말을 듣고 나로서는 아주 뿌듯한 기분이었습니다. 어머니가 명문가 출신의 미인인데 젊은 수재였던 부친이 그런 어머니를 공략해 결혼에 골인했다는 얘기를 자주 들었거든요. 그런데 기미코가 어머니보다 더 아름답고, 여동생은 수재이긴 해도 미인이랄 수는 없었기 때문에 나는 오랜 열등감에서 해방되는 기분이었습니다.

"내가 그런 훌륭한 집안의 며느리가 된다구요? 정말 믿어지지 않아요."

처음 덴엔초후 집에 다녀온 뒤에 그녀가 그렇게 말했을 때, 가슴속을 간질이는 듯한 우월감을 맛보았던 게 기억납니다.

결혼식은 이미 들으신 그대로입니다. 우리 쪽 친척 명부를 보더니 그녀는 "어라라" 하고 말문이 턱 막히는 기색이었어요.

"당신 친척들이 이렇게 훌륭한 분들이었나요? 결혼하기가 겁이 나네요. 아버님은 일본은행 감사역까지 하셨군요. 그런데도 이런 나를 받아주시는 건가요? 어머님은 아마 마음속으로 반대하셨을 텐데……. 아이, 아무래도 두려워요. 내 쪽은 친척도 없고 부모님이 누군지도 모르는데. 게다가 너무 가난한 집에서 자랐어요. 교양 없는 며느리라고 타박하시겠지요. 난 너무 두려워요."

"무슨 소리, 내 친척들과 결혼하는 게 아니잖아. 나와 결혼하는 거라고. 왜 그런 구태의연한 소리를 하지?"

"나는 눈치 보며 사는 거, 힘들어요. 고생을 많이 해서 힘든 일에는 익숙하지만, 그래도……."

"괜찮아, 내가 있잖아. 나만 믿으면 돼."

"당신, 정말 나 같은 여자라도 괜찮아요? 교양을 쌓을 여유도 없이 열심히 일만 했어요. 그저 올바르고 순수하게 살려고 노력했을 뿐이에요."

"괜찮다고 몇 번을 말해야 알아듣겠어?"

나는 우월감에 젖어 그녀를 왈칵 껴안고 키스를 했습니다. 그녀가 저항했지만 놓아주지 않았어요. 그녀는 감격한 듯 흐느껴 울더군요.

신혼여행 때 처음으로 관계를 가졌는데 그때만큼 놀란 적도 없습니다. 그녀가 신음 소리를 크게 내지르는 겁니다. 젖가슴에 손을 얹자마자 벌써 읍읍 울기 시작해요. 지나치게 민감하다고 할까, 어디에 손을 대든 파르르 떨면서 도망치려고 하고 신음 소리는 크고,

첫날밤이라 나도 정신이 없었지만, 꾀꼬리 뺨치게 남자를 홀리는 여자가 있다더니 바로 이런 경우인가 싶었습니다. 내가 경험한 매춘부 중에 그런 여자는 없었어요.

"평소에는 목소리가 조용조용했는데, 나 깜짝 놀랐어."

"어라라, 무슨 얘기예요?"

"크게 신음 소리를 냈잖아, 당신."

"언제요?"

"방금."

"어라라, 거짓말."

"거짓말이라니, 내가 입을 막기까지 했는데."

"기억이 안 나요. 난 정말 뭐가 뭔지도 모르겠고, 아예 기절해버렸던 것 같아."

"불타버리는 건가?"

"어떤 식으로요?"

"이런 식으로!"

날이 밝을 때까지 몇 번을 했지만, 어깨에 손만 대도 헉헉거리고 아프다고 부르짖고, 나는 정말 흥분해서 잠도 못 자고 물론 그녀를 재울 틈도 없었습니다. 녹초가 되어 잠이 든 게 오전이었고, 오후에야 너무 배가 고파서 룸서비스를 불러 밥을 먹었을 정도였어요. 교토에 갔는데 제대로 바깥 구경을 할 새도 없었습니다. 잠깐 튀김 요리를 먹으러 나갔지만 그때 말고는 내내 호텔 방에 틀어박혀 있었어요.

하지만 돌아오는 기차에서 곰곰 생각해보니 앞일이 큰 걱정이었습니다. 우리 집이 목조 건물이었어요. 어머니 귀에 그녀의 신음 소리가 들어가면 큰일이잖습니까. 어떻게 해야 할지 정말 고민이었습니다.

"당신, 신음 소리 좀 안 낼 수 없어?"

"어라라, 짓궂기는. 소리 낸 적 없다고 몇 번이나 말했잖아요."

그녀가 자각조차 못 한다면 집에서 잠자리를 하기는 다 틀린 일 아닙니까. 하지만 그녀가 어머니와 함께 사는 것에 큰 기대를 품고 있었고, 어머니도 당연한 일로 여겼습니다. 나 혼자 정말 난감하더군요.

어머니는 우리가 신혼여행에서 돌아오기를 목을 빼고 기다리셨지만, 나는 점점 더 우울해졌습니다. 당장 그날 밤에도 잠깐 껴안기만 했는데 벌써 신음 소리가 터진 겁니다.

"소리 내지 마. 여긴 호텔이 아니라니까."

"소리라니, 내가요?"

"글쎄 방금 그 신음 소리 말이야."

결국 내가 포기할 수밖에 없었습니다. 럭비로 단련된 한창 젊은 몸으로 내 집에서 바로 옆에 누운 내 아내를 안을 수 없다니, 그건 정말 큰 고통이었어요.

그래서 그녀가 레스토랑 문을 닫고 돌아오는 길에, 술집 여자들하고나 드나드는 시간당 8백 엔짜리 여인숙에서 만나기로 약속하기도 했습니다. 때로는 회사 점심시간에 그런 곳에서 급하게 만나기도 하고, 그야말로 괴상한 부부 생활을 하게 됐습니다. 싸구려 여인숙을 나올 때마다 여간 거북스러운 게 아니었어요. 그래서 곳

곳의 여인숙을 전전했습니다.

"여보, 난 이런 데 싫어. 이상한 여자들이 드나드는 데잖아요."

"당신이 신음 소리를 지르는 통에 집에서는 할 수가 없어서 그렇지."

"내가 그렇게 큰 소리를 내나요?"

"그렇다니까."

"어라라, 큰일이네."

"누가 아니래."

"그럼 아파트를 하나 살까요? 언제든지 만날 수 있는 장소를 니혼바시와 덴엔초후의 정확히 중간쯤에 만들자구요."

"사고 싶어도 돈이 있어야지."

"내가 살게요."

"당신, 그런 큰돈이 있어?"

"요즘 몽레브의 장사가 아주 잘되거든요."

"당신 월급이 얼마나 되는데?"

"어머, 월급이라니, 난 그 레스토랑 주인이에요."

"뭐야?"

"어라라, 나를 그 레스토랑 직원인 줄 알았나 봐. 어머님도 처음에는 웨이트리스인 줄 알았는데 계산 담당이었다면서 웃으시더니만."

"맞아, 나도 당신이 직원인 줄만 알았어."

"계산 담당이든 웨이트리스든 그 월급으로는 데이코쿠 호텔에서 피로연은 못 하지요."

"당신, 저금이 있다고 했었잖아."

"그러니까 그만한 저금은 못 한다니까요, 직원 월급으로는."

"그럼 몽레브가 정말 당신 레스토랑이란 말이야?"

"네에."

"그런 얘기를 왜 지금까지 안 했어?"

"나, 돈을 노리고 접근하는 남자, 늘 경계해왔어요. 그래서 내가 사는 아파트에 당신을 한 번도 데려가지 않았죠. 게다가 어머님도 내가 바깥일하는 거, 별로 탐탁해하지 않으시는 것 같고, 미처 말을 꺼낼 기회가 없었어요."

"그 레스토랑이 당신 가게였다니……."

"응, 실은 일하면서 부기 학원에 다녔어요, 야간에."

"수요일이 부기 공부였던 거야?"

"아뇨, 부기는 이미 1급까지 마쳐서 세무사 자격증이 있어요. 중졸 학력으로는 좋은 데서 일을 못 하니까요. 가게가 중화요리점이던 시절에 낮에는 거기서 일하고 밤에는 3년 동안 간다 부기 학원에 다녔어요. 그러다 가게 사장이 나한테 경영을 맡겨줘서 프랑스 요리로 바꿨죠. 역시 중국인이 해내는 요리에는 당할 수가 없어서……. 다행히 그게 잘 맞아떨어져서 손님들이 많이 찾아주시더라구요. 그러던 참에 사장이 도산을 해버렸지 뭐예요. 다른 사업 쪽에서 실패한 거예요. 엉겁결에 제가 싼 가격으로 가게를 사들였어요. 정말 헐값이었어요. 일단 자금줄이 막히면 작은 돈도 아쉬운가 봐요. 그래서 저금해둔 돈과 내 생명보험을 담보로 대출을 받아서 몽레브를 샀어요."

"생명보험도 담보가 가능해?"

"가능하죠. 그걸로 2천만 엔을 대출받았어요. 내가 아직 젊은 데다 고객들의 신용이 밑천이었어요."

나는 어리둥절한 채 그녀의 이야기를 들었습니다. 돌이켜보면 그때부터 무의식적으로 그녀에 대한 열등감이 싹텄던 것 같아요.

"그렇다면 내가 생명보험에 들면 되겠네. 그걸 담보로 아파트를 사자. 당신 돈은 내가 갚지."

"어라라, 고마워요. 돈이 많이 벌릴수록 항상 두려운 게 내 돈을 노리고 접근하는 남자였어요. 당신처럼 돈 문제에 깔끔한 사람, 나한테는 정말 큰 행복이에요."

진구마에의 아파트는 그렇게 내 생명보험을 담보로 구입했습니다. 하지만 그 당시 1천5백만 엔의 고가 아파트를 사들인 것은 도미모토 기미코가 보증을 서준 덕분이라는 걸 한참 나중에야 알았습니다. 나는 기고만장해서 가구며 집기류까지 모두 그 아파트에 딸린 것이라고만 생각했었죠.

"기막힌 방법이야. 친구 녀석들에게도 알려줄까? 나는 이런 대출이 있다는 건 알지도 못했어."

그뿐만 아니라 다달이 보험금을 그녀 쪽에서 내줬다는 것도 몰랐으니까 나는 정말 바보였습니다. 세상 물정 모르는 어린애였어요. 그녀가 차를 소유한 것도 몰랐습니다. 얼간이라고밖에는 달리 할 말이 없지만, 그녀는 내 성격을 잘 알고 열등감을 자극하지 않으려고 애써 배려해줬던 겁니다.

새 아파트에서는 꿈같은 나날이었어요. 튼튼하게 지은 아파트라서 이웃의 소음 따위는 들리지 않고 이쪽 소리도 들릴 걱정이 없었습니다. 나는 그녀의 몸을 탐닉하며 하루하루를 보냈습니다. 처음에는 정사 후에 곧바로 덴엔초후 집으로 갔지만, 그것도 점점 귀찮아져서 결국 아파트로 이사하겠다는 말을 꺼냈습니다. 어머니는 안색이 홱 달라졌지만 나는 그녀에게 빠져 아랑곳하지 않았습니다.

"여보, 어머님과 함께 살 수 있는 방법이 생각났어요. 철근 콘크리트로 새 집을 지으면 돼요."

"나도 그건 생각해봤는데 돈이 너무 많이 들어."

"이 아파트 팔아서 새 집을 짓자구요. 벌써 2천만 엔까지 웃돈이 붙었대요. 요즘 인플레가 심하잖아요."

"아, 그래? 2천만 엔이면 철근 집을 지을 수 있겠구나, 우린 땅이 있으니까."

"그렇죠. 설계를 좀 해볼까요?"

둘이서 방 배치를 궁리하며 하얀 종이에 설계도를 그려보던 때는 정말 즐거웠습니다.

"어머님은 일본식 방을 좋아하시겠지요?"

"그렇지, 양식은 잘 모르시니까."

어머니에게 곧바로 말씀드렸습니다. 하지만 기뻐하실 줄 알았는데 뜻밖에도 크게 화를 내시더군요.

"이 집을 때려 부수고 싶다더냐, 기미코가?"

"아냐, 내가 짓자고 했어. 기미코 생각이 아니야."

"네가 어떻게 그만한 돈을 마련해?"

"내가 언제까지고 어린앤 줄 알아? 기미코는 진심으로 어머니와 함께 살려고 그러는 거야."

"이 집 그대로도 셋이서 충분히 살 수 있어. 전쟁 전에는 네 아버지와 나, 너와 아키코, 그리고 가정부까지 다섯이서도 살았어."

하지만 중앙난방의 고급 아파트에 맛을 들인 나는 겨울이면 틈새바람이 들이치는 고색창연한 옛날 목조 건물에서는 더 이상 살 마음이 없었습니다. 어머니의 반대를 무릅쓰고 집을 신축하기로 했습니다. 우리가 아파트로 따로 나와서 산 것 때문에 이토 변호사님께 불려가 꾸지람도 들었지만, 그렇다고 그 이유를 말씀드릴 수도 없잖습니까. 어쩌면 특이 체질일 수도 있고 나와 그녀가 유난히 궁합이 좋았는지도 모르겠어요. 아무튼 보기만 하면 활활 타올라서 매일 밤마다 그녀를 탐하지 않을 도리가 없었습니다. 내가 특히 성욕이 강한 사람이라고 오해하진 마십시오. 럭비부에는 매춘 구역이 없어진 뒤로 코피가 터진다는 선배도 있고 매일 밤 자위 없이는 잠을 못 잔다는 친구도 있었지만, 나는 그런 일은 없었습니다. 럭비가 거친 운동이라서 그걸로 충분히 바람직하게 소모할 수 있었어요. 아시는 대로 나는 그 뒤에 재혼을 했지만, 지금의 아내에게 결코 말할 수 없는 얘기가 있습니다. 지금의 내 아내와는 기미코 때처럼 열광해본 적이 한 번도 없어요. 공영주택에서 어머니와 함께 사는데도 전혀 난감할 일이 없습니다. 분명 기미코가 특별한 몸을 가진 여자였던 모양입니다. 그녀의 말에 따르면, 나하고가 아니면 기절하다시피 좋았던 적이 없다더군요. 이건 물론 저 악마의 목소리가 들려온 뒤에 그녀가 수없이 나를 달래면서 해준 얘기입니다.

아무튼 둘이서 웃어가며 설계도를 그리던 때에는 설마 그런 큰 집이 세워지리라고는 생각도 못 했습니다. 내가 다다미 8조 정도로 예상한 방을 기미코는 18조 크기로 생각하고 있었던 거예요.

"우리 침실은 2층으로 하자. 방음 장치도 필요해."

"어라라, 당신 자꾸 그런 얘기만 할 거예요? 내가 유난히 밝히는 여자 같잖아요."

"어디, 좀 더 밝히게 해줄까?"

둘이 살기에는 지나치게 넓은 공간에서 우리는 태고의 인류처럼 사랑을 나눴습니다. 지금 생각해봐도 꿈결처럼 즐거웠어요. 그런 좋은 경험을 했으니 그 뒤에 따라온 지옥은 당연한 것이었다, 요즘은 그렇게 생각합니다. 요새 주간지마다 섹스 얘기가 넘치고 여자들도 공공연히 그런 얘기를 하지만, 나는 그중 어떤 경우를 봐도 아직 최고의 성을 만나지 못한 자들의 얘기라는 생각이 듭니다. 포르노 소설을 읽어봐도, 실례지만 작가가 아직 결정적인 상대를 만나지 못한 게 아닌가 하는 느낌이 드니까요.

정말로 사랑도 성도 이유라는 게 없는 것이고, 그야말로 흔한 말이지만 하늘의 별만큼 수많은 남자와 여자 중에 한 남자가 자신을 위해 태어난 여자를 만났다는 건 엄청난 행운이겠지요. 나는 그런 행운을 내 손으로 팽개쳐버린 어리석은 인간입니다.

이미 들으셨겠지만, 첫 발단은 그녀와 둘이 길을 가는데 누군가가 말을 걸어온 것이었습니다.

"어머, 와타세 씨 아니야? 정말 오랜만이다."

"어라라."

"아들도 많이 컸지? 이게 대체 몇 년 만이야. 우리 애가 중학생이니까 요시히코는 벌써 4학년이겠네. 건강하지?"

"네, 덕분에."

"언제 한번 시간 내서 보고 싶다. 내가 지금은 급한 일이 있어서, 다음에 또 봐요."

"네, 저도 바빠서 이만 실례합니다."

내 귀를 의심하며 낯선 중년 여사와 기미코의 대화를 듣고 있었습니다. 아들이라니? 4학년이라고? 게다가 기미코를 스즈키가 아니라 와타세라고 하는 거예요.

"이상한 아줌마야. 나를 다른 사람으로 착각했나 봐요."

"모르는 여자였어?"

"응."

"그럼 아니라고 말하면 되잖아."

"그래도 저렇게 반가워하는데 아니라고 하면 민망할 거잖아요."

그녀는 태연했지만 나는 뭔가 석연치 않았습니다.

덴엔초후의 새 집은 우리가 밑그림으로 설계한 배치와 비슷했지만, 설계자가 마음대로 확장해버렸나 싶을 만큼 광대한 곳이었습니다. 공사를 시작하면서 어머니는 우리 맨션으로 모셔왔는데 항상 불단 앞에서 어두운 얼굴이시고, 나는 나대로 그녀와 전처럼 발산하지 못해서 기분이 좋을 리 없었습니다. 집이 다 지어질 때까지 다시 여인숙 신세를 져야 했으니까요.

마침내 완성되었을 때, 나는 그녀와 새 집에 갔다가 화들짝 놀랐습니다. 내가 예상한 집은 철근 건축이라고 해도 그런 큰 저택은

218

아니었습니다. 본관은 이웃의 우메타니 씨 집 쪽을 바라보는 남향으로 지어졌고, 예전 집은 자동차를 대는 현관이 되었어요. 그러고 보니 어머니가 하소연하듯이, 우메타니 씨가 땅을 내놓으신 것도 딱하지만 기미코가 척척 일을 저지르는 걸 보니 세상이 무정한 것이 실감난다고 웅얼웅얼 말했던 게 생각났습니다.

"당신, 우메타니 씨네 땅도 매입했어? 나하고 상의도 안 하고?"

"어라라, 어머님과 상의했어요. 그 얘기, 못 들었나요? 어머님이 중간에서 소개도 해주셨는데."

"돈은 어떻게 마련했는데?"

"나도 다시 생명보험을 들었죠. 이전 것은 이미 만기가 되었고, 이번에는 다른 보험 회사예요. 게다가 우메타니 씨 쪽 토지는 지상권만 사들인 거라서 돈이 그리 많이 들지 않았어요. 다 어머님 덕분이에요. 여보, 요즘 어머님하고 자주 말다툼을 하던데 그러지 말아요. 어머님이 내가 옆에서 부추기는 것처럼 오해하신다구요."

그녀의 말을 내가 모두 다 믿었던 것은 아닙니다. 오히려 그 반대였어요. 그녀의 강한 생활력에 내심 큰 충격을 받았습니다. 어려서부터 집안의 수재 아버지와 여동생 때문에 늘 열등감에 시달렸는데 그런 증세가 다시 고개를 쳐들었습니다. 새 집에 데려온 수많은 고용인들은 그녀가 레스토랑을 개축하는 동안에만 〈몽레브〉 쪽에서 일하던 사람들을 쓰기로 했다고 얘기하더군요. 나는 그자들 눈앞에서 마음껏 위세를 부려보자는 오기가 생겼습니다. 그녀가 하는 일을 방해하려고 가정부 앞에서 큰소리로 침실에 불러들이기도 했어요. 초조함에서 나온 발버둥이었습니다.

새 집을 짓고 난 뒤였습니다만, 그녀와 함께 집에 오다가 전차 안과 길가에서 또다시 악마를 만났습니다. 예전에 본 중년 여자와는 또 다른 여자였습니다.

"어머, 거기 와타세 씨지? 와아, 역시 맞네. 아들은 많이 컸어? 그때 그렇게 떠나고, 벌써 세월이 한참 지났잖아."

"네에."

"지금 어디서 일이?"

"덴엔초후요."

"그렇구나. 나도 그 얼마 뒤에 이사했어. 지금은 시부야 근처에서 살아. 아들하고 꼭 한번 놀러 와."

"네, 나중에 뵙죠. 지금 좀 바빠서요."

그 여자는 옆에 서 있는 내 얼굴을 의아한 듯 홀끔거리면서 기미코에게 인사를 건네고 사라졌습니다. 그런 일이 여러 번 일어나니까 의심하는 것도 당연하지요. 그녀가 부동산 회사에 보석점까지 운영한다는 것을 차츰 알게 되면서 내 열등감이 더욱더 커지던 참이었습니다. 거기에 악마와의 만남이 방아쇠가 된 것이지요.

이토 변호사님께 얘기는 들으셨지요? 그녀는 고아가 아니라 어머니가 살아 있었습니다. 결혼을 했었고 아이도 둘이나 낳았다는 겁니다. 그걸 알았을 때, 나는 미쳐버릴 것 같았습니다. 나보다 먼저 그 신음 소리를 들은 사내가 있다고 생각하니 정말 미치지 않고는 배겨낼 수가 없었죠.

"왜 말하지 않았어?"

"말하면 당신이 나를 싫어할까 봐 너무 두려웠어요. 당신을 잃고 싶지 않았다구요."

"부모님이 없다고 했잖아. 왜 그런 것까지 거짓말을 해?"

"나, 업둥이예요. 호적은 스즈키로 되어 있지만, 친부모가 누구인지 절대로 알려주지 않았어요. 나를 키워준 은혜는 있지만 그 양어머니에 비하면 당신 어머님이 훨씬 더 좋고 소중해요."

"여태까지 당신이 아는 사내는 나 하나뿐이라고 생각했어!"

"여보, 앞으로도 그렇게 생각해줘요. 그건 철없던 열예닐곱 살 때 일이에요. 남자한테 속은 거예요. 아이가 생기자마자 나를 버린 사람이에요. 나, 이 악물고 열심히 일하면서 살아왔어요. 아이들을 내 손으로 키워야 했으니까요. 당신 보면서, 좀 더 빨리 만났더라면 얼마나 좋았을까, 그 생각만 했어요."

"혼인 신고가 되어 있었어. 협의 이혼을 하면서 당신이 큰돈을 받았다면서?"

"그건 당연한 일 아닌가요? 어떻게 해야 좋을지 몰라서 나 혼자 가정 재판소라는 곳에 찾아갔었어요. 그랬더니 남자 쪽에서 마음이 변한 것이니 내 마음을 상처 입힌 만큼 위자료를 청구할 권리가 있다고 알려줬어요. 나는 돈 문제 같은 건 생각도 안 했지만 그쪽에서 변호사를 내세워서 결국은 돈으로 처리한 거예요. 내 아이가 나와 똑같은 불행을 짊어질 처지였잖아요. 당신, 내 마음도 좀 이해해주세요. 열예닐곱 나이에 남자 보는 눈이 있었을까요? 강간을 당한 것이나 마찬가지였어요. 전혀 좋아하는 사람이 아니었어요. 나는 어처구니없는 재난이었다고 체념했어요. 하지만 태어난 아이는 죄가 없잖아요. 그 이후로 남자라면 우선 경계부터 하면서 살아왔어요. 그래서 당신의 프러포즈도 처음에는 반신반의했던 거예요. 어머님께 소개해주셨을 때는 정말 감격했었어요. 이번에는 진짜 사랑이라는 걸 느꼈거든요. 그전 사람은 나를 부모에게 소개도 해주지 않았어요. 언젠가 내버릴 생각이었겠지요. 공동주택에 친절한 아주머니가 있어서 그런 눈치를 채셨던가 봐요. 혼인 신고를 미리 해라, 안 그러면 나중에 여자만 답답하게 된다고 충고를 해주더라구요. 그래서 임신했을 때, 눈물고 혼자에게 혼인 신고를 했이요. 사랑하지는 않았지만 아이가 생겼으니 어쩔 수 없다는 심정이었어요. 정말 그때는 내가 너무 어렸어요. 여자 혼자 바깥일을 하다 보면 나쁜 남자를 만났을 때 꼼짝없이 당한다는 거, 나 스스로 절절히 경험했어요. 당신과 정식으로 결혼식을 올리면서 내가 흘린 눈물, 그건 당신이 나를 한 인간으로 정당하게 대접해주는 게 고맙고 감사했기 때문이에요. 여보, 내가 사랑한 사람은 당신뿐이에요. 과거의 실수는 평생을 두고 사죄할게요. 제발 나를 용서해줘요."

그녀의 눈물 어린 애원을 노이로제 상태였던 나는 들어줄 여유가 없었습니다. 이제 와서 돌이켜보면 그녀의 말이 맞아요. 내가 좀 더 너그러운 마음으로 용서해주었어야 했습니다. 하지만 나는 과보호를 받고 자란 심약한 인간이었어요. 공연한 열등감에 시달리며 그녀를 품에 안을 때마다 다른 남자와도 똑같은 몸짓을 하고 똑같은 신음 소리를 냈을 거라고 생각하면 미칠 지경이었습니다. 가정부와 다른 고용인들이 그런 나를 경멸의 시선으로 쳐다보는 거예요. 그녀와 계속 함께 있다가는 정말 정신병자가 될 것 같았습니다. 나는 지옥에서 도망치기 위해 천국 또한 내팽개친 겁니다.

이혼하자고 했을 때, 그녀는 말했습니다.

"당신도 나를 버리는군요. 내가 뭘 잘못했나요? 그건 열예닐곱 살 때의 실수였어요. 왜 그런 걸 용서해주지 못하지요? 당신 속이 풀릴 때까지 보상해줄게요. 여보, 당신뿐이에요, 내가 사랑한 사람은. 아이들을 떼어놓고 당신과 함께 살았는데, 그래도 용서할 수 없나요?"

그녀 말이 구구절절 맞지 않습니까? 내가 도량이 부족한 인간이었어요. 그녀가 사업가로서 뛰어난 능력을 가진 것에 열등감을 품지 않았다면 아마 용서할 수 있었을지도 모릅니다. 하지만 그 당시 나는 그녀의 능력에 압도되어 모든 면에서 여유를 잃었습니다. 역시 그릇이 작은 인간인 것이지요.

재혼 후에 새 아내가 텔레비전에 출연한 그녀에게 반해서 팬이된 것에는 무척 당황했습니다. 아내의 팬레터를 보고 기미코가 회사에 전화를 했더군요.

"행복하게 사시는 모양이네요? 부러워요. 한번 만나고 싶은데, 식사나 함께, 어때요?"

하지만 다시 만났다가는 틀림없이 예전의 관계로 돌아가 이번에는 처자식을 울리게 될 것 같아서 딱 잘라 거절했습니다.

"아직도 나를 용서하지 않았군요. 나는 당신 말고는 어느 누구도 사랑한 적이 없는데……."

전화 너머로 울먹이는 목소리가 들렸지만 이 순간을 꾹 참아내는 게 사내라는 생각으로 매정하게 전화를 끊었습니다.

이번의 갑작스런 사망으로, 아내는 그제야 내 전처가 도미노코지 기미코라는 것을 알았습니다.

"그런 멋진 여자하고 왜 헤어졌어? 이해가 안 돼, 나보다 훨씬
괜찮은 여잔데. 아, 당신이 버림받은 거야? 아니, 그것도 이상하잖
아, 그토록 사랑의 아름다움을 강조하던 사람이 당신을 차버릴 리
가 없지. 하긴 아무려면 어때? 그 덕분에 내가 이렇게 행복하게 잘
살고 있잖아. 아하, 그 초콜릿, 당신 먹으라고 보낸 거였구나? 어
머, 당신은 그 초콜릿 쳐다보기도 싫다고 했는데, 그럼 역시 당신
이 차버린 모양이네. 매정한 사람이구나, 당신."

그런 편안한 아내를 얻어 우리는 별 탈 없이 잘 살고 있습니다. 어
머니도 아내와 사이좋게 잘 지내시고요. 그래서 나는 이렇게 생각
합니다. 나처럼 평범한 인간은 이 정도로 사는 게 어울리는구나, 라
고요. 도미노코지 기미코는 내게는 분에 넘치는 여자였던 거예요.

그렇지만 왜 그렇게 죽었을까요. 주간지마다 지독한 기사가 넘
쳐나던데, 그녀를 잘 아는 나는 어떤 얘기도 믿지 않습니다. 그녀는
가려운 곳을 척척 긁어줄 만큼 눈치가 빠르고 어머니에게도 성심껏
대했어요. 다만 어머니 마음에 들지 않았을 뿐입니다. 서로 합이 들
지 않았는지, 아니면 어머니도 나처럼 일종의 열등감에 시달렸는
지, 그건 잘 모르겠습니다. 최고 엘리트였던 아버지가 살아 계실 때
보다 더 호화롭게 살 수 있다는 게 왠지 불쾌했던 것이겠지요.

그녀가 악녀라니, 결코 그렇지 않습니다. 착하고 눈물 많고 아름
다운 것을 좋아하는 꿈같은 여자였습니다. 품에 안으면 스르르 녹
아버릴 것 같은 몸을 갖고 있었어요. 하지만 마음은 훨씬 더 착했
습니다. 부디 기미코를 나쁘게 묘사하지 말아주십시오. 선생이 세

간의 오해를 풀어주실 것 같아서 모든 걸 솔직히 털어놓았습니다. 그녀의 뛰어난 능력이 사람들의 질투를 부른 거예요. 질투심이라는 건 참으로 고약하지요. 내가 다니는 회사에도 그런 질투심이 똬리를 틀고 있습니다. 여자가 혼자 힘으로 크게 성공한 것이 질투가 나서 공연히 나쁘게 말하는 사람들도 물론 이해가 안 되는 건 아니에요. 하지만 나는 이제 기미코를 누구보다 신뢰하고 지금도 사랑합니다. 물론 새 아내도 현실 생활에서 아내로서 균형이 잡힌 사람이고 기미코와 마찬가지로 순진하고 착한 사람입니다. 기미코에 대한 사랑은 말하자면 현실을 떠난 또 다른 세상의 것이었습니다. 짧은 시간이었지만 그녀와 함께한 꿈같은 2년 동안은 평생 잊을 수 없습니다. 그녀가 죽기 전에 용서한다는 말 한 마디라도 해주었더라면, 하고 후회하고 있어요. 아니, 오히려 내가 용서를 빌어야 했어요. 그랬다면 그녀가 그렇게 죽지는 않았을 거라는 마음이 들기도 합니다.

덴엔초후의 땅 말입니까? 그녀는 헤어지고 싶지 않다고 했고, 그 땅에 그녀 명의로 집을 지었는데 우리가 나오는 건 당연한 일이지요. 그렇게 울면서 매달리던 사람을 막무가내로 팽개치고 나왔으니, 지금 생각해보면 위자료로는 오히려 적은 것이었어요. 나야 아버지만큼 능력 있는 인간이 못 되니까 어차피 그 땅을 갖고 있어 봤자 야금야금 팔아치웠을 겁니다. 우리에게는 공영주택 정도가 분수에 맞는 집이에요. 어머니는 연로하셔서 아직도 옛일을 잊지 못하고 넋두리를 하시지만, 혹시 그 땅을 기미코에게 빼앗겼다는 식으로 얘기하셨다면 그건 그냥 흘려들으십시오. 부탁드립니다.

15
영락한 여걸 귀족

뭐요? 다시 한 번 말해봐요, 누가 누구의 친구였다고?

내가 도미노코지 기미코와 친구? 어휴, 말도 안 돼.

며칠 전에도 어떤 사람이 그 여자와 친한 사이 아니었느냐고 묻더라고. 내가 아니라고 했지. 그런데도 도미노코지 씨가 생전에 친구는 유일하게 가라스마 씨뿐이라면서 입에 침이 마르도록 나를 칭찬했다는 거야.

"나를 어떻게 칭찬했는데? 악녀라고 했다면 그거 나 아니야."

"솔직하고 꾸밈없고, 참 훌륭하시다고 했죠. 친구라고 했지만 그 이상으로 존경하고 있다고."

"어이구."

진짜 어이구, 라고밖에는 달리 할 말이 없다니까.

그야 내가 함께 어울려 마작도 하고 여행도 하고 둘 다 벌거벗고 사우나에도 들락거리긴 했지. 십 년 가까이 사귀었어. 맛있는 거 먹고 한밤중에 전화로 수다도 떨고. 나도 그 여자하고는 나름 친하다고 생각했었어.

그 여자도 나한테 자주 그런 얘기를 했지.

"제가 웬만해서는 남에게 마음을 열지 못해 손해를 보는 성격인데 가라스마 씨 앞에서는 마음이 활짝 열려요. 이상하죠, 왜 그럴까요?"

"기미코 씨의 부친이 혹시 우리 아버지였던 거 아냐? 어지간히도 외도를 많이 한 사람이니까 말이야. 아, 그러면 기미코 씨와 나는 배다른 자매인가?"

내가 이 목소리로 걸걸하게 얘기하면 그 여자는 모기 우는 듯한 목소리로 먼 곳을 보는 눈빛을 보이곤 했어.

"나도 이따금 정말 그럴지도 모른다는 생각이 들어요."

하지만 나는 그 여자 죽고 나서 주간지 기사를 봤을 때까지 두 번이나 결혼했고 아이가 둘이나 있다는 건 까맣게 몰랐어.

아니, 그런 게 친구야?

그 여자가 나한테 자기 친부가 누군지 모르는 게 고민이라고 언젠가 한번 제 속내를 털어놓기는 했지만, 그거 말고는 주로 내 얘기를 듣기만 하고 가만 생각해보니 제 얘기는 거의 안 했어. 그러면서 친구입네 여기저기 떠들고 다닌 모양이지? 참내, 원.

아니, 무슨 피해를 입은 건 없어, 그 여자가 수수께끼 같은 방식으로 죽어버렸을 때까지는.

"그 도미노코지 씨라는 분, 믿을 만한 사람이에요?"

사람들이 가끔 나한테 그렇게 물어봤는데 그때는 나도 그 여자 말을 딱 믿고 있을 때였어.

"믿지 못하겠으면 믿지 마. 근데 나는 그 여자, 믿을 만한 것 같아."

그런 식으로 대답했으니 그 여자가 사망한 뒤에 아주 난리가 났어. 아주 미치겠다니까. 근데 나는 진짜 그 여자하고 아무 관계도 없어.

"믿지 못하겠으면 믿지 말라고 했잖아."

그렇게 일단 잡아떼기는 했지.

"그래도 가라스마 씨가 믿을 만한 사람이라고 했잖아요. 그래서 나도 여태껏 믿고 거래해왔죠. 가라스마 씨가 보증해주는 사람이면 틀림없을 거라고 생각했다고요."

아주 나를 잡아 족치는데, 그게 또 오래된 친구들이라서 정말 어쩔 줄을 모르겠어. 게다가 그 친구들이 입은 피해 내용을 들어보니, 어이쿠, 뒤로 나자빠질 만큼 엄청난 게 한두 가지가 아니야. 진짜 난감하다니까. 아니, 근데 내가 소개한 것도 아니고, 솔직히 내가 책임질 일은 아니잖아. 그래서 깔끔하게 사과했어, 미안하다고. 나도 딱 믿었다기보다 서로 알고 지내는 터에 괜히 험담은 하기 싫었다, 라고 했어. 실은 나도 수상쩍게 느껴지는 점이 좀 있었다, 그러면서 위로해줬지. 그런데도 가라스마 씨처럼 남의 험담 잘하는 분이 그 여자는 절대로 나쁘게 말하지 않았다나 뭐라나, 아무튼 요즘에도 만나기만 하면 나를 붙잡고 주저리주저리 하소연을 한다니까. 그래서 이제는 그래, 내가 잘못했다, 하고 아예 포기해버린 상태여서 당신하고도 이런 얘기를 하는 거야. 뭐든 내가 사실대로 대답해드릴게, 참고가 된다면 말이지. 근데 미리 말해두겠는데, 이건 소설거리가 안 돼. 소설로 써봤자 독자들이 설마 그런 일이 있겠느냐면서 절대 안 믿을 거야. 현실은 소설보다 더 기기묘묘하다는 말도 있잖아.

처음 알게 된 거?

글쎄 몇 년 전이었는지는 까먹었네. 내가 원래 대충대충 사는 사람이라서 몇 년 몇 월 며칠 같은 건 기억하고 다니질 않아. 아, 근데 댁이 직접 조사해보면 금세 알 거 같은데? 여성 사업가 모임이랬나 여류 실업가 모임이랬나, 그런 모임이 있었어. 삼류 경제잡지에서 기획한 모임이야. 호텔 연회장에서 식사하고, 앞에 나서기 좋아하는 사람들이 번갈아가며 연설도 하고, 아무튼 이상한 모임이라서 나는 그런 데는 가고 싶지도 않았는데, 그때 누가 초대를 했었더라, 아, 맞다, 그 잡지사 기자가 꼭 참석해주십사고 하도 끈덕지게 졸라대서 나갔네. 편집자 한 명 붙여서 우리 집에 차로 마중까지 왔더라니까.

그렇게까지 간곡히 요청하는데 거절하기도 귀찮아서 그냥 나가기로 했던 거야.

"여자들끼리 모여봤자 무슨 재미가 있나. 그나저나 어떤 사람들이야?"

"네에, 사사하라 요시에 선생님도 참석하시고, 미용업계에서 활약하시는 분들에게도 초대장을 보냈습니다. 선생님 같은 일을 하시는 분이나 레스토랑 경영인도 많이 오실 거예요."

"선생님이라니, 그게 누구야?"

"선생님이시지요."

"나?"

"네."

"선생님은 무슨 선생님? 그런 식으로 부르지 마, 속이 울렁거려. 학자도 아니고 지압사도 아닌데 나한테 선생이라는 게 가당하기나 해?"

"아, 네, 실례했습니다."

"다른 선생들도 이렇게 일일이 차로 모시는 거야? 힘들겠네."

"아뇨, 차로 모시는 경우는 선생님뿐입니다."

"그 선생님 소리 좀 그만하라니까. 사사하라 요시에처럼 할망구가 된 것도 아닌데."

"네에, 죄송합니다."

차 안에서 조수석의 편집자와 몇 마디 하자마자 짜증이 확 밀려오더라고. 역시 어떻게든 거절할걸, 하고 후회했지. 하지만 차는 모임 장소인 호텔 연회장 앞에 도착했고 이제 어쩔 수 없다, 내 팔자구나, 하고서 그냥 들어갔어. 샹들리에가 매달린 연회장 안에 모인 사람들을 보니까 정말 어처구니가 없더라. 나는 평소에 입던 그대로 나갔는데, 사사하라 요시에라는 할망구부터 거의 모든 참석자가 이브닝드레스 차림인 거야. 삼류 카바레 같더라니까. 어울리지도 않게 보석을 주렁주렁 달았는데, 하나같이 낯선 얼굴들이야. 게다가 입구에서 가슴팍에 이름표를 달아주더라고. 나, 그런 거 진짜 끔찍하게 싫거든.

근데 그런 모임이라면 좋아서 사족을 못 쓰는 인간들이 있다니까. 사사하라 요시에만 해도 그렇지. 5년 전쯤에 병이 나서 죽어버렸지만 그전부터 이미 할망구였으니까 장수한 셈이야. 그 할망구부터가 전쟁 후에 벼락부자가 된 경우야. 전쟁 중에 군부에 빌붙어 군수물자를 엄청 빼돌렸거든. 그 할망구, 따지고 보면 국적國賊이야. 전후 혼란기에 엄청난 이윤을 남겨 승승장구했잖아. 그런 할망구가 떡하니 여성 실업가회 회장이라는 직함을 달고 참석자들이 테이블에 자리를 잡자마자 슬슬 마이크 앞에 나가서 연설을 하더라니까. 참내, 기가 막혀서.

신헌법으로 남녀평등의 시대가 도래한 덕분에 여성 실업가들이 이렇게 많아졌다, 이보다 더 흐뭇한 일은 없다, 하고 마치 도조 히데키* 같은 말투로 30분이나 떠들어댔어. 진짜 미치겠더라.

나는 왜 그런지 메인테이블에 자리를 줬는데 열 명쯤 되는 합석자 중에 아는 얼굴이 하나도 없었어. 사사하라 할망구의 연설은 미치게 따분하지, 그걸 또 일일이 고개를 끄덕여가며 그야말로 지당한 말씀이라는 듯 듣고 있는 여자들뿐이지, 진짜 꺄악 비명을 지르고 싶더라니까.

근데 그때 마침 그 테이블에 그 여자가 있었어. 늙다리 여편네들이 이브닝드레스를 떨쳐입은 속에서 그 여자 딱 하나만 젊은 사람이었으니까 테이블에 앉기 전 칵테일을 마시는 사이에 벌써 눈에 딱 띄더라고. 처음에는 그냥 누구네 딸인 모양이다 했어. 게다가

---

* 1884~1948. 일본 육군대신과 참모총장으로, 태평양 전쟁의 A급 전범으로 교수형에 처해졌다.

할망구들이 죄다 야해빠진 옷차림인데 그 여자만 제법 기품 있는 칵테일드레스를 입고 있었어. 보석도 알이 큰 진주 하나만 펜던트로 달았고 드레스는 감색이었나, 가슴도 어깨도 드러내지 않았더라고. 할망구들이 남사스러운 줄도 모르고 검버섯 가득한 살을 홀렁 드러내고 있었으니까 그 여자가 더욱더 눈에 띄었지.

그래서 심심풀이 삼아 내가 찬찬히 지켜봤어. 딱히 미인인 건 아닌데 주위가 죄다 할망구들이다 아구 예뻐 보이더라고. 큰네 나하고 시선이 마주치니까 방긋 웃으면서 공손하게 인사를 하는 거야. 가슴에 단 이름표에는 '도미노코지 기미코'라고 적혀 있었어. 하지만 내가 워낙 난시라서 안경을 쓰고 있었는데도 '도미'라는 글자는 안 보이고 '노코지'만 보이더라고. 그래서 졸지에 아야노코지 씨 댁 따님인 모양이라고 생각했지. 이제야 겨우 동족을 찾았구나 하고 나도 빙긋 웃어줬어. 연설하는 사사하라 할망구 쪽을 턱으로 가리키고 손으로 입을 톡 치면서 따분하다는 신호를 보냈지. 그랬더니 그 여자가 풋 웃음이 터져서 고개를 숙이고 난처해하는 거야. 그래서 내가 괜찮은 애라고 생각했지.

지금 돌이켜보면 처음 봤을 때의 그 인상이 지나치게 좋았어. 실은 주위 사람들이 너무 별 볼 일 없었기 때문이었는데 말이야. 내 옆에 있던 할망구는 화장을 얼마나 진하게 했는지, 주름진 살에 파운데이션을 처덕처덕 바르고 거기에 가루분을 잔뜩 두드려서 거북이 등짝처럼 쫙쫙 금이 간 게 진짜로 꼴사나웠거든. 게다가 루주는 또 얼마나 진한지, 그 주둥이로 계속 나한테 말을 걸었다니까.

"시절이 달랐으면 도저히 한 테이블에 나란히 앉을 만한 신분이 아닌데, 정말 영광이에요."

그런 소리를 씨부렁거리는 거야. 대구 눈알만 한 큼직한 다이아몬드를 손가락에 꼈는데, 테이블 매너는 완전 엉망이야. 내가 하는 걸 흘끔흘끔 쳐다보면서 따라 하는 것 같더라고. 일부러 생선 먹을 때 고기 나이프를 썼더니 그것도 그대로 따라 해. 진짜 웃기더라. 맞은편에 그 아이가 앉아 있어서 흘끔 봤더니 그 아이는 제대로 생선 나이프를 쓰더라고. 내가 옆의 할망구에게 장난친 거 눈치챘느냐고 한쪽 눈을 찡긋했더니, 다시 풋 웃음이 터져서 고개를 숙이고 냅킨으로 입을 닦는 척했어. 그래서 내가 그야말로 단순하게, 저 애는 졸부는 아니겠구나, 처음부터 그렇게 딱 믿어버린 거야.

웨이터가 고기 접시를 서빙하다가 눈치를 채고서 나와 그 할망구의 나이프와 포크만 고기용으로 바꿔줬어. 할망구가 좀 의아한 표정을 짓더라고. 와인도 다들 꿀꺽꿀꺽 마셔서 술에 취해 큰 소리로 떠들어대고, 아무튼 여자 졸부들의 파티라는 건 그때 딱 한 번뿐이고 다시는 간 적도 없지만, 정말 웃기지도 않았어. 남자 졸부 쪽이 그나마 낫지. 남자는 허영 끼는 없잖아. 여자들은 완전 허영에 절어서 번쩍번쩍 차려입고, 네에, 네에, 해가면서 술에 취해 횡설수설, 진짜 뵈줄 수가 없어.

근데 신기하게도 요리는 아주 고급이더라고. 와인은 별로 대단할 건 없었지만, 스테이크 소스는 내가 정말 오랜만에 맛있다고 생각했어. 그래서 빵으로 접시를 닦듯이 해서 그 소스를 먹었지. 나말고는 다들 빵에 버터를 발라 먹었으니까 옆자리 할망구는 접시를 닦듯이 먹는 건 예의가 아니라고 생각했는지 더 이상 흉내를 내지 않더라고. 요리가 있는데 버터를 내놓는 건 미국의 시골뜨기 예법이잖아. 나이프와 포크를 따라 하다가 뜨끔했던 모양이지? 하지만 맞은편을 보니까 그 여자가 나하고 똑같이 하는 거야. 그래서 내가 먼저 말을 건넸어.

"역시 데이코쿠 호텔은 알아줄 만하지? 이 소스, 아주 훌륭해."

그 여자가 뭔가 대답했는데 들리지를 않았어. 사사하라 할망구가 언벌민스로는 싱히 인 첬는지 자리에 앉아시모 황상 떠를어내는데 그 여자는 모기 우는 듯한 목소리였으니까 들릴 리가 없지. 나는 그때만 해도 주위 사람들이 어려워서 그러는 모양이라고 생각했어.

디저트가 나오면서 행운의 제비뽑기가 시작됐어. 이것도 진짜 어이가 없더라. 행운의 제비뽑기를 하는 연회라고는 난 들어본 적도 없었으니까. 그러고 보니 입구에서 번호패를 내주길래 이건 또 뭔가 했더니만 그게 바로 그거였어. 컬러텔레비전이니 스테레오 같은 게 당첨되는 거야. 그때마다 사회자가 상품을 후원한 사람이 누군지 큰 소리로 알려줘. 그러면 우선 후원자가 자리에서 일어나 인사를 하고 다들 박수를 쳐줘. 그다음에 번호를 뽑아서 당첨자가 일어서면 또 박수 짝짝짝. 추첨하는 사람도 역시 사사하라 회장이야. 그 할망구, 진짜 엄청 좋아하더라, 그런 거

"다음은 멋진 진주와 다이아몬드를 조합한 브로치입니다. 도미노코지 보석점 사장님이 제공해주셨습니다. 여러분, 도미노코지 기미코 씨를 소개합니다. 너무 아름답지요? 아, 실례, 브로치가 아름답다는 말씀입니다."

그 여자가 일어나 수줍은 듯 인사를 하고 나를 향해 멋쩍은 듯 고개를 끄덕이더니 자리에 앉았어. 그제야 '아야노코지'가 아니라 '도미노코지'라는 걸 알았지. 한 번도 들어본 적이 없는 이름인데 옛날부터 있던 성씨인가, 하고 좀 의아하더라고.

모임이 겨우겨우 끝나고, 사사하라 할망구가 내 옆에 와서 얘기하더라고.

"가라스마 씨, 잘 오셨어요. 고마워요. 2차도 가실 거죠?"

"무슨 말씀을, 나는 벌써 녹초가 되어서 집에 가서 한숨 자고 싶을 정도야. 여기서 2차까지 갔다가는 아예 뻗어버려요."

정말 그랬어. 왼쪽의 주름살 할망구가 조용해졌나 했더니만 이번에는 오른쪽 할망구가 자꾸 말을 걸면서 귀찮게 했거든.

"선생님처럼 높은 신분이 아니라서 저는 이날까지 참 고생도 많이 했습니다. 오늘 이런 모임에 초대되어 선생님 곁에 앉게 되다니, 꿈만 같은 기분이에요. 네, 처음에는 암시장에서 닥치는 대로 장사를 했지요. 남편은 전사했지, 아이는 다섯이나 되지, 뭐, 어떻게든 먹여 살려야 하니까 죽을 둥 살 둥 뛰었죠. 그랬더니만 어느 틈에 회사도 세우고 사장도 되고 아이들도 다 좋은 학교를 나왔어요. 아들 하나가 부사장으로 열심히 뛰어주니까 저도 차츰 여유가 생기네요."

"어떤 일을 하시지요?"

"세탁소를 하고 있어요. 여기 데이코쿠 호텔은 아니어도 작은 호텔들 여러 곳의 시트 세탁을 도맡아 하고 있죠. 내친김에 호텔도 하나 경영하기 시작했고요."

명함을 내주는데 호텔이 시부야에 있더라고. 그러면 러브호텔이잖아. 참내, 어이가 없더라.

집에 돌아가려는 참에 그 아이가 명함을 들고 인사를 하러 왔어.

"도미노코지라고 합니다. 잘 부탁드립니다. 좀 피곤하시다고 들었는데, 괜찮으시다면 제가 모셔다드려도 될까요?"

잡지사에서 돌아가는 차편도 준비해준다고 했는데 또다시 편집자와 함께 가면 이래저래 성가실 것 같다고.

"그래? 그럼 부탁해."

그게 애초 시작이었어.

"나는 아야노코지 씨 댁 따님인가 했어. 도미노코지라는 건 좀 묘한 성씨네? 교토 동네 이름 같잖아."

"본명은 도미모토인데 너무 평범해서 평소에 도미노코지라는 이름을 쓰고 있어요. 그러면 이름을 금세 기억해주시니까요. 사업하는 사람은 우선 이름을 알리는 게 중요하거든요."

"그나저나 참 대단하네, 그렇게 젊은 나이에 사장님이라니. 보석 가게라고?"

"아뇨, 보석 쪽은 반쯤 취미로 하는 거예요. 그 밖에 레스토랑이라든가 이것저것 하고 있지만, 아직은 더듬더듬 배워가면서 하는 수준이에요."

"어떤 레스토랑이지?"

"몽레브라는 레스토랑인데요, 선생님이 찾아주실 만한 번듯한 레스토랑은 아니에요. 이제 곧 확장 공사를 하니까 새로 오픈할 때 와주신다면 정말 영광일 텐데요."

"영광이라니, 그런 소리 하지 마. 예전에 귀족 가문이었다는 것뿐이지, 요즘은 내 손으로 일해서 먹고사는 가난뱅이야."

"어라라."

"그나저나 오늘 모임, 진짜 짜증나더라. 내 양 옆자리의 할망구들 봐, 이런 명함을 주더라고. 이거, 불륜 남녀가 찾는 여인숙 아니야?"

"약간 마르신 그분 말인가요?"

"아니, 뚱뚱한 쪽."

"어라라."

"그런 사람까지 실업가로 쳐준다면 채소 가게나 생선 가게가 훨씬 더 훌륭한 실업가야. 이건 말도 안 되는 모임이야."

"저도 오늘 처음 참석했는데 곳곳에 무시무시한 분들이 많으셔서……. 게다가 참석자 대부분이 이브닝드레스를 입으셨더군요. 깜짝 놀랄 일이 한두 가지가 아니었어요. 세상에는 참 다양한 분들이 계세요. 저는 이제 겨우 사업계에 뛰어든 참이라 모두 다 공부라는 생각으로 앉아 있었어요."

"공부는 무슨, 이런 모임에서 뭘 배울 게 있다고? 사사하라 씨도 정신이 나갔어. 그렇게 잘난 체하고 싶으면 제 돈 들여서 놀면 될 거 아냐."

"그분은 이번 모임에 상당한 돈을 쏟으신 것 같던데요?"

"뭐야?"

"사사하라 씨가 발의해서 1년에 한 번씩 파티를 하기로 한 모양이에요. 저도 입회금과 당일 회비 정도면 될 거라고 생각했는데 행운의 제비뽑기 상품을 협찬해달라고 사사하라 선생님께서 직접 전화를 하셔서⋯⋯."

"나한테는 회비고 입회금이고 내라는 얘기가 없었는데?"

"아, 그렇다면 분명 특별 회원으로 초대되신 거예요. 선생님 같은 분이 안 계시면 단순히 벼락부자들의 모임이 되기 때문이겠지요? 오늘 참석하시지는 않았지만 전쟁 전에 귀족이시던 분들의 성함이 특별 회원으로 명단에 실려 있었으니까요."

"명단이 있었어?"

"네에, 저한테는 보내주셨어요."

"그러면 다음부터는 나도 거기에 이름이 실리겠네?"

"아마 그렇겠지요?"

"에이, 싫다. 사사하라 씨에게 전화해서 분명하게 거절해야겠네."

차가 집 앞에 도착했을 때, 나는 실컷 욕을 퍼부어준 덕분에 다시 기운이 나서 그 여자에게 차라도 한잔하고 가라고 청했어.

"그러면 잠깐 실례해도 될까요?"

"옛 귀족의 서글픈 말로를 봐두는 것도 큰 공부가 될 거야. 남편이라는 위인이 도무지 주변머리가 없어서 별수 없이 내가 나서서 집안 골동품들을 연줄 따라 팔다 보니 어느새 골동품 장사치가 되어버렸네. 그래서 집이 텅텅 비었어. 가구까지 앤티크로 죄다 팔아먹었거든."

기껏 홍차와 비스킷밖에 내놓지 못했지만, 그 여자가 그날 느닷없이 제 신상을 털어놓더라고. 자기가 사실은 업둥이라서 부친이 누군지를 모른다는 거야.

"전쟁 전에 저를 키워주신 양아버지 집에 거의 매달 용담꽃잎 문장*이 찍힌 선물 상자가 실려오곤 했어요. 그 안에는 아마 돈이 들어 있었던 것 같아요. 남자분이 자동차를 타고 오셨던 게 희미하게 기억납니다. 그래서 전쟁 끝나기 전까지는 꽤 풍족하게 살았는데 전후에 양아버지가 불의의 교통사고로 돌아가시고 양어머니는 전혀 아무것도 못 하시는데 집은 전쟁 통에 불타 없어지고, 그러니 제가 일하러 나오는 수밖에 없었지요. 중학교만 겨우 졸업하고 그 다음은 야학으로 고등학교를 마쳤어요. 대학은 통신 교육을 받았구요."

"이 친구, 어린 나이에 참 장하네. 나는 가쿠슈인도 다니기 싫어서 걸핏하면 꾀병을 부리고 결석했었는데."

"행복하셨던 것이지요. 제가 오늘 염치도 좋게 배웅해드리기로 한 것은 제 친아버지가 누구신지 어려서부터 늘 궁금했거든요. 그래서 아직 어느 누구에게도 말한 적 없는 제 신상을 갑작스럽게 말씀드렸네요. 제가 진짜 성씨를 알지 못해요. 양어머니는 제가 그런 사실을 아직 전혀 모른다고 생각하시니 그것도 딱해서 어쩔 줄을 모르겠어요. 게다가 양어머니는 어느 집안에서 데려온 아이인지도 잘 모르시는 것 같아요. 하지만 제가 양부모님과 전혀 닮은데가 없어요. 게다가 보랏빛 끈으로 묶은 용담꽃잎 문장의 금 칠기 상자가 실려오던 게 어렴풋이 생각나구요. 또 양아버지의 형님 되시는 분이 저 어렸을 때, '아기씨의 친부모님은 사실은 대단히 높

* 紋章. 전통 있는 옛 명문가의 표식.

으신 분이오'라고 말씀하셨던 게 또렷이 기억납니다."

"흠, 용담꽃잎 문장이라……."

"네에, 문장 견본 책에서 분명하게 그 꽃잎이라는 것을 알아낸 게 최근이에요. 그림은 오래전부터 그릴 수 있었구요."

"알았어, 내가 한번 찾아볼게. 귀족 중에 용담꽃잎 문장을 쓰는 집안이란 말이지? 왕가에는 용담꽃잎 문장은 없을 거고, 내 친구들 쪽에 물어보면 금세 알겠지. 궁내청에 문의해보면 가장 빠르기 한데, 내가 보증컨대 그 집안도 틀림없이 몰락했을 거야. 당신, 실망할지도 몰라."

"만일 그렇다면 제가 조금은 집안을 일으키는 데 도움이 될 수 있을 것 같아요. 친부모님이 누구신지 모른다는 건 너무 슬픈 일이니까요."

"알았어, 꼭 찾아볼게."

내가 그 여자 말을 너무 쉽게 믿어버렸지 뭐야.

우리 친정어머니가 아직 살아 계시던 때라서 내가 한번 그 이야기를 물어봤어.

"왕가 쪽이라면 고가 씨네 문장이 용담꽃잎이지."

"엇, 정말? 그러면 우리보다 지위가 높은 거네요?"

"하지만 고가 씨는 선대도 당대도 그런 짓을 할 분들이 아니야."

"그거야 모르지요. 집안에서 여배우가 나왔는데 아무도 반대하지 않았잖아요. 도미노코지라는 애, 제법 예쁘고 기품 있는 아이였어요."

"무가 쪽 귀족이라면 용담꽃잎 문장은 꽤 많아. 메이지 시대 이래의 귀족 가문이 아주 많으니까. 그런데 도미노코지라는 성씨는 메이지 이전에는 분명 왕가 쪽에 있었을 게야. 옛날 지도에서 본 적이 있어. 아리스가와 가 바로 옆에 저택이 있었던 것 같아."

그런 이야기를 즉시 전화로 그 여자에게 졸졸 알려줬으니 나도 참 경솔했지.

아무튼 그때부터 그 여자가 무슨 일만 있으면 나한테 찾아오고, 나도 그 여자 레스토랑에 가면 공짜로 음식을 대접해주니 아주 좋구나 하고 친구처럼 지내게 된 거야.

"기미코는 아직 미혼이야?"

"네."

"어서 결혼해야지. 어영부영하다가는 금세 내 나이 돼."

"좋은 남자분이 계시면 소개해주세요. 이런 사업을 하다 보면 독신 남성과는 만날 기회가 거의 없어요."

"사귀는 사람도 없어?"

"제가 겁이 많아서 연애를 못 해봤어요. 기껏해야 초등학교 동창생이나 있을까."

"한심하기는. 사랑도 사업이야. 젊은 시절은 두 번 다시 오지 않아. 내가 미리 말해두겠는데, 너무 높은 데만 쳐다보면 안 돼."

그 여자하고 십 년 넘게 그런 얘기만 했어. 내가 진짜 바보 멍텅구리였다니까.

16

<도쿄 레이디스 소사이어티>

저희 〈도쿄 레이디스 소사이어티〉는 초대 회장님이 재작년에 타계하신 다카이 하쓰네 선생님이셨고, 현재 부회장님은 두 분, 회장님은 공석인 채입니다. 다카이 하쓰네 선생님처럼 화려한 일생을 보내신 분의 후임이고 보니 아무래도 선뜻 나서는 분이 없고, 회원 중에도 공석인 채로 두는 게 좋다는 의견이 많아서 그렇게 된 것입니다.

네, 맞습니다, 〈도쿄 레이디스 소사이어티〉가 발족한 건 전후의 일입니다. 1955년이었으니, 참 세월이 빨라서 벌써 20여 년의 역사를 가진 셈입니다. 처음 모임은 가쿠슈인 출신들의 〈도키와카이常磐会〉를 본뜬 것이었습니다만, 여성 중에 교양과 경제력을 겸비하고 집안도 훌륭한 분들이 반드시 〈도키와카이〉에만 있는 것은 아니라는 생각을 다카이 회장님은 오래전부터 하셨습니다. 그러던 참에 전후에 교육의 민주화라고 하던가요, 가쿠슈인에 귀족이 아닌 분들도 입학이 허락된 것이 말하자면 일종의 기회가 되었습니다. 네, 성심학원, 도쿄 여자 학원, 야마와키 학원처럼 이른바 부유층 여학교 출신이고 남편이 엘리트이신 그런 사모님들이 초창기 멤버였습니다. 〈도키와카이〉가 여성 로터리 클럽이라면 저희는 여성 라이온스 클럽이라고나 할까요. 이건 농담입니다만, 처음에는 이름을 〈라이오네스 클럽〉으로 하자는 얘기가 나왔을 정도지요.

〈도키와카이〉와 다른 점은, 그쪽 회원 중에는 몰락 귀족이라고 하던가요, 전후에 궁핍해진 분들도 가쿠슈인 졸업과 동시에 자동으로 회원이 되지만, 저희 〈도쿄 레이디스 소사이어티〉 쪽은 그런 면에서는 모두 정예로만 선정된 분들입니다. 예를 들어 어떤 행사를 위해 기부금을 갹출하는 경우에도 떨떠름해하시는 분이 단 한 분도 없어요. 저희 직원들로서는 참으로 운영하기가 편하지요. 네, 현재 회원분은 입회금 2백만 엔, 연간 유지비로 50만 엔을 내십니다.

문의하신 도미노코지 기미코 씨에 관한 것이라면…….

네, 저희 쪽에 기록이 있으니까 일단 살펴보시기 바랍니다. 입회는 1967년이라고 나와 있군요. 입회하기 위해서는 소개자 세 명이 필요합니다만, 기존 회원 가라스마 씨와 함께 방문자 자격으로 그 2, 3년 전부터 자주 찾아주셨습니다. 이쪽의 기록을 보실까요. 아, 가라스마 씨는 만나보셨습니까? 네에, 그러시군요. 가라스마 씨는 가쿠슈인 출신이시고 틀림없는 귀족이십니다만, 워낙 자유로운 사상을 가진 분이라 〈도키와카이〉를 아주 싫어하셔서 이쪽으로 자주 나오셨습니다. 집안이 워낙 확실하시니까 가라스마 씨의 입회에는 따로 소개자는 없었던 것으로 알고 있습니다. 회장님께서 어느 날 갑작스레 본인의 의향에 따라 가라스마 씨를 회원으로 올려주셨던 터라서 입회금도 받지 않았습니다. 가라스마 씨 덕분에 우리 모임의 평판도 높아질 것이다, 네, 그런 말씀을 회장님께서 하셨던 것으로 기억합니다. 가라스마 씨 같은 분이 그 밖에도 두세 분 더 계십니다. 옛 왕족 출신도 한 분이 더 계시고, 가라스마 씨는 분명 백작 가문이셨지만, 옛 공작 가문의 따님이셨으나 평민과 결혼하신 사모님도 저희 회원 중에는 계십니다.

도미노코지 기미코 씨에 관해서요?

아, 잠깐만요, 그전에 저희 모임은 이른바 부인 운동 같은 최근의 여성 해방 운동과는 전혀 성격이 다르다는 것을 꼭 말씀드리고자 합니다.

이건 초대 회장님의 의견입니다만, 일본은 전후의 신헌법으로 남녀평등과 부인 참정권을 얻어냈으니까 여성 해방 운동 같은 건 더 이상 의미가 없다고 하셨습니다. 그보다 여성을 위한 사교장이 필요하다고 하셨지요. 남자분들은 바라든가 클럽이 있지만, 여성의 경우에는 바에 드나드실 수도 없고, 그쪽에는 호스티스라는 여급이 있어서 하나같이 남성을 노리잖습니까? 홍등가가 없어진 게 1958년이지만, 그 대신 바라든가 카바레가 매춘가보다 더 심한 곳이 된 것 같더군요. 저는 가 본 적이 없어서 잘 모르지만, 다카이 하쓰네 선생님은 공창 폐지에는 분명하게 반대 의견을 표명하셨습니다. 공창이 없어지면 양가의 규수들의 정조가 위기에 처한다고 하셨어요. 작금의 풍기 문란은 성의 해방이라기보다 공창 제도의 폐지로 인해 생겨난 비극이라고 저희는 생각하고 있습니다.

그런 점에서도 저희 모임의 방침은 다른 여성 해방 운동과는 전혀 다르다는 것을 잘 아시겠지요?

저희 〈레이디스 소사이어티〉는 여성을 위한 사교기관으로 발족하여 당초에는 회원들끼리 담소를 나누고 식사하는 극히 조촐한 모임이었습니다만, 이윽고 회원들의 요망에 따라 마작과 포커, 핀볼 등이 가능한 장소가 정식으로 필요하게 되었습니다. 이 호텔을 신축 개장한다는 얘기가 나온 단계에서 회장님이 호텔 사장과 협상하셔서 현재의 이런 호화로운 분위기의 사교장을 호텔 일각에 설치하게 된 것입니다. 입회금이 뛰어오른 것은 그때부터입니다. 우선 언론 관계자들의 잠입을 막아야 했으니까요. 아무래도 재벌 사모님들의 모임이다 보니 호기심의 눈으로 염탐하려는 사람들이 없다고는 할 수 없잖습니까. 실제로 어느 주간지에서 소개 기사를 싣고 싶다는 의뢰가 있었지만 모두 정중히 거절했습니다. 입회금을 올린 것은 회장님의 탁월한 의견이어서 그것을 통해 경제력이 뛰어난 분들만 선별하겠다는 목적이 바야흐로 실행에 옮겨졌습니다.

도미노코지 기미코 씨는 1964년 4월 3일에 가라스마 회원님의 방문자로서 함께 오셨던 것이 처음이군요. 네, 방문자는 오실 때마다 사교장 이용료로 당시에 1만 엔을 내셨습니다. 물론 회원은 무료입니다. 연간 유지비를 납부하시니까요.

가라스마 씨는 무척 활달한 분이셔서 다양한 분들을 모셔와 마작을 하셨습니다. 도미노코지 씨는 그 팀의 단골이었지요. 처음에는 저도 묘한 성씨라고 생각했지만, 마작을 하실 때 가라스마 씨처럼 큰 소리를 내는 일도 없고, 돈을 따실 때도 여간 겸손한 게 아니었습니다.

"어라라, 이게 어떻게 된 거예요? 꿈을 꾸는 것만 같네요."

아무튼 말씀이며 몸짓에 기품이 넘쳐서 접수처나 실내에서 웨이트리스로 일하는 여직원들은 가라스마 씨와 도미노코지 씨를 비교하며 험담을 하곤 했습니다.

"도미노코지 씨가 오히려 더 귀족 같아. 가라스마 씨는 닳아빠진 아줌마 같고."

아차, 이런 얘기는 절대 쓰시면 안 됩니다.

네, 여기서 일하는 직원은 모두 여성입니다. 처음에는 남자도 채용했었는데 도미노코지 씨가 자신의 빌딩 최상층에 따로 그 클럽을 만드신 뒤로 저희 클럽은 여직원만 쓰게 됐습니다. 그때까지는 남자 직원을 원한다는 의사를 분명히 밝히는 분들도 있어서 전담 의사는 물론이고 트레이너도 남자 직원이 꽤 있었지요. 아, 이건 이상한 뜻으로 오해하지는 말아주십시오. 트레이너라는 건 미용 체조 때 회원들과 항상 함께해야 하기 때문에 체육학교 출신에 품행이 반듯하다고 학교 쪽에서 추천해준 젊은이들만 채용했습니다. 네, 이쪽은 실내 운동장과 실내 수영장, 사우나와 마사지도 완비해서 회원들의 미용과 건강 유지를 근본이념으로 하고 있습니다. 마사지도 이제는 젊은 여자들이 맡고 있는데 대부분 사범대 부속 맹아학교 출신이고 전맹이 아닌 사람들로만 현재 여덟 명쯤 됩니다. 교대제로 하루에 세 명이 상시 대기하고 있습니다. 어떤 마사지냐고요? 그냥 일반적인 마사지예요. 어떤 헬스클럽이나 요즘에는 마사지사가 있잖습니까. 사우나를 한 뒤에 오일 마사지를 하시는 분도 있고요. 침뜸 면허를 가진 마사지사라서 갱년기 장애로 어깨 결림이나 두통에 시달리는 회원들은 침이 가장 효과가 있다면서 매일같이 나오시기도 합니다. 도미노코지 씨는 저희 클럽 회원이 된 뒤로 사우나와 오일 마사지를 주로 받으셨습니다.

"어라라, 천국 같아요."

입버릇처럼 얘기하시면서 마사지 팀 직원 모두에게 다이아몬드 펜던트를 주시는 바람에 깜짝 놀랐었습니다.

하지만 가라스마 씨처럼 활달한 분은 아니었어요. 말수가 적고 항상 조용해서 마사지 받으면서 잠이 드셨나 싶을 때가 많았다고 남자 직원들이 말했습니다. 아니, 미용 체조는 전혀 안 하셨어요. 균형 잡힌 몸매라서 그럴 필요가 없으셨던 것이겠지요.

작풍雀風이라고 하던가요? 아무튼 도미노코지 씨는 스스로 즐기는 마작을 하셨기 때문에 크게 잃었을 때도 "어라라" 하고 대수롭지 않게 넘어가셨습니다. 아, 이건 글로 쓰시면 좀 곤란한 얘기지만, 큰돈이 오고 가는 마작인데도 거의 이기신 적이 없어요. 회원 대부분이 승부욕 강한 분들이라서 단돈 천 엔이라도 잃지 않으려고 미용 체조 트레이너 중에 손이 빈 직원을 불러다 자기가 이길 때까지 계속하시는 분도 있었거든요. 도미노코지 씨는 그런 마작은 절대로 안 하셨습니다. 판이 끝나는 족족 현금으로 계산을 하는데 20만 엔, 30만 엔을 아무렇지도 않게 척척 내셨습니다. 그래서 도미노코지 씨는 남자 직원들에게는 구원의 여신이었어요. 기를 쓰고 이기려는 분들을 상대로 일부러 져주곤 하던 직원들이 도미노코지 씨와 마작을 하면 그간에 잃은 것까지 쉽게 되찾을 수 있었으니까요.

"돈지갑하고 게임하는 것 같아. 그쪽 팀 멤버 수가 부족할 때는 휴일이라도 내가 꼭 나올 테니까 전화해줘."

그런 직원이 한둘이 아니었고 정말 남자 직원들 사이에서 가장 인기 있는 분이셨습니다. 아무튼 돈 문제에 깐끔하고 대범한 데다 아직 젊고 지갑도 넉넉한 분은 회원 중에 그리 많지 않았으니까요.

그러니 회원들 사이에서도 인기가 많았습니다. 상당히 이기적이고 자기 좋을 대로만 하는 분도 적잖이 계시지만, 어쨌든 돈 많고 시간 많은 사모님들이 대부분이라 가라스마 씨 말고도 도미노코지 씨와 마작을 함께하려는 분들이 많았습니다. 사회에 나와 일해본 적이 없는 사모님들이 도미노코지 씨에게서 20만 엔씩 돈을 따면 그야말로 펄쩍 뛸 듯이 기뻐하셨지요. 게다가 마작을 할 때, 도미노코지 씨의 반지가 회원들의 관심사가 되는 일도 많았습니다. 두말할 것도 없이 고급스러운 비취며 에메랄드, 큼직한 루비를 다이아몬드로 감싼 훌륭한 반지를 끼고 마작 패를 휘저으니까 그야 당연히 눈에 띄지요.

"나는 마작뿐만 아니라 기미코 씨가 오늘은 어떤 반지를 보여줄지, 아침부터 그걸 기대하면서 나온다니까."

"나도 그래. 반지가 너무 예쁘잖아. 이런 때는 일하는 여성이 부러워. 남편에게는 아무리 말해도 사주지를 않아."

"기미코 씨, 실례지만 그거 얼마짜리야?"

그러면 도미노코지 씨가 조용조용한 말투로 얘기하시는 거예요.

"글쎄요, 얼마였나? 이 캣츠아이는 꽤 오래전에 산 것이라서 그리 비싸지 않았어요."

"최근 십 년 사이에 보석 가격이 엄청나게 뛰었다던데? 우리 남편 수입으로는 도저히 살 수 없어."

"기미코 씨는 보석 가게도 한다면서? 가격이 뛰면서 돈도 많이 벌었겠네."

도미노코지 씨는 원래부터 목소리가 작으셨지만 그런 때는 목소리가 더 작아지세요.

"니혼바시의 보석 가게는 전문 경영인에게 다 맡겼어요. 그래도 혹시 보시고 마음에 드는 게 있으면 말씀해주세요. 30퍼센트는 할인해드릴 수 있으니까요."

"그럼 백만 엔짜리가 70만 엔?"

"네, 원가로 드리면 저희 가게도 손해는 안 보니까요. 언제든지 말씀해주세요. 제 입으로 이런 말을 하는 것도 좀 그렇지만, 니혼바시나 긴자의 보석점에서 정가대로 사시는 건 너무 아깝지요. 사모님 말씀대로 요즘 보석 가격이 너무 올랐잖아요. 3천만 엔짜리 다이아몬드라면 2천만 엔 조금 넘는 가격까지 할인이 되니까 차이가 상당하지요?"

"그야 차이가 크지, 천만 엔이나 싸게 사는 건데. 기미코 씨가 입버릇처럼 하는 말대로 정말 꿈같은 일이다."

"그래도 난 못 사. 어머니가 끼시던 것을 애지중지 아껴가며 끼는 수밖에 없어."

"사모님 보석, 역시 어머님께 물려받은 것이었군요. 옛날 보석은 무게감이 있지요. 전부터 참 좋은 보석을 갖고 계시구나 했어요. 요즘에는 보석도 선뜻 구입하기가 무서운 일이 많으니까요."

"무섭다니, 뭐가?"

"가짜가 버젓이 유통되고 있거든요. 에메랄드든 루비든 화학 합성으로 색깔이며 경도까지 완벽히 똑같은 게 나왔답니다."

"어머, 그래? 그걸 어떻게 가려낼 수 있어?"

"저희 가게에서는 보석 감정사 자격을 가진 직원들에게 일임하고 있지만, 그이들도 고개를 갸웃거리면서 고민하더라구요."

"저런, 어떡해."

"그래도 한 가지, 이건 제 자랑인데요, 저는 화학성분이니 뭐니 하는 복잡한 것은 잘 모르지만 진품과 가짜는 금세 구별할 수 있답니다."

"어떻게?"

"척 보고 제가 아름답다고 감탄한 건 백발백중 진품이에요. 제 눈에 아름답게 비쳐서 저도 모르게 홀려드는 보석이면 절대 틀림이 없더라구요. 그래서 우리 가게의 보석 감정사와 이따금 내기를 한답니다. 도매점에서 들어온 보석과 암시장 루트로 입수한 보석 등을 뒤섞어놓고 이건 진품, 이건 가짜, 하고 구별해보는 거예요. 이렇게 알이 굵고 흠집이 전혀 없는 건 분명 모조품이라고 가게 직원은 말하는데 제 눈에는 진품으로 보이는 경우가 가끔 있어요. 완벽한 것일수록 유리에 가깝기 때문에 흠집 없는 것은 덮어놓고 의심하기가 쉽거든요. 하지만 요즘은 특수 확대경이나 경도 검사의 정밀도가 높아졌고 여차하면 방사선을 쐬어 구분하는 과학적인 감별법도 있으니까 그다음에는 그런 쪽에 맡깁니다. 그렇게 해보면 감정사가 의심했고 저는 진품이라고 했던 것이 반드시 진품으로 결과가 나오더라구요."

"기미코 씨의 감이 좋은 건가?"

"아뇨, 그보다 진품에는 귀티랄까 당당함 같은 게 배어 있어요. 이를테면 사모님의 보석이 바로 그런 경우랍니다."

"어머, 그래? 유행 지난 옛날 물건이라서 나는 싫어했는데."

"세팅을 바꿔보세요. 디자인은 해마다 바뀌는데 예전에는 국내 기술력이 떨어져서 보석을 파묻듯이 세팅했거든요. 사모님, 잠깐만 보여주실래요? 네, 여기 이 사파이어는 이렇게 힘이 있잖아요? 제가 전부터 참 아깝다고 생각했었어요. 이 크기라면 금속 발로 집어 올리고 주위를 다이아몬드로 좀 더 화려하게 감싸주면 정말 몰라볼 만큼 달라질 텐데요. 여기서 제가 장사를 할 생각은 없으니까 미키모토 보석점이나 와코 보석점에라도 가져가셔서 한번 상담을 받아보세요. 이 사파이어는 최소한 10캐럿은 넘을 텐데 이 세팅으로는 기껏해야 5캐럿 정도로만 보이지요? 이러면 귀한 사파이어가 너무 아까워요."

"내가 루비도 이만한 크기로 갖고 있어. 근데 우리 딸이 옛날 거라면서 싫다고 하더라고. 기미코 씨 말대로 그것도 세팅만 바꾸면 되겠네."

"오늘 기미코 씨에게 진짜 꼭 필요한 걸 배웠다."

"나도 다음에 가져와서 기미코 씨에게 상담해봐야겠어."

저도 여자니까 보석 이야기에는 귀를 쫑긋 세웠습니다. 하지만 집에 돌아와 어머니에게 그 이야기를 했더니 전혀 다른 말씀을 하시더군요.

"보석이라는 건 재산인데 너무 값비싸게 보이도록 세팅하는 것은 졸부들이나 하는 짓이야. 5백만 엔짜리 보석은 백만 엔짜리 정도로 보이도록 하는 게 도둑맞을 위험이 없어서 좋아."

저도 그 말이 맞다고 생각해서 도미노코지 씨에게 반지를 내주지는 않았습니다.

지금 생각해보면 정말 잘한 일이었지요. 도미노코지 씨가 사망한 뒤에 여기저기 주간지에 나온 기사를 읽고 걱정이 된 분들이 일류 보석점에 가서 감정을 받아보고는 한바탕 난리가 났었으니까요.

아뇨, 주간지에서 저희 쪽으로도 취재를 나오셨지만 모두 다 거절했습니다. 그 보석 소동을 선정적으로 보도하기 시작하면 저희 〈도쿄 레이디스 소사이어티〉의 명예가 땅에 떨어질 우려가 있으니까요. 네, 어떻든 이미지는 나빠지게 마련이지요. 그래서 저도 그런 얘기는 할 수가 없었습니다.

네, 그렇지요. 가장 큰 피해를 입은 분은 저희 회원이 아니라 방문자로 출입하셨던 세가와 씨인지도 모르겠네요. 그분은 저희 클럽의 정식 회원이 아니시니까 세가와 씨에게 직접 문의해보시는 게 어떨까요. 주소와 전화번호라면 알고 있습니다. 네, 여기 있군요. 받아 적으시겠습니까?

그리고 이미 잘 아시겠지만, 혹시나 해서 분명하게 말씀드립니다. 〈도쿄 레이디스 소사이어티〉에서는 현재 마작은 엄격히 금지

하고 있습니다. 돌아가신 다카이 선생의 결단에 따른 일입니다. 도미노코지 씨가 이곳에 드나든 뒤로 판돈이 점점 커져서 윤리적으로 바람직하지 않다는 회원분들의 의견이 있어서 갑작스럽게 '우리 클럽에서는 마작을 금합니다. 회원 여러분의 양해를 바랍니다'라는 공고문과 통지서를 각 회원에게 배포하고 마작대는 모두 처분했습니다.

가라스마 씨는 그때 이후로 이곳에 오신 적이 없습니다. 그 대신 도미노코지 씨가 가라스마 씨의 소개로 현금 입회비를 내고 회원이 되셨지요. 네, 도미노코지 기미코라는 이름으로.

도미노코지 씨가 지은 니혼바시의 빌딩 최상층에 〈여성을 위한 미용 클럽〉이라는 회원제 클럽이 생긴 것은 그 직후였습니다. 그 소문을 듣고 저희는 정말 아연했습니다. 회칙이고 뭐고 모두 다 저희와 똑같았으니까요. 다만 결정적으로 다른 것은 '여성을 위해' 남자 직원들이 서비스를 한다는 점입니다. 접수처 직원, 트레이너, 코치, 미용 컨설턴트까지 모두 남자 직원이라고 하더군요. 그것도 젊고 핸섬한 남자들로만. 저희 쪽에 있던 마사지사, 트레이너, 아무튼 괜찮은 남자 직원은 모두 다 빼내갔습니다. 여성 잡지마다 수없이 취재를 해서 '남성우위의 사회에서 억압받는 여성들의 스트레스 해소가 목적'이라는 도미노코지 씨의 발언이 유명한 얘기로 떠돌았잖습니까. 그리고 회원 명부도 공개되었는데 거의 다 저희 클럽에서 탈퇴하신 분들이었습니다. 게다가 대표 회원으로 옛 명문 귀족인 가라스마 씨의 사진이 실렸어요. 그곳에 드나든 느낌을 가라스마 씨가 직접 밝힌 기사도 함께 있었습니다. '아무튼 상쾌해요. 젊은 남자 직원이 서비스해주니까요. 미용 체조도 호르몬 분비라는 점에서 이건 전혀 다르죠. 사우나를 하고 나와 홀딱 벗은 몸을 남자 직원이 안마해주는데 기분 나쁠 리가 있나요? 이 정도 상쾌함이라면 입회금이 전혀 아깝지 않아요'라고 하셔서 그야말로 여자들이 환호했었지요.

덕분에 저희 클럽은 오일 쇼크 때보다 더한 위기에 빠졌지만 그나마 회장님이 아직 살아 계실 때라서 이 호텔이 별관을 지어 헬스클럽이 들어섰을 때, 운동장과 실내 수영장을 저희 클럽과 공유하도록 해주신 덕분에 문제가 해결되었습니다. 전화위복이었던 셈이지요. 천박한 방문자는 더 이상 출입할 일이 없어서 '기품 있는 상류층 여성의 사교장'이라는 원래의 목적을 충족하는 클럽이 만들어진 것입니다.

도미노코지 씨는 그래도 한 달에 한두 번씩 사우나와 오일 마사지를 받으러 우리 클럽에 오셨습니다. 얼굴이 마주치면 저도 모르게 물어보게 되더라고요.

"어머, 왜 저희 클럽으로 오셨어요? 그쪽 사우나는 만원인가요?"

"어라라, 나는 이쪽 클럽 회원분들에게는 한 번도 홍보한 적이 없어. 처음에는 가라스마 씨가 마작을 할 수 있는 장소를 만들라고 하셔서 마작용 로비만 만들었지. 그런데 사우나도 있으면 좋겠다, 마사지사도 불러라, 자꾸 얘기하시더라고. 내가 아마 전생에 가라스마 씨 댁 가신家臣이었나 봐. 하라는 대로 해드렸더니 이번에는 직원을 죄다 남자로만 뽑으라고 하시지 뭐야. 그러다 보니 여자들의 천국 같은 곳이 되어서 요즘 크게 인기를 끌고 있지만, 경영자

입장에서는 내 영업장에서 마음껏 사우나를 할 수가 없어. 나는 이쪽 클럽이 훨씬 더 마음이 편해. 실은 이쪽 분위기가 더 마음에 들기도 하고."

그야 당연히 그럴 거라고 생각했습니다. 사망하기 1년 전에는 정말 자주 나오셨어요.

"혈압이 낮아서 고생하고 있어. 저혈압에는 사우나가 가장 좋은 것 같아."

"일이 너무 많아서 피곤하신 모양이지요."

"아무래도 일을 너무 크게 벌렸나 봐. 반성하는 중이야. 보석점에 마작장에 레스토랑에 부티크까지 있잖아. 게다가 부동산 회사라는 건 여자가 할 일이 아닌 것 같아. 혈압이 떨어지면 잠이 안 오고 잠을 못 자면 식욕이 떨어지고, 당신 말대로 난 일이 너무 많아."

저희 클럽에 가입하실 때, 1946년생이라고 쓰셨어요. 여기 이게 도미노코지 씨의 필적입니다. 서른 남짓한 나이에 어떻게 그런 큰 사업을 할 수 있는지 의아했었는데, 사망한 뒤에 주간지를 보니까 호적 얘기가 나와 있더군요. 와아, 열 살이나 나이를 속이다니. 하지만 마흔 넘은 분이라고는 전혀 상상도 못 했어요. 뛰어난 미인은 아니지만 피부가 하얗고 항상 젊어 보이는 분이었으니까요.

아 참, 조금 전 세가와 사모님 말씀인데요, 성함이나 주소를 저희 쪽에서 알려드렸다는 얘기는 하지 말아주세요. 네, 잘 부탁드립니다.

17

원로 정치인의 후처

도미노코지 기미코라고?

아, 생각만 해도 머리가 어지럽네. 그런 엉터리 같은 여자를 〈도쿄 레이디스 소사이어티〉 측에서 회원으로 받아줬다니, 이건 보통 문제가 아니야. 나는 몇 번씩 가입 신청을 했는데도 정식 회원으로 받아주지 않았으면서.

그야 내가 학력도 없고 게이샤로 일한 전력도 있고, 그러니 상류층 사람들이 입회를 반대하는 것도 뭐 이해를 하겠어. 하지만 우리 남편의 사회적 지위를 생각하면, 그래도 원로 정치인 세가와 다이스케의 아내니까 그 클럽에 입회할 자격은 충분한 거 아니냐고. 가라스마 씨도 나서서 추천해줬고 그 밖에도 회원 중에 세 명씩이나 추천을 했는데도 '이사회를 거친 뒤에 결정하겠다'고 유난히 거드름을 피우면서 어지간히도 기다리게 하다가 '회원 정원이 이미 다 찼으니 그만두는 분이 나올 때까지 방문자 자격으로 나오시면 안 되겠느냐'고 하더라니까.

그야 방문자든 회원이든 일단 안에 들어가면 대우는 똑같지만, 그래도 정말 이해할 수가 없더라고. 다들 엘리트랍시고 잘난 척하는 거지 뭐예요. 그 클럽 회원들은 특권 의식 같은 게 있다니까, 우리는 너희들과는 다르다는.

나는요, 세가와의 후처로 들어앉을 때, 그간에 해온 게이샤 일은 깨끗이 정리하고 왔어요. 근데 막상 정리하고 보니까 이래저래 놀랄 일이 한두 가지가 아니더라. 사모님이 되는 건 오랜 세월 꿈꿔온 일이지만 내 힘으로 일하던 때와는 다르게 너무너무 따분해. 세가와는 오래전부터 내 서방이었으니까 전처가 덜컥 죽기 전까지는 응, 그래, 나 세컨드였어. 하지만 자식도 낳았겠다, 세가와가 정식으로 호적에 올려줬을 때는 그야 눈물이 날 만큼 기뻤지. 우리애도 당당하게 제 아버지와 한집에서 살 수 있었으니까.

근데 사람 욕심에는 한이 없나 봐요. '세가와 씨 사모님'이라는 말에 도취되어 다도니 꽃꽂이니 남편에게 어울리는 아내가 되려고 나름대로 노력했는데 남편 쪽으로 알게 된 사모님들은 내가 예전에 게이샤였고 전 부인이 살아 있는 동안에 세컨드로 아이까지 낳았다면서 나를 차가운 시선으로 보더라고. 그렇지, 따돌림을 당한 거야, 잘 아시네. 그전에야 용모 단정한 인기 게이샤였으니까 마담 언니들도 요정 측에서도 금이야 옥이야 나를 떠받들었어. 화류계에서 세가와 선생의 여자라고 하면 대단한 끗발이었으니까.

어떻든 세가와가 아직 현역 정치인이고 당의 원로잖아. 이따금 정계의 부정부패 문제에 휘말려 언론에서는 평판이 그리 좋지 않지만 뭐, 돈 많은 사람이니까 그 정도쯤은 감내해야지. 근데 당당히 본처 자리 꿰차고 앉은 뒤로 나는 이날 입때까지 속상한 일뿐이야. 총리 부인이 1년에 두 번씩 당의 간부급 정치인 부인들을 초대해 식사도 하고 차도 마시는데 나만 쏙 빼고 부르지를 않아. 세가와에게 부탁해서 총리에게 한마디 해주라고는 했지만, 나를 선 부인과 친하게 지냈다는 이유로 여태껏 나는 끼워주지를 않아. 명절이나 연말 때는 꼬박꼬박 총리 관저에도 가고 사저에도 찾아가 인사를 드리는데 그런 때는 총리 부인이 아주 반색을 해요. 그럴 만도 하지, 다이아몬드니 뭐니 보석을 싸들고 갔으니까. 근데 그래 봤자 소용없어. 부인들 모임에는 여전히 나를 소개해주지 않잖아. 아휴, 속상해 죽겠다니까.

선거구에서도 전 부인의 이미지가 워낙 강해서 나는 필요 없다는 분위기더라고. 원래 정치가의 아내는 선거구민의 불만 사항도 들어주고 이래저래 바쁜 건데 나는 어디서도 불러주지를 않으니 마냥 시간이 남아돈다니까. 날마다 따분해서 견딜 수가 없어요. 이럴 줄 알았으면 요정 하나는 남겨둘걸, 아주 후회막심이야.

너무 따분해서 날마다 쇼핑이나 다니고, 그러다가 가라스마 씨와도 알게 됐어. 그 사람, 가쿠슈인 출신인데도 털털하고 입이 험하잖아. 옛 귀족이라는 걸 내세우는 법도 없고, 참 괜찮은 사람이야. 상류층에서 자랐지만 오히려 자신이 자란 환경에 반발하는 면이 있어서 나와는 처음부터 얘기가 잘 통했어. 내가 이래저래 넌두리를 늘어놓으면 한편이 되어 역성을 들어주더라고.

"정치가라느니 집안이 좋다느니, 그런 거 자랑하는 놈치고 제대로 된 놈 하나도 없어. 남자든 여자든 마찬가지야. 전쟁 끝나고 이제 민주주의 국가가 됐잖아. 조상 타령하는 쪽이 이상한 거야. 해묵은 달력처럼 아무짝에도 쓸모없는 것들이지."

정말 내 속이 다 뻥 뚫리더라.

그래서 가라스마 씨와 함께 방문자 자격으로 〈도쿄 레이디스〉라는 클럽에 드나들게 됐는데, 글쎄 거기서도 나를 차별하잖아. 가라스마 씨가 그 얘기 듣고 펄펄 뛰더라.

"진짜 괘씸한 것들이네. 〈도키와카이〉도 아니고 여기는 돈 벌려고 회원 모집하잖아. 새삼스럽게 회원 정수를 지들 마음대로 정해놓고 회원으로 받아주지 않다니, 정말 가소롭기 짝이 없네. 초창기에는 눈에 핏발을 세우고 한 명이라도 더 끌어들이려고 돈 많은 여자라면 개나 소나 다 받아줬던 주제에. 나를 미끼로 써서 그 짓거리를 했다니까."

옛 왕족이며 귀족 누구누구는 명부에 이름만 올리고 입회금도 내지 않는다는 속사정을 그때 가라스마 씨가 가르쳐줘서 나도 알았지.

그래도 심심풀이 삼아 가라스마 씨의 방문자로 〈도쿄 레이디스〉에는 자주 들락거렸네. 가라스마 씨는 미용 체조나 사우나보다 주로 마작을 했어. 나는 고혈압이라 그런지 사우나는 가슴이 두근두근해서 1분도 못 견뎌. 그런 게 뭐가 좋다고 그러는지 난 도무지 모르겠더라. 마사지는 기분 좋으니까 받았지만 체조는 안 했어. 전통

춤 연습을 꾸준히 하니까 운동 부족이라는 건 없어, 난.

가라스마 씨와 마작을 하다가 거기서 도미노코지를 알게 된 거야. 처음 봤을 때는 마작에 어찌나 손이 큰지, 어디서 공주님이라도 오신 것 같더라. 너무 젊은 여자여서 좀 놀랐어. 대단한 미인은 아니지만 이건 남자가 좋아할 타입의 여자구나, 나는 척 보고 알았어.

"기미코가 이제 나이도 웬만한데 여태 결혼을 안 했어. 돈 버는 데 정신이 팔려 아직도 처녀래. 자기가 누구 좋은 사람 좀 소개해줘."

가라스마 씨는 그렇게 말했지만 나는 그거 믿지 않았어. 그런 여자를 남자들이 가만 놔둘 리가 없지. 게이샤로 나섰다면 제법 인기를 끌었을 거야. 목소리가 아주 섹시했거든. 〈도쿄 레이디스〉에서는 도미노코지가 오히려 옛 귀족처럼 기품이 있다고 가라스마 씨와 비교해서 말하는 사람들이 있었지만, 마작을 해보면 실제 성격이 빤히 보여.

"어라라, 저도 조금 더 하면 녹일색이 될 뻔했는데 아쉽네요."

그러면서 수패手牌를 넘어뜨리는데 거기에 핀즈고 츈이고 다 섞여 있어.

"뭐야, 기미코, 그걸로 녹일색이 될 거 같아?"

"하지만 6삭이 세 개에 3삭이 두 개나 있어요. 녹발도 하나 있으니까 초록으로 다 맞춰질 것 같은데요?"

"기미코, 그런 걸 '꿈도 야무진 마작'이라고 하는 거야. 세가와 씨, 얘가 이렇게 노상 꿈같은 소리만 해. 그래도 돈은 척척 벌어들이니, 세상 참 묘하다니까."

나도 처음에는 기미코가 인심 좋게 져주기만 해서 그냥 슬슬 놀자고 하는 마작이라고 생각했어. 말투도 공손해서 명문가의 따님인 줄만 알았지. 그런데 애초에 이길 생각이 없다는 것은, 그래, 그 여자가 죽기 1년쯤 전에나 알았나? 그러니까 그럭저럭 7, 8년을 감쪽같이 속아 넘어갔었다는 얘기네.

선생에게 잘난 척해봤자 별 볼 일 없을 것 같아서 말하겠는데, 내가 게이샤 출신이다 보니까 보석이 필수품이야. 마작하면서 그 여자 반지에는 번번이 깜짝깜짝 놀랐어. 다이아몬드도 에메랄드도 최상품으로다가 요즘 유행하는 디자인으로 보석을 오뚝하니 올려서 세팅한 게 정말 예쁘더라. 보석점 운영하는 사람답게 아는 것도 많아요. 우리야 화학 분석이니 뭐니, 그런 어려운 건 모르잖아. 전후에 가짜 보석이 많이 돌아다닌다는 얘기는 들었지만 설마 내 주위에서 그런 사기에 걸려들었다는 얘기, 난 들어본 적도 없었어. 그러니 어라어라 하는 사이에 깜빡 넘어갔지.

그야 게이샤 시절부터 세가와가 뒤를 봐줬으니까 보석은 거의 다 갖고 있지만 나도 나이가 있잖아. 반지 디자인도 옛날식이고 요즘에는 머리 장식에는 보석을 안 써. 어떤 큼직한 보석이든 죄다 반지로 만들어버리는 시대잖아. 게다가 할인 가격으로 준다고 하니 돈 있는 사람이라면 일단 덥석 달려들게 마련이지. 특히나 내가 후처잖아. 전처 자식들이 사사건건 어깃장을 놓으니 집 안에서 마음 편할 날이 없어서 노상 밖으로 나돌게 되지 뭐야. 앞으로 나 살 방도는 똑똑히 챙겨둬야지, 세가와가 세상 떠나면 전처 자식들이 당장 나를 쫓아내려고 벼르고 있는데. 언니 게이샤들이 본처로 들어앉자마자 서방이 죽는 바람에 정말로 비참한 신세가 된 경우를 내가 한두 번 봤어야 말이지. 법적인 문제는 둘째 치고 우선 자식들이 들고 일어서는 데는 배겨낼 재간이 없어. 내 배 아파 낳은 자식은 이복형제들의 따돌림에 기가 푹 죽어지내고, 정말 결혼 같은 거 할 일이 아니라니까.

전처 자식들은 다 장성해서 큰아들은 세가와 산업 사장 자리에 앉아 있지만, 집이니 별장이니 부동산을 혹시나 내 명의로 바꿀까 비 눈에 불을 켜고 감시를 채, 내가 정말 별꼴을 다 당했다니까 세가와에게 별장만은 당신 살아 있는 동안에 내 것으로 해달라, 당신 떠나면 당장 쫓겨날 텐데 그런 때 오갈 데도 없으면 내가 어떻게 살겠느냐, 그렇게 부탁을 했어. 세가와가 알았다, 알았다, 말만 하다가 회사 고문 변호사에게 맡겨 양도세니 뭐니 명의 변경 수속을 했어. 근데 요즘에는 세무서가 눈을 번득이며 지켜보니까 아무리 회장이라도 큰 부동산 물건의 거래는 회사 경리를 통해야 하잖아. 결국 사장으로 앉아 있는 큰아들에게 덜컥 들켜버렸지 뭐야. 그랬더니 아주 꼬치꼬치 나한테 따지고 들더라니까.

"새어머님은 아버님의 재산을 노리고 결혼하셨습니까, 아니면 노후를 돌봐드릴 생각으로 결혼하셨습니까?"

"물론 애 아버지의 임종은 내가 지켜드릴 생각이야. 전 사모님께는 죄송스럽지만, 그간 오랜 세월 내 뒤를 봐주신 은혜가 있어서 나한테 청혼하셨을 때 요정이고 게이샤고 모두 폐업하고 이 집에 들어왔어. 재산을 노리다니, 천만의 말씀이지."

"그러면 별장을 새어머니 명의로 하려는 건 무엇 때문입니까?"

"그건 난 모르는 일이야. 애 아버지가 그렇게 하자시니 그저 고마운 말씀이라고 생각했을 뿐이라니까."

"호적법 개정으로 남편 재산은 아내 것이라는 사고방식이 정착되고 있습니다. 아버님이 돌아가셔도 유산 상속세가 새어머님께 떨어질 일은 없어요."

"그래?"

"솔직히 말씀드려서 저희는 아버님이 재혼하시는 것에 반대했습니다. 오랜 세월 어머니를 고통스럽게 했던 분을 호적에 올린다면 돌아가신 어머니가 저승에서도 눈을 못 감으실 테니까요. 하지만 아버님도 연로하신 터에 주위가 허전한 것은 자식으로서 차마 볼 수 없었기 때문에 우리가 뜻을 굽혔습니다. 형제 모두가 그랬다는 게 아니라 정확히 말하면 장남인 제가 그렇게 결정했습니다. 동생들은 아직도 새어머님을 용서하지 않았어요, 잘 아시겠지만."

"응, 참말로 죄송스럽네."

"잘 들으세요, 새어머님이 진심으로 아버님의 만년을 돌봐드릴 생각이라면 이런 어설픈 짓은 안 하시는 게 좋습니다. 아버님 돌아가신 뒤에 먹고사시는 데 어려움이 없도록 제가 책임지겠습니다."

"그래, 고맙네."

"별장의 명의 변경은 아버님께 말씀드려서 중단하도록 해주세요. 아버님 돌아가시기 전부터 벌써 재산 분쟁이 일어난 것 같아 몹시 불쾌합니다. 동생들이 알면 어떻게 나올지 모릅니다. 저는 아버님이 정치가로서 만년을 잘 마무리하시기를 바랍니다. 그러려면 우선 가정의 평화가 필요해요. 그런 점을 충분히 이해해주십시오."

"응, 잘 알겠네."

후처라는 자리가 얼마나 비참한지, 그때 실감했어. 그런 얘기를 우연히 도미노코지에게 했더니 걔가 법률을 아주 빠삭하게 꿰고 있더라고.

"남편의 재산이 아내에게 자동 상속되는 것은 결혼한 지 8년이 넘었을 경우인데요?"

"뭐라고?"

"세가와 선생님의 장남쯤 되시는 분이 그런 걸 모르다니 이상하네요."

내 여동생 게이샤 중에 변호사와 결혼한 애가 있었어. 그래서 그쪽에도 재차 물어봤더니 역시 그 말이 맞더라고. 정말 온몸에 소름이 쫙 끼치더라니까.

그러니 내가 보석이 최고라고 생각한 거야, 전처 자식들 모르게 꿍쳐놓을 재산으로. 다도 도구도 괜찮은데 그건 부피가 커서 여차할 때 감춰두기가 어렵잖아. 내 언니 게이샤 역시 세컨드였다가 안주인으로 들어갔는데 다도에 미쳐 비싼 도구들을 산더미처럼 사들였어. 근데 서방 죽자마자 결국 몸뚱이 하나로 쫓겨났어. 금일봉이라고 봉투 하나 던져주더래. 열어봤더니 50만 엔이 들어 있더라나? 그게 십 년쯤 전에 죽은 재계의 유명 인사 얘기야. 그 언니, 어쩔 도리가 없어서 예순 나이에 신바시에서 샤미센 안고 요정 연회에 나간다니까. 샤미센 게이샤라서 그나마 엉뚱한 데서 그 재주 덕을 본 것이지.

내가 그런 게이샤들을 수없이 봐왔으니까 도미노코지 가게에서 보석만 보면 남편을 졸라서 사들였어. 30퍼센트 할인이니까 어쨌든 사두면 이득이잖아. 정식으로 가죽에 쓴 근사한 감정서도 딸려왔으니까 아주 딱 믿었어. 이제 와 생각해보면 뒷거래에 감정서가 딸려오는 것도 이상한 얘기지. 그걸 깨달은 게 바로 얼마 전이라니까. 완전히 뒷북친 거지.

진짜 어이가 없지만, 한번 보여드릴까? 하도 소설 같은 이야기라 글 쓰는 데 도움이 좀 될지도 모르겠네.

이게 그거야. 이 에메랄드는 28캐럿이라는데 1억 2천만 엔짜리를 8천만 엔으로 할인해줬어. 살짝 이끼가 끼어 있지? 색깔 좋고 광채 좋고, 내가 가진 것보다 훨씬 큰 거라서 남편에게 보여주면서 사달라고 졸랐어.

이 다이아몬드는 17캐럿이야. 흠집 없는 최상품 슈퍼블루라고 여기 감정서에 적혀 있잖아. 이건 제대로 사면 3억은 줘야 한다더라고.

"2억으로 할인해도 도저히 한번에는 못 사겠는데?"

"괜찮아요, 1억만 먼저 주시고 나머지는 형편 좋을 때 주세요."

"비취 머리 장식, 너무 오래됐는데 반지로 고칠 수 있을까?"

"어라라, 예쁘기도 해라. 비취는 요즘 가격이 훌쩍 뛰었어요. 중국인들이 다이아몬드하고 똑같이 신디케이트를 만들어 세계적으로 가격을 올리고 있다네요. 이런 최고급 비취는 더 이상 입수할 수도 없어요. 머리 장식으로 쓰시는 건 너무 아깝죠. 반지로 만들어드릴게요. 이런 건 다이아몬드로 감쌀 필요도 없답니다."

"그 참에 사파이어 반지도 디자인을 좀 바꿔줄래? 언젠가 마작할 때, 기미코가 끼고 있던 것하고 똑같이 세팅할 수 있어?"

"아, 다이아몬드 플뢰르 말씀이시군요. 그건 최근에야 국내에 들어온 디자인이지만 저희 직인 중에 아주 잘하는 이가 있어요. 미키모토 보석점에도 한 명 있을 텐데, 저희 가게에서 하시겠어요?"

"응, 부탁해."

여기 이 사파이어가 그거야.

하지만 나도 어쩐지 좀 불안해져서 가라스마 씨한테 한번 물어봤어.

"기미코하고 친한 거 같던데, 믿을 만한 사람이야?"

"믿을 만하냐니, 믿을 만하지도 않은 애하고 어울릴 만큼 내가 물러터진 줄 알아? 전후에 내 수완 하나로 남편과 자식들을 먹여 살린 사람이야."

가라스마 씨가 그렇게까지 보증을 해주니 나도 딱 믿어버렸지.

마작을 할 때, 가라스마 씨는 자신이 지면 분해서 어쩔 줄을 몰라. 그러면서도 제 손만 들여다보면서 이러니저러니 중얼거리니까 뭘 노리는지 뻔히 다 보여. 그러면 도미노코지가 나서서 일부러 론이 가능한 패를 슬쩍 던져주면서 짐짓 우는소리를 하는 거야.

"제발 이번 한 번만 좀 봐주세요."

"론! 아니, 나는 인정사정없는 여자야. 다들 귀신 가라스마라고 하잖아."

"어라라."

참내, 어라라는 무슨 어라라야.

이것 좀 봐, 이 에메랄드. 8천만 엔, 현금 주고 샀어. 그 여자 죽은 뒤에 큰일 났다 싶어서 미키모토 보석점에 들고 가서 봐달라고 했더니, 아이구, 기가 막혀서.

"사모님, 이건 채텀*에메랄드예요."

"뭐야, 채텀이라는 게?"

"채텀이라는 사람이 인조 에메랄드 합성에 성공했기 때문에 그 이름을 따서 쓰게 됐죠. 경도나 녹조가 들어간 상태도 진품과 똑같지만 무게가 달라요."

"그럼 이게 인조 에메랄드야?"

"네, 주위의 다이아몬드는 진품입니다만."

"그, 그, 채텀이라는 건 가격이 얼마나 되는데?"

"이 정도 크기면 꽤 비싸요. 10만 엔은 줘야 할 걸요? 저희 가게에서는 인조 보석을 취급하지 않아서 잘 모르지만, 아마 그럴 겁니다."

내가 혈압이 높잖아, 거기서 털썩 쓰러져 죽는 줄 알았다니까. 10만 엔짜리를 8천만 엔에 샀다니.

다이아몬드는 확대경으로 봐줬는데, 블랙마크 작은 것 하나, 허연 흠집 여덟 개가 나 있는 것이었어.

"이 정도 크기라면 아무래도 천연물은 흠집이 있게 마련이에요. 흠집이라기보다 이 다이아몬드의 특성이라고 생각하시면 됩니다."

"가격은 얼마나?"

"이건 진품이니까 꽤 비쌉니다. 저희는 블랙마크가 난 다이아몬드는 취급하지 않아서 역시 잘 모르지만 14캐럿이니까, 음, 4천만

---

* Carroll Chatham. 1914~1983. 합성 에메랄드를 만드는 데 성공한 미국의 인조 보석 제조가.

엔은 될 겁니다."

17캐럿이라고 해서 내가 1억 5천만 엔을 내고 샀던 물건이야.

그보다 더 끔찍한 건 반지로 다시 세팅해준 비취는 그냥 옥을 기름에 담가서 만든 가짜였다는 거야. 게다가 사파이어는 색깔도 모양도 똑같은데 이건 인조 보석도 아니고 아예 유리로 바꿔치기를 했더라고.

"주위의 다이아몬드 플러르는 진품이에요. 사모님이 끼고 계시면 아무도 가짜라고 생각하지 않을 겁니다. 실례지만 외국에서 구입하셨습니까?"

"아니야, 니혼바시의 몽레브에서 샀어."

"엇, 요즘 많은 분들이 저희한테 문의하러 오시는데요? 사모님도 도쿄 레이디스 소사이어티 회원이세요?"

"아니, 난 회원은 아니고……. 그보다 거기 회원 중에 나처럼 보석을 산 사람들이 많았어?"

"네, 다들 너무 딱한 상황이라서 누구라고 정확히는 말씀드릴 수가 없어요."

내가 어려서부터 언니 게이샤들에게 반지는 내 보석함에 꽁꽁 넣어둘 때 말고는 절대로 손에서 빼면 안 된다는 말을 수없이 들었어. 그래서 항상 반지를 낀 채 욕실에 들어가는데 손에도 비누칠을 하다 보면 큼직한 비취가 색깔이며 광택이 점점 빠지는 것 같아서 뭔가 좀 이상하다는 생각은 했어. 알고 보니 초록색 물을 들인 동백기름에 담가 감쪽같이 벽옥을 만들어내는 게 가짜를 만들 때의 기초 중의 기초라네.

화류계에서 아무리 티격태격 부대끼며 살았어도 그렇게 악랄한 짓을 하는 여자는 본 적이 없어. 내 비취와 사파이어는 대체 어디로 사라졌는지, 어떻게든 다시 찾아볼 생각으로 그 보석점에도 가봤어. 그랬더니 보석 감정사라는 남자가 마치 주인처럼 나와서 그러더라고.

"그런 농담을 하시면 곤란하지요. 저희 보석점에서는 그런 물건은 만든 기억도 없고 납품한 기록도 없습니다."

"물론 당신을 통해서 산 건 아니지. 그 여자가 따로 보석점 정상 가격의 30퍼센트로 할인해준다면서 팔았어."

"사모님도 도쿄 레이디스 소사이어티 회원이십니까?"

"아니, 난 회원은 아니고……. 그보다 거기 회원들이 죄다 얼굴빛이 변해서 여기로 뛰어왔을 텐데 대체 누구누구가 왔었어?"

"회원 대표라는 분들이 다녀가셨습니다. 참으로 난처한 건 양피지를 사용한 감정서를 보여주시는데 그건 저희 보석점 명의가 아니에요."

"뭐라고?"

"비슷하기는 하지만 프랑스어 철자가 달랐어요. 이 보석점 사장님은 분명 도미노코지 씨였지만, 저한테 경영을 일임했기 때문에 제 이름과 인감이 찍힌 것이라면 제가 반드시 책임을 집니다. 하지만 그 감정서는 제 이름도 아니고 가게 명의도 달라요. 한 번도 본 적이 없는 보석이며 모조품을 들고 오시는데, 저희 가게에서는 그런 인조 보석은 절대로 취급하지 말라고 도미노코지 사장님이 항상 엄격하게 당부했습니다. 사장님 스스로도 흠집 없는 다이아몬드가 아니면 달지도 않고 끼지도 않는 결백한 성품이셨어요. 정말 뭐가 어떻게 된 건지 저도 영문을 모르겠습니다. 사장님이 뒤에서 그런 일을 하셨다는 건 도저히 상상도 할 수 없어요. 혹시 사람을 착각하신 거 아닙니까? 사장님이 그런 식으로 갑작스럽게 사망하시니까 이것이든 저것이든 죄다 도미노코지가 그랬다고 떠넘기면서 누군가 모함을 하는 건 아닐까요?"

진지한 얼굴로 그런 소리를 늘어놓는 거야. 그가도 한통속인지 뭔지, 이제 정말 아무것도 모르겠어. 아무튼 남편한테 이런 얘기는 못 해. 어디 하소연할 데도 없어서 선생에게 졸졸 다 불어버렸네. 근데 우리 남편의 사회적 입장도 있고, 나도 후처라서 이래저래 힘들어. 진짜 그렇잖아. 어때, 안 그렇겠어? 그런 점을 잘 이해해주시고, 오늘 내 얘기는 다 비밀로 해줘.

18

보석 세공 직인

도미노코지 기미코에 관해서…….

드디어 나한테 찾아오셨네.

아니, 왜 다들 나한테는 취재하러 안 오는지, 그 애가 사망한 당시부터 이상하다 이상하다 했어. 나는 그 애가 머리 총총 땋고 다니던 중학생 시절부터 벌써 30년 가까이 알고 지낸 사이걸랑.

육체관계? 말도 안 되는 소리, 그런 농담은 하지도 마쇼. 나는 태생부터 직인이라서 그날 번 돈은 그날 써버리는 성격이야. 여색을 탐하는 거야 물론 나도 할 만큼은 했어. 하지만 아마추어에게 손대는 짓거리는 이날 입때까지 해본 적이 없어. 이건 메이지 시대에 태어난 사내로서 반드시 지켜야 할 도리야. 요즘은 세상이 엉망진창이 됐지. 사내놈이고 아녀자고 죄다 지랄 같아졌어.

도미노코지 기미코가 처음에는 이름이 스즈키 기미코였어. 응, 그 애는 너무 흔해빠진 이름이라면서 아주 싫어했지. 초등학교 때도 중학교 때도 같은 반에 성도 이름도 같은 애들이 아주 많았대.

"그게 뭐 어떠냐? 아주 괴상한 성씨 가진 남자 만나서 결혼해버리면 여자야 성씨도 달라지고 귀부인도 될 수 있는데."

"나는 남부럽지 않은 성씨가 있어요. 하지만 그건 전쟁 전 일이고 이제는 집안 얘기해봤자 아무 소용없어요."

전후에 벼락부자도 많이 생겼지만 전쟁 전의 부호들이 하루아침에 빈털터리가 된 경우가 하도 많아서 내가 더 자세한 얘기는 묻지도 않았어. 용담꽃잎 문장이라고? 뭐야, 그게?

얘기를 들어보니까 중학교 올라가면서부터 일을 시작했다고 하더라고. 우리 가게에도 중학생 때부터 왔었어. 밤늦게 올 때도 있고 대낮부터 찾아오기도 하고.

"오늘 학교가 일찍 끝났거든요. 그래서 왔는데 일하시는 데 방해가 될까요?"

말투가 여간 귀여운 게 아니야. 내가 아들놈만 있으니까 처음 봤을 때부터 친딸처럼 귀엽더라고.

"방해는 무슨, 너는 어디에 앉아 있어도 방해될 거 하나도 없어."

"어라라, 아저씨도 참."

호기심이 강한 건지, 그 애는 가게에 들어오면 내가 일하는 것을 아주 열심히 들여다보더라고.

"아저씨, 그 보석은 이름이 뭐예요?"

"이거, 진짜 에메랄드야."

"진짜 에메랄드? 그럼 가짜도 있어요?"

"있지. 채텀이라는 요망한 인간이 4, 5년 전에 진품과 똑같은 에메랄드를 만들어냈어. 녹색 이끼까지 넣었다잖냐. 나도 그거 처음 봤을 때는 내 눈을 의심했어."

"아저씨, 그거 갖고 있어요?"

"갖고 있지. 이거야."

서랍 안에 굴러다니던 인조 에메랄드를 꺼내줬더니 아무 말 없이 진품하고 나란히 놓고 색깔이며 모양새를 찬찬히 비교해보더라고.

"아저씨, 진품과 비슷하긴 한데 전혀 달라요. 제가 봐도 알겠어요."

"호오, 네가 어떻게 알아?"

"인조 에메랄드는 스스로 빛을 내지 않아요. 그래서 아름답지 않아요."

저절로 탄성이 터지더라니까. 채텀이라는 놈 때문에 수많은 보석 장사들이 울상을 짓던 참이었거든. 그 당시에 국내에 인조품이 우르르 쏟아져 들어왔으니까. 요즘에야 웬만한 보석점에는 확대경이 있고 채텀에 대해서도 잘 아니까 일단 의심부터 하지. 경도와 무게를 따져 과학적으로 감별하는데, 보석 구별은 첫째로는 감이고 두 번째로는 얼마나 많이 감별해봤느냐는 경험에 따라서 결과가 달라져.

그 애는 독특한 감이 있었어. 그런 재주를 타고난 것 같아. 게다가 유난히 보석을 좋아하더라고. 나한테 자주 찾아온 것도 보석을 보려고 온 거였어, 처음에는.

"와아, 예쁘다!"

들어서자마자 내가 작업하던 반지를 집어 들고 당장 죽어도 좋다는 듯한 표정으로 홀린 듯이 들여다봐. 작업하는 데 아무래도 방해가 되기는 했지만 그 애라면 나는 한 번도 짜증낸 적이 없어. 내가 그야말로 심혈을 기울여 세공을 한 물건일수록 그 애가 칭찬을 해주는 거야. 그러니 마치 내 새끼가 크게 칭찬을 받는 것 같은 기분이었지.

"마침 잘 왔구나. 이건 세공할 만한 가치가 있는 보석이라서 나도 심혈을 기울여 받침대를 만들고 방금 발을 끼운 참이야."

"잠깐 손에 끼어봐도 돼요?"

"그래라. 근데 너한테는 좀 큰 사이즈야."

"어라라, 정말 예뻐요. 갖고 싶다. 아저씨, 오늘 하룻밤만 빌려주세요."

"어허, 무슨 소리냐. 그러다 잃어버리기라도 하면 나는 진짜 망해."

"그래도 이 보석, 나한테 잘 어울리잖아요. 그렇죠, 아저씨?"

정말 신기한 아이였어. 요즘 시세로 치면 몇억을 호가할 다이아몬드를 손에 끼면 가랑머리 땋고 다니던 시절부터 기막히게 잘 어울렸걸랑. 특히 그 애는 손가락이 아주 최고야. 보석을 끼우기 위해 태어난 것처럼 하얗고 통통하고 게다가 길쭉하니 잘빠진 손가락이거든. 그 애 손에 끼우면 어떤 보석이든 생명의 빛이 난다고할까, 아무튼 보석이 엄청 아름다워져.

무슨 마술에 걸린 것처럼 그 비싼 보석을 선선히 내주곤 했다니까.

"좋아. 근데 내일 아침에 꼭 가져와. 안 그러면 나는 밤새 잠도 못 잔다."

"정말요? 와아, 좋아라! 나도 오늘 밤새 손에 끼고 너무 좋아서 한숨도 못 잘 거예요."

지금 생각해보면 나도 대담했지만 그 애도 참 대담했어. 대부호들이 아니고서는 만져보지도 못할 물건을 아무리 하룻밤이라지만 저희 집에 가져갔다가 다음 날 아침이면 틀림없이 돌려줬다니까. 오고 가는 전차며 컴컴한 밤길에 무슨 일이 일어날지도 모르는데 말이지. 하긴 아무 일도 없었지만서도.

그래도 그 애 손에 낀 반지를 바라보는 사이에 내 나름대로 반지를 계속 끼워주고 싶다고 생각한 이유가 분명하게 있었어.

서글프게도 우리 직인들은 반지든 브로치든 허리띠 장식이든 죄다 보석점을 통해 주문을 받아서 만들잖아. 그러니 내 손으로 만든 보석을 어떤 여자가 어떤 손에 끼는지 한 번도 본 적이 없어. 내가 작업한 반지가 어떤 아름다운 여인의 손을 곱게 꾸며주겠구나, 그냥 상상만 해보는 거야. 특히나 좋은 보석이 왔을 때는 더 그렇지. 하지만 보석 주인을 직접 만날 일은 아예 없어.

백화점에 갔다가 늙어빠진 할멈이 소름 끼칠 만큼 훌륭한 보석을 손에 끼고 비척비척 돌아다니는 꼴을 보면 그날은 하루 종일 우울해져. 한참 동안 작업할 기분도 안 나. 이런 기분, 댁은 아마 이해를 못 할 거요.

영국이나 네덜란드의 여왕들이 세계 최고로 보석을 많이 갖고 있는데, 거참, 이상하더라고. 그야말로 왕가의 혈통에서 태어난 로열패밀리인데도 전혀 보석이 어울리지 않는 여자들이 있어. 지난번에 엘리자베스 여왕이 일본에 왔을 때, 다들 멋있다고 난리법석이던데 내가 보기에는 별로 그렇지도 않았어. 그 엘리자베스 여왕의 할머니, 이름이 메리라고 하던데, 응, 그렇지, 조지 5세의 부인되는 사람, 그 여자야말로 보석을 위해 태어난 왕비야. 그에 비하면 좀 미안한 얘기지만, 지금의 엘리자베스 여왕은 보석이 전혀 어울리질 않아. 큼직한 루비가 다섯 개 박힌 티아라, 그게 황실 만찬회 때는 아마 주위를 압도하겠지만, 선대의 메리 여왕 사진과 한번 비교해봐. 그렇지, 에드워드 8세의 어머니 말이야. 하긴 원래 그 왕관이 메리 여왕을 위해 만들어진 것이니까 지금의 엘리자베스 여왕에게는 어울리지 않는 게 당연하지. 나한테 만들라고 했다면 어떻게든 연구를 해서 잘 어울리게 새로 세공을 해줬을 텐데 말이야. 하긴 그렇게 해도 보석은 영 안 어울리는 여왕인지도 모르겠어.

그에 비해 도미노코지 기미코는 스즈키 기미코일 때부터 보석이 기막히게 잘 어울리는 여자였어. 어린 나이에 그게 그렇게 어울리기가 쉽지 않거든. 참 대단해.

스즈키 기미코에서 도미노코지 기미코로 이름을 바꾼 거? 그거야 나도 알지. 본인 입으로 나한테 얘기했걸랑. 아, 그건 텔레비전에 출연하기 전의 일이었어.

"아저씨, 내가 드디어 본명도 도미노코지 기미코로 바꿨어요."

전화번호부를 보면 스즈키 기미, 스즈키 미키, 스즈키 기미코가 도쿄에 50명이 넘는다는 거야. 스즈키 기미코만 해도 38명이나 된

다네.

"公子를 한자로 쓰는 기미코는 단 세 명이에요. 그래서 그걸로 바꾸려고 구청에 찾아갔었죠. 동성동명이 지나치게 많은 것도 이름 변경의 사유가 된다는 건 거기 가서야 알았어요. 빌딩을 지을 때, 도미노코지 사무실이라고 이름을 걸고 내내 일했었거든요. 그래서 이미 통상적인 이름이 되었고, 스즈키 기미코는 전화번호부에 지금 여섯 명이나 있어서 성까지 바꾸고 싶다고 했더니 '사업상 필요'의 사유로 변경이 가능하다면서 호적계에서 금세 처리해줬어요."

"이름을 바꾸는 게 그렇게 쉬운 일이었어?"

"내가 운이 좋았던 것 같아요. 언제 찾아가도 호적계 공무원이 아주 친절하게 대해준다니까요."

그 애가 결혼한 거? 물론 알고 있지. 배가 불룩해지면서 그전보다 자주 찾아와 온종일 내 옆에서 보석을 보면서 지냈어. 누구와 결혼했는지, 그 애도 말을 안 했고 나도 묻지 않았어. 아직 어린 여자애를 임신시켰으니 아주 못된 놈일 거라고 나 혼자 짐작만 했지.

"진품 보석을 바라보며 이렇게 앉아 있는 거, 태교에 최고로 좋겠지요? 이 세상에서 가장 아름다운 것을 보고 있잖아요."

그런 얘기를 하더라고.

기미코가 보석을 들고 온 게 아마 그 무렵이었을 거야. 사와야마 씨의 보석점 심부름 말고 그 애가 직접 구해온 보석이었어.

"아저씨, 이건 얼마나 가치가 있을까요? 친구 어머님이 팔고 싶다고 좀 알아보라고 하시네요."

"그런 건 사와야마 씨한테 물어봐야지."

"아뇨, 내가 알고 싶은 건 가격이 아니라 얼마나 가치가 있느냐는 거예요. 사와야마 씨는 싸게 사서 비싸게 팔잖아요. 친구 사이인데 그럴 수는 없고, 아저씨의 판단을 기준으로 사와야마 씨와 흥정을 해볼 생각이에요."

때로는 깜짝 놀랄 만한 머리 장식을 가져온 적도 있었어. 근데 그게 네가 젊은 시절에 만들었던 물건이너라고.

"이걸 네 친구 어머님이 가지고 있었단 말이야?"

"아뇨, 이건 또 다른 친구예요. 명문가에서 아들딸 결혼이 있어서 급하게 반지로 다시 세팅했으면 하시네요. 이제는 새로 사줄 능력은 없으신 모양이에요. 동창회에서 친구 어머님이 내 얘기를 하셨나 봐요. 다들 차례차례 부탁을 하시니 내가 마치 보석 브로커라도 된 것 같아요."

"배불뚝이 브로커네?"

"이 몸으로 어디 가서 일할 수도 없으니까 이런 일거리도 그리 나쁘지는 않지요."

상당히 많은 양의 허리띠 장식이며 브로치를 반지와 귀걸이로 다시 세공해줬어. 아마 20~30개는 훌쩍 넘었을 게야, 그때 해준 것만 쳐도. 세공비는 꼬박꼬박 잘 줬어. 아마 그 애두 자기 용돈벌이는 충분히 했을걸? 텔레비전에 출연했을 때 그 얘기를 하더라고.

"주위 분들의 부탁을 받고 보석을 팔아드리거나 구매자를 찾아드리다 보니 어느새 보석 장사꾼이 되어 있더라구요."

그거, 틀림없는 말이야.

애를 하나 낳더니만 아주 예뻐졌던 것도 기억나는구먼. 그때 내가 적지 않은 나이였지만 지금보다는 스무 살쯤 젊었으니까 전혀 마음이 동하지 않았다면 거짓말일 게야. 하지만 그 아이, 전혀 빈틈을 보인 적이 없어.

"아저씨, 인간이든 보석이든 마찬가지예요. 심지부터 빛나기 위해서는 깨끗하고 올바르게 살아야지요."

내가 슬쩍 집적거렸을 때, 그런 말을 했던 게 생각나. 그때가 임신 중이라서 좀 한가한 시절이었던 것 같아. 제법 어른스러운 머리 스타일이었어. 긴 머리였는데 파마를 해서 항상 단정했지. 그런 것까지 기억하는 건 배가 불룩해도 늘 곱게 꾸미고 다녀서 어떤 보석이든 다 잘 어울렸기 때문이야.

아까도 말했지만, 우리 직인들은 아무리 공들여 세공해봤자 여자가 그걸 달고 있는 모습을 볼 기회가 없어서 전혀 실감이 나지를 않아. 그래서 그 애가 내 작업의 목표가 됐지. 한마디로, 직인으로서 홀딱 반했다는 얘기야. 그 애도 그걸 어렴풋이 느꼈던 모양이지. 그래서 넌지시 나를 꾸짖은 거야. '깨끗하고 올바르게 살자'는 신파극 같은 대사는 그 애가 노상 입에 달고 다니던 말이야.

그래서 그 애와 별일은 없었어. 그렇지 않고서야 30년씩이나 길게 거래할 수도 없지. 그 애는 여태까지 나를 누구보다 신뢰해줘서 보석 감정이라면 모두 다 나한테 맡겼어. 큰돈을 벌게 된 뒤로는 자기가 구입해서 자기 손에 끼는 보석이었지. 주로 다이아몬드가 많았어. 나이 들수록 점점 더 보석이 잘 어울리는 여자가 됐걸랑.

둘째 아이를 가졌을 때쯤부터 부쩍 더 부자가 됐던 것 같아.

"아저씨, 이것 좀 보세요. 작긴 하지만 나도 이제 보석을 살 수 있어요."

그러면서 제가 사려는 보석을 들고 와서 나한테 감정을 부탁하고 반지며 귀걸이를 직접 디자인해서 주문하기도 했어.

"아직 젊은 나이에 돈을 왕창 벌어들인 모양이구나. 남편이 그렇게 부자야?"

"남편 돈으로 보석을 산다면 그건 억지겠지요. 내 손으로 벌어 구입한 다이아몬드예요. 아름다운 것을 끼면 좀 더 당당하게 활동할 수 있잖아요."

"더욱더 깨끗하고 올바르게 살겠다고?"

"그렇죠, 바로 그거예요."

어쩐지 미심쩍은 느낌이 들긴 했지. 사와야마 에이지라고, 전후에 큰돈을 벌어들인 졸부 녀석 있잖아, 그자가 뒤를 봐주는 게 아닌가 싶더라고. 첩으로 들어앉은 모양이라고 나 혼자 짐작만 했었지. 근데 나중에 보니 그게 아니었어. 아주 평범한 샐러리맨하고 결혼을 했더라고. 남편 수입으로는 도저히 보석은 못 산다고 했어. 그 애가 보석 브로커로 그렇게 큰돈을 벌었을 줄은 나도 미처 생각을 못 했어. 보석이라는 게 세 치 혀로 얼마든지 가격을 올렸다 내렸다 할 수 있기야 하지만, 그 애는 절대로 그런 짓은 안 할 거라고 믿었거든.

비취를 동백기름에 담가 광채를 내는 것이며 루비나 사파이어를 색깔 있는 초로 세공해서 흠집을 지우는 기술이 있는데, 내가 그런 얘기를 하면 그 애는 그야말로 안타깝다는 듯 나무라곤 했다니까.

"어라라, 아저씨, 그건 범죄지요."

그 애 얘기로는 토지를 사고팔면서 큰돈을 벌었다고 하더라고.

"요즘 인플레가 심하잖아요. 시골 땅도 함부로 볼 게 아니에요. 3년만 지나면 세 배가 되는걸요. 그걸 담보로 다시 토지를 매입하면 그게 또 세 배가 돼요. 한 군데 팔 때마다 대출금을 다 갚을 수 있어요. 보석이 재산이라는 건 이제 거짓말이지요. 몇 년을 묵혀도 이자가 붙는 것도 아니고 사고팔기에는 너무 아름다운 물건이니까요. 이제는 땅이에요. 고양이 얼굴만 한 땅이라도 도쿄는 천정부지로 값이 뛰지 뭐예요. 신이 날 만큼 돈이 들어와요. 부기 배워두기를 정말 잘했어요. 내가 고정자산세에 대해서도 철저히 공부했거든요."

토지 전매라고 하더라고. 그 애가 스무 살 남짓할 때부터 그걸 했었어.

내가 임대주택에서 산다는 걸 알고는 이런 귀띔을 해주더라고.

"아저씨, 우선 땅부터 사두세요. 그만큼 오래 살았으니까 아저씨에게 지상권이 있어서 얼마든지 싸게 살 수 있어요. 땅부터 얼른 아저씨 것으로 해두는 게 좋아요."

마누라가 그 얘기에 솔깃해서 아침저녁으로 졸라대더라니까.

"여보, 삽시다. 나는 보석은 필요 없으니까 땅을 사잔 말이야."

그래서 집주인과 흥정해서 그 당시 다 합쳐 백만 엔도 안 되는 돈으로 사들였어. 나도 한 재산 거머쥔 셈이지. 여기 간다가 도쿄 한복판이잖아. 집은 쪼그마한데 땅값이 엄청나게 뛰어서 이제는 평당 3백만 엔이야. 요런 코딱지 같은 집도 사겠다고 찾아오는 놈들이 아주 많아. 이웃집에서 가게를 크게 확장하려는지 제발 좀 팔아달라고 난리를 친다니까. 근데 나는 한참 더 버텨볼 생각이야. 직인 처지에 화려한 맨션에서 살고 싶은 마음도 없고.

"나는 이 집에서 죽을란다. 세상 떠난 다음에 이 재산 다 물려줄 테니까 너희들, 고맙게 생각해."

며느리와 자식들에게 그렇게 큰소리는 치는데, 이게 사실 다 그 애 덕분이야. 참 대단하잖아, 이런 인플레를 미리 내다봤으니까 말이야, 그 젊은 나이에.

여류 사업가가 된 뒤에도 보석을 들고 나한테 자주 찾아왔어. 보석 감정에 관해서라면 누구보다 나를 신뢰했거든. 요즘에는 보석 감정사라는 게 여기저기 널려 있던데, 내가 보기에는 그자들, 웃기지도 않아. 그런 면허나 자격증은 원래 국가에서든 어디서든 정식으로 내주는 게 없어. 미국 GIA 기준이란 것도 사실은 국내에서 지키는 데가 하나도 없다니까. 국가에서 보석의 기준이나 벌칙 따위는 애초에 만들지도 않았어. 원래 흠집 없는 다이아몬드라는 게 있을 수가 없어. 10배 확대 루페로 들여다봐서 흠집이 안 보이면 그걸로 순수 다이아몬드라고 하는 게 요즘의 상식이지.

다이아몬드도 사람처럼 인상人相이라는 게 있어. 최고급 다이아몬드는 흠집이 없고 광채가 강렬하지. 색깔도 아주 아름다워. 커트가 이러니저러니 떠드는 놈들이 있지만, 원석을 보고 프로 연마사가 커팅을 정하는 건데 그 커팅이 나쁘다느니 중심이 어떻다느니 패싯facet이 어떻다느니, 아니, 이미 연마 다해서 국내에 들어온 보석을 보고 그런 얘기를 하는 건 이상하지. 패싯이라는 건 우리야 옛날에는 면面, 깎은 면이라고 하던 거야.

다이아몬드 색깔이라는 것도 아주 미묘해. 블루화이트니 페어화이트니 얘기하는데, 유명 보석점에서 산 것도 색이 거무스름한 걸 보면 참 웃긴다니까. 놀라운 건 전후에 나온 매직잉크야. 그걸 휘발유로 녹여서 다이아몬드를 염색한다잖아. 눈이 번쩍 뜨일 만큼 고급 블루다이아몬드가 나온대. 이거, 실은 그 애한테 들은 얘기야.

"도무지 마음을 놓을 수가 있어야죠. 그런 얘기를 들은 뒤부터 나는 다이아몬드라면 일단 휘발유로 씻어보게 됐어요. 겁이 나잖아요, 한참 끼다 보면 차츰 색깔이 빠진다고 하니까요. 무엇보다 신용이 생명이라고 나는 가게 직원들에게 항상 얘기하는데 말이에요. 우리 보석점 상품을 다른 곳에 부탁해서 감정해보면 당장 드러날 일이잖아요? 그래서 다른 보석점보다 값싸게, 좋은 상품만 취급한답니다. 그러지 않고서는 미키모토나 와코 보석점과 상대가 안 되는 걸요. 그쪽은 일단 지명도가 있고 신용도 높잖아요. 우리는 우선 신용부터 쌓아야 하니까 보석으로 큰 돈벌이는 못 해요."

그런 얘기를 했었어, 응.

그 보석점의 세공품은 거의 다 내가 해줬어. 특히 반지는 모두 내가 한 거라고 보면 될 거야. 가게 운영은 보석 감정사라는 젊은 이가 맡은 모양이던데, 음, 이름이 오우치라고 했던가? 아무튼 그 친구는 내 십분의 일은커녕 도미노코지 기미코의 발치에도 못 미쳐. 미국까지 가서 공부하고 왔다지만 기껏해야 석 달이야. 루페에만 의지하는 거지, 뭐. 그래도 거짓말은 못 하는 성격이라고 기미코가 얘기했었으니까 아마 멍청한 짓거리는 안 했을 거야.

기미코는 텔레비전에 출연하면서부터 화장이 진해졌어. 아무래도 그러게 마련이지. 그 대신 점점 더 보석이 잘 어울리더라. 마치 여왕 같더라고. 넝마 같은 우리 집에 큼직한 차를 타고 와서는 값비싼 보석을 얼른 놓고 가는 거야.

"아저씨, 이것 좀 최대한 빨리 세팅해주세요. 디자인은 아저씨 한테 맡길게요."

응, 보석 알맹이만 가져왔어. 요새는 암암리에 외국에서 꽤 괜찮은 물건이 들어오걸랑. 25캐럿짜리 에메랄드라든가 18캐럿짜리 다이아몬드를 잔뜩 가져왔어, 그냥 알맹이로. 그런 큼직한 보석은 디자인이고 뭐고 연구할 것도 없어. 발을 대고 높이 올려주기만 하면 돼. 그래도 만에 하나 잘못될까 봐 아주 초긴장해서 작업했지. 다 만들면 녹초가 되곤 했어, 죙일 앉아서 하는 일이라서.

근데 딱 한 번 묘한 물건을 가져와 이상한 소리를 했던 적이 있어. 합성 보석은 고사하고 아예 시퍼런 유리알을 가져와 주위를 진짜 다이아몬드로 둘러달라는 거야.

"진심이냐? 이건 명백히 가짜 물건이야. 미안하다만 나는 이런 일, 해본 적이 없다. 텔레비전에 나가면서 이런 반지 낄래? 언제부터 마음보가 그렇게 삐뚤어졌어?"

그랬더니 그 애가 말없이 눈물을 주르륵 흘리더라고. 내 말에 깊이 반성하고 우는 것인가 했지.

"울지 마. 가는 길에 이건 시궁창에 던져 버려. 그리고 두 번 다시 이런 짓은 안 하면 되는 거야."

보석에 혹하면 사념이 생기는 경우가 있어. 서양에도 그런 얘기가 많잖아. 그래서 내가 간곡하게 충고를 했지.

근데 흐르는 눈물을 향수 냄새 나는 손수건으로 훔치면서 얘기하더라고.

"저는 이걸 부탁한 사람을 철석같이 믿었어요. 그래서 깜빡 진품 사파이어인 줄 알았죠. 내가 구입해준 물건도 아닌데 정말 딱해서 어쩌죠? 세상에 이런 못된 짓을 하는 사람이 다 있네요."

"이건 가짜 유리알이니까 이걸 판 놈에게 가서 따지라고 하면 되잖아."

"그래야겠네요. 하지만 아름다운 보석을 왜 이렇게 추악한 마음으로 취급할까요. 유리를 사파이어라고 팔아먹은 사람도 참 서글픈 사람이잖아요. 그런 식으로 세상 사는 거, 나는 너무 싫어요. 서글픈 사람이나 마음씨 나쁜 사람이 있다는 거, 나는 생각만 해도 눈물이 나요."

그러면서 훌쩍훌쩍 울더라고. 근데 그 얘기, 나는 좀 이해가 안 되더라. 그 애가 보통 영리한 애가 아니걸랑. 유리와 사파이어쯤은 한눈에 알지, 아무리 상대를 믿었더라도. 그것만은 지금도 영 이해가 안 돼.

주간지 한두 권에서 아주 나쁜 여자라는 식으로 기사를 썼던데 내 생각에 도미노코지 기미코는 그런 여자는 아닌 것 같아. 나쁜 짓은 절대로 못 하는 성격이야. 깨끗하고 올바르게 살던 여자였는데 어쩌다 못된 남자에게 걸려 그 꼴이 난 게 아닌가 싶어. 그자가 애를 제 자식이 아니라고 했다는 기사를 보고는 참말로 쓰레기 같은 사내놈이라고 생각했어. 아니, 사내 없이 여자 혼자 애를 가졌겠느냐고.

나는 사실 참 가엾더라. 기미코를 나쁘게 말하는 놈들, 악녀라고 기사 써낸 놈들, 뭔가 다른 꿍꿍이가 있는 거 아니야? 도미노코지 기미코가 왜 그렇게 죽었는지, 나는 예상도 못 하겠지만 그 애가 깨끗하고 온바르게 살았다는 것만은 틀림없어 내가 보증해 아니, 애만 해도 그래, 정식으로 결혼해서 낳았으니까 그 남자 쪽에서도 뻔히 알고 있었을 거 아냐? 협의 이혼으로 돈을 뜯겼다고 떠들던데 그거야 당연한 일이지. 내연녀라도 헤어질 때는 위자료를 쥐여주는 법이야. 하물며 정식으로 결혼해서 애까지 낳았는데, 사내가 저 좋을 대로 이혼을 원했다면 위자료를 주는 건 당연하지. 그렇잖아? 그 밖에도 감쪽같이 속았다는 사내가 몇 명 있는 모양이지만 여자한테 속아 넘어가서야 사내로서는 아주 하질이지. 사내라면 입이 찢어져도 그런 말은 안 하는 법이야. 그 애도 참 한심한 놈한테 걸렸다니까. 아직 나이가 어려서 세상 물정을 몰랐던 거야.

그 애는 나쁜 짓이라고는 손톱만큼도 해본 적이 없어. 30년을 알고 지내온 내가 하는 말이니까 이건 믿어도 돼. 그렇게 착하고 상냥한 아이, 깨끗하고 올바른 것을 좋아하는 여자는 내가 본 적이 없어. 돈을 많이 벌어 부자가 된 뒤에도 내가 몸져누워 있을 때는 일부러 문병을 오고 그다음 날에는 비싼 로열젤리까지 보내준 애야.

"아저씨는 오래 사셔야 해요. 보석업계도 요즘 점점 험해지고 있잖아요. 나는 아저씨밖에 믿을 데가 없으니까 꼭 건강하게 오래 사셔야지요."

그렇게 몇 번을 당부하던 아이라고.

아, 어디가 아프냐고? 내가 나이도 있는 데다 노상 앉아서 일하다 보니 몸이 상하는 건 뭐, 각오해야지. 벌써 일흔두 살이야. 엉? 그렇게 나이 들어 보이지 않는다고? 그건 아마 그 애가 열심히 보내준 로열젤리 덕분일 게야. 매번 1년 치를 보내주고 다 떨어질 때쯤이면 또 덥석 보내줬걸랑. 냉동실에 넣어두면 오래 두고 먹을 수 있으니까 속는 셈 치고 매일매일 꼭 드시라고 신신당부하더라고.

그거, 아직도 있어. 보여줄까? 그나저나 참, 왜 그런 식으로 죽어버렸는지 모르겠어. 아니, 자살일 리는 없어. 나한테 그렇게 오래 살라고 신신당부하던 아이였는데 자기가 먼저 죽어버릴 리가 없잖아.

나하고 마지막으로 만난 날은 딱히 볼일이 있었던 게 아니라 로열젤리를 주려고 왔었어. 손에 최고급 8캐럿 다이아몬드를 끼고 있었지. 이상적인 비율에 색깔은 G, 나 혼자 그렇게 감정을 해봤어. 내가 그렇게 말했더니, 뭔가 딴생각을 했는지 웃지도 않고 이런 말을 했던 게 기억나.

"아저씨처럼 나도 아들밖에 없지만, 나이가 들수록 꼭 딸이 있어야겠더라구요."

응, 맞아, 딸이 있으면 좋겠다고 했어. 묘한 소리를 하는구나 싶었지. 나야 아빠니까 딸을 원하는 것도 당연하지만, 여자들은 대개 아들을 원하잖아? 우리 마누라는 한 번도 그런 말을 한 적이 없어.

그러고는 사흘 만이야, 그 애가 죽은 게. 놀랐다기보다 믿어지
지를 않았지. 그러고 보니 딸아이가 있었으면 좋겠다고 했었네. 그
날, 어쩐지 애가 기운이 없구나 하는 생각은 했었어, 응.

19
까탈스러운 딸

어서 오세요, 누구십니까, 몸이 불편하신 분은?

아, 주간지 취재?

그건 사절합니다. 우리는 주간지 같은 데서 엉성하게 기사를 실어주면 오히려 민폐예요. 우리 병원 환자들은 대부분 명문가분들이십니다. 왕진 나갈 때 차를 보내주시는 그런 분들이니까요. 미안하지만 그만 가주세요.

앗,《아사히 신문》이라고요? 예에, 그렇군요. 간호사가 정확히 전달해주지 않아서, 이것 참, 실례했습니다. 이쪽으로 오시지요. 응접실로 안내하겠습니다. 도움되는 일이라면 무엇이든 협조하겠습니다. 저희 집은 조부 대부터《아사히 신문》만 봅니다, 호호호. 자, 앉으세요.

여기 홍차 좀 내와요, 최상품으로. 케이크도 그걸로, 알지?

예? 도미노코지 기미코에 관해서?

《주간 아사히》? 아, 신문이 아니라 주간지 쪽이군요. 이것 참, 난 처하네. 무슨 도움이 되겠습니까, 저희가.

어쨌든 저는 도미노코지 씨라면 따님에 관한 것밖에 모릅니다. 네에, 따님이에요. 이름은 미쓰코라고 지으셨어요. 네, 진료 카드를 보셔도 상관없습니다.

이봐요, 도미노코지 미쓰코 님 진료 카드 가져와요. 응, 그렇지, 오른쪽 특별 진료 서랍에 있어.

호호호, 저희가 보시는 바와 같이 특별한 병원이지만 도미노코지 댁은 그중에서도 특별한 환자분이셨어요.

아드님이 두 분? 글쎄요, 그건 잘 모르겠네요. 덴엔초후 저택에는 따님이 아파서 왕진을 갔거든요.

여기 진료 기록을 보실까요? 1967년이 첫 왕진이었습니다.

한밤중에 급한 전화가 왔는데, 네, 제가 밤 2, 3시쯤에 잠자리에 들고 그 대신 아침에는 10시 넘어서 일어납니다. 특수한 병원이고 보니 웬만해서는 아침부터 환자분이 찾아오는 일은 없으니까요.

"기타무라 병원이죠? 원장 선생님께 직접 부탁드렸으면 하는데요, 저는 도미노코지라고 합니다, 지금 즉시 전화 좀 연결해주실래요?"

우연히 그날은 제가 잠깐 화장실에 다녀오는 길에 전화벨이 울려서 갑작스럽게 직접 수화기를 들었어요. 도미노코지라는 건 희귀한 성씨지만 덴엔초후에서는 그 당시에도 이미 상당히 유명한 분이었으니까 제가 급히 물었죠.

"누구, 몸이 불편하십니까?"

"우리 미쓰코가, 미쓰코가, 갑작스레 경기를 일으켰어요. 어떡하죠? 지금 빨리 좀 와주세요. 차를 보낼게요. 꼭 원장 선생님이 직접 오시게 해줄 거지요?"

"아, 제가 원장입니다."

"어라라, 원장님, 잘 부탁드립니다. 밤늦은 시간에 갑작스럽게 죄송합니다만, 우리 미쓰코가, 미쓰코가 죽을지도 몰라요. 지금 제 차를 보낼게요."

"저도 차가 있으니까 그건 걱정 마세요. 지금 즉시 찾아뵙겠습니다."

"아뇨, 제 차를 보낼게요. 그편으로 와주세요. 10분이면 그쪽에 도착해요. 아, 지금 출발했어요. 선생님, 우리 미쓰코는 괜찮을까요?"

"용태를 봐야 알겠지만, 미쓰코가 지금 몇 살입니까?"

"두 살 6개월이에요."

"지금까지 경기를 일으킨 적은?"

"원래 어리광이 심한 아이라서 뭔가 마음에 들지 않으면 밥도 안 먹고 일부러 자는 척할 때도 있었지만, 입에 거품을 물고 경기를 일으킨 건 처음이라 차라리 제가 아픈 게 더 나을 것 같아요. 원장님, 와주실 거죠?"

"알겠습니다. 즉시 찾아뵙지요."

저도 같은 덴엔초후에 살고 있고……, 아뇨, 제가 의사 면허를 따고 전후에 이쪽에서 개업했습니다. 이 분야에서는 나름대로 이름이 알려져서 멀리 아카사카나 시로카네다이 쪽까지 왕진을 나가는 일도 있어요. 간호사에게 즉시 준비하라고 지시하고 대기하고 있었더니 번쩍번쩍한 링컨 컨티넨탈이 도착했습니다. 예의 바른 운전기사인데 프랑스 장교 같은 제복까지 입고 있어서 좀 놀랐어요. 역시 소문 듣던 대로라고 생각했죠. 덴엔초후라는 지역 특성상, 전후에 형편이 어려워져 힘겹게 사는 집들이 많은데 두미노코지 씨는 그 속에서 인근 토지를 차례차례 매입하고 집을 넓혀간다, 무척 화려한 분이다, 하는 소문이 여기저기서 들려왔거든요. 하지만 저한테 볼일이 있으실 줄은 몰랐지요.

'TOMINOKOJI'라는 문패가 붙은 저택으로 링컨 컨티넨탈이 미끄러져 들어가자 곧바로 현관문이 열리고 집사인 듯한 여자가 나와 위층으로 안내해주더군요.

"작은 사모님이 크게 당황하셨으니까 부디 조심스럽게 대해주세요. 자칫하면 상처받기 쉬운 분이라서……."

집 안에 온통 환하게 불이 켜졌고 샹들리에가 유난히 많다는 게 첫인상이었습니다.

2층으로 올라갔더니 기다렸다는 듯 침실 문이 벌컥 열렸습니다.

"기타무라 원장님이세요? 아, 와주셔서 고마워요. 우선 우리 미쓰코부터 봐주실래요? 인사는 나중에 드릴게요."

큼직한 더블베드에 미쓰코는 온몸이 뻣뻣해진 채 누워 있더군요. 제 직감대로 간질 발작이었습니다. 즉시 주사를 놓고 가제로 입 주변의 거품을 닦아줬더니 눈을 반짝 뜨고 도미노코지 씨 쪽을 하소연하듯 어리광부리듯 쳐다보고는 스르륵 잠이 들었습니다. 팔다리가 부드럽게 풀리고 한결 편안한 모습으로 잠든 것을 보고 도미노코지 씨는 그제야 마음이 놓였던 모양이에요.

"원장님, 우리 미쓰코는 어떤 병인가요?"

"간질입니다. 이번이 첫 발작인가요?"

"처음이에요."

"지병이 되지 않으면 좋을 텐데……."

간호사에게 오일 마사지를 해주라고 지시하고 저는 환자의 상태를 지켜봤습니다. 털 길이하며 몸 크기하며 콘테스트에 나가면 우승은 따놓은 당상일 만큼 아름다운 따님인데 간질이 지병이 되면 그런 곳에도 나갈 수 없지요.

"그게 지병이 된다면 저는 도저히 못 살아요. 저도 따로 주치의를 부르려고 했을 정도예요. 애, 미쓰코, 착하지? 그래도 많이 편안해진 것 같아요. 다행이네요."

간호사의 마사지를 잠시 말없이 지켜보더니 내게 묻더군요.

"이게 오일 마사지인가요?"

"네, 그렇습니다."

"분명 몸에 좋겠지요?"

"혈액 순환이 좋아지고 신경이 부드럽게 풀리니까요."

"우리 미쓰코가 아주 예민해요. 가끔 왕진을 부탁드려도 될까요?"

"예방 의학적으로 정기 왕진을 추천해드리고 싶군요."

"간질이라고 하셨지요?"

"네."

"왜 그런 이상한 병에 걸렸을까요? 이 아이는 나쁜 피라고는 한 방울도 안 섞였는데."

"몰티즈에 의외로 많이 보이는 질병이에요."

아, 몰티즈를 모르신다고요? 그러시군요. 그럼 잠깐 설명해드릴 까요? 지중해의 시실리 섬 남쪽에 있는 몰타 섬이 원산지라고 알 려졌고, 서기 3천 년 전부터 이미 몰타 섬 주민 사이에서 애완용물 로 사육되어 '몰타의 고대 견'이라고도 합니다. 나중에 유럽으로 건너가긴 했지만 그 아름다운 모습이 고대 그리스 로마 사람들의 사랑을 받아 수많은 도자기며 벽화에 그려졌고 고대 이집트에서 는 신앙의 대상이 되기도 했다는군요. 그리스도의 축복을 받은 행 복한 개이고, 그때의 포도주 얼룩이 지금도 몰티즈의 머리털에 레 몬색 반점으로 남아 있다고 일컬어집니다.

제가 한눈에 알아봤지만 미쓰코는 '오크 매너 화이트 카멧oak manor white comet' 혈통으로, 미국 컨넬 클럽(AKC) 수준에서 최고의 자태를 갖고 있습니다. 머리에서 발끝까지 길고 하얀 비단실 같은 털 코트로 뒤덮여 애완용 개로는 최고로 손꼽힙니다. 국내의 애완 동물 붐이 마치 요즘에야 생겨난 것처럼 얘기하는 신문 기사가 있 지만, 국내에서 몰티즈를 기르기 시작한 것은 1930년부터입니다. 원래 전쟁 끝나고 5년여 만에 전시용 견으로 수입되었어요. 실내 견으로 기르기 쉬운 데다 성격이며 체질이 일본인의 취향에 적합 했는지 몰티즈의 인기가 폭발적으로 높아졌습니다. 일단 아름다 움에 있어서는 개 중에서 다이아몬드 급이니까요.

도미노코지 미쓰코는 제가 지금까지 진료한 몰티즈 중에서 가장 아름답고 훌륭한 개였습니다. 밑털 없이 겉 털만 있는 것이 몰티즈의 특색이지만 한 군데도 곱슬거리는 데 없이 깔끔한 직모였어요.

네, 그 뒤에 정기적으로 왕진을 나가 건강 상태를 살폈는데 평소의 미쓰코는 도저히 간질병은 상상할 수 없을 만큼 우아함 그 자체였습니다. 개는 주인을 닮는다더니 정말 미쓰코는 도미노코지 기미코 씨와 성격까지 꼭 닮았어요. 거동이 온화하고 애정이 깊고 게다가 눈매에는 현명함이 넘쳤으니까요.

몰티즈는 털이 길어서 눈을 덮기 때문에 눈 위에서 리본으로 한데 묶거나 양쪽으로 갈라 늘어뜨리거나, 주인의 취향에 따라 머리 스타일도 다양합니다. 미쓰코는 항상 눈 위에서 정확히 두 갈래로 나눠 묶고 거기에 반드시 다이아몬드 장식을 달았습니다. 그게 진짜 다이아몬드라는 것을 알았을 때는 저도 상당히 놀랐지요. 소형견이지만 활력이 넘쳐서 집 안이든 정원이든 마구 뛰어다니니까 장식이 떨어질 수 있잖습니까.

"우리 미쓰코는 어찌나 취향이 까다로운지 제 귀걸이도 자기 마음에 드는 건 자꾸 달라고 조른답니다. 하지만 싸구려 보석은 아주 불쾌하다는 듯 고개를 흔들어 떨어뜨려요. 제가 애지중지하는 보석과 그렇지 않은 것을 가만히 지켜보고 기억하는 모양이에요."

"진품 보석이 아니면 싫다니, 그야말로 미쓰코답군요."

"아무튼 금이야 옥이야 예뻐해주지 않으면 어찌나 강짜를 부리는지! 제가 집에 늦게 들어오면 잔뜩 토라져서 헝거 스트라이크에 들어가요. 어지간히 달래서는 화를 풀지 않는다니까요."

"당연한 일입니다. 명견일수록 자존심이 높지요."

"정말 그래요. 우리 미쓰코는 아예 자존심 덩어리야. 그렇지, 미쓰코?"

미쓰코는 울음소리가 아주 조용해요. 몰티즈만큼 사람 소리를 잘 흉내 내는 개도 없지만, 도미노코지 씨와 대화를 나눌 때는 정말 고저간으로 차가할 정도였습니다.

"두뇌가 명석한 따님이세요."

"네, 재색을 겸비했다는 게 바로 우리 미쓰코를 두고 하는 말이지요. 그렇지, 미쓰코?"

"오늘은 기분이 좋아 보이는데요?"

"제가 곁에서 계속 말을 걸어주면 이렇게 좋아한답니다. 그러니 집을 비울 수도 없고, 어디 여행할 때는 꼭 데려가야 해요. 하지만 몹시 신경질적인 아이라서 여간 피곤한 게 아니에요."

"저희 병원에 그런 애완견들을 밤새 돌봐주는 설비가 있습니다."

"어라라, 잘됐네요. 우리 미쓰코가 기타무라 원장님께는 마음을 여는 것 같으니까 다음에 어딘가 여행할 때는 한번 맡겨보기로 하지요. 하지만 뭔가 마음에 들지 않으면 금세 헝거 스트라이크에 들어가는데, 어쩌죠?"

"미쓰코 같은 명견은 저희도 아직 맡아본 적이 없지만, 일단 시험 삼아 맡겨주시면 좋겠어요."

"아, 그렇군요."

도미노코지 기미코 씨는 한참을 지그시 생각에 잠기더군요.

"AKC 관계자가 미쓰코에게 사윗감을 찾아주라던데, 그래도 괜찮을까요?"

몰티즈는 6개월에 한 번씩 사춘기를 맞이합니다. 혈통서 딸린 훌륭한 따님에게는 AKC뿐만 아니라 전국에서 아드님을 가진 분들이 눈독을 들이게 마련이죠. 미쓰코는, 도그 쇼라고 들어보셨는지 모르겠지만, 한마디로 미인 콘테스트 같은 곳에 자주 출전했습니다.

출전하기 전에는 공들여 화장한 미쓰코를 검진해서 건강 상태를 꼼꼼히 살피는데, 언젠가 전문 애견 샵에서 미쓰코의 눈에 샴푸가 들어간 게 너무 딱했다면서 도미노코지 씨는 사람이 쓰는 세안 비누로 씻어주고 온수로 헹궈서 린스도 해주고 드라이어로 말리는 작업까지 항상 직접 하셨어요.

"원장님, 미리 신경안정제를 먹이는 건 어떨까요?"

콘테스트에 나가기 전에 그런 문의를 해온 적이 있었습니다. 첫 왕진 뒤로 한 번도 입 밖에 낸 적은 없지만, 역시 미쓰코가 간질 발작을 일으킨 게 걱정스러웠던 모양이지요. 그래서 가벼운 안정제를 처방해드렸어요. 절대로 졸음이 오지 않는 신경안정제였죠. 미쓰코가 약은 그리 싫어하지 않는 편이라 의사로서는 편한 환자였어요. 엄마인 도미노코지 씨가 저를 믿어주시니 미쓰코도 마음을 열어줬겠지요. 네, 당연히 그러게 마련이에요. 특히 몰티즈처럼 영리하고 신경이 예민한 견종은 사육주와 서로 거의 한마음처럼 통하거든요.

미쓰코가 전견종全犬種 대회에서 우승한 것은 1970년이었습니다. 그전에 도쿄지부의 단견종單犬種 대회에서 우승했으니까 자신이 있었죠. 간질병만 알려지지 않으면 그건 뭐, 당연한 일이었습니다. 체형과 털 색깔에 반지르르한 윤기까지, 그런 아름다운 몰티즈는 웬만해서는 보기 힘드니까요.

교배 신청이 물밀듯이 밀려든 것도 당연합니다. 대개는 좋은 수컷 종견을 찾아 암컷 개의 사육주가 교배 신청을 하는 게 일반적인데, 이미 대형 견사를 가진 업자들이 눈독을 들일 모양이에요.

도미노코지 기미코 씨가 그 일로 고민이 많으셔서 제게 자주 상의했기 때문에 잘 알고 있습니다.

"아무리 뛰어난 종견이라지만 우리 미쓰코처럼 아름답게 태어난 아이가 더럽혀지는 게 싫군요. 이런 생각은 저만의 이기주의일까요? 미쓰코가 유난히 예민한 것은 새끼를 낳지 못했기 때문인가요? 순결한 몸으로 일생을 마치는 게 미쓰코에게 가장 잘 어울릴 것 같은데……."

암컷 몰티즈를 키우는 사람들은 대부분 새끼를 낳게 해서 최대한 본전도 뽑고 돈도 벌어보려는 경우가 많아요. 그래서 그 말씀에는 좀 놀랐지만, 간질병 유전을 염려한 것이 아닌가 하는 생각도 들더군요. 그래서 애매하게 말끝을 흐리는 대답을 했습니다.

"네에, 그렇기는 하지요……."

그래서 제가 아는 한 미쓰코는 교배한 적이 없어요. 네, 주인의 뜻대로 처녀였습니다.

도미노코지 씨가 여행을 떠날 때마다 미쓰코는 우리 병원에 맡기셨는데 그야말로 상상 이상으로 호사스럽게 키운 표가 나더군요. 병원 식사가 마음에 안 드는지 영 먹지를 않아서 일단 그 댁에 연락해봤습니다. 결국 여 집사가 평소에 먹던 것을 전문 요리사에게 부탁해 하루에 한 번씩 배달해줬어요. 간호사가 아무리 어르고 달래봐야 소용이 없고 제가 직접 하루에 세 번쯤 들여다봐야 기분이 좀 풀리는, 정말 손이 많이 가는 아가씨였죠. 저희 병원에서도 간질 발작을 두 번이나 일으켰어요.

외국에서 돌아오면 도미노코지 기미코 씨는 하네다 공항에서 곧장 병원으로 달려와 미쓰코를 품에 안고 댁에 돌아가셨어요. 그러면 미쓰코도 감기 기운이 좀 있다가도 금세 생기를 되찾았고요.

도미노코지 기미코 씨가 사망하기 전에 뭔가 이상한 점은 없었느냐고요? 아, 그건 잘 모르겠어요. 미쓰코에 대한 것이라면 보시다시피 진료 기록도 있고 사진도 있습니다. 도그 쇼 훈련을 위해 전문 트레이너도 채용하셨거든요. 이 사진을 촬영할 때도 트레이너가 옆에 딱 붙어서 도미노코지 씨와 둘이 어르고 달래가며 가장 좋은 자세일 때 셔터를 눌렀어요. 미쓰코는 자신의 아름다움을 충분히 인식하고 있어서 사진을 찍을 때는 왕녀처럼 우아하게 위엄을 지키며 카메라를 쳐다보곤 했습니다.

병원비 말입니까? 넉넉히 받았죠. 간호사에게도 명절이면 상품권 선물을 보내주시고, 그렇게 자상하게 신경 써주는 주인은 아직 못 봤습니다. 미쓰코는 그 뒤에 어떻게 지내는지 걱정이 되어서 여집사에게 연락해봤는데 그분은 개를 별로 좋아하지 않는 사람이라 도미노코지 씨 사망 후에 즉시 업자에게 맡겼다고 하더군요.

전문 사육사가 맡아준 모양이던데, 이미 임신은 어려워요. 역시 나이가 꽤 들었으니까요. 사육장 주소와 전화번호는 저희도 적어 뒀습니다. 아, 네에, 개에는 관심이 없으시다고요. 안타깝네요, 그런 멋진 몰티즈는 웬만해서는 보기 힘든데.

20

긴자 바 마담

도미노코지 기미코에 관해서……?

내 생각을 솔직히 말하자면, 정말 좋아했던 사람이야. 왜 그렇게 죽었는지 모르겠지만 언제까지고 오래오래 살기를 바랐는데. 다들 악녀라는 식으로 떠드는데 난 정말 용서할 수가 없어, 그 사람들.

그 여자가 대체 무슨 나쁜 짓을 했다는 거야?

돈을 많이 번 게 악덕은 아니잖아. 그렇게 얘기하기로 치면 사업에 번번이 실패하는 사람이 선하다는 이상한 논리가 성립되겠네.

처음에는 딱히 특별한 관계는 아니었어. 내가 오래전부터 저혈압에 시달리는 걸 보고 주위에서 사우나가 좋다고 자꾸 권하잖아. 어떤 사우나로 할까 찾아봤는데 여성 주간지에 크게 기사가 실려 있었어.

'남자 직원이 최고의 서비스를 해주는 여성들만의 꿈같은 세상.'

무슨 호스트 클럽 광고인가 했어, 처음에는. 근데 그건 아니더라고. 게다가 장소가 니혼바시 한복판이잖아.

그 빌딩은 전부터 눈에 띄었고 경영자가 여자라는 얘기를 듣고 참 대단한 인물이라고 생각했었어. 근데 거기서 '여성만을 위한' 사우나며 미용 체조를 한다는 거야. 그래서 어느 날 아침에 쑤셔모 지끈거리는 머리를 붙잡고 한번 가봤지. 아침이라고 해도 내 경우에는 오후 1시쯤이야. 입회금이 2백만 엔이라 지나치게 비싸긴 했지만, 그만한 돈을 받을 때는 뭔가 괜찮은 게 있겠다 싶었고, 아무튼 일단 가서 확인해봐야 할 거 아냐. 도미노코지라는 묘한 이름도 왕족 같아서 재미있잖아. 내가 전쟁 전부터 이렇게 긴자 바닥에서 살아왔지만, 도미노코지라는 이름은 처음 듣자마자 어쩌 수상쩍더라고. 우리 가게에 그런 사람이 왔다면 외상술은 사절하고 현금만 받았을 거야, 아무리 통 크게 놀아주더라도.

긴자도 전후에 크게 달라졌잖아. 어떤 시대에나 졸부라는 족속들이 있지만, 옛날 졸부들은 게이샤를 찾아가고 긴자 쪽 바에는 주로 신사들이 찾는 걸로 암암리에 정해져 있었어. 그러던 게 전후에는 이쪽 바에도 천박한 손님들이 부쩍 늘었지 뭐야. 술만 마시고 내빼버리는 통에 된통 당하는 마담이 한둘이 아니었어. 우리 가게야 전쟁 전부터 오시던 단골들이 계속 찾아주시니까 참 감사한 일이지. 근데 이제는 죄다 영감들이 됐어. 아들도 같이 와서 술잔을 기울이고, 세대가 교체된 느낌도 있긴 한데, 그래서 아주 따분해,

솔직히 말해서. 영감 기분도 살려줘야지 아드님도 상대해야지, 이 게 아주 피곤한 일이거든. 서로 화젯거리가 너무 다르잖아. 그래서 요즘은 가게를 대부분 젊은 애들에게 맡겨버렸는데, 요즘 젊은 애 들은 도대체 눈을 뗄 수가 없다니까. 무슨 일이 있어도 매일 저녁 마다 가게에 나가서 감독을 해야 돼, 젊은 애들을.

아무튼 그러저러해서 2백만 엔짜리 사우나라는 곳에 가보게 됐 어. 내가 이래봬도 돈에 대해서는 깍쟁이야. 그렇지 않고서야 긴자 바닥에서 이렇게 오래 장사 못 하지. 일단 그 빌딩 꼭대기 층에 올 라가 접수처 남자 직원에게 명함부터 내밀었어.

"내가 긴자에서 이런 가게를 하는 사람인데, 2백만 엔이라면 보 통 큰돈이 아니야. 일단 안을 둘러본 다음에 회원 가입을 하고 싶 은데, 그런 방법이 있을까?"

"물론 있고말고요. 방문자 자격으로 1회 3만 엔만 내시면 입회 금 없이 마음껏 즐기실 수 있습니다."

"오호, 그렇다면 여기 3만 엔."

내가 괜히 마음이 설레더라고. 접수처 남자 직원이 알랭 들롱을 닮은 꽃미남이었거든. 영화계나 텔레비전 쪽에서 이런 애를 왜 그 냥 내버려두나 싶을 만큼 핸섬했어. 턱시도를 차려입었고 예의도 바른 청년이었어.

"미용 체조, 사우나, 마사지 코스가 있습니다. 이쪽은 담화실과 스낵 코너예요. 밤 11시까지 운영하고, 이용 시간의 제한은 없습니 다. 저쪽에서 미용 체조를 하는데 한번 둘러보시겠습니까?"

"내가 오늘 기모노 차림 그대로 왔는데……."

"트레이닝 웨어는 저희가 준비해드립니다. 마사지를 받으실 때도 저희 가운을 쓰니까 손님께서는 미리 준비하지 않으셔도 괜찮습니다."

3만 엔도 적은 돈이 아니잖아, 그래서 일단 미용 체조부터 해보기로 했어. 나도 슬슬 중년 뱃살이 붙기 시작한 오십 대라서 그야 날씬해질 수만 있다면 더할 나위 없이 좋지.

트레이닝 웨어라는 걸 받고는 까짝 놀랐지 뭐야. 셔츠도 바지도 쇼킹 핑크라는 요란한 색깔이야. 목욕 수건이며 얼굴 수건까지 죄다 쇼킹 핑크. 최고급품이라 얼마나 보들보들한지. 물론 외국산이었지.

라커 룸에서 옷을 갈아입고 나왔더니 젊은 시절의 게리 쿠퍼 같은 남자 직원이 기다리고 있다가 실내 운동장으로 안내해주는 거야. 이 청년도 턱시도 차림이었지.

입구 쪽 방에 흰 가운의 남자 의사와 간호사가 상주하면서 혈압과 맥박, 몸무게를 측정해주더라고.

"사모님, 혈압이 낮아요. 수축기 수치가 92밖에 안 나오는군요."

"뭐, 항상 그래. 내가 만성저혈압이라서."

"아침에 몹시 힘드실 텐데요?"

"아침에는 주로 잠을 자니까 괜찮아."

"지금까지 운동은 좀 하셨어요?"

"아니, 전쟁 중에 잠깐 밭일을 한 것밖에 없어."

"그럼 가장 손쉬운 운동부터 시작하시는 게 좋겠군요. 처음이니까 쉬엄쉬엄하세요."

의사라는 남자가 내 첫사랑을 꼭 닮았더라고. 그렇지, 내가 처녀를 바친 사람. 전사한 그 사람이 다시 살아 돌아왔나 싶더라니까.

아무튼 철저히 꽃미남으로만 뽑아온 느낌이야. 게다가 온갖 베리에이션이 있어, 다들 젊은 애들로만. 실내 체조실에는 갖가지 운동 기구가 설치되었어. 근데 뭐니 뭐니 해도 여성 회원 한 사람마다 각각 남자 트레이너가 한 명씩 붙는데 그게 죄다 발랄한 젊은 애들이야. 체조 따위 관두고 와락 껴안고 싶은 멋진 사내들이더라니까. 내 첫 트레이너는 이케베 료*의 젊은 시절을 빼다 박은 듯한 청년이었어.

"우선 가볍게 걸어볼까요? 네, 앞으로 하나 둘, 뒤로 하나 둘."

잠시 걷고 나서 매트에 누워 허리를 들어 올리고 다리를 쫙 벌리고 하는 거야.

"네, 그 자세대로 허리를 돌려볼까요? 오른쪽부터 하나 둘 셋, 왼쪽으로 하나 둘 셋."

트레이너가 옆에 나란히 누워서 가르쳐주니까 서로 얼굴이 바로 코앞이야. 그러니 당연히 기분이 묘해질 수밖에. 돈 있고 시간 있는 여자라면 입회금 2백만 엔 따위, 척척 내줄 만도 하겠더라고.

30분 체조 시간이 눈 깜빡할 사이에 끝나버렸지 뭐야. 내 몸이 상당히 노화되었다는 걸 깨닫고 내심 놀라기도 했어. 허리가 마음대로 돌아가지를 않더라고.

"아휴, 안 되겠네. 트레이너 선생님처럼은 절대 못 하겠어."

* 1918~2010. 배우, 수필가.

"조금씩이라도 꾸준히 하면 누구든 할 수 있어요. 유연 체조는 댁에서도 하시면 금세 숙달됩니다. 어떤 회원님이든 일주일 만에 선 채로 허리를 굽히면 손이 바닥에 닿아요."

"정말?"

"물론이죠. 자아, 수고하셨습니다. 다음에는 이 마사지 기구를 써볼까요?"

"응, 케비사기."

벌렁 누워서 마사지 기구에 몸을 맡긴 채 찬찬히 주위를 둘러봤더니 나보다 훨씬 더 비곗덩어리 같은 여자들이 조깅팬티를 입고 매트 위에서 끙끙거리며 네발로 기었다가 납작 엎드리는 체조를 하더라고. 트레이너는 모두 흰색 유니폼 차림이라서 그렇잖아도 잘생긴 애들이 더욱더 꽃미남으로 보이는 거야.

아무튼 백주 대낮에 체조실에서 여자 일고여덟 명이 러닝도 하고 유연 체조도 하는 거야.

"상당히 유연해지셨는데요?"

"어머, 그래?"

"전에는 여기 이 근육이 전혀 늘어나지 않았어요."

"그랬나?"

단골 회원인지, 편하게 얘기를 나누면서 제법 난이도가 높은 체조를 하는 여자가 있었어. 마지막에는 물구나무를 서서 다리를 전후좌우로 벌렸다 오므렸다 하는 거야. 아무튼 볼만하더라고. 나도 저런 망측한 꼴이었겠구나 싶어서 진짜 창피하더라. 아무래도 머릿속으로 상상하게 되잖아. 트레이너가 젊은 남자니까 말이야. 근데 개들은 하나같이 쿨한 얼굴이야.

"자아, 됐습니다. 다음으로 넘어가지요."

"어머, 아직도 할 게 남았어?"

"양팔과 양다리를 벌리고 몸을 틀어볼까요, 하나 둘, 하나 둘."

"이, 이렇게?"

"좀 더 힘을 줘서."

그러고는 트레이너가 양쪽 발을 잡고 홱 벌리는 거야.

"아야야, 나 죽네!"

"괜찮아요."

"진짜 아프다니까."

"구와하라 씨는 엄살이 심하시다니까. 자아, 하나 둘, 하나 둘, 다시 하나 둘, 하나 둘."

"아휴, 더 이상 못해. 너무 힘들어."

"반동을 주면 쉽게 할 수 있어요. 다시 한 번 해보세요, 하나 둘, 하나 둘."

트레이너의 구령에 따라 마법에 걸린 것처럼 허리를 들었다 내렸다 몸을 꼬았다 폈다, 이건 영락없이 몸부림치며 뒹구는 것 같더라니까.

오래 쳐다보기도 민망해서 나는 자리에서 일어났어.

"사우나에 가도 될까?"

"네, 사우나는 이쪽입니다."

라커 룸에서 쇼킹 핑크색 유니폼을 벗고 팬티만 걸친 몸에 큼직한 목욕 수건을 두르고 들어갔더니 여기는 체조실보다 좁은 대신,

세상에나, 세상에나, 여자들이 홀라당 벗고 아무렇지도 않게 길게 누워 있어. 팬티를 입은 건 나뿐이야. 살짝 벗어버리기는 했지만, 아무튼 사우나 안에서 시뻘건 얼굴로 폭포처럼 땀을 흘리며 용을 쓰고 있는 여자들을 대충 둘러보니 죄다 사십 대야. 역시나 때밀이까지는 없더라고. 초시계 맞춰놓고 5분 버티다가 샤워를 했는데 나는 처음부터 힘들지 않고 아주 상쾌했어. 간밤에 마신 술이 일단 짜악 빠지는 기분이더라고.

그러고는 휴게실로 갔는데, 이게 또 뭐야.

"어머!"

"어머머!"

얼굴 아는 게이샤 친구들이 줄줄이 와 있고, 그리운 옛 노래를 부르던 가수도 보이는 거야.

"마담도 회원 가입했어?"

"아니, 어떤 곳인지 구경하러 왔어."

"마사지도 받으려고?"

"일단 다 해볼 생각인데, 비싼 값은 하는 거 같네."

"맞아, 일하는 여성에게는 천국이야. 단 하루라도 이렇게 살아 봤으면 했거든. 나는 벌써 중독이 됐어. 날마다 온다니까."

"날마다?"

"미용실이 바로 아래층이라 여기서 곧장 연회 자리에 나가면 되고, 연습 끝나고 사우나 하면 겨울에 감기 걸릴 일도 없거든."

"트레이너가 다들 꽃미남이어서 깜짝 놀랐어."

"마사지는 아직 안 받아봤지?"

"마사지사도 꽃미남이야?"

"응, 얼굴보다 목소리가 끝내줘. 남자들이 굳이 여자 안마사를 부르는 거, 이해가 되더라."

"설마, 그런 것도 해?"

"에이, 그건 마담이 너무 앞서갔네. 아무튼 연회 자리에서 진상 손님들의 비위를 맞춰주면서, 아, 사람들은 게이샤가 신이 나서 이 짓거리를 하는 줄 알겠지, 라고 생각하는 일이 있잖아? 근데 여기 오면 남자들이 오로지 우리를 위해 봉사해주는 거야. 이런 기분, 2 백만 엔이면 싼 거야."

"호스트 클럽 같은데?"

"아니, 그건 아냐. 사장이 여자라서 그런 점은 아주 엄격하게 관리하고 있어. 고객과 뭔 일이 생겼다 하면 즉각 해고한대. 그래서 여기 직원들이 여간 예의 바른 게 아니야. 괜히 집적거려봤자 절대로 응해주지 않아. 뭐, 그냥 기분만 내는 거지. 우린 그거면 충분해."

"맞아, 나도 처음에는 2백만 엔이 비싸다고 생각했는데 따져보니까 싼 거더라. 날마다 들락거려도 2백만 엔이잖아. 방문자 자격이면 하루에 3만 엔씩, 100일이면 벌써 3백만 엔이야."

"2백만 엔이 1년 치 회비야?"

"아니, 그건 입회금이니까 그냥 넣어둬야 해. 따로 유지비를 내는데 몇 푼 안 돼. 게다가 5년 지나면 입회금의 약 70퍼센트를 돌려준대."

10여 분 안짝으로 사우나에서 버티다가 샤워를 하고 휴게실에 누워 수다도 떨고 담배도 피웠어. 아래층 매점에서 먹을 것이며 음

료수는 언제든지 주문이 가능해서 그걸 게걸스럽게 먹어대는 여자들도 있었어.

"미용 체조하고 사우나 해도 저렇게 먹어대니 살이 빠지겠어?"

"그래도 난 좋아. 맛있는 거 실컷 먹고, 스트레스가 싸악 날아가잖아. 남편도 아이들도 내가 여기 다니면서부터 집안 분위기가 환해졌대."

세녑 섄싫은 집힌의 사모님들도 꺼 드나드는 것 같고, 이 정두면 돈벌이가 쏠쏠하겠다 싶더라고. 입회금 2백만 엔에 70명만 곱해도 1억 4천만 엔이잖아. 회원이 170명이 넘는다고 했어, 그 당시에.

오일 마사지도 흰 가운을 입은 남자 마사지사가 해주는데, 세상에나 얼마나 잘해주는지 몰라. 홀딱 벗고 누워서 젊은 남자의 안마를 받으니까 완전히 클레오파트라가 된 것 같더라고.

"사모님은 몸이 아주 부드럽네요."

"그래? 운동은 전혀 안 하고 매일 밤 술에 취해 사니까 몸이 탄탄해질 리가 없지."

"미용 체조를 꾸준히 하시면 여기 이쪽의 지방은 금세 빠져요."

옆구리며 허벅지를 쓸어주면서 그러는 거야. 마사지사는 목소리가 남성적인 애들만 채용한 모양이야. 주위에서 보는 눈만 없으면 와락 껴안고 싶은 섹시한 바리톤이었어.

안마 침대 세 군데를 흰색 레이스 커튼으로 가렸는데 양옆에서도 홀딱 벗은 여자들이 마사지를 받고 있었어. 처음에는 엎드려 있는데 나중에는 반듯하게 누우라고 해. 그러고는 한쪽 다리씩 들어 올려 오일을 바르고 정성껏 문질러주는 거야. 내 양옆의 여자들은 눈을 감고 있더라고.

"아, 좋아. 거기, 거기 좀 세게 눌러줘."

끈적끈적한 목소리로 말하는 그 여자는 단골 고객이었던 거 같아. 나처럼 나이 지긋한 세대는 영 겸연쩍던데 그런 기색이 전혀 없었어. 어쨌든 한번 맛을 들이면 틀림없이 중독이 되겠더라고.

한 시간이 지났는데도 전혀 돌아갈 생각이 나질 않아. 사우나 휴게실에 갔더니 게이샤 친구들이 화장을 하고 있었어.

"마사지, 어땠어?"

내가 가까이 가니까 슬쩍 속닥거리더라고.

"마약처럼 중독될 거 같아."

그랬더니 친구들이 박장대소를 하는 거야.

"누가 아니래, 세상이 온통 다 행복해졌어. 서방도 섹시해졌다고 칭찬하고, 진짜 회춘을 하는지 다시 한 번 내 인생을 꽃피워보자는 마음이 솔솔 들어. 연회 자리에서도 내가 화사해진 게 느껴진다니까."

"맞아, 맞아."

하지만 나도 일이 있는 사람이라서 커피나 한잔 마시고 그만 나가기로 했어.

근데 접수처의 알랭 들롱이 잠시만 기다리시라면서 나를 부르더라고.

그러자 감색 정장에 하얀 블라우스 차림의 젊은 여자가 나와서 인사를 하네?

"잘 오셨어요. 저는 도미노코지라고 합니다."

"당신이 사장? 에이, 설마."

"아뇨, 제가 사장이에요."

"그래도 당신, 이 빌딩 주인이잖아."

"네, 그렇죠."

"너무 젊어서 당황했지 뭐야. 실례지만 지금 나이가 몇이셔?"

"1946년생이에요."

"그럼 진후 세대야? 이휴, 저런."

그야 놀랄 만도 하지. 그게 5년 전쯤의 얘기니까 당시에 아직 이십 대였어. 척 보기에도 대부호의 따님 같더라고. 여간 공손한 게 아니었거든.

"저는 협회 지부 모임에서 전부터 뵈었는데, 제 쪽에서 인사드리기도 좀 겸연쩍어서."

"협회라니?"

"일본 애견가협회요."

"아하, 몰티즈 챔피언을 땄던 게 댁이었구나? 어디선가 본 얼굴이다 했더니만."

나도 강아지를 좋아해서 포메라니안을 기르고 있는데, 딱 한 번 시험 삼아 도그 쇼에 나갔었어. 근데 어지간히 돈을 쏟아붓지 않고서는 우승은 넘볼 수도 없어. 그 쇼에서 기억나는 건 순백의 몰티즈 주인이 파란 하늘 같은 블루 판탈롱 차림의 아가씨였고 큼지막한 다이아몬드를 왼손에 꼈다는 거였어. 굉장한 부잣집 딸이 개에게 온 정성을 들이는 모양이라고 생각했었지. 우리처럼 직업 가진 여자들과는 애초에 다른 족속이라고만 생각했어.

"그래, 이제는 전후 세대가 활약하는 시대인가 봐. 이런 아이디어는 옛날 세대들은 생각도 못 하지. 어떻게 이런 꽃미남들만 골라서 채용했대?"

"심성이 고운 사람을 기준으로 선정했어요. 마음이 아름다우면 얼굴도 아름답더군요, 남자도."

"영락없이 호스트 클럽 같아. 회원들이 날마다 찾아오는 것도 당연하지."

"어라라, 그런 농담은 하지 마시구요. 트레이너는 모두 체육대학 출신의 순수한 청년들이랍니다. 마사지사도 국가시험 자격증을 가진 사람들이에요. 여성의 건강과 스트레스 해소를 목적으로 성실하게 일하고 있으니까 부디 오해 살 일이 없도록 협조해주세요."

그런 말을 마치 내 품에 안겨 애원이라도 하는 듯한 얼굴로 하더라니까. 목소리는 또 얼마나 사근사근한지. 정말 몰티즈처럼 귀엽고 사랑스러웠어. 내가 완전히 팬이 되어버렸어. 당장 그다음 날 2백만 엔 싸들고 찾아가 회원으로 가입했어.

"기미코 씨도 여기 사우나와 마사지를 이용해?"

"아뇨, 제 영업장이다 보니 좀 어려워요. 직원들도 긴장할 거고."

"그럼 미용 체조도 마사지도 못 해봤어? 하긴 아직 젊어서 그럴 필요도 없겠네."

"아뇨, 저는 〈도쿄 레이디스 소사이어티〉 회원이라서 그쪽으로……."

내심 제기랄, 하고 생각했지. 〈도쿄 레이디스 소사이어티〉라는 데는 〈도키와카이〉에 대항해서 만든 클럽이거든. 돈 많은 늙은 여

자들이 좌지우지하는 사교 클럽인데 여류 사업가들은 회원으로
받아주면서 나이트클럽이나 주점 경영자는 절대로 받아주질 않
아. 천한 직업이라고 무시하는 거지. 공창 제도 철폐 때문에 성 매
매가 주점이나 나이트클럽으로 속속 파고들었다고 거기 늙은 여
자 회장이 공개적으로 떠드는 바람에 여성 운동가들이 펄펄 뛰면
서 화를 낸 적도 있잖아.

그래서 이 여사장도 나한테 이렇게 허섭시섭 아니라고 부인하
는구나, 하고 금세 눈치챘지. 사람들이 그곳을 남자 터키탕 같은
데라고 생각했다가는 그 여자도 큰일인 거야. 그쪽 소사이어티에
서 제명될지도 모르니까.

"흥, 알았어."

그렇게 쏘아붙이기는 했지만, 아무튼 도미노코지가 경영하던
그 사우나 클럽은 정말 건전한 곳이었어. 게이샤 친구들이 돈을 퍼
붓고 그동안 갈고닦은 실력을 펼치며 체조 트레이너와 알랭 들롱
을 살살 꼬여봤는데 다들 실패했다고 하더라고.

"걔네들, 호모 아닌가 몰라."

그런 얘기까지 했다니까.

도미노코지 기미코가 사망한 뒤로 이런저런 기사가 나왔잖아.
실제로는 1936년생이었다, 덴엔초후 저택은 이중 삼중 담보로 잡
혀 있었다, 그래서 대출해준 은행들이 서둘러 그 빌딩을 차압하려
고 나섰다……. 나도 그런 기사 다 봤어. 근데 그렇다고 악녀랄 것
까지는 없잖아. 그게 왜 악녀야?

나이를 속이는 것쯤이야 우리 업계에서는 상식이야. 무슨 살인

을 한 것도 아니고 범죄를 저지른 것도 아닌데 온갖 악평을 다 듣고, 정말 딱하지 뭐야. 어떤 회사든 은행 대출로 돌려 막기를 해가며 사업한다는 것도 요즘은 상식이야. 은행은 담보 없이는 대출을 안 해주잖아.

근데 그중에서도 가장 웃기는 건 그 여자가 대출받은 돈을 어디에 썼는가 하면 왕비처럼 사치를 부리면서 살았다는 기사야.

보석? 그래, 나도 도미노코지에게서 다이아몬드를 샀어. 나와 거래하는 보석점에 그 물건을 보여줬는데, 물론 가짜도 아니었고 흠집도 없었어. 정말 최상품이었다니까? 보석점 감정사가 좋은 가격으로 잘 샀다고 요즘도 만나면 얘기하는데 뭘.

사람들은 저마다 사기를 당했다고 떠들어대는 모양인데, 내가 보기에는 그런 사기를 당한 사람이 멍청한 거야. 내가 산 다이아몬드는 흠집도 없고 퓨어 화이트에 커트도 최고, 14캐럿이나 돼. 우리 가게에서는 결코 끼지 않지만 말이야. 바로 얼마 전에 미키모토 보석점에서도 "이걸 도미노코지 씨한테서 샀어요? 이건 진짜 훌륭한 다이아몬드인데?"라면서 깜짝 놀라더라고.

"저희가 확대사진 찍어드릴까요? 이렇게 크고 흠집 없는 다이아몬드는 정말로 희귀하니까요."

그렇게 괜한 오지랖을 떨던데 보석 감정 따위는 하나 마나 아무 소용없다는 거 잘 아니까 그냥 필요 없다고 했어.

21
내가 친엄마

당신, 누구야?

도미노코지 기미코에 관해서 알고 싶다고?

당신, 누구냐니까? ……작가라니, 그게 뭔데? 아, 소설 쓰는 사람?

우리 기미코 얘기를 소설로 쓰려고? 좋지, 그렇다면 내가 뭐든 다 얘기해줄게. 그나저나 모델료는 얼마나 줄 거야?

아차차, 기미코가 살아 있다면 그런 돈 얘기는 하지 마라, 중요한 건 마음이다, 하면서 잔소리깨나 했겠네.

그래요, 내가 도미노코지 기미코의 엄마야.

친엄마냐니, 그게 뭔 소리래? 당연히 내가 낳았지. 내 배 아파서 내가 낳은 아이야. 1936년 1월 8일, 히노키초에서 채소 가게 하던 시절에 낳았어. 기미코를 받아준 산파 아줌마는 진즉에 세상 떠났지만, 그때만 해도 히카와진자 뒤쪽에서 살았어. 진통이 시작되니까 남편이 절뚝거리며 거기까지 산파 아줌마를 부르러 갔지. 응, 한밤중에. 초산이었거든. 게다가 나는 그 뒤로 기미코 말고는 애가 들어선 적이 없어. 산통이 얼마나 힘들었는지 아직도 잊히지를 않아. 어느 병원에서 낳았느냐고? 허 참, 옛날에는 다들 산파가 집에 와서 애를 받았어. 그런 것도 모르면서 어떻게 소설을 쓴대? 우리 옆집 옆집이 약국이었는데, 내가 참 지금도 잊히지를 않네, 축하한다고 양은 도시락에 찰밥을 담아 보내줬잖아. 양은이라는 게 처음으로 나왔던 시절이야. 알루미늄하고는 달리 금색으로 번쩍번쩍한 게, 참말로 근사한 것이 나왔다고 다들 좋아했잖아.

"얘가 앞으로 금 도시락에 찰밥 먹을 팔자인 모양이네."

제 아빠도 그러면서 좋아했는데 실제로 그 말대로 됐지 뭐야. 참말로 우리 기미코는 태어날 때부터 대단한 애였어.

정말로 내가 낳았느냐고?

그걸 왜 자꾸 물어봐? 동사무소 가서 호적 확인해보셔. 거기에 똑똑히 적혀 있어, 아버지는 스즈키 구니쓰구, 어머니는 스즈키 다네. 기미코가 자꾸 점을 보러 다니면서부터 내 이름은 어려운 한자를 쓰는 다네코라고 바꿔버렸지만 말이야.

업둥이라는 소문이 있다고?

흥, 누가 그런 쓸데없는 소리를 지껄이고 다니는지 모르겠지만 참말로 어이가 없네. 저기 히노키초에 드림 하이츠라는 맨션, 알지? 그 맨션 모퉁이 돌아가면 뒤쪽에 고만고만한 가게들이 있어. 지금 슈퍼마켓 들어선 자리가 기미코 애비 죽기 전까지 채소 가게 하던 곳이야. 그리고 그 옆이 잡화점인데 우리 기미코하고 초등학교 때 같은 반이던 마키코라는 애, 남편이 데릴사위로 들어와서 지금도 장사하고 있으니까 거기 가서 물어봐. 뭐야, 벌써 만나봤어? 그 애 부모들이 기미코 태어날 때, 물 끓이는 거 도와줬어. 마키코는 아직 배 속에 있었으니까 자기도 곧 애 낳을 때를 생각해서 품앗이로 도와준 거지. 그 옆의 약국도 아직 있으니까 거기 약사 노인네한테 물어보면 돼. 장은 도시락에 찰밥 담아 축하해줬으니까. 나는 애 낳느라 아무 정신이 없었지만 기미코가 응애응애 울 때, 우리 집에 이웃 사람들이 다 와 있었어. 업둥이라면 산파가 급하게 달려오지도 않았을 거 아냐. 그거 확인해보면 그 애가 내 친딸인지 아닌지 금세 알 수 있어.

나는 기미코와는 다르게 평생 거짓말만 하면서 살아왔지만 그것만은 참말이야. 그 애 엄마는 바로 나라고. 하긴 의심할 만도 하지. 기미코 애비도 자주 말했었거든. 개천에서 용 났다고. 기미코는 생긴 것도 예쁘고 지 애비보다 머리도 훨씬 좋았어. 나하고는 달리 비뚤어진 짓은 아예 못 하는 성품이야. 원체 착해빠져서 남들한테 속아 넘어가는 일도 많았지만 그때마다 나한테 그랬어.

"엄마, 남을 속이는 것보다 내가 속는 게 그나마 나은 거야."

그러면서 늘 당당하게 가슴 내밀고 살던 아이야.

나는 남의 험담만 하면서 여태까지 참 질기게도 살고 있지만, 그 애가 남의 험담하는 소리는 들어본 적이 없어. 아무리 심한 사기를 당해도 늘 남을 감싸주기만 했지.

"그 사람, 나쁜 마음에서 그런 게 아니야. 어쩔 수 없었을 거야."

예를 들어볼까? 우리 채소 가게 근처에 비토라고, 노상 제 집안 자랑만 하는 밉살맞은 여편네가 있었어. 기미코 애비가 죽은 뒤에 그 여편네가 그야말로 큰 적선이라도 베풀 듯이 나한테 그러더라고.

"요즘 몹시 힘들지? 우리는 집이 넓어서 빈방이 많으니까 이쪽으로 와. 딸도 같은 반 친구고, 어려울 때 서로 도우면서 살아야지."

내가 남편하고 그리 정답게 알콩달콩 살았던 건 아니지만 갑작스럽게 차에 치여 죽어버리고 나니까 참말로 막막하더라고. 그래서 그 여편네가 무슨 맘을 먹고 그런 말을 했는지도 모르고서 아, 세상에 이렇게 친절한 사람도 다 있구나, 하고 그 비토 씨 집에 신세를 지기로 했지 뭐야. 채소 가게가 셋집이었고 나도 그전부터 장사하는 게 너무 지겹던 참이라 공짜로 살게 해준다면야 그보다 더 좋은 일도 없다 싶어서 기미코를 데리고 냉큼 그 집으로 들어갔지.

그랬더니만 이게 뭐야, 삼시 세끼에 빨래에 청소까지 죄다 시켜먹더라니까. 중학생이던 우리 기미코까지 마구 부려먹으면서 '서로 도우면서 살자'고? 어이구, 망할 것들. 아무튼 전쟁 전에는 떵떵거리던 집안이라서 우리 가게 채소를 그 집에 대주면서 먹고 살았어, 우리 남편이. 하지만 전쟁 끝난 뒤로는 집만 대궐같이 컸지 가정부 하나 들일 돈도 없이 폭삭 망했어. 그러니 나와 기미코를 공짜로 부려먹으려고 자기 집에 불러들인 거야. 진짜로 못된 여편네다 싶어서 내가 그 집구석에서 계속 이불 쓰고 드러누워버렸다니까.

'몹시 힘들지?'라는 그 말이 너무 얄밉잖아. 가정부로 쓸 거라면 미리 분명하게 말을 해야 할 거 아니냐고.

가정부로 일해달라, 월급은 이만큼을 주겠다, 라고 하는 게 사람 살이의 도리잖아. 상류층 인간들, 마음이 얼마나 더러운지 몰라. 다시 생각해도 나는 그 여편네가 얄미워. 저희 조상님이 높으신 분이었다고 얼마나 자랑을 쳐대는지, 진짜 쥐어박고 싶을 만큼 옛날 잘나가던 시절 얘기만 늘어놓는 여편네야. 남편이라는 작자는 무능하기 짝이 없었고. 어디 시골구석의 대지주 집안 아들이라는데 견주에 농지 해방인지 뭔지고 느그고기 띡 끊기면서 임청 힘들있던 모양이야. 무능한 영감과 제 집안 자랑만 하는 여편네가 아주 부부간에 우리를 가정부에 심부름꾼으로 부려먹을 속셈이었어. 내가 이불 쓰고 누워버렸더니만 우리 기미코를 실컷 부려먹더라고.

"기미코, 이 집구석 일은 하지 마. 월급도 안 주는데 일해봤자 우리만 손해야. 처음부터 우릴 속인 거니까 안 해도 돼."

내가 입에 신물이 나도록 말했는데도 우리 기미코가 세끼 밥을 꼬박꼬박 차려냈다니까.

"그래도 차마 버려둘 수는 없잖아. 그냥 두면 엄마도 나도 밥을 못 먹어. 가스 불 켤 줄도 모르시는 분들인데."

동갑내기 딸 유키코가 주인집 아가씨처럼 도도하게 구는데도 기미코가 개 도시락까지 챙겨줬잖아. 나는 그 집구석 사람들은 한 놈도 안 빼고 죄다 밉살스러워. 지금 다시 생각해봐도 콱 쥐어박고 싶네.

중학교 졸업하고는 우리 기미코도 힘이 들었는지 낮에는 나가서 일하고 밤에는 야학에 다녔어. 그 집구석에 계속 있다가는 요괴가 될 것 같았던 모양이지. 부기? 뭐야, 부기가? 야학에서 기미코가 무슨 공부를 했냐고? 나야 모르지. 걔는 나하고 달라서 그저 틈만 나면 책을 봤어. 엄청 어려운 책을 들고 공책에 열심히, 아, 그래, 숫자를 줄줄 써가면서 공부했어.

"너는 아직도 산수 공부를 하냐?"

"엄마, 난 법률 공부를 하고 싶어."

"숫자만 쓰면서 무슨 법률 공부?"

"숫자와 법률이 아주 비슷해. 둘 다 사람이 생각하는 대로 되거든. 8이라는 숫자가 아무리 많아도 거기에 0을 곱하면 죄다 0이야. 어때, 재미있지? 법률도 마찬가지야. 온갖 사실을 아무리 쌓아봤자 한 사람의 의지로 0으로 만들어버릴 수 있고, 정말 재미있어."

뭔 소린지 나는 알아듣지도 못했지만 열심히 공부해서 나쁠 건 없잖아. 당장 갈 곳도 없고, 기미코가 나간 동안에는 나도 내 밥값만큼은 집안일을 했지.

그랬더니만 이건 또 무슨 일이야, 진짜 잠시도 마음 놓을 새가 없다는 게 바로 이런 경우지 뭐야. 글쎄 하필이면 비토 씨 아들놈이 우리 기미코를 건드렸더라니까. 응, 비토 데루히코라는 놈이야. 기미코보다 네 살이 많아서 그놈은 당시에 대학교에 갓 입학한 참이었어.

어떻게 알았느냐고? 이래봬도 내 배 아파서 낳은 내 딸이야. 밤 늦도록 내 새끼가 돌아오지 않으면 어미는 대문 앞을 자꾸 내다보게 마련이지. 그랬더니만 둘이 살그머니 들어오더라고. 쪽문 옆에서 그 데루히코란 놈이 기미코를 껴안고 입을 맞췄잖아. 내가 다 지켜보고 있는데 말이야.

"이 버러지 같은 놈, 지금 뭐하는 거냐!"

내가 소리소리 지르면서 뛰어나갔더니만 그놈이 소스라치게 놀라서 냅다 정원 쪽으로 튀더라고.

"어딜 도망쳐, 이놈아!"

내가 쫓아가서 붙잡고 늘어졌지. 땅바닥에 넘어지길래 배에 올라타고 고래고래 소리쳤어.

"이봐요, 사모님, 얼른 나와봐요! 주인아저씨, 좀 나와보라고요!"

그랬더니 도둑놈이라도 잡았나 하고 부부간에 전깃불을 켜고 덧문을 드르륵 열더라고. 근데 아들놈이 내 밑에 깔려 있으니 그냥 깜짝 놀라서 한달음에 달려 나왔지.

"어라라, 데루히코 아니니? 다네 씨, 이게 무슨 일이야?"

"어라라는 무슨 어라라? 이놈이 숫처녀인 우리 딸을 건드렸어! 이봐요, 주인아저씨, 사모님, 이 일을 대체 어쩔 거야? 어디 말 좀 해봐요!"

흥, 부모라는 게 둘 다 도무지 패기가 없어. 벌벌 떨면서 어물거리기만 하고 찍소리도 못 하더라니까.

"그렇게 소리 지르지 말아요, 이런 한밤중에."

"그래, 다네 씨, 큰소리로 떠들 일이 아니잖아. 밤도 깊었고, 일단 안으로 들어가세. 제발 부탁이니 안에 들어가서 찬찬히 얘기해 보세."

"밤중이든 대낮이든 할 말은 해야지! 귀한 내 딸이 흠집이 났는데 아무 말 안 할 어미가 이 세상에 어디 있어요?"

"그래도 이보게, 무슨 증거라도 있나?"

남편 쪽이 그런 소리를 하는 거야. 내가 머리에 핏대가 올라서 아들놈을 냅다 걷어차고 이번에는 그 영감을 붙잡고 늘어졌어.

"증거라니, 무슨 증거? 그렇게 증거가 보고 싶으면 댁이 한번 들여다보시든지. 의사 불러서 사타구니에 처녀막이 있는지 없는지 당장 조사해보자고요. 흥, 증거라고? 지금 당장 의사 불러요! 세키네 의사 선생님한테 내가 지금 전화할까?"

물론 둘이 껴안고 있는 것밖에는 못 봤지만 그건 어미로서의 육감이야. 딱 감이 오더라니까. 게다가 평소부터 눈꼴시던 참이었으니까 기미코가 흠집이 났건 안 났건 상관없이 실컷 난리를 쳐줄 생각이었어. 그렇지, 폭력 행사야. 폭력 앞에서 그자들이 꼼짝달싹 못 한다는 거, 전부터 뻔히 다 알았거든.

데루히코라는 놈은 쏜살같이 내빼버렸고, 기미코도 지가 이러저러하게 당했다고 말해야 할 판에 어디론가 사라져버렸어. 걔도 집 안 어디에 꼭꼭 숨어 숨을 죽이고 있는 걸 보니 그때 내 육감이 딱 맞았다 싶더라고. 마침내 때가 왔다 하고 내가 그간 못 한 말을 좔좔 쏟아냈어.

"기미코 애비가 급작스럽게 죽었다고 아주 위로해주는 척하면서 실제로는 제 실속 차리자고 우리 모녀를 불러들였지? 겉으로는 친절한 척하면서 공짜로다가 가정부에 심부름꾼으로 부려먹을 속셈이었잖아요! 그것도 모자라 건달 같은 아들놈이 우리 기미코한테 손을 대? 이 일을 대체 어쩔 거냐고요!"

집 안에 들어가서도 나는 고래고래 악을 썼어. 둘 다 끽소리도 못 하더라고.

"여보, 이걸 어쩌지요?"

"일단 데루히코에게 물어봐야 알 일이지."

"여보, 데루히코가 어디로 갔는지 안 보여요."

"허 참, 이렇게 난감할 데가 있나. 이보게, 다네 씨, 사실이 그렇다면 모친으로서 화가 나는 것도 당연하지만, 잠시 말미를 좀 주시게. 데루히코에게도 사정을 물어본 다음에 다네 씨의 마음이 풀릴 만한 해결책을 찾아보기로 하세."

"그나저나 다네 씨는 그걸 어떻게 알았어?"

"방금 전에 둘이 뒷문으로 슬그머니 들어와 한참을 부둥켜안고 있었어요. 같이 잔 게 아니고서야 연놈들이 그렇게 몸을 비비 꼬며 끌어안고 있겠느냐고요."

"어라라, 다네 씨는 그걸 다 보고 있었어?"

"딸이 밤늦도록 안 들어오니 당연히 어미로서 걱정스러워서 부엌문으로 몇 번을 내다봤지. 우리 같은 가난뱅이는 모녀간의 정이 댁들보다 더 깊어요."

"그래도 서로 껴안기만 했다면……."

"홍, 잤는지 안 잤는지 그 꼴을 봤으면 댁들도 금세 알았을걸? 당장 데루히코라는 놈이 지금 얼굴도 못 내밀고 아무 말 못 하잖아요. 요즘 기미코가 날마다 밤늦게 들어오길래 아무래도 어떤 나쁜 놈한테 걸렸구나 하고 나 혼자 근심하던 참이에요. 근데 그게 다른 사람도 아니고 이 집 도련님이셨어? 이봐요, 이 나라는 이제 민주주의야. 억울한 일 당하고도 예전처럼 눈물을 삼키면서 그냥 조용히 넘어갈 줄 알아요?"

"그래도 설마 우리 데루히코가……."

"설마는 무슨 설마? 이 싸가지 없는 여자가!"

옆에 있던 물건들을 손에 집히는 대로 주인 영감과 마누라를 향해 내던졌어. 항아리가 깨지고 재떨이가 부서지고, 아예 탁자까지 확 뒤집어버렸더니 그 소리에 놀라 유키코라는 년이 자다가 깼던가 봐, 잠옷 차림으로 뛰어나왔어.

"아빠, 이게 웬일이에요? 엄마, 대체 무슨 일이야?"

그러면서 바보같이 훌쩍훌쩍 울기부터 하더라고. 그 유키코라는 년도 우리 기미코를 종년 부리듯 했던 게 생각나서 도코노마*에 있는 물건까지 죄다 집어다 내동댕이쳤어.

여편네가 어쩔 줄 모르고 제 딸년을 데리고 다른 방으로 피신해버렸지. 그 즉시 주인 영감이 갑작스레 기가 팍 죽어서 살살 빌더라고.

"다네 씨, 좀 봐주게. 내가 이렇게 무릎 꿇고 사과할 테니 오늘 밤은 이 정도로 해줘. 이제 곧 날이 밝을 게 아닌가. 한숨 자고 난 뒤에 다네 씨가 만족할 만한 해결책을 찾아볼 테니까."

"예, 그렇게 좀 부탁합니다. 당장 경찰을 부를 수도 있지만 오늘까지 어찌 됐든 먹고 자면서 신세 진 것도 있고 화도 낼 만큼 냈으니까 영감님이 말하는 그 해결책으로 나도 이 귀신 집에서 하루빨리 나가야겠어요. 그러자면 우선 돈푼이라도 필요하니까요."

실컷 소리를 질렀더니 나도 속이 시원해져서 하녀 방으로 돌아

---

* 일본식 방의 상좌에 바닥을 한 층 높여 족자, 꽃 등의 장식물로 꾸미는 곳.

왔지만, 기미코는 이불에 엎드린 채 눈물만 뚝뚝 흘리면서 아무 말도 안 하더라고. 역시 데루히코라는 놈에게 당했구나 생각하니 너무 가엾어서 나도 굳이 나무라지 않고 그냥 잤어. 참말로 푹 잘 잤네. 눈을 떴더니 기미코는 벌써 출근하고 없었어.

기미코는 아무 말 안 했지만, 데루히코는 제 부모에게 다 실토했던 모양이야. 2, 3일 뒤에 주인 영감이 나를 부르더라고. 마누라는 뒤에서 옹송그리고 있고.

"다네 씨, 이 집에서 나가겠다고 했지?"

"그야 나가고 싶죠. 우선 첫째로 우리 애가 위험하고, 사람을 공짜로 부려먹는데 분통이 안 터질 사람이 있습니까? 안 그래요?"

"다네 씨 말도 분명 일리가 있네. 적당한 아파트를 구해줄 테니 모녀간에 거기로 옮기도록 하는 게 어떻겠나. 아파트 보증금은 우리 쪽에서 대주는 것으로 하고."

"퇴거료는 안 줍니까? 우리 기미코가 흠집이 난 것은 입을 싹 씻으시겠다?"

"그, 그건……."

"어쩌실래요? 나야 이 일이 동네방네 알려지는 거, 전혀 아무렇지도 않은데."

"새, 생각 좀 해보겠네."

"뭔 생각을 해보시려고?"

"변호사와 상의해서 합당한 금액을 정한다든가……."

변호사라는 말이 튀어나왔을 때는 나도 뜨끔하더라고. 나한테 전과가 있거든. 그래서 절름발이 채소 가게 남자한테 시집을 왔지.

에이, 전과라고 해봤자 좀도둑질이었으니까 무슨 다카하시 오덴[*]처럼 대단한 것도 아니야.

"아이구, 네에, 변호사를 부르시겠다? 그렇다면 나는 당장 경찰서로 뛰어가야겠네요."

일단 한번 밀어붙였지만 나도 내심 조마조마했어. 근데 이 주인 영감이 경찰이라는 말이 나오자마자 벌벌 떨더라고.

"그, 그건 좀 기다려주시게."

"내가 지금 기다리게 생겼어요? 내가 기다리는 동안에 변호사하고 쿵짝쿵짝 입을 맞출 거 아닙니까. 그전에 영감님의 그 못된 아들놈을 유치장에 처넣어야지요."

"아니, 잠깐만, 다네 씨, 내 어떻게든 돈을 마련해볼 테니까 그때까지만 좀 기다리시게. 다네 씨도 알다시피 우리 집안이 패전으로 폭삭 망했지 않은가. 내다 팔 만한 것을 어떻게든 찾아서 돈을 마련해야 할 텐데 그게 말처럼 그리 쉬운 게 아니야."

"네에, 그러시겠지요. 마눌님의 반지며 머리 장식은 다 따로 챙겨둘 속셈이신 모양이네요."

"어라라."

사모님이 그런 소리를 낸 것은 보석이 아까웠기 때문이 아니야. 보석을 팔면 돈이 되는 줄도 몰랐기 때문이었어, 내가 보기에는. 두 사람이 서로 마주 보면서 화들짝 놀라더라고.

그러고는 2, 3일 지나서 다시 부부간에 나한테 할 얘기가 있다면

---

[*] 1850~1879. 일본에서 마지막으로 참수형에 처해진 여성 강도 살인범. 대표적인 독부毒婦로 회자되면서 가부키와 소설, 노래, 영화 등으로 만들어졌다.

서 부르더라고.

"우리가 여기저기 알아봤는데 보석을 사겠다는 사람이 없네. 아파트는 나카노 쪽에 구해뒀어. 보증금과 1년 치 임대료는 내가 어떻게든 마련해줌세. 그다음은 현물로 이걸 줄 테니까 자네가 적당한 매입자를 찾아보면 어떻겠나."

루비 반지, 사파이어 반지, 비취 머리 장식, 사각 다이아몬드 허리띠 장식, 에메랄드와 진주 허리띠 장식.

나는 이쯤에서 손을 뗄 때라고 생각해서 깨끗이 물러서기로 했어.

"그렇습니까. 잘 알겠습니다. 나카노라면 참말로 시골구석이지만, 흠집이 난 우리 딸아이를 눈에 안 띄게 감춰두기에는 딱 좋은 곳이겠네요."

비토 영감도 마누라도 그제야 안도하는 것 같더라고.

나카노 언덕 위에 조그만 2층 공동주택이 있었어. 그렇게 나와 기미코는 비토네 집안하고 작별한 거야.

그런데 부모 마음을 자식은 모른다는 얘기가 딱 맞더라고. 내가 기미코를 데리고 나카노 집으로 옮긴 다음에 일의 전말을 얘기했더니만 기미코가 화를 내는 거야.

"엄마, 그건 협박이잖아. 나와 데루히코 씨의 사랑을 돈과 보석으로 갈라놓다니, 생각만 해도 싫어. 왜 그런 짓을 했어?"

눈물을 뚝뚝 흘리면서 나를 다그치더라니까.

"엄마가 그 집을 떠나고 싶어 하는 마음은 나도 이해하지만, 그래도 형편이 어려워진 비토가 아저씨와 사모님에게 나를 빌미로

협박을 하다니, 정말 참을 수가 없어. 돈은 내가 나가서 엄마 하나쯤은 먹고살 수 있게 열심히 벌어올 테니까 보석은 그 댁에 다시 돌려줘."

"얘, 기미코, 퇴거료는 당연히 받을 걸 받은 거야. 데루히코란 놈이 너한테 손댄 것만 해도 그래, 톡톡히 배상해야 할 이유가 된단 말이야."

"데루히코 씨는 착한 사람이야. 나한테 손을 댔다니, 남들 듣기 사나운 소리는 하지 말라니까, 엄마."

"너, 그놈한테 반했냐? 아직 돈도 못 버는 대학생 놈이야."

"아무튼 이 일로 엄마와 이러니저러니 얘기하고 싶지 않아. 연애는 자유롭고 아름다운 것이니까 그 반지와 허리띠 장식은 내가 돌려줄 거야. 엄마가 사는 방식에는 간섭하지 않겠어. 하지만 나는 그런 식으로 살고 싶지 않아. 깨끗하고 올바르게, 꿈을 가진 인생이 내 이상이야."

"얘가 무슨 잠꼬대를 한다냐. 사람을 보면 일단 도둑놈이라고 생각하라는 옛 속담도 있잖아."

"사람 사는 곳에 인정도 있다, 라는 속담도 있어."

"기미코, 물러터진 것도 정도가 있어야지. 우리 모녀간은 그 집에서 돈 한 푼 못 받고 하녀 노릇을 했어."

"엄마와 나는 모녀간인데 생각하는 게 너무 다르네. 아무튼 보석은 비토 씨 댁에 돌려줘. 안 그러면 내가 이 아파트를 나갈 거야."

어렵사리 모녀간에 남의 눈치 안 보고 살게 됐다 했더니만 그런 소리를 하고 나서니 내가 그냥 넋이 빠지더라고. 그래서 그냥 기미코가 하자는 대로 했어. 그런 일이 있었으니 내가 비토 씨네라면 아주 이가 갈리지. 보석은 돌려줬으니까 허름한 공동주택 임대료만 대주고 입을 싹 씻어버린 셈이잖아.

우리 기미코는 진짜로 열심히 일했어. 낮에는 직장에서 밤에는 중화요리점에서 일하느라 녹초가 된 채 돌아와서도 아침이면 멀쩡하게 다시 일하러 나갔잖아. 돈도 나 먹고살기 충분할 만큼 갖다줬고.

근데 기미코는 맨날 나다니지, 나 혼자 좁아터진 집에서 살자니 얼마나 따분하겠냐고. 나카노 역 앞에 가정부를 구한다는 광고가 나왔길래 거기서 일하기로 했어. 그때만 해도 일손이 부족하던 시절이라 경력이고 뭐고 물어볼 것도 없이 곧바로 일하게 해주더라고. 암거래로 부자가 된 사람이 호센지宝仙寺 바로 옆에 새 집도 짓고 아주 떵떵거리면서 살았거든. 비토 씨 집하고는 달라도 너무 달랐지. 부엌을 나한테 척 맡겼는데 돈이고 뭐고 쩨쩨하게 구는 게 하나도 없어. 나도 몸이 좀 좋아져서 이리 뛰고 저리 뛰면서 부지런히 일했어. 그 집 남자가 신주쿠 쪽의 야쿠자하고 관계가 있는지, 수상쩍은 사람들이 노상 드나들던 집이야. 젊은 여자를 안방에 들어앉히고 다이아몬드며 뭐며 줄줄이 사주더라고.

"기미코, 아까워 죽겠다, 보석 사줄 사람이 딱 기다리고 있는데. 그 반지랑 허리띠 장식은 돌려줄 일이 아니었어. 아무래도 전쟁 끝나면서 세상이 확 바뀐 모양이야. 지지리 궁상을 떠는 그 비토 씨한테 좀 보고 배우라고 하고 싶더라."

"근데 엄마가 일하는 집 얘기하는 거 들어보면 나는 겁이 나. 옛날 손버릇이 도지면 안 되는데……."

"뭔 소리야, 옛날 손버릇이라니?"

"엄마, 내가 모르는 줄 알아?"

가슴이 덜컥하더라고. 기미코가 아무튼 눈치 하나는 빠르다니까. 아직 어린애인 줄만 알았더니 저도 알 건 다 알고 있더라고. 죽은 제 애비가 부부 싸움을 할 때마다 나한테 전과자라느니 좀도둑이라느니 소리쳤던 걸 들었던 모양이지.

게다가 그때는 이미 내 손버릇이 도진 뒤였어. 어느 날 밤인가, 기미코가 먼저 집에 돌아왔을 때였는데, 내가 벽장 속에 감춰둔 스타루비에 진주 목걸이에 다이아몬드 펜던트 같은 걸 죄다 꺼내놓고 기다리고 있더라니까.

"엄마, 이게 대체 뭐야?"

내 자식이지만 참말로 무섭더라고. 처음 유치장에 끌려갔을 때와 똑같은 심정이었던 게 생각나네. 열대여섯 살의 딸한테 아주 된통 혼이 났다니까.

"그렇게 조심하라고 했는데 우리 엄마가 이런 짓을 하다니. 나는 깨끗하고 올바르게 이를 악물고 일하는데 엄마가 이런 나쁜 짓을 하면 내 노력도 다 물거품이야."

"미안하다, 기미코. 나도 모르게 손을 대버렸어. 이제 다시는 안 그럴게. 가정부 협회에 부탁해서 다른 집으로 바꿔달라고 할 테니까 이번만 좀 봐줘. 내가 도벽은 있어도 그걸 팔아치우지는 않으니까 꼬리가 잡힐 일도 없어. 네가 걱정할 거 하나도 없다니까."

"엄마, 이건 그 집에 돌려줘. 솔직히 털어놓고 머리 숙여 사죄하면 되잖아."

"말도 안 돼, 그게 더 위험하지. 아무도 도둑맞은 걸 모르는데 내가 괜히 그걸 가져가 사죄니 뭐니 했다가는 참말로 야쿠자한테 무슨 꼴을 당할지 몰라."

"그럼 경찰에 부탁하자."

"경찰은 더 무서워. 나는 절도 전과가 있어서 틀림없이 철창행이야. 너도 어미를 그런 곳에 보내고 싶지는 않지?"

"아, 이걸 어떡해."

"그냥 이번 한 번만 봐줘."

"엄마."

기미코가 눈을 똑바로 뜨고 얘기하더라고.

"나, 이 집에서 나갈래."

"뭐야?"

"엄마와 함께 사는 거, 조마조마하고 마음 아파서 정말 견디기 힘들었어. 나도 독립할 거야. 생활비는 대줄 테니까 가정부 협회에서 일하는 건 관두세요."

"그래도 내가 몸뚱이 건강하고 이제 겨우 마흔이야. 너 없는 동안에 나는 뭘 하란 말이냐."

"뜨개질이나 하면서 지내면 안 될까?"

"그야 뜨개질도 싫지는 않지만……."

"털실은 내가 사다 줄게. 이 보석은 내가 돌려줘야겠어."

"야쿠자들이 진을 치고 있는 집이야. 어떻게 그걸 돌려주겠다는 거야. 제발 봐다오, 기미코."

"엄마가 그 집 일 그만둔 뒤에 익명으로 경찰서에 보내면 주인에게 돌려주겠지. 내가 잘할 테니까 걱정 마. 그보다 엄마가 의심을 받아서 집 안을 수색하고 이런 것들이 나오면 어떡할 거야?"

"아무도 못 찾을 곳에 감춰뒀는데."

"나도 금세 찾아냈잖아."

더 이상 할 말이 없더라고. 기미코는 그날로 나카노 집에서 나갔어. 내가 참말로 기가 팍 죽은 채 살았네. 걔가 하늘색 털실을 산더미처럼 사다 주면서 나한테 그러는 거야.

"엄마가 입을 카디건이라도 만들어 봐."

근데 대바늘을 들고 앉아 있어봤자 한숨만 나오는 거야. 내 신세가 진짜 처량하잖아. 견딜 수가 없어서 이따금 가정부 협회에 나가서 다시 일을 시작했어.

그랬는데 1년도 안 되어 우리 기미코가 아기를 안고 돌아왔지 뭐야. 내가 참말로 얼마나 놀랐는지.

"이 아이는 누구 애야! 데루히코라는 놈이 애 아비냐? 이런 쳐죽일 놈."

"엄마, 부탁이야. 아무것도 묻지 말아줘. 내가 바보였어."

"사내한테 속아 넘어간 거지? 젊은 여자애가 혼자 살면 이런 일이 나게 마련이야. 유행가에도 나오잖니, 사내는 죄다 늑대라고."

"그런 남자는 아냐. 나쁜 사람 아니었어. 단지 내가 조금 어리석었던 거야."

"나하고 함께 살았으면 일이 이렇게 되기 전에 잘 처리했을 텐데, 이게 대체 뭔 일이라냐."

"하지만 엄마, 아이는 하느님의 선물이잖아. 잘 처리하다니, 그런 무서운 소리는 하지 말아줘."

"위자료도 안 받고 헤어졌단 말이야? 대체 어떤 놈이냐, 말해봐, 엄마가 쫓아가서 따져줄 테니까."

"그건 안 돼. 나는 이 아이를 얻은 것만으로도 충분히 행복해. 그러니까 아이 키우면서 오로지 아이를 위해 살기로 마음먹었어. 애 아빠가 누구인지는 알려고 하지 마. 제발 부탁이야. 엄마 손자잖아. 이렇게 귀여운데, 기쁘지도 않아?"

배 불룩한 것도 못 본 터에 느닷없이 애를 안고 와서 손자라고 들이미는데, 그게 뭐가 귀엽겠어? 그래도 손자랑 셋이서 살기는 집이 비좁다면서 같은 나카노 구의 다른 이층집으로 이사했을 때는, 기미코가 이제 쏠쏠히 돈을 버는 모양이구나 했어. 누구 첩으로 들어앉은 거 아닌가 싶었지만 모녀간이라도 그런 건 차마 물어볼 수가 없더라고. 하지만 손가락 꼽으면서 계산해보니까 비토 씨 아들놈 자식인 것 같기도 하고 얼굴도 상당히 닮았어. 나는 지금도 요시히코는 비토 씨 아들놈 자식이라고 생각해.

하지만 요시히코가 돌잔치 한 지 얼마 안 되어서 또다시 기미코의 배가 불러오는 바람에 내가 참 어이가 없어서 말도 안 나오더라고.

"기미코, 아직 스무 살도 안 된 처녀가 해마다 아이를 갖다니, 앞으로 네 신세가 어찌 될지 참말로 걱정이다. 이번 애 아빠도 요시히코 때하고 같은 거야?"

"묻지 말아줘, 엄마."

"또 사내놈한테 속았구나, 속았어."

"내가 어리석었어. 하지만 요시히코도 동생이 있는 게 더 좋잖아? 나는 외동딸이라서 쓸쓸했어. 낳게 해줘, 엄마, 부탁이야."

"아이구, 나도 모르겠다. 제발 둘로 끝내라. 애 하나 키우려면 얼마나 고생스러운지 알아? 내가 이 나이에 애를 둘씩이나 떠맡게 될 줄은 생각도 못 했네."

막상 키우다 보니 역시 손자는 귀엽더라고. 둘째 요시테루는 척 보기에도 큰애와는 씨가 다르다고 짐작했지만 내가 아무 말 않고 키워줬어. 기미코는 애 낳자마자 다시 부지런히 일을 나갔어. 참말로 신기한 몸뚱이야. 애 낳고 나면 대개는 배꼽 밑이 거무칙칙하게 트잖아. 근데 그 애는 살이 트지도 않아. 허리 오목한 건 죽을 때까지 처녀 같았어. 내 딸이지만 그렇게 예쁜 여자는 여배우들 중에도 없어. 내가 사내였다면 홀딱 반하다 못해 아예 목을 졸라 죽였을 거 같아.

기미코는 내 충고대로 아이는 둘만 낳고 관뒀지만, 사내들이 걔를 그냥 놔뒀을 리가 있나. 하지만 그런 쪽의 속내는 아무리 어미라도 알 수가 없어. 둘째가 누구 자식인지, 그 뒤로 20여 년 동안 대체 어떤 놈들과 붙어먹었는지, 난 몰라.

분명 요시히코가 초등학교 5학년 때였을 텐데, 기미코가 와서 손자 둘을 데려가버렸어.

"엄마, 여태까지 고생도 많이 하셨지만 이제는 아이들을 위해 좋은 환경도 만들어졌으니까 그만 애들 떼어놓고 편히 지내세요. 오랜 세월, 정말로 고마웠어요."

그러고는 이 집과 여기 뒤편의 아파트를 내 명의로 돌려주고 그

임대료로 나 죽을 때까지 돈고생 없이 잘살게 알뜰히 챙겨줬어. 그 정도면 효녀 아니야? 그런 애를 주간지라는 주간지마다 악녀니 뭐니 떠들어대다니, 참 세상 사람들은 뭘 몰라도 한참 몰라. 내가 참말로 어이가 없어. 그 애는 나하고는 달리 손톱만큼도 나쁜 짓을 못 하는 아이였어. 아들 둘이 나 같은 외할머니 때문에 행여 못된 짓이라도 배울까 봐 얼른 데려갔다는 건 나도 잘 알아, 아무렴, 알 고말고.

　응? 요즘 어떻게 지내냐고?

　뭐, 요즘이라기보다 손자 둘이 떠난 뒤로는 그냥 하릴없이 빈둥빈둥 놀고 있어. 할 일이 없어서 여기저기 슈퍼마켓에 나가서 뭔가 슬쩍 쌔벼 오는 게 사는 재미야. 상하지 않는 건 죄다 여기 벽장 속에 넣어뒀어. 구경 좀 해보실라우? 프라이팬이니 플라스틱 양동이니, 덩치가 큰 물건이 의외로 눈속임이 쉬워. 지금까지 한 번도 걸린 적이 없어. 내가 좀도둑으로 잡혔다가는 죽은 기미코한테도 망신일 것 같아서 어떻게든 안 걸리게 그야말로 감쪽같이 쌔벼 왔다니까.

22
TV 방송국 프로듀서

아사히 텔레비전의 오타라고 합니다. 네에, 안녕하십니까.

도미노코지 기미코에 관해서? 아, 그건 좀 난처하군요.

그 여자를 맨 처음에 텔레비전으로 불러낸 것은 분명 저였습니다. 원래는 모닝 쇼의 게스트로 자주 출연하던 여성 평론가에게서 얘기를 듣고 알게 됐어요.

"오타 씨, 굉장한 여자가 있어. 무슨 사업을 하는지는 잘 모르겠지만, 아무튼 엄청난 부자고 대단한 미인이야. 도그 쇼에서 알게 된 사람인데……."

그 여성 평론가는 광팬이라고 할 만큼 개를 좋아해서 『개는 나의 사랑』이라는 에세이집도 출간한 분이에요. 예, 바로 그분이죠. 평론가로서는 신좌익 경향이라서 오전 시간의 주부 대상 프로에서는 별로 인기가 없지만요. 취미가 오로지 애견이라서, 남편이나 남자보다 개가 더 사랑스럽다고 하고, 입만 열면 우리 안젤라가 이러저러한 예쁜 짓을 했다고 항상 개 이야기만 하는 분입니다. 안젤라라는 개 이름은 미국의 흑인 운동 지도자 안젤라 데이비스에서 따왔다는데, 나는 그런 운동에도 개에도 관심이 없어서 처음에는 별로 내키지 않았습니다.

"개 얘기인가요? 그건 좀 별로인데요,"

"아니라니까. 오타 씨가 아주 좋아할 만한 여자야. 굉장한 미인이고 대낮부터 다이아몬드 가루를 흩뿌린 것처럼 멋지게 꾸미고 다니잖아. 젊은 여자가 니혼바시에 큼직한 빌딩 한 채를 가졌고 거기서 레스토랑에 보석점에 화랑까지 경영한다는데 그게 하나같이 호화판이야. 아직 젊은 나이에 어쩌면 그렇게 돈이 많은지 모르겠어. 아무튼 돈을 물 쓰듯이 펑펑 쓰고 있어. 일단 한번 만나봐. 여자가 큰 부자가 되는 법, 나는 궁금하던데?"

'여자가 큰 부자가 되는 법'이라는 건 제목으로 잡아도 잘 먹히겠다고 생각했죠.

"몇 살쯤 된 여자예요?"

"글쎄 어려 보이기는 하던데, 서른 살쯤 아닐까? 도그 쇼에서 AKC 혈통서 딸린 몰티즈로 우승했을 때는 그야말로 압승이었어. 마치 여왕이 순백의 개를 데리고 산책하는 것 같더라니까. 오타 씨는 개를 싫어하지만, 콘테스트에서 우승하려면 몇백만 엔씩 들어. 말로 치면 조련을 하는 건데 그걸 전문 핸들러에게 맡겨야 해. 그 여자가 직접 핸들러 노릇을 하자면 시간도 많이 들고, 어떻든 도그 쇼 참가 경력도 쌓아야 하거든. 순백의 몰티즈인데 오타 씨도 한번 보면 홀딱 반할걸? 그만큼 아름다운 개야. 우리 안젤라는 발꿈치에도 못 따라가. 무엇보다 그 개는 액세서리를 모두 진짜 다이아몬드로 달고 나오잖아."

"이름이 어떻게 됩니까?"

"도미노코지 기미코. 귀족 같은 이름이지?"

"어째 좀 수상한데요?"

"덴엔초후에 호화 저택을 지어서 살고 있어. 우승 축하로 내가 그 집에 초대된 적이 있었어. 전담 요리사가 본격적인 프랑스 요리를 내주는데 정말 맛있더라. 그런 큰 집, 나는 본 적이 없어. 완전히 할리우드 여배우처럼 살더라니까. 방마다 온통 샹들리에야. 화장실에서도 위를 올려다보니까 샹들리에가 번쩍거렸어."

"에휴, 졸부 취미네요."

"그렇지 않다니까. 샤갈의 진품 그림이 응접실에 걸렸고 유리 진열장 안에 고대 그리스의 항아리 같은 게 몇 개씩이나 있었어. 기원전 물건이야. 게다가 그 여자가 낀 반지가 또 굉장해. 항상 멋진 반지를 끼고 있던데 어떤 보석이냐고 물어봤더니 아, 이거 마음에 드시냐, 그렇다면 드리겠다, 그러면서 손가락에서 쓱 빼 주더라니까. 깜짝 놀랐지. 보석점에 가져가 가격을 문의했더니 골든 사파이어인데 이 정도 크기라면 3백만 엔은 된다는 거야. 그게 바로 이거야."

"3백만 엔? 완전히 미쳤군요."

"그렇지? 하나에서 열까지 죄다 그런 식이야. 나는 저금을 다 합쳐도 3백만 엔이 안 되는 사람이라 일단 받기는 했지만, 겁이 나서 끼고 다닐 수가 있어야지. 그래도 오늘은 용기를 내서 한번 껴봤는데, 어때, 눈에 띄지 않았어?"

"전혀 몰랐는데요?"

"에이, 그렇겠지. 나한테 보석이 어울릴 리가 없지."

"선생님의 사상이나 주장으로 보면 그런 게 어울릴 이유도 없잖습니까."

하지만 3백만 엔짜리 보석을 한두 번 만난 사람에게 선뜻 내주는 여자라면 분명 대단하다고는 생각했습니다.

알아보니까 니혼바시에 큰 빌딩이 있고, 경영자는 젊은 여자, 이름은 도미노코지 기미코. 그래도 일단 사무실에 전화를 해봤는데 여비서와 남비서가 번갈아가며 끈덕지게 용건을 확인하더군요.

"아사히 텔레비전 방송국의 프로듀서가 전화했으니 당연히 출연 의뢰 아니겠습니까."

"사장님께 말씀 전해드리고 저희 쪽에서 다시 전화를 드리도록 하겠습니다."

아무튼 말투는 공손하더라고요. 여성 평론가 이름을 대면서 꼭 만나고 싶다고 전했습니다. 그리고 그날 오후에 도미노코지 본인에게서 전화가 걸려왔어요.

"제가 부재중이어서 뭔가 예의에 벗어난 일은 없었는지 모르겠네요."

"아뇨, 그런 일 없습니다."

"텔레비전 방송국에서 전화가 온 게 처음이라서 어떻게 해야 할지 몰랐나 봐요. 실은 저도 잘 모르겠네요. 무슨 볼일이신지 말씀해주시겠어요?"

"출연을 부탁드리려고 합니다."

"어라라."

목소리가 연약하기 짝이 없어서 어딘가 몸이 아픈 사람인가 했어요. 어쨌든 만나봐야 얘기가 되는지라 어떤 형태로 출연을 의뢰할지 함께 상의해보고 싶다고 얘기했죠.

"그러시다면 내일 오전에, 네, 11시에 저희 집으로 와주실 수 있을까요? 덴엔초후입니다만, 저희 쪽에서 차를 보내드리지요."

"아뇨, 차는 괜찮습니다. 그러면 오전 11시에 댁으로 찾아뵙겠습니다."

모닝 쇼 프로가 8시 반부터 9시 반까지, 생방송이에요. 그 뒤에 곧바로 스태프 회의에 들어가는데 나는 10시에 나와서 차를 몰고 덴엔초후의 도미노코지 궁전에 찾아갔습니다. 와아, 듣던 것보다 훨씬 더 굉장한 저택이더군요. 현관홀에 여 집사라고 하나요, 감색 롱드레스를 입은 키 큰 여자가 당당한 자세로 기다리고 있었습니다.

"아사히 텔레비전의 오타 씨이십니까? 잘 오셨습니다. 이쪽으로 오시지요. 작은 사모님께 말씀드리고 오겠습니다."

말투가 정중하기 이를 데 없더라고요.

샹들리에가 천장 여기저기에 매달린 대회의장 같은 응접실에서 커피에 케이크가 차례차례 나오는데, 그걸 차려주는 메이드는 하늘색 원피스를 입고 있었어요. 그로부터 한 시간쯤 아무도 이렇다 저렇다 얘기가 없는 거예요. 나는 점점 배도 고프고 답답해서 시계를 들여다보고 케이크를 먹고 해가면서 기다렸지만 너무 답답해서 앉았다 섰다를 반복했습니다. 창밖에는 숲이, 예, 정원이라기보다 광대한 숲이 펼쳐져서 덴엔초후가 아니라 가루이자와쯤에 와 있는 것 같더군요. 집 안에는 보면 볼수록 값비싼 조명이 가득해요. 하지만 방송국에서 덴엔초후까지 차를 몰아 약속 시간에 딱 맞춰서 찾아왔는데 사람을 한 시간 빈이니 기다리게 하는 건 너무하잖습니까. 현관 쪽 문을 열어봐도 인기척이 없고, 어디에도 벨이 없어요. 아무튼 천장은 높고 샹들리에가 매달렸잖습니까. 점점 불안해지더군요.

그러는 참에 여 집사가 발소리도 없이 나타나 또 다른 문을 열고 앞장서서 안내해줬습니다.

"오래 기다리셨습니다. 자아, 이쪽으로 오시지요."

그 뒤를 따라가면서 나는 그 집과 정원의 넓이에 새삼 경탄했습니다.

"이 집은 몇 평이나 됩니까?"

"부지는 만 평이 조금 안 됩니다. 저택 쪽은 4백 평이 넘고요."

"가족은 몇 분이나 되시지요?"

"죄송합니다만, 그런 점은 작은 사모님께 직접 문의해주시기 바랍니다."

대체 도미노코지 기미코라는 사람이 누구인가 하고 나도 점점 호기심이 나더군요. 입구는 양식 건물이었는데 차츰 일본식 건물로 바뀌면서 약 2미터 너비의 긴 복도를 건너갔어요. 그랬더니 궁전의 한 칸 같은 방으로 안내해주더군요. 다시 한 시간쯤을 거기서 하릴없이 기다려야 했으니까 그 방이 열 평쯤 되는 응접실이었다는 건 정확히 기억합니다.

내가 성질이 급한 편이라 그만 화가 나서 돌아가려던 참에 마치 그 타이밍을 노린 것처럼 눈앞의 금빛 미닫이문이 스르륵 열리고, 네, 그때는 정말 그렇게 느꼈었는데 그야말로 열두 겹 옛날 전통의상을 떨쳐입은 듯한 여자가 나타나더라고요.

"도미노코지라고 합니다."

나는 처음에는 환자인 줄 알았어요. 얼굴빛이 하얗다 못해 창백하고 숨을 쉬기도 힘들어 보이는 거예요. 이런 여자가 어떻게 큰돈을 벌어들였나, 의아해질 정도였어요.

"안색이 좋지 않으신데, 어디 편찮으십니까?"

"네, 제가 저혈압이라 아침에는 일어나기가 좀 힘들어서요."

"모닝 쇼에 출연해주셨으면 하고 이렇게 찾아왔는데, 항상 이 시간인가요, 일어나시는 게?"

"일이 있을 때는 그럴 수도 없어서 새벽 5시에 일어나기도 한답니다. 그런데 제가 텔레비전에 나가서 뭘 해야 하나요?"

"엄청난 부자라고 소문이 났던데, 여성이 혼자 사업을 하다 보면 이래저래 힘든 일도 많으시겠지요. 그런 체험담이라든가 방법을 구체적으로 말씀해주셨으면 좋겠는데."

"어라라."

그 여자, 느닷없이 주르륵 눈물을 흘리면서 입을 꾹 다물어버리는 거예요. 나도 저절로 헉 숨을 삼키며 멀거니 바라볼 수밖에요.

"네, 저 혼자 여기까지 정신없이 달려왔어요. 젊었기 때문에 가능한 일이었는지도 모르겠어요. 세상이 어떤 곳인지도 모른 채 마구 내달렸답니다. 하지만 텔레비전에 나가다니, 그런 화려한 일을 정말 제가 할 수 있을까요? 제가 좀 아카데믹한 여자인데요."

가느다란 목소리로 한 구절 한 구절 조용히 생각해가며 얘기하는데, 아카데믹한 여자가 과연 자기 자신을 가리켜 아카데믹하다고 만할까요?

"아카데믹하다니, 무슨 뜻이신지……."

"저는 남의 눈에 그리 띄고 싶지 않은 사람이에요. 가능하면 조용히 서재에 틀어박혀 책이나 읽으면서 살고 싶지만, 저도 모르게 일거리가 점점 많아지고 회사라도 하나 만들면 직원과 그 가족도 생각해줘야 하잖아요."

"회사는 몇 개나 갖고 계십니까?"

"서른여덟 개예요. 자잘한 것들뿐이지만."

"어떤 계기로 사업을 시작하셨지요?"

"꿈과 현실이 다르기 때문이었어요. 살아가기 위해 필사적으로 일을 해야 했지요."

"힘든 일이 많았던가요, 여자로서?"

"네, 그야 정말 너무 많았죠."

거기서 또다시 눈물을 주르륵. 나는 이건 일단 그림이 되겠구나 하고 생각했습니다. 별로 기대도 안 했어요, 처음에는. 하지만 솔직히 말해서 모닝 쇼는 월요일부터 금요일까지 매일 아침마다 하는 생방송이라 소재가 딸리는 일도 많고 기획이 매너리즘에 빠진 상태였거든요. 어떤 인물이든 상관없다, 어떻든 이 여자를 잘 달래서 출연시키자, 하고 마음먹었습니다.

"그런 얘기를 텔레비전을 통해 일본 전국의 여성에게, 돈벌이라는 것이 실제로는 얼마나 힘든 것인지 들려주시면 어떨까요?"

"제가 정말 도움이 될까요? 실례지만, 제가 텔레비전은 거의 시청하지도 않아요."

"괜찮습니다. 우리한테 맡겨주십시오."

"그러시다면 좀 생각을 해봐야겠네요."

여기서 그 여자가 다시 입을 꾹 다물더군요. 나도 아무 말 않고 기다렸습니다. 배가 점점 고파왔지만 바로 그런 순간에 승부가 갈리니까요. 하지만 긴 침묵을 견디다 못해 내가 먼저 입을 열어버렸어요. 멀리서 쉴 새 없이 새 우는 소리가 들렸기 때문입니다.

"새가 있는 것 같군요. 정원이 넓으니까 들새도 많이 날아오는 모양이지요?"

"아뇨, 저건 카나리아랍니다. 카나리아 좋아하세요?"

"네에, 좋아하지요."

"제가 안내해드릴까요."

나는 그때까지 그 여자가 안고 있는 것이 봉제 인형인 줄 알았어요. 그런데 여자가 자리에서 일어나면서 "미쓰코, 카나리아한테 가볼까?"라고 하니까 그 봉제 인형이 앞장서서 걸어가는 겁니다.

"아, 콘테스트에서 우승했다는 게 이 강아지입니까?"

"어라라, 우리 미쓰코를 알고 계시네요? 얘, 미쓰코, 좋겠네. 자아, 인사드려야지?"

새하얀 몰티즈가 발을 멈추고 나를 돌아보며 한쪽 발을 쳐드는데 발바닥이 까맣더라고요.

"오호, 재주도 부리는 모양이네요."

"미쓰코, 어서 오십시오, 라고 해야지?"

그 여자가 지시하자 이번에는 개가 두 발을 번쩍 들고 만세를 불러요.

"그 녀석 집이 정말 넓고요."

"우리 미쓰코, 운동이 부족하면 안 된다고 의사 선생님이 주의를 주셨거든요."

세상에 애완견을 산책시키려고 그렇게 집을 크게 짓는 인간이 어디 있습니까? 정말 화가 나더라고요. 카나리아는 대체 어디 있는 거야, 하고 마음속으로 툴툴거렸죠.

"여기가 중정이랍니다."

창을 열자 중정 자체가 하나의 거대한 새장이에요. 샛노란 카나리아가 얼마나 날아다녔을 거 같아요? 참내, 몇백 마리의 새들이 일제히 지저귀면서 바로 눈앞을 날아다니더라고요.

"오타 씨, 식사는 하셨나요? 제가 아직 아침 식사 전인데요."

"그렇습니까, 나는 점심을 아직."

"어라라. 그러면 함께 드시겠어요?"

"아뇨, 됐습니다. 시간이 없어서 저는 이만 실례하겠습니다."

"지금 즉시 차리라고 할게요. 샌드위치, 괜찮으시겠어요?"

배가 고팠던 터라서 그러면 좀 먹고 가자고 생각했던 게 불행의 시작이었어요. 샹들리에가 길게 늘어진 식당에서 그로부터 다시 기다린 게 한 시간, 이제 진짜로 돌아가야겠다고 자리를 박차고 일어설 즈음에야 큼직한 은쟁반에, 아, 은쟁반이 아니고 큼직한 타원형의 그야말로 값비싼 은세공 쟁반인데, 거기에 20인분쯤 되는 샌드위치를 내온 겁니다.

"오타 씨, 좋아하시는 샌드위치로 골라서 드세요."

일단 배가 고파서 허겁지겁 먹었지만, 그 여자는 한 조각만 들고는 느릿느릿 커피를 마시고 배시시 웃어가면서 나를 지켜보더군요.

"저는 잘 드시는 남자분이 정말 좋더라고요."

"아, 그러세요? 그럼 우리 프로에 나오실랍니까?"

"네에, 오타 씨를 위해서라면 뭐든지 할게요."

그렇게 그다음 주의 '여성이 부자가 되는 법'이라는 특별 방송을 기획한 겁니다. 무엇보다 생방송인데 그런 식으로 한 시간씩 기다리게 한다면 뭐, 모닝 쇼 끝장이지요. 그래서 담당자를 아예 두 시간 전에 그 여자 집으로 보냈습니다. 근데 방송국에서 보내준 차는 안 타고 떡하니 자기 메르세데스 벤츠를 타고 오더라고요. 링컨 컨티넨탈이었냐고요? 아뇨, 올 때마다 차종이 달랐어요. 링컨 컨티넨탈로 온 적도 있는데 맨 처음에는 메르세데스 벤츠였죠. 그것도 은빛으로 번쩍거리는 차.

그 앞뒤로는 의사와 간호사가 따라오는데……, 예? 아뇨, 수의사 아닙니다. 근데 왜요? 아마 내과 의사였던 것 같은데? 아무튼 그 의사가 대합실 소파에 그 여자를 눕혀놓고 혈압을 재고, 그러고는 말에게나 놔줄 것 같은 큼직한 영양주사를 놓는 거예요. 예에,

정맥에.

거기에 미용사와 메이크업 전문가가 따라오고, 유명 디자이너가 드레스를 든 제자들을 거느리고 줄줄이 달려오더라고요.

출연 전 회의 동안에 그자들이 얼굴을 만져주고 옷을 입혀주고, 아주 난리도 아니에요. 어떤 대스타도 그 여자보다 스태프가 많은 경우는 본 적이 없어요. 알랭 들롱처럼 잘생긴 젊은 남자도 줄곧 옆에 붙어 있었죠.

영양주사 덕분인지 그 여자는 우리가 얘기한 주의사항이나 상의 내용에 대해서 네에, 잘 알겠습니다, 아, 그렇습니까, 네에, 그렇게 하지요, 라고 말투도 덴엔초후 때와는 딴판으로 아주 씩씩하게 대답을 해서 우리도 이 정도면 괜찮겠다고 다들 안심을 했죠.

"도미노코지 씨, 생방송이라 시간제한이 있으니까 여기 이 부분은 4분 동안 그간의 고생담을 얘기해주세요."

"4분? 네, 그러면 가장 힘들었던 시절을 말씀드리도록 할게요. 인터뷰어는 어느 분이신가요?"

"접니다, 미조구치."

"어라라, 미조구치 씨라는 분이 당신이었군요. 아주 인기가 있으시던데요? 우리 여직원들이 하나같이 정말 멋있는 분이라고 했어요. 앞으로 잘 부탁드립니다. 제가 텔레비전은 처음이라 어떻게 해야 할지 모르겠어요."

스튜디오에서도 하라는 대로 얌전히 앉아서 기다렸어요. 근데 처음부터 아주 당당한 게, 첫 출연이고 아마추어인데도 어물거리는 모습이 전혀 없더라고요. 이 정도면 손에 땀을 쥘 만한 실수는 없겠구나, 일단 안심하고 나는 조정실로 들어갔습니다.

그런데요, 막상 방송이 시작되니까 미리 상의했던 얘기는 한 마디도 안 하는 겁니다.

"고생이라구요? 아뇨, 저는 그저 운이 좋았을 뿐이랍니다. 많은 분들이 저를 믿어주셔서 어느새 이런저런 회사를 경영하게 되었는걸요."

당연히 미조구치 씨는 깜짝 놀랐죠. 그래도 일단 물고 늘어지더군요.

"하지만 여자 혼자서 사업으로 큰 부를 쌓고 몇십 군데 회사 사장까지 되셨다면 여간 고생하신 게 아닐 텐데요. 그런 이야기를 좀 해주시겠습니까?"

"사랑이에요."

"네?"

"저는 고생은 하나도 안 했어요. 다만 많은 분들을 사랑으로 대했을 뿐이에요. 그러니까 무엇보다 사랑이지요, 이런 성공을 거둔 것은. 많은 분들께 사랑을 받아 회사도 사원도, 그리고 저도 이만큼 성장했답니다. 꿈같은 일이에요."

뭘 어떻게 물어봐도 '사랑이에요'나 '꿈같아요'라는 말만 하는 거예요. 그러고는 돈을 벌게 된 구체적인 방법은 한 마디도 안 하고 정해진 시간이 끝났습니다. 미조구치도 디렉터도 멍해져버렸죠. 내가 분통이 터져서 방송 끝나자마자 달려가서 고함을 쳤습니다.

"도미노코지 씨, 우리가 뭣 때문에 사전 회의를 했습니까? 이야기가 회의 때와 전혀 다르잖아요."

"어라라, 저는 상의한 대로 열심히 했는데요. 그렇죠, 미조구치 씨?"

"아, 예……."

"보세요, 미조구치 씨도 그렇다고 말씀하시잖아요?"

그런데 말이죠, 반응이 엄청났습니다. 이건 정말 예상 밖이었어요. 방송 종료 전후에 벌써 시청자의 전화가 빗발쳤어요. 물론 그중에는 그 여자의 친구라는 사람의 전화도 있었죠, 하지만 대부분은 이런 식이었습니다.

'참혹한 뉴스가 넘치는 요즘에 봄날의 꽃을 보는 것 같아 마음이 편해졌다.'

'아주 좋았다. 마음이 깨끗해지는 것 같다.'

'도미노코지 씨가 자주 출연했으면 좋겠다. 단번에 팬이 되었다.'

'기분 좋은 아침이었다. 온종일 좋은 일이 있을 것 같다. 도미노코지 씨, 다음에도 꼭 출연해주세요.'

시청자 편지도 산더미처럼 도착했습니다. 애초에 우리 방송국에서도 시청률이 높은 프로그램이긴 했지만, 그런 반응은 프로그램 시작한 뒤로 처음이었어요.

하지만 간간이 그 여자에 대한 악의에 찬 편지도 섞여 있었습니다.

'도미노코지 기미코의 이력을 알고 출연시킨 것인가? 그 여자가 어떻게 부자가 됐는지, 사실을 알았다면 출연시켰을 리가 없다. 텔레비전 방송국의 양식이 의심스럽다.'

'그 여자가 지하 금융업, 고리대금업을 한다는 사실을 알고 있는

가? 악랄비도하다는 것은 바로 그 여자를 두고 하는 말이다. 철저히 조사해서 그 여자의 과거를 파헤치는 것이 사회 문제를 다루는 모닝 쇼에 적합하다고 생각한다.'

'도미노코지 기미코 때문에 인생이 나락으로 떨어진 자를 잘 아는 사람으로서 그 여자의 방송 출연은 도저히 용서할 수 없다. 백주 대낮에 당당히 얼굴을 들고 다닐 수 없는 인간이다. 방송국의 양식을 걸고 적절히 처리해주기 바란다.'

그런데 하나같이 익명이었기 때문에 우리 쪽에서 직접 문의할 수가 없었어요. 그냥 넘어갈 수도 없어서 그 여자의 호적등본을 떼어보고 관여하는 회사의 속사정 등도 일단 조사는 했습니다. 그 결과, 펜네임 느낌이던 도미노코지는 역시나 가명이었어요. 본명은 스즈키 기미코, 그리고 그 여자 회사가 우리가 상상한 것보다 훨씬 많다는 것도 알아냈습니다.

원래 방송사에는 출연자가 어쩐지 마음에 들지 않는다, 느낌이 좋지 않다, 라는 이유로 질투 섞인 비난이나 험담이 많이 쏟아져요. 도미노코지의 경우, 방송사로서 조사할 수 있는 범위 안에서 나는 일단 믿어보기로 했습니다.

두 번째 출연 교섭은 지난번의 디렉터를 보냈습니다. 시청자의 편지 더미를 들고 가라고 했죠.

"어라라, 흐뭇하네요. 난 분명 불합격일 거라고 생각했는데. 프로듀서 오타 씨가 영 기분이 좋지 않으셨잖아요."

"이번에는 '일하는 여성에게 남자란?'이라는 주제입니다. 평론가든 월급쟁이든 아무튼 각 직업마다 남자의 벽에 부딪히고 남녀가 평등하지 않은 현실을 규탄해보고자 하는 목적입니다."

"네, 아주 좋아요. 정말 일본은 여자가 일하기에는 사회가 너무 혹독하니까요."

그런 정도로 얘기가 맞춰져서 첫 회에서 2주일째 되는 날에 우리 방송에 재출연을 했습니다.

애견가인 그 여성 평론가에게도 좌담회에 출연해달라고 연락했더니 아주 좋아하면서 나한테 직접 상의까지 하더군요.

"나, 그 반지 끼고 갈까 말까?"

"그거, 전혀 어울리지 않으니까 돌려주시죠?"

내가 쏘아붙였더니 그게 먹혔는지 반지는 안 끼고 왔더라고요.

그날도 역시 의사에 간호사에 미용사에 알랭 들롱, 그리고 디자이너가 화려한 드레스를 싣고 달려왔죠. 출연 전 회의 때도 그자들에 둘러싸여 있어서 그 여자는 다른 출연자와는 애초에 어울리지를 않았어요. 하지만 간간이 의견을 물어보면 진지하게 고개를 끄덕여가며 분명하게 대답을 했습니다.

"네에, 맞는 말씀이세요. 여자가 당당히 제 몫을 해내면 남자들은 단결해서 방해하고 나서지요. 저도 오늘까지 얼마나 눈물겨운 일을 겪었는지 모른답니다. 미야타케 선생님 말씀에 전적으로 동감이에요."

이른바 여성 운동가라는 이들도 참석한 자리여서 과격한 여성 해방론이 펼쳐지기도 했지만 도미노코지는 한 마디 한 마디 그야말로 지당하다는 표정으로 고개를 끄덕였습니다.

그러니 생방송에서 그 여자가 "하지만 역시 사랑이 아닐까요?"

라고 말했을 때는 다들 뒤집어졌죠. 그때까지 거의 아무 발언도 없다가 '남자 중심 사회를 일단 깨뜨려야 한다'라는 용감한 의견이 강한 어조로 펼쳐진 다음에 툭 던진 말이었으니까요.

"사랑이라니, 그건 무슨 말씀이십니까, 도미노코지 씨?"

한 출연자가 아무튼 얘기를 풀어나가려고 노력했지만, 그다음부터는 완전히 그 여자의 페이스에 말려드는 식으로 흘러가버렸어요.

"남자와 여자는 원래부터 다르다고 생각해요. 남녀평등이란 오히려 온건한 사고방식 아닌가요? 정말로 평등해지려면 남자와 여자 사이에 반드시 사랑이 있어야 한다고 생각하거든요, 저는."

"사랑이라니, 섹스 말입니까?"

"어라라. 그런 뜻이 아니에요. 신뢰라고 말을 바꾸어도 좋겠지요. 남자도 여자도 서로가 인간으로서 평등하기 위해서는 사랑과 신뢰가 있어야 비로소 원활하게 일할 수 있지 않겠어요? 적어도 제 경우에는 항상 남자들을 신뢰하면서 일을 맡겨왔고, 남자들에게서도 신뢰를 받았기 때문에 사업이 순조롭게 커나갔답니다."

"하지만 도미노코지 씨, 사전 회의 때는 여자가 일을 하면 남자들이 단결해서 방해한다고 말씀하셨잖아요?"

"사랑을 뒤집어보면 질투겠지요? 적대시하는 것도 사랑의 일종이에요. 저는 그렇게 생각하면서 견뎌냈고, 겉과 속이 다르지 않은 사랑으로 대처해왔답니다. 그렇게 하면 남자들도 결국에는 부드러워져요. 제가 말씀드리고 싶은 것은 남자와 여자는 대립하는 관계가 아니라 협력하는 게 본모습이라는 거예요. 그도 그럴 것이 이 세상에는 남자와 여자뿐이잖아요? 서로 싸우는 것보다 사이좋게 지내기 위해 양쪽 다 노력해야지요. 그 밑바탕이 되는 게 사랑이에요. 네에, 사랑이지요."

겨우 두 번째 출연이었는데 그 여자는 벌써 일류 탤런트처럼 방송의 초 단위를 파악하고 있었습니다. 그래서 좌담회를 그 여자의 연설로 마무리해버린 거죠.

또다시 시청자들의 전화기 빗발치더군요.

'도미노코지의 말이 맞다.'

'뻣뻣하게 구는 여자들은 좀 보고 배워라.'

'남자와 여자는 원래 다르다는 것은 정말 맞는 말이다. 여성 평론가들에게는 전부터 불만이 많았다.'

'여성 해방 운동가들, 얼굴빛이 볼만하더라. 통쾌했다. 여자다움을 버리고 남자와 싸우다니, 그건 난센스다, 진짜로.'

'도미노코지 씨가 좀 더 자주 출연해주기를 바란다.'

'도미노코지 씨가 입은 드레스는 어떤 디자이너의 작품인가요?'

'도미노코지 씨의 손가락에서 반짝이던 것은 진품 다이아몬드? 몇 캐럿이죠? 다음에는 도미노코지 씨의 보석에 대해 얘기해주시면 좋겠어요.'

그런 식이었어요.

다른 출연자는 다들 김빠진 얼굴로 돌아갔죠. 그 여자만 기분이 좋아서 대기실로 돌아오더니 긴 시간을 들여 화장을 고치더군요. 아무튼 다른 출연자들은 그냥 맨얼굴로 나왔는데 그 여자만 속눈

썹까지 붙이고 진한 화장을 했으니 단연 돋보였죠. 화면에 실물보다 훨씬 젊고 아름답게 나왔어요. 근데 솔직히 말해서 나도 그 여자의 의견에는 박수갈채를 보내고 싶었습니다.

"오늘 아주 좋았어요, 도미노코지 씨."

"어라라, 흐뭇하네요, 오타 씨가 칭찬을 해주시니."

방송이 끝난 뒤에 스태프 회의가 시작되었는데 거기에 '모닝 쇼 여러분께, 도미노코지 기미코 드림'이라고 적힌 큼직한 상자가 도착했어요. 뭔가 하고 열어봤더니 큼직한 양푼 같은 초콜릿 케이크더군요. 진짜 깜짝 놀랐습니다. 요즘 탤런트 결혼식에 가보면 에펠탑처럼 요란한 웨딩 케이크가 나오는데 그게 아래쪽 대부분이 가짜고 커팅하는 부분만 카스텔라를 넣는다잖아요. 근데 도미노코지 기미코가 보낸 그 케이크는 약간 과장해서 말하면, 사도佐渡 지방의 물통 나무배만큼 큼직한데도 완전히 진짜 초콜릿과 생크림이었어요. 스태프 중에 입맛 까다로운 친구가 있었는데 아주 감탄을 하더라고요.

"와아, 맛있네. 이 쇼콜라는 향기롭고 약간 쌉싸래한 맛이 나서 본고장에서 먹은 것하고 똑같아. 오타 씨, 이건 안 먹으면 손해예요."

그래서 먹어봤는데 미각에 별로 자신이 없는 나도 일순 멍해졌어요. 이게 케이크라면 양과자점에서 파는 케이크는 죄다 가짜라는 생각이 들 정도였거든요.

"햐아, 맛있네. 이 정도면 단 거 싫어하는 사람도 잘 먹겠어."

"아마 최고급 재료만 썼을 거예요. 가게에서 팔기에는 단가가 너무 높아서 상품으로 내놓을 수 없겠지요. 아마 우리를 위해 특별히 주문했나 봐요."

"여성 시청자는 본능적으로 아는 거야, 이 여자의 호사스러움을."

"동경하는 모델이 되겠지요, 신세대 주부들에게. 고도성장의 경제대국이라고 해봤자 일반 서민들은 여전히 가난하니까요."

"가정주부들은 보수적인 삶에 젖어 있잖아. 여성 해방 운동가에 대한 반감 때문에 오히려 도미노쿠지 쪽에 더 공감했던 거 아닐까?"

그 여자가 다른 방송사에도 자주 출연한 것은 그 뒤부터였습니다. 여전히 똑같은 말투로 사랑이에요, 사랑이에요, 라는 말을 연발했지만 어떻든 일종의 교조 같은 매력이 있었던 거 아니겠습니까. 그 여자를 정규 게스트로 기용하려는 대낮 방송이 있다는 정보를 들었을 때는 곧바로 사무실에 전화해 그건 하지 말았으면 좋겠다, 정규 게스트가 되고 싶다면 우리 방송국에서 고려해볼 테니 기다려달라고 했습니다.

"어라라, 저는 회사 일이 있는 걸요. 정규 게스트라니, 도저히 무리예요. 오타 씨 말씀은 잘 알겠습니다. 어떻든 아사히 텔레비전을 최우선으로 해서 출연하도록 할게요."

그렇게 내 비위를 맞춰주는 소리를 했지만 여전히 여기저기 방송국에 게스트로 나가기는 하더군요.

도그 쇼에 대한 것을 다뤘을 때, 일본 애견가협회 회장을 맡은 왕년의 여배우와 도미노코지 기미코의 대담을 기획한 적이 있었습니다. 두 사람 모두에게 그토록 자랑하는 애견을 데리고 나오라고 얘기했고, 그 여자도 흔쾌히 허락했어요.

"어라라, 우리 미쓰코가 텔레비전에 출연하는 건가요? 그러면 지금부터 꽃단장을 해야겠네요. 액세서리는 뭐가 좋을까. 미쓰코는 에메랄드가 의외로 잘 어울리질 않아요. 루비로 온통 꾸며볼까요?"

그런데 말입니다, 촬영 당일 그 여자가 맨손으로 왔더라고요. 여전히 미용사에 의사에 디자이너에 알랭 들롱—아,〈도쿄 레이디스 클럽〉지배인 고지마라고요?—아무튼 그런 측근들이 일찌감치 방송국에 와서 주르륵 기다리는데 가장 중요한 몰티즈는 오지 않았어요.

"개는 어떻게 됐습니까?"

내가 추궁했더니 그 여자가 화장하던 중에 고개를 툭 떨구면서 눈물을 흘리는 거예요.

"우리 미쓰코가 죽었어요."

그러니 내가 말문이 턱 막혔지요. 다른 대기실에서는 애견가협회 회장이 치와와를 끌어안고 자기도 지지 않겠다고 메이크업에 한창 공을 들이는 참이었는데 말이죠.

"언제 죽었는데요?"

"간밤에요. 제가 한숨도 못 잤어요."

"왜 우리에게 미리 연락하지 않았습니까?"

"연락? 어라라, 그런 생각을 할 여유가 없었어요. 오타 씨도 보셨잖아요? 그 아름다운 미쓰코가 죽었답니다. 이제 나는 어떻게 살아가야 할지, 아아, 정말 모르겠어요."

정말 어처구니가 없고 화도 나고, 머리가 핑 돌 지경이었습니다. 방송이 코앞에 닥쳤는데 '애견을 말한다'라는 대담에서 한쪽은 그 애견이 바로 전날 죽었다는 거 아닙니까.

옆에서 의사가 혈압계를 들여다보면서 미간을 찌푸리더군요.

"이게 어떻게 된 거죠? 수축기 수치가 80밖에 안 나와요. 상당히 지치셨습니다."

그러면서 그 두꺼운 주사를 정맥에 꽂아넣는 겁니다.

뭐, 어쩔 수가 없었죠. 대담 상대인 왕년의 여배우에게는 아무 말 말자, 그냥 인사시키고 방송 들어가자, 하고 미조구치도 결사의 각오를 했습니다. 역시나 참의원 의원 경력도 있는 그 여배우이자 애견가협회 회장이 불쑥 묻더군요.

"어머, 개는 어떻게 된 거예요?"

그랬더니 그 여자가 다시 펑펑 우는 겁니다.

"간밤에 죽었답니다, 디스템퍼로."

"저런, 정말이에요? 그 몰티즈, 도그 쇼 챔피언에 올랐던 그 개가?"

"네, 죽었어요……. 제가 그래서 어젯밤에 하, 한숨도 못 자고……."

"몇 살이었지요?"

"얼마 전에 만 네 살이 된 참이랍니다."

"저런, 인간으로 치면 한창때였는데 참 안타깝네요. 예방 주사를 맞히지 않았나요?"

"예방 주사는 맞았어요. 다달이 한 번씩 전문 의사 선생님에게 건강 검진도 받았고, 아주 튼튼해서 감기 한 번 걸린 적이 없는 아이였는데……. 아마 제 잘못인가 봐요. 제가 제대로 챙기지 못해서……."

13분 동안의 예정 시간은 그 여자가 펑펑 울면서 줄줄이 늘어놓는 애견 미쓰코에 대한 이야기로 거의 채워졌습니다. 그러니 회장 무릎 위의 치와와는 도무지 나설 기회가 없었어요. 카메라는 살아 있는 치와와와 생전의 몰티즈 사진을 번갈아 보여줬지만, 작고 털이 짧은 치와와와 죽어버렸다는 순백의 몰티즈는 도저히 비교가 안 되죠. 회장까지 덩달아 눈물을 흘렸지만, 방송 끝나자마자 펄펄 뛰면서 화를 내더군요.

"나는 대체 왜 출연한 거야? 처음부터 끝까지 들어주는 역할만 했잖아. 사람을 바보로 만드는 거예요? 내 사회적 입장도 생각해 주셔야 할 거 아니에요!"

참다못해 디렉터를 상대로 폭발해버린 겁니다. 우리 잘못은 아니었지만 어떻든 그녀가 화를 내는 것도 당연하고 그 심정이야 충분히 짐작하고도 남을 만한 상황이라서 그냥 납작 엎드려 사죄했죠. 돌아보면 도미노코지 기미코는 매사가 그런 식이었습니다.

앗, 정말입니까?

그 개가 아직 살아 있다고요?

믿을 수가 없네. 그때 우리가 어쩔 수 없이 그 개의 부조금까지 보냈었는데? 보답으로 스태프 전원에게 '지志'라는 글씨가 박힌 장신구도 줬어요. 남자는 넥타이핀, 여자는 펜던트를 보내왔습니다. 작긴 하지만 전부 다이아몬드가 박힌 거였어요. 곧바로 보석가게에 감정을 받은 친구가 있었는데 진품 다이아몬드였어요.

허 참, 알다가도 모를 사람이네요, 그 여자. 왜 그런 거짓말을 했지? 정말로 눈물을 펑펑 흘렸었는데? 여배우라도 그런 박진감 넘치는 연기는 못할 것 같은데.

그 여자가 죽은 이유 말입니까? 나야 알 리가 없지요. 개가 죽었다는 말을 방금 전까지도 믿어 의심치 않았을 정도인데요, 뭘. 그나저나 정말 놀랍네요. 하이고, 그 개가 아직 살아 있단 말이죠?

예엣? ㄱ 개가 간직병?

아, 이제야 알겠네. 그래서 텔레비전에 출연시키지 못했군요. 스튜디오는 조명이 강해서 사람도 그런 지병을 가진 경우에는 첫 출연 때 너무 긴장한 나머지 발작을 일으켜 거품을 물고 쓰러지기도 하거든요. 아니지, 그렇다면 다른 이유를 대서라도 출연을 고사하면 될 일 아닙니까? 일단 출연시키겠다고 해놓고서 막판에야 개가 죽었다는 거짓말을 하며 펑펑 울기까지 하다니……. 이거, 관계없는 사람에게는 우스운 얘깃거리인지도 모르지만 우리한테는 보통 문제가 아니에요, 정말.

그렇습니까, 그 개가 아직 살아 있군요. 정말 놀랍네요, 놀라워.

23
레이디스 클럽의 알랭 들롱

도미노코지 기미코에 관해서……?

아, 저는 정말 아무것도 모릅니다.

저는 〈도쿄 레이디스 클럽〉 지배인이고, 사장님과는 그냥 사장과 직원의 관계일 뿐이에요. 제 나이 말씀이십니까? 스물일곱입니다. 물론 거짓 없이 정확한 나이예요, 정말입니다. 1950년생이거든요. 대학 졸업하자마자 이곳에 정규직으로 채용됐지만, 학생 시절에는 아르바이트로 파트 트레이너를 했었어요. 네, 체육대학 출신입니다. 아르바이트로는 시급이 최고 수준이었기 때문에 정말 큰 도움이 되었죠. 부모님이 가난하시고 형제가 많아서 하루빨리 취직하고 싶었는데 저희 같은 체육대학 출신은 기껏해야 체육 교사잖아요. 학교 월급이라야 뭐 뻔하니까요. 여기서 아르바이트로 일할 때부터 졸업하면 취업할 생각이었어요. 그래서 저는 고객의 어떤 유혹에도 넘어가지 않았죠. 그녀는 아니, 사장님은 고객과 뭔가 스캔들이 생기면 트레이너를 즉각 해고했으니까요. 무엇보다 사장님 마음에 들지 않고서는 취직할 수 없다고 생각했어요. 하긴 제가 중학생 때쯤부터 주위에 여자들이 들끓는 통에 이미 익숙한 일이기도 했죠. 특히 이곳에 오는 여자들은, 아니, 본 클럽에 오시는 고객분들을 어느 쪽인가 하면 중년이시고 게다가 상당히 뚱뚱하신 여자분들이 많아요. 함께 식사하자고 해도 전혀 반갑지 않아서 거절하기는 어렵지 않았습니다. "고객과의 사적인 교제는 사장님께서 엄격히 금하십니다. 그러니 부디 섭섭해하지 마십시오"라고 공손하게 되풀이하기만 하면 해결되니까요. 끈질기게 달라붙는 고객도 꽤 많았지만, 그래도 저는 그녀가, 아니, 사장님이 이따금 식사하자고 해주시는 게 더 반가웠고, 그녀에게, 아니, 사장님께 잘 보이고 싶은 마음뿐이었으니까 다른 어떤 유혹에도 넘어가지 않았습니다. 사장님은 항상 "여기는 호스트 클럽이 아니야. 너희는 프로 직업인이야. 프라이드를 갖고 일해야지"라고 말씀하셨어요.

하지만 끈덕지게 물고 늘어지는 여자가 많았던 것도 사실이에요. 느닷없이 자동차를 사준다는 말에 덥석 받아들인 트레이너 코치도 있고, 이 클럽은 돈 많은 사모님들이 회원이라서 선물도 웬만한 호스트 클럽과는 단위가 다릅니다. 저도 파테크 시계니 로베르타 넥타이니, 아무리 거절해도 그런 비싼 선물을 막무가내로 접수처에 놓고 가는 고객이 있어서 정말 말문이 막히곤 했죠. 도저히 거절할 수 없을 때는 그런 물건들을 하나하나 그녀에게, 아니, 사장님께 보여드리고 처리를 문의했습니다.

"어느 사모님이 이걸 놓고 가셨습니다. 정중히 거절했지만, 기분 상하실 것 같아서 일단 받았습니다. 어떻게 할까요?"

글쎄요, 가장 끈덕지게 굴었던 사모님은, 여기서만 하는 얘기지만, 귀족 출신이라는 가라스마 씨였어요. 그분은 노골적인 음담패설을 태연히 입에 담는 분이었으니까요.

"너, 신바시의 하루치요 씨하고도 놀아났으면서 뭘 그래? 뭐야, 사장? 아, 기미코라면 걱정할 거 없어. 내가 잘 말해줄게. 나라면 기미코도 화낼 일 없으니까 괜찮아. 하룻밤 같이 지내자, 응?"

오실 때마다 클럽 프런트에서 큰소리로 그런 얘기를 하셔서 진짜 난감했어요. 아뇨, 그분은 선물은 전혀 안 주셨어요.

"나도 아직 쓸 만해. 한번 시험해봐. 꽤 괜찮을걸? 내가 자신이 있거든, 게이샤보다. 인생이란 즐길 수 있을 때 마음껏 즐겨야 해. 아니, 거짓말 아냐, 진짜라니까?"

그런 분이 귀족이었다니, 정말 믿어지지 않지요.

사장님에게는 일일이 보고했습니다. 7층 도미노코지 사무실이 말하자면 사장실이었어요. 밤 10시에 클로크 룸이 닫히면 운동실과 사우나실까지 직접 점검한 뒤에 그날의 이용객 명부를 들고 방문객에게서 받은 현금과 함께 사장님께 가져가는 게 제 업무였어요.

가라스마 씨 이야기를 하면 그녀도, 아니, 사장님도 놀라셨습니다.

"어라라, 믿어지지 않네, 그분이?"

네에, 제가 체조 트레이너에서 지배인으로 발탁된 것은 대학 졸업하고 정식으로 취직한 지 얼마 안 됐을 때였어요. 그러니까 그녀가 죽기 전까지 4년 동안 지배인으로 일했습니다. 지금도 〈도쿄 레이디스 클럽〉은 흑자를 올리고 있거든요. 그래서 아직은 제가 운영하고 있습니다. 그녀가 사망한 뒤에 경영자가 바뀌는 바람에 이 빌딩의 다른 가게들은 허덕거리는 모양이지만, 저희는 한참 전부터 독립 채산제를 택했어고 이 클럽에 관해서는 제가 경영자의 한 사람이기도 해서 그녀가 사망해도 난처할 일은 아무것도 없…….

하지만 제가 충격을 받지 않았다고 하면 그건 거짓말이 되겠죠. 그 사건 이후로 경찰서에서 수차에 걸쳐 취조를 받았지만, 저는 완전 묵비권을 행사했어요. 아니, 아니, 말할 건 다 말했지만, 말을 하면 손해가 될 내용은 굳이 말하지 않았을 뿐이죠. 그건 헌법에도 보장된 자유 아닙니까? 제가 그녀를 살해했다는 혐의를 받는 건 정말 못 참을 일이니까요.

네, 잠깐 제 개인적인 얘기 좀 들어주시겠습니까?

누군가에게 말하지 않고서는 견딜 수 없는 얘기가 사실은 있거든요.

우리가 실은 약혼을 했었어요.

그날부터 열흘 뒤에 하와이에서 결혼하기로 약속했단 말입니다. 그녀는 두 번째 결혼이라서……. 아, 네에, 재혼이라는 것도, 아이가 둘 있다는 것도 저한테는 숨기지 않았습니다. 하지만 나이는, 1946년생이라고 처음부터 거짓말을 했죠.

아르바이트 신분으로 처음 면접시험을 치렀을 때 이런 얘기를 했었어요.

"어라라, 나보다 네 살이나 어리네?"

저도 이 빌딩 전체의 경영자가 그녀라는 걸 알고 있었으니까 이십 대 나이에 벌써 어엿한 사업가가 되었구나 하고 그때는 오히려 크게 놀랐어요. 여사장이라고 하면 중년이나 초로의 지방덩어리 여자를 상상하는 게 일반적이잖습니까. 근데 여기는 아직 젊은 여사장이고, 뛰어나게 아름다운 분이라 합격 통지를 받았을 때는 네, 정말 기뻤죠.

지배인으로 발탁되던 날은 그녀가 항상 하던 말대로 정말 꿈같다고 생각했습니다.

"저는 지배인으로는 아직 너무 어린 거 아닐까요?"

"그렇지 않아. 내가 그 나이 때는 벌써 이 빌딩을 지었는데? 일 잘하는 사람은 서른 살이면 벌써 손에 넣을 것 대부분은 움켜쥐는 법이에요."

그런 말을 들은 게 바로 며칠 전인 것만 같네요. 그 말도, 날카로운 말투도 정말 잊을 수가 없습니다. 네에, 카랑카랑한 목소리였어요, 항상.

제가 그녀와 맺어진 것은 정확히 4년 전입니다, 그녀가 사망하기 전의.

도미노코지 사무실은 사장실 옆에 그녀가 지치거나 뭔가 생각할 때를 위해 침실이 딸려 있었습니다. 저혈압이라 갑자기 기운이 떨어져 서 있기도 힘들면 즉시 의사를 불러 그 방에서 안정을 취했거든요. 제가 지배인이 된 지 얼마 안 됐을 때, 한창 보고를 하는 중에 그녀의 얼굴이 갑자기 창백해진 적이 있었죠.

"고지마 씨, 의사를 불러줘요."

책상 서랍에서 전화번호 수첩을 꺼내 제게 건네주고는 휘청휘청 그 옆방으로 들어가더라고요. 깜짝 놀라서 아무튼 수첩에 적힌 번호대로 다이얼을 돌려 급히 연락했습니다.

"도미노코지 사무실입니다. 사장님이 쓰러졌으니 지금 즉시 와주세요."

곧바로 달려온 의사도 간호사도 다 아는 사람들이었습니다. 호라이 병원 부원장과 주임 간호사예요. 아, 그건 제가 아르바이트 시절부터 그녀가 텔레비전에 출연하기 시작했는데 거기에 에스코트하러 자주 출동했으니까 그때 알았죠.

"아무래도 혈압이 큰 문제예요."

간호사가 혀를 차면서 그녀의 속옷을 편하게 풀어주는 동안에도 죽은 듯이 축 늘어져 있었습니다. 말 주사라고요? 네, 종합비타민 B12를 특별히 많이 넣어 정맥주사를 놓고 비타민 E는 피하주사로 놨습니다. 예전부터 텔레비전에 출연하기 전에 그 주사를 맞는 걸 자주 봤지만 그때는 제 눈앞에서 쓰러지는 바람에 정말 눈도 깜빡하지 않고 똑똑히 지켜봤죠. 티끌 한 점도 없는 아름다운 살갗을 바늘이 찌르는 모습은 제가 못 박히는 것보다 더 힘들었습니다.

돌아갈 채비를 하는 의사에게 "선생님, 괜찮을까요?"라고 묻지 않을 수 없었습니다.

"원래부터 불면증이 있었지만 요즘 들어 수면제로도 잠을 못 주무시는군요. 수면 부족과 운동 부족이 저혈압의 원인입니다. 운동을 하시라고 항상 권하는데 이래저래 바쁜 모양이에요. 그리고 신경이 상당히 지쳐 있어요."

의사와 간호사는 한밤중의 왕진에 이미 익숙한 눈치였습니다. 간호사가 옷장에서 잠옷을 꺼내 얼른 갈아입히더군요.

"경과를 잘 지켜보세요. 주사 효과로 이제 곧 기운을 차리시겠지만, 평소에 운동을 하시라고 지배인님도 강력히 권해주세요. 미용 체조 클럽을 경영하시잖아요? 저희 선생님은 러닝을 적극 추천하셨어요."

그러고는 두 사람은 돌아갔어요. 그때가 밤 11시 넘은 시각이었던 것으로 기억합니다. 바로 눈앞에서 거의 죽을 듯이 신음하는 그녀를 걱정스럽게 지켜보는 사이에 그때까지 억눌러왔던 마음을 더 이상은 참을 수 없었습니다.

네에, 그렇습니다. 저는 면접시험에서 그녀를 봤을 때, 아, 이 여자는 바로 나구나, 라고 깨달았어요. 그 순간에 아름다움과 아름다움이 서로 스파크를 일으켰다고 생각합니다. 그녀도 나중에 똑같은 얘기를 했어요.

힘겹게 몸을 뒤척이다가 문득 눈을 뜨고 "어라라, 고지마 씨"라고 다정한 목소리로 중얼거렸을 때, 저는 반사적으로 그녀를 끌어안고 그 꽃 같은 입술을 빨고 있었습니다. 지금부터 3년 전, 아니, 4년 전입니다. 제가 스물세 살 때였으니까요. 완전히 무아몽중이었지만 그녀의 몸이 마시멜로처럼 유연하고 피부가 비할 데 없이 매끈했던 것만은 생각납니다.

끝나고 나서 잠시 동안 그녀도 저도 말이 없었어요. 그녀가 다시

축 늘어진 것을 깨닫고 제가 괜찮으시냐고 머뭇머뭇 물었습니다.
그러자 그녀가 넌지시 나무라더군요.

"아픈 사람을 상대로 참 잘도⋯⋯."

"미안합니다. 화나셨어요?"

"으응."

"화나셨죠? 직원으로서 사장님에게 이러는 거, 안 될 일이겠죠?"

"어라라, 사장이니 직원이니, 그런 건 상관없잖아?"

"정말 화나신 거 아니죠?"

"아니, 깜짝 놀랐어. 너무 꿈같잖아, 네가 나를 좋아했다니."

"처음 봤을 때부터였어요. 지금까지 내내 좋아했습니다. 좋아
서, 너무 좋아서 정말 미칠 것 같았어요. 이 일로 클럽 그만두라고
해도 상관없어요."

"그거하고는 상관없다니까."

"정말 어쩔 수 없었어요. 처음부터 좋아했으니까."

"나도."

저는 감격해서 다시 한 번 그녀를 끌어안았습니다. 그녀도 전보
다 더 불타올라서 저는 마음뿐만 아니라 몸도 최고의 궁합이라고
생각했습니다.

"이런 일, 이제 더 이상 없을 줄 알았어."

"왜요?"

"여자가 부자가 되면 그걸 노리는 남자들이 많아. 그래서 아무
래도 금욕적인 삶을 살 수밖에 없었어. 그저 아이들을 위해 살자
고, 청춘 시절은 이미 끝났다고 생각해왔어. 미리 말해두겠지만,

나는 아이가 둘이야. 둘 다 사내아이들이라 엄마인 내가 흐트러진 모습을 보일 수는 없어."

말을 하면서 그녀는 재빨리 샤워를 하고 옷을 갈아입었습니다.

"집에 가려고요?"

"물론 가야지. 나는 가정이 무엇보다 소중해. 아이가 성인이 될 때까지 엄마로서 해야 할 의무와 책임이 있어."

"저는 여태까지 해왔던 대로 일해도 될까요?"

"여태까지 해왔던 것보다 더 열심히 일해줘야지. 자기, 집 전화 번호 좀 알려줘."

제가 말한 숫자를 빨간 수첩에 적어놓고 그날 밤은 헤어졌어요.

하지만 그날 새벽녘에 전화벨이 울려서 깊이 잠들었던 저는 화들짝 놀라 잠이 깼습니다.

"미안해, 자고 있었어?"

"예? 아, 아뇨, 그냥……."

"역시 잠을 깨운 모양이네. 미안해. 내가 영 잠이 오질 않아서."

눈을 비벼가며 시계를 보니 새벽 4시였습니다.

"지금까지 못 잤어요?"

"응, 너무 놀라서 충격을 받았나 봐. 벌써 몇 년째 없었던 일이니까. 하지만 넌 남자니까 아주 태평하게 쿨쿨 잘 거라는 원망이 들어서 앞뒤 생각할 겨를도 없이 내가 그만 전화를……."

"불면증이 심해서 정말 큰일이네요. 의사도 얘기했었어요, 운동 부족이라고."

"미용 체조를 하라고? 레이디스 클럽 경영자인데 운동 부족이라니. 대장장이 집에 식칼이 놀고 미장이 집에 구들장 빠진 게 3년을 간다더니, 꼭 그 꼴이지 뭐야."

"저도 그런 적이 있어요. 트레이너에서 지배인이 되었을 때, 도무지 잠이 안 와서 힘들었죠. 처음에는 업무가 바뀌어 긴장한 탓일 거라고 생각했지만, 아침 일찍 클럽에 나가 트레이너들이 청소하는 동안 30분씩 러닝을 했더니 푹 잘 수 있더라고요. 사장님은 운동 부족이에요. 하루 종일 사무실에만 있다가 어디 나갈 때는 차를 타시잖아요."

"그래도 별수 없어. 시간이 나지를 않잖아. 나, 너무 바쁘게 사는가 봐. 집에 오면 아이들 일이 또 힘에 부치고."

저는 그녀가 저보다 네 살 많다고 한 말을 의심해본 적도 없어서, 그녀의 아이들이라면 유치원이나 초등학생쯤의 사내아이라고만 생각했죠.

그래서 그녀가 사망한 뒤에 주간지마다 일제히 써낸 기사들을 보고 정말 깜짝 놀랐습니다. 저보다 겨우 네 살 어리더라고요, 큰아들이. 하지만 그녀가 마흔이 넘었다는 것만은 지금도 믿어지지 않아요. 1936년생이었다니, 설마⋯⋯. 그녀는 몸매가 유연해서 품에 안으면 제 가슴팍 아래서 녹아버릴 것 같았어요. 가슴도 풍만했고. 중년의 군살 같은 건 전혀 없었습니다. 딱히 체조를 한 것도 아닌데 허리가 잘록하게 가늘었어요. 피부도 진짜 탱탱했고요. 레이디스 클럽에 사십 대 여자들이 회원으로 많이 가입하지만, 그녀는 피부에 티끌 한 점 없고 얼굴에도 주름이 없었던 데다 몸매만 봐도 절대로 사십 대가 아니었어요. 저보다 열네 살이나 많았다니, 그건 진짜 호적이 잘못된 거 아닙니까?

목소리요?

아, 그때 내는 신음 소리? 왜 그런 게 궁금하시죠? 진짜로 사랑하는 남녀라면 양쪽 다 신음 소리가 터져 나오는 건 당연하잖습니까. 제가 그녀 외에 다른 여자를 전혀 모르는 건 아니지만 뭐, 그 정도면 보통이었던 것 같은데요?

게다가 섹스도 완전히 처녀 같아서 아이를 둘이나 낳았다는 게 믿어지지 않을 정도였어요. 엄청 수줍어하고 말이죠. 여자 혼자 몸으로 열심히 일할 때의 대담함이나 사장으로서 위엄 있게 저희 위에 군림할 때와는 전혀 다른 사람이었어요.

"억지를 쓰는 거야, 일할 때는. 실제로는 저혈압의 괴로움에 허덕이면서 잠도 못 자고 밥도 못 먹고. 그래서 살이 찌지를 않아, 서른이 되었는데도."

"잠을 못 자는 건 정말 큰 문제인데요?"

"밤중에 몇 번씩이나 깨워서 미안해."

"그건 괜찮은데, 밤에 함께 있지 못하는 게 힘들어요."

"그래, 난 밤이면 무섭고 왠지 외로워지더라. 그래서 너한테 자꾸 전화를 걸게 되지 뭐야."

사업 문제로 뭔가 고민이 있나 하는 생각도 했었죠.

하지만 매번 "아무 문제없어. 다 잘되고 있어"라고 했기 때문에 더 이상 시시콜콜 캐물을 수는 없었어요. 행여 그녀가 부자여서 그걸 노리고 접근했다고 생각하는 건 저도 너무 싫었으니까요. 그리고 저한테 〈도쿄 레이디스 클럽〉의 경영을 거의 맡기다시피 해줘서 저도 나름대로 만족스러웠고 더 이상 큰 야심은 없었습니다.

네, 그건 진심이에요.

지금부터 제가 하는 이야기, 진지하게 들어주시겠습니까? 아까도 말했듯이 경찰에서는 어떤 질문에도 응하지 않았어요. 다행히 우리 관계를 아무도 눈치채지 못했으니까. 하지만 말하지 않고는 견딜 수가 없네요. 지금까지 어느 누구에게도 말하지 않은 것이지만 좀 들어주십시오.

"결혼합시다, 우리."

제가 그런 말을 꺼낸 것은 우리 관계가 1년쯤 지난 뒤였습니다. 그녀에게서 전화가 걸려오거나 아니면 제가 매일 밤 덴엔초후의 그녀 집에 전화해서 항상 한 시간쯤 긴 전화를 한 뒤에 자는 게 습관이 되었어요. 하지만 아무리 그녀를 품어도 싫증이 나기는커녕 우리의 관계는 점점 깊어져갈 뿐이었습니다. 저는 아직 젊었고, 딱히 성적 호기심이 남다르게 강한 편은 아니라고 생각해요. 이런 여자를 일찌감치 만난 것은 큰 행운이라고 생각했습니다. 그럴수록 남의 눈을 피해가며 사장실에 들어가는 게 점점 답답하게 느껴졌어요. 당신은 남편이 없고 나는 미혼이다, 괜히 남의 눈치 볼 것도 없지 않으냐, 라고 제가 먼저 말했어요.

"결혼합시다. 내가 당신보다 부자가 아닌 건 유감이지만, 그 대신 당신 돈에는 일절 손을 대지 않을 거예요. 그러면 되잖아요?"

"고지마, 잘 생각해봐. 나는 너보다 훨씬 나이가 많아. 벌써 오래전 일이지만 결혼했던 경험도 있어. 아이가 둘이나 있는 여자야. 결혼이라니, 그리 쉽게 할 수 있겠니? 일단 호적에 올리면 모든 게 힘들어져. 만일 내가 너보다 먼저 죽으면 아이들과 너 사이에 반드시 다툼이 일어날 거야. 상상만 해도 소름이 끼쳐."

"왜 내가 당신 아이들과 다투죠? 뭘 다툰다는 겁니까? 나는 아무것도 원하지 않아요. 다만 이런 식으로 남의 눈을 피해 몰래 만나는 건 더 이상 견딜 수 없어요. 결백한 성격이라면 당연히 이런 건 못 견딜 일이라고요."

"그건 나도 그래. 하지만 나는 이미 젊은 나이도 아니잖아. 너한테 나보다 젊고 매력적인 여자가 나타날 수도 있고……."

"결혼하고 싶지 않군요? 네, 알았어요."

"고지마, 부탁이야. 제발 이해해줘. 나는 너보다 한참 연상이야."

"자꾸 연상, 연상……. 그럼 엄마라고 불러드리면 되겠네? 겨우 네 살밖에 차이나지 않는데."

그녀는 피식 웃음을 터뜨리더니 이윽고 눈물을 뚝뚝 흘렸습니다.

"진심이야, 고지마? 난 이미 청춘은 끝났다고 생각했었는데."

"그 나이에 왜 그렇게 일찌감치 노인티를 내냐고요."

"모든 게 내 손에 들어와버린 탓일 거야. 이제는 화려하게 죽는 것밖에 없다는 생각이 들어."

"이런 바보, 남자 없이 어떻게 화려하게 죽을 수 있죠?"

"어라라, 그러고 보니 그렇다."

아무리 기억을 더듬어봐도 그녀 입에서 '죽음'이라는 말이 나왔던 것은 그때 딱 한 번뿐이었어요. 하지만 그 말과 그녀의 이번 죽음은 도무지 연결이 되지 않아요. 저는 정말 뭐가 어떻게 된 건지 모르겠어요.

아무튼 제가 결혼하자고 졸랐고 그녀는 한참이나 애매한 태도를 취했던 건 사실입니다. 그녀에게 저 이외의 남자가 있었다고는 결코 생각하지 않아요. 제가 젊기도 했고, 거의 매일 저녁마다 만났거든요. 각자 집으로 헤어진 뒤에도 그녀가 수면제를 먹고 그 효과가 나타날 때까지 전화로 자장가 대신 사랑을 속삭였죠. 그녀는 저혈압 증세가 심했는데, 저는 미처 알지 못했지만 불면증에 먹는 수면제 때문에 혈압이 밀어지고 식욕도 빨어시고 그세 나시 서혈압의 원인이 되는 악순환이었던 거예요. 그걸 끊기 위해서는 하루 스물네 시간, 제가 그녀 가까이에서 지켜줄 수밖에 없다고 생각했습니다. 그렇게 바쁜 가운데서도 텔레비전 출연은 모닝 쇼 같은 시시한 것까지 다 받아들이고, 정말 사람이 너무 착했어요, 제가 보기에는. 방송국에 도착할 때쯤에는 항상 숨도 제대로 못 쉴 정도였으니까요. 정말 애가 타서 한시도 눈을 뗄 수 없었습니다. 그녀에게는 보호자가 필요했어요.

사람들은, 아직 젊은 여자였고 사업가였으니까 수완이 좋은 사람이라고 오해를 한 모양이지만, 실제로 내 눈에 비친 그녀는 위태위태해서 손을 내밀어줄 수밖에 없는 무방비한 여자였어요. 억센 텔레비전 프로듀서가 청하면 절대로 거절을 못 했죠.

"그래도 내가 텔레비전에 나가면 꿈과 희망을 느낀다는 시청자 편지가 산더미처럼 들어와. 힘없는 여성, 아픈 사람들, 노인분들이 보내준 편지야."

"자기도 겁이 많고 아프고 나이도 들었다면서."

"어라라, 고지마한테는 못 당하겠네."

"아이들은 방송 나가는 거 싫어하지 않아요?"

"아니, 오히려 좋아하는 눈치야. 내가 텔레비전에 꽤 예쁘게 나오는 모양이지? 아이들이 엄마 예뻤다고 말해주면 지금까지 힘든 일도 많았지만 그래도 살아 있기를 정말 잘했다는 생각이 들어."

저와 그녀 사이의 가장 크고 두터운 장벽은 아이들이었습니다. 실은 제가 질투를 했을 정도예요. 게다가 그들이 대학생이라는 걸 알았다면 도저히 못 견뎠겠지요. 하지만 그때 저는 그녀가 저보다 네 살 연상이라고 생각했었고, 지금도 제가 결혼하려던 여자가 사십 대였다는 건 도저히 믿을 수가 없습니다.

아무튼 강하게 밀어붙이면서, 함께일 때는 물론이고 떨어져 있을 때도 전화 통화로 결혼하자고 3년을 내리 졸랐어요.

"그래, 그러자."

마침내 어느 날, 그녀가 고뇌에 찬 표정으로 말하더군요.

"신 앞에서 결혼하면 되는 거야. 그러면 네 속이 풀리겠지?"

"나만 그런 건 아닐 텐데요?"

"응, 나도 그래. 하지만 고지마, 정말 맹세할 수 있어? 신 앞에서 평생 나를 사랑하겠노라고 맹세할 수 있어?"

"누구 앞에서라도 맹세할 수 있어요."

"그래, 그럼 하와이로 가자. 약간 통속적이지만 외국 교회에서 결혼식을 올리는 게 좋겠어. 나는 외국에 나가면 수면제 없이도 잠들 수 있어."

"그거 좋은데요? 잘 때마다 약의 힘을 빌리는 건 아무리 생각해도 건강한 삶이라고 할 수 없어요. 일단 클럽에 나가서 체조부터 하면 좋을 텐데."

"하지만 체조를 하면 네가 좋아하는 유연한 몸매가 없어져."

"그런 건 괜찮아요."

"난 싫어. 근육질 몸매라니, 그런 거 정말 싫어."

"몸이 아파서 흐물흐물한 게 더 좋아요?"

"어라라, 보들보들하다더니 이제는 흐물흐물하다고? 너무해."

제 품속에서 항상 그녀는 한껏 어리광을 부렸기 때문에 토지히 연상이라고는 생각도 못 했어요. 사무실에서 씩씩하게 직원들에게 지시를 내리고 심부름을 보내고 가게라는 가게를 모두 다 돌아다니며 지배인에게 세세한 주의를 주고, 예의 없는 웨이터에게 꾸지람을 날릴 때의 그녀, 그리고 저 혼자만 아는 그녀는 전혀 다른 사람이었죠.

그녀는 호적상 부부가 되는 것은 나중을 생각해 망설였던 것 같아요. 그녀의 사후에 재산이 고스란히 두 아들에게 돌아가기를 바랐겠지요. 그것 말고는 결혼을 미룬 다른 이유는 생각할 수 없습니다. 서로 사랑했고, 그녀의 깊은 사랑은 이 세상에서 저 혼자만 아는 것이지만 저는 그 사랑에 확신이 있었어요.

외국에서의 결혼식이야 뭐 로맨틱하고 좋지, 라고 저 자신을 달랬습니다. 무슨 딴 속셈이 있어서 그녀에게 손댄 것도 아니고, 계속 결혼하자고 졸랐던 것도 단지 밤을 함께 보내고 싶었기 때문이니까요. 하와이가 통속적이라도 저는 상관없다고 생각했습니다.

"걱정스럽다면 혼인 신고는 안 해도 괜찮아요. 당신이 혹시 사망한다고 해도 내연남이라고 밝히고 재산을 요구한다든지, 그런

추잡한 일은 없어요. 신 앞에서 그것도 맹세할까요?"

"어라라."

그녀가 재미있다면서 꽃이 조용히 피어나는 것처럼 웃어줬죠. 그제야 겨우 안심하는 것 같았습니다.

그녀는 복수여권이 있었고 외국에도 자주 나갔지만, 저는 하와이라고 해도 처음 나가보는 외국이었어요. 여권을 신청하고, 목적은 관광 여행인 것으로 했습니다. 오로지 결혼식이 목적이었지만, 역시 여행이라고 생각하니 가슴이 설레더군요. 그녀도 똑같은 마음이었던 모양이에요.

"웨딩드레스 말인데, 나는 재혼이라 흰색은 입을 수 없어. 너는 초혼인데, 어떡하지? 아, 딱해라."

"흰색은 안 되는 거예요? 나는 상관없어요, 어떤 색이든."

"근데 그걸 어떤 색으로 해야 좋을지 고민이야. 연한 블루나 핑크로 하는 모양이지만 그건 너무 흔해 보이고……."

"괜찮아요, 어떤 색이든."

"보라색은 좀 나이 들어 보이겠지?"

"에이, 어떤 색이든 괜찮다니까요, 나는."

"그래도 하와이니까 손에 드는 꽃은 순백의 호접란으로 할 생각이야. 그러니까 흰 꽃과 멋진 콘트라스트가 될 만한 색깔이어야 하는데……."

저는 드레스나 보석처럼 여자들이 좋아하는 것에 별 관심이 없어서 그녀가 이따금 새 옷이 어울리느냐고 물어도 "응, 좋은데요?"라는 정도밖에는 대답을 못 했어요. 그럴 수밖에 없는 게, 아무엇도 걸치지 않은 최고의 그녀를 다 알고 있었잖아요.

그날, 항상 하던 대로 저는 〈도쿄 레이디스 클럽〉 프런트에 서 있었습니다. 고객을 맞이하고 단골분들의 불만사항 등을 처리해 주는 게 제 업무입니다. 부자들을 상대하는 일이라고 일단 마음먹어버리면 아무리 제멋대로 구는 여자의 불평불만도 그리 힘들지 않게 들어줄 수 있어요. 입회금 2백만 엔, 연간 유지비 35만 엔을 지불하는 여자들이니끼 그야 뭐, 뭐 대단한 아줌마들이죠. 저는 처음부터 아무렇지도 않았어요. 그녀와 비교하면 어느 여자나 다 추저분하게 보여서 어떤 의미에서는 내심 통쾌했죠. 이 여자들은 아무것도 모른다, 라고 생각하면 다 우습잖아요.

그러는 참에 프런트 전화벨이 울렸는데, 그녀였습니다.

"고지마, 바쁘지 않으면 지금 좀 와줄래?"

"알겠습니다, 즉시 가겠습니다."

"사장실 쪽이 아니야."

"그렇습니까? 네, 알겠습니다."

낮 시간에는 어디까지나 사장과 직원의 관계를 유지했습니다. 클럽에서 일하는 남자 직원들이 하나같이 그녀의 팬이라서 자칫 저와의 관계가 알려졌다가는 어떤 해코지를 당할지 모르니까요. 그녀가 비밀 침실에서 어리광 가득한 전화를 걸어도 일단 클럽에서 받을 때는 최대한 태연히 응했습니다. 그런 저를 그녀도 든든하게 생각하는 눈치였어요.

장부를 손에 들고 7층 사무실로 갔습니다. 비서에게 사장님의 전화 호출이라고 말했더니, 수고하십니다, 어서 들어가세요, 라고 하더군요.

사장실은 텅 비어 있었어요. 옆방으로 들어가는 문을 열어보고는 잠시 멍해졌습니다.

불타오르는 듯한 빨간 드레스를 입고 그녀가 서 있었습니다. 긴 옷자락을 잡고 하얀 이를 내보이고 미소를 지으면서.

"놀랐어? 결혼식 드레스, 이걸로 정했는데."

"빨간색은 좀 뜻밖인데요? 하지만 아주 잘 어울려요."

"옛날 신부 의상 중에 아카무쿠*가 있다는 걸 어떤 책에서 발견했어. 이 드레스에 호접란을 들면……."

저는 그녀를 껴안고 키스를 하려고 했어요. 그런데 그날 처음으로 그녀가 저항을 했습니다.

"안 돼, 이건 결혼식 드레스야. 식을 올리기 전에 그러는 건 예법에 어긋나."

"하지만 어제 저녁에도 이 방에서……."

"그것과 이건 다르지."

어떻게 다른지는 알 수 없었지만, 그녀가 싫어하는데 굳이 강요할 것까지는 없어서 선선히 그녀를 놓아줬습니다.

"네가 이런 색은 싫다고 할까 봐 걱정했어."

"어떤 색이든 괜찮다고 말했잖아요."

"그건 그렇지만, 아무래도 의외성이 있긴 하지? 그래도 잘 어울린다고 해줘서 고마워. 처음 며칠은 하와이 할레쿨라니 호텔에서

* 赤無垢. 전통 결혼식에서 신부가 입는 옷은 주로 흰 예복 '시로무쿠白無垢'이지만, 드물게 진한 빨간색의 예복 '아카무쿠'를 입기도 한다.

묵을 거고, 결혼식을 올린 뒤에는 호놀룰루로 이동해서 마우나 케아 비치에 가기로 했어. 정말 꿈같은 곳이야, 하와이 섬도."

그때까지 겨우 열흘밖에 남지 않았었습니다.

저는 근무 중이었기 때문에 그 뒤 곧바로 클럽에 돌아와 대낮부터 사우나와 오일 마사지를 받으러 오는 여자들을 맞이했습니다.

"어서 오십시오. 가라스마 님, 오늘은 일찍 나오셨군요. 혈색이 좋지 않으신데, 무슨 일 있으십니까?"

"아니, 술을 너무 많이 마셨어, 간밤에."

"그러면 사우나 끝나고 오일 마사지를 받으시겠습니까?"

"응, 그래. 기미코 씨는 뭐 하고 있어?"

"아, 사장님은 사무실에 계실 텐데, 가라스마 님 오셨다고 연락 드릴까요?"

"아냐, 됐어. 나중에 내가 전화할게. 아무튼 숙취부터 풀고 난 다음에."

"네, 편안한 시간 보내시기 바랍니다."

그러는 참에 전화가 온 거예요. 사장님이 7층에서 빌딩 북측 통로로 떨어졌다고.

"뭐? 대체 무슨 소리야?"

저도 모르게 고함을 쳤습니다. 아마 얼굴빛도 확 변했을 거예요.

"무슨 일이야?"

가라스마 씨가 돌아보면서 의아한 듯 묻더군요.

"아뇨, 급한 볼일이 생겨서요. 잠깐 실례합니다."

우선 그렇게 둘러대고 엘리베이터를 향해 냅다 뛰었습니다. 엘리베이터가 왜 그렇게 천천히 가는지, 느긋한 얼굴로 중간에 타는 사람들은 또 얼마나 답답한지, 정말 속이 까맣게 타는 것 같았어요. 도대체 무슨 영문인지 알 수가 없고 믿어지지도 않았죠. 결혼을 하겠다고 환한 얼굴로 빨간 드레스를 입어 보던 그녀가, 결혼식 옷이라면서 키스도 거절했던 그녀가, 하와이 호텔과 비치 이야기를 했던 그녀가 그 직후에 그 방에서 뛰어내리다니…….

경찰의 어떤 질문에도 대답하지 않았던 것은 만에 하나 범인이라고 오해를 받으면 큰일이라고 생각했기 때문입니다.

밖으로 뛰쳐나가보니 빌딩 북측에 벌써 사람들이 우글우글해요. 그날이 토요일이고, 이 일대는 낮 시간에 나오는 사람이 많거든요. 그 인파를 헤치고 들어가 저는 빨간 웨딩드레스 차림으로 떨어진 그녀를 봤습니다.

"사장님!"

그렇게 부르짖은 순간 마음속으로 '아, 다행이다' 했어요. 그 와중에도 내가 직원으로서 행동한 거니까요. 하지만 즉시 달려가 품에 안고 일으켰죠. 얼굴은 바닥에 부딪히지 않았는지 여전히 아름답고 단지 입가에 약간 피가, 마치 루주가 번진 것처럼 조금 흘러 있었습니다.

"손대지 마! 경찰이 올 때까지 그대로 놔둬야 해!"

누가 그렇게 소리쳤는지는 기억이 나지 않아요. 아무튼 저는 조심조심 그녀를 무리 없는 자세로 눕혀줬습니다. 7층에서 떨어졌으니 출혈이 심했을 텐데도 빨간 드레스였기 때문에 그게 잘 보이지 않았죠. 인형처럼 아름다운 죽음이었어요.

그래서 저는 정말 뭐가 어떻게 된 건지 모르겠어요.

사람들은 왜 그걸 자살이라고 생각하지요? 열흘 뒤에 저와 결혼할 예정이었고, 방금 완성된 웨딩드레스를 일부러 저를 불러서 기쁜 얼굴로 보여주었고, 깜짝 놀라는 제 얼굴을 보고 환하게 미소 지었던 그녀가 자살이라니, 말이 안 됩니다.

저는 타살이라고 생각해요. 거울 앞에서 자신의 모습을 황홀하게 바라보던 그녀를 누군가가 창밖으로 떠민 게 틀림없어요.

범인에 관해 저로서는 짐작 가는 사람도 전혀 없지만, 그래도 그렇게 생각할 수밖에 없어요. 비서는, 사장실에 들어갔던 사람이 저 이후로는 아무도 없었다고 말했지만, 제가 클럽으로 돌아온 뒤에 그녀가 인터폰으로 아래층 레스토랑에 쇼콜라 무스를 주문했다고 말해준 덕분에 다행히 제가 나온 뒤에도 그녀가 살아 있었다는 증거가 됐어요. 쇼콜라 무스가 도착하기 전에 중요한 전화가 걸려와 비서가 인터폰으로 연락을 했는데 답이 없었다는군요. 그래서 사장실과 탈의실, 네, 침대가 있는 방을 탈의실이라고 했어요, 거기까지 다 둘러봤는데 그녀가 보이지 않자 이상하다 싶어서 열린 창문을 무심코 내려다보다가 소스라치게 놀랐다는 거예요. 네, 빨간 꽃이 뚝 떨어져 내린 것 같다고 했습니다…….

24
장남 요시히코

도미노코지 기미코에 관해서…….

네, 어머니입니다. 제가 큰아들이에요.

어머니에 관한 얘기는 가능하면 하고 싶지 않군요. 좋은 추억이라고는 하나도 없으니까요.

분명 어머니에게도 그때그때마다 나름대로 이유가 있었겠지만, 아버지 얼굴도 못 보고 자란 저로서는 어머니가 어떻게 결혼을 했는지, 왜 이혼을 했는지, 철이 들 무렵부터 항상 궁금했어요. 하지만 어린 마음에도 왠지 그런 건 물어봐서는 안 될 일, 어머니로서는 말하고 싶지 않은 과거일 거라는 생각이 들어서 그런 얘기들을 자세히 물어볼 기회를 놓쳐버렸습니다.

아무튼 저는 어머니가 손수 저를 키워준 기억은 전혀 없어요. 우리 형제를 먹이고 입히고 재워준 사람은 지금 나카노에서 사시는 외할머니였죠.

외할머니를 만나봤다면 그 성격도 충분히 짐작하시겠지요. 약간 위악적인 척하는 면이 없잖아 있지만 나쁜 사람은 아닙니다. 저희 형제를 건강하게 잘 키워주셨어요. 명랑한 성격이라서 외할머니와 셋이 사는 동안에는 저도, 제 동생 요시테루도 항상 웃으면서 지냈습니다. 외할머니는 제가 공부를 열심히 하는 것을 보고 이런 얘기를 자주 했어요.

"너는 엄마를 닮았어. 네 엄마가 공부를 열심히 해서 성적이 아주 좋았잖냐. 우리 요시히코도 분명 큰 인물이 될 거야. 그 대신 나한테서 휘익 떠나버리겠지, 나중에는."

네, 외할머니는 어머니 일이라면 항상 좋아서 어쩔 줄 모르는 말투로 얘기했어요.

저 역시 어렸을 때는 어머니가 그리 싫지는 않았습니다.

매주 수요일마다 선물 보따리를 안고 저희를 만나러 왔으니까요. 저도 요시테루도 천진하게 그런 어머니를 맞이했습니다. 어머니를 대단한 미인이라고는 생각하지 않지만, 뭔가 화려한 분위기가 있었어요. 외할머니가 험한 말을 툭툭 내뱉는 데 비해 어머니는 말투가 온화하고 순했죠. 어머니가 오랜만에 찾아오면 저와 요시테루는 번갈아가며 그 당시에 한창 좋아하던 놀이며 텔레비전 방송 얘기를 하곤 했습니다.

"어라라, 그래서 어떻게 됐는데?"

"그건 요시히코가 머리가 좋기 때문이야. 너는 신의 사랑으로 태어난 아이니까."

"그건 엄마가 모르는 이야기네? 좀 더 자세히 얘기해줄래?"

그렇게 언제까지고 조용히 들어주는 편이었습니다.

"어지간히 좀 해라. 사내새끼들이 그렇게 조잘거리면 못 써!"

외할머니가 시끄럽다면서 험상궂게 꾸짖는 것과는 대조적이었어요.

어머니가 가져오는 장난감은 항상 호화판이었습니다. 과자 하나도 최고급이고, 어머니가 오는 날에는 직접 팔을 걷어붙이고 근사한 비프스테이크를 해줘서 요시테루와 함께 이보다 맛있는 건 이 세상에 절대로 없다고 얘기했던 적도 있어요.

책도 많이 사줬죠. 주로 동화책이었습니다. 전집이나 시리즈물로 한꺼번에 전권을 다 사다 줬어요. 하지만 어렸을 때부터 저는 동화책은 별로 좋아하지 않았어요. 어른이 쓴 동화에는 아이들을 만만하게 보고 써낸 듯한 게 많아서 마음에 들지 않았죠. 아이들은 누구나 어른과 똑같이 대해주기를 바라는 거 아니겠습니까. 그런데 어머니는 매번 『어린 왕자』 같은 종류의 책만 가져왔어요. 제가 대학을 졸업할 무렵에야 겨우 깨달았지만, 동화라는 건 사실은 어른을 위한 읽을거리 아닌가요? 현실의 힘겨움에 허덕이는 어른들이 옛 이야기에서 꿈을 되찾아보려고.

어린아이에게 필요한 것은 오히려 현실을 일찌감치 알려주는 것이라고 생각해요. 그게 더 아이의 자부심을 만족시켜주고 향상심을 자극해주는 거 아닐까요?

어머니가 선의로 했던 일까지 비난할 건 없지만, 결과적으로 저는 어머니가 가져온 책에는 손도 대지 않았고 동생은 책이라면 완전히 질색하는 인간이 되어버렸어요.

"이렇게 잔뜩 쌓여 있으니까 읽기도 싫다, 그치?"

요시테루와 그런 얘기를 했던 게 기억날 정도입니다.

"네 엄마가 너희들 잘되라고 애써 사온 책인데 손도 안 대고 놔두면 큰 불효지, 이 천벌받을 놈들아."

외할머니가 펄펄 뛰면서 호을 냈지만, 저는 학교 도서실에서 제가 보고 싶은 책이나 도감을 빌려다 봤고, 요시테루는 오로지 만화뿐이었어요. 어머니가 저희와 함께 살았더라면 머리 좋은 사람이었으니까 아마 실태를 깨달았겠지요. 책이라면 그저 전집을 세트로 사다가 책장에 채워주는 그런 어리석은 짓은 아마 안 했을 거예요.

"엄마, 유치한 책들뿐이야. 미안하지만 읽을 생각이 안 나."

제가 그렇게 말해도 소용없었어요.

"어라라, 우리 요시히코가 엄마가 생각했던 것보다 빨리 커버린 모양이네? 엄마는 정말 기쁘다."

그러고는 그다음 주에 세계 문학 전집이며 일본 문학 전집, 아이즈 야이치* 전집 같은 책들을 털썩 배달해주는 식이었습니다. 제가 이과 쪽으로 간 것도 어쩌면 문과 쪽 책에 대한 잠재적인 반발심 때문이었던 게 아닌가 싶어요.

장난감도 외국에서 수입해온 정밀한 전기 장치 자동차나 비행

---

* 会津八一, 1881∼1956. 하이쿠·단가 시인. 미술사가. 1950년대 후반에 간행된 그의 전집은 당시 문화인의 필독서로 통했다.

기, 로봇 같은 걸 사줬습니다. 요시테루는 좋아라고 덥석 받았지만 금세 싫증을 냈죠. 저는 잡화점에서 드라이버 등의 도구를 사다가 그걸 조각조각 해체해버렸고요. 아이에게 적합한 것은 오히려 단순한 나무토막 쌓기 장난감, 그리고 좀 더 큰 아이라면 축구공 같은 게 좋겠죠. 어머니는 아마 값비싼 것일수록 아이가 좋아한다고 착각했거나 자기만족을 위해 그냥 사치스러운 쇼핑을 했던 게 아닌가 싶습니다. 그게 제 내면 심리에 영향을 끼쳤던 모양이지요. 외할머니가 꾸짖던 말이 생각납니다.

"요시히코, 이걸 또 부셨어? 엄마가 죽자 살자 일해서 보내준 것을 자꾸 부셔? 이 천벌받을 놈. 어서 원래대로 고쳐봐. 안 그러면 맞아죽을 줄 알아, 이 녀석!"

저는 외할머니의 그런 솔직한 성격이 오히려 좋았습니다. 인간이니까 누구라도 결점은 있게 마련이에요. 외할머니에게도 분명 결점이 있었겠지요. 거친 말투도 어머니 입장에서 보면 '나쁜 욕'이었으니까요. 하지만 저는 외할머니가 눈에 노기를 담고 "죽을 줄 알아"라고 고함을 지르는 게 차라리 좋았습니다. 좀 무섭기는 해도 그런 험한 말 속에 담긴 외할머니의 사랑이 아플 만큼 절실하게 다가왔으니까요. 외할머니 말대로 서둘러 장난감을 고치면서 그걸 부셨을 때와는 전혀 다른 감정으로 신나게 휘파람을 불었던 게 생각나요. 결과적으로 어머니의 교육은 제가 공대를 택한 동기가 되었지만, 그래도 외할머니에게 "죽을 줄 알아"라는 꾸지람을 듣지 않았다면 저는 아마 기계라면 질색하는 사람이 되었을지도 모르죠.

그래도 일주일에 한 번, 혹은 한 달에 두 번일 때도 있었지만, 이따금 얼굴을 내미는 어머니를 마치 선녀가 내려오기를 고대하는 듯한 심정으로 기다렸어요.

"엄마는 이다음에 언제 또 와?"

요시테루가 외할머니에게 자꾸 물어봤었죠.

"야야, 네 엄마는 일하는 사람이잖아. 노상 바쁘지. 너희를 훌륭하게 키우려고 열심히 돈을 벌고 있으니까 그 은혜를 잊으면 안돼. 네 엄마는 참말로 대단한 사람이야. 나는 네 엄마를 낳기만 했지 아무것도 못해줬는데, 그래도 어미라고 이렇게 돈을 보내주잖아. 너희를 위해 죽자 살자 일하고 있으니까 고맙게 생각해. 나는 네 엄마에게 이런 책이고 장난감이고 제대로 사줘본 적이 없어. 과자 한번 사준 적이 없는데 참말로 네 엄마는 할미한테 잘한다니까. 진짜 대단한 딸이지, 아무렴. 자주 들여다보지 못해도 섭섭해할 거 없어. 사내잖아, 너희들은."

외할머니는 그렇게 저희를 타일렀습니다. 하지만 저는 외할머니가 우리 셋이서 살 때는 아무 말이든 서슴없이 내뱉고 큰 소리로 와하하 웃어대는데 어머니가 오는 날에는 고양이처럼 얌전해져서 눈치를 슬슬 살피며 어물쩍거리는 것을 봤어요. 왜 그러는지 이상하기만 했죠. 어머니가 외할머니를 찍어 누르는 것 같았습니다. 그런 때는 정말 외할머니가 불쌍했어요. 요시테루가 열이 나서 며칠씩 끙끙 앓을 때, 외할머니가 머리가 헝클어져가며 옆에서 간병을 했는데 그런 외할머니의 헌신적인 노력을 어머니는 전혀 인정하지 않는구나, 하고 어린 마음에도 의분을 느꼈습니다.

딱 한 번, 어머니가 외할머니에게 돈을 건네는 장면을 목격한 적이 있습니다. 외할머니가 떠받들다시피 돈을 받는 것도 기이한 광경이었지만, 어머니가 던지는 말투도 놀랄 만큼 오만했어요.

"어머니, 예전의 그 나쁜 버릇은 이제 끊었지요? 우리 애들에게 나쁜 영향을 끼치지 않게 정신 바짝 차려야 해요. 내 말, 알아들었어요? 정말 알아들은 거 맞아요?"

제가 아직 어릴 때였는데, 봐서는 안 될 것을 본 것 같아 얼른 자리를 피했던 게 기억납니다. 무슨 이유 때문인지 외할머니는 어머니만 보면 움찔움찔 움츠러들어서 평소에 기운이 펄펄하던 게 어디론가 사라지곤 했어요.

저는 그런 외할머니가 딱해서 견딜 수가 없었습니다.

외할머니는 입만 열면 어머니 칭찬을 하고 저희에게도 은혜를 잊어서는 안 된다고 신신당부했지만, 그런 외할머니야말로 어머니에게는 부모 아닙니까. 외할머니가 왜 친딸 눈치를 봐야 하는지 이해할 수가 없었고, 지금도 잘 모르겠어요.

제가 초등학교 5학년, 그리고 요시테루가 4학년 때, 갑작스럽게 저희 둘은 덴엔초후의 어머니 집으로 옮겨 갔습니다. 학교는 그때까지 나카노 구의 공립학교를 다녔는데 느닷없이 가쿠슈인으로 전학을 했어요. 가쿠슈인에서는 교사가 전차를 타고 다니는 것을 권장했지만 어머니는 자가용으로 저희 둘을 요쓰야까지 데려다줬습니다. 저는 정말 뭐가 어떻게 된 것인지 영문을 알 수가 없었어요. 왜 이런 엄청난 환경 변화가 일어났는지, 하나도 알지 못했습니다.

가장 이해할 수 없는 일은 외할머니만 나카노에 버려두고 온 것이었어요.

"외할머니는 왜 데려오지 않아?"

그 넓은 집에 도착하자마자 제가 어머니에게 던진 첫 질문이었어요. 어머니는 제 어깨에 손을 얹고 찬찬히 얘기하더군요.

"그 사람, 사실은 너희 친외할머니가 아니야."

"뭐라고? 왜?"

"엄마가 그 사람의 친딸이 아니니까."

"무슨 얘기야? 나, 뭐가 뭔지 모르겠어."

"요시히코가 어른이 되면 자세히 얘기해줄게. 어떻든 그 사람이 엄마를 키워줬으니까 정확히 말하면 양어머니인 셈이야."

"그래도 우리까지 키워줬으니까 다 함께 살면 좋잖아."

"그렇게 할 수 없어서 엄마도 힘들어. 그 사람을 이쪽 집에 불러들이면 이래저래 다툼이 일어날 게 틀림없어."

"왜?"

"이제 곧 알게 될 거야, 우리 요시히코는 머리가 좋으니까. 게다가 외할머니도 이 집에 오기 싫다고 했으니까 어쩔 수 없잖니? 지금까지 계속 외할머니하고 살았으니 좀 섭섭하기도 하겠지만, 이번에는 엄마랑 함께 사는 거야. 어때, 좋지?"

저는 어머니의 설명을 받아들일 수 없었어요. 아니죠, 오히려 불만이 아주 많았어요. 친혈육이 아니더라도 그런 건 문제가 아니잖아요. 여태껏 함께 살았던 외할머니, 태어나면서부터 나를 키워준 외할머니와 갑작스럽게 떨어져 살아야 한다는 게 큰 충격이었고 너무 괴로웠습니다. 그런 속마음을 어머니가 전혀 이해해주지 않는 것도 불만이었어요.

새 집이 너무 넓어서 제 공부방과 요시테루의 공부방은 한참 떨어져 있었습니다. 요시테루는 뭔가 불안해지면 "형, 형, 형" 하고 큰 소리로 저를 찾으러 다녔어요.

"도련님, 이쪽입니다. 형님 스튜디오는 이쪽이에요."

여 집사가 그런 요시테루를 붙잡고 알려줬는데, '도련님'이니 '형님'이니 하는 호칭도 무척 당황스러웠죠. 정원에는 넓은 숲이 있었고, 하녀는 하늘색 제복을 입었어요. 요리사가 하루 세끼를 챙겨주고 샹들리에 아래에서 '식사'라는 것을 했습니다.

"형, 우리 남자 신데렐라 같다."

"거지와 왕자겠지."

"아, 그렇구나. 하지만 외할머니가 없어서 섭섭해."

"우리가 왕자님이 되었기 때문이야. 나는 거지로 다시 돌아가고 싶다."

"나도. 하지만 그런 말을 하면 엄마한테 미안하잖아. 엄마가 저렇게 열심히 우리를 돌봐주는데."

요시테루가 진지한 얼굴로 그러더라고요. 이렇게 부자로 살게 됐는데 불평만 해서는 염치없는 짓이라는 생각은 저도 했었어요.

하지만 우선 유난히 존댓말을 쓰는 여 집사의 말투부터가 정말 싫었습니다. 좀 과장해서 표현하자면, 왕자의 비애 같은 것이었겠지요. 게다가 저희가 전학한 가쿠슈인은 공립 초등학교와는 완전히 달랐어요. 다들 부잣집 도련님에 공주님들이었죠. 저희가 다녔던 공립학교보다 아이들이 훨씬 더 얌전한 얼굴로 공부만 했습니다. 전쟁 전에는 귀족 자제들을 위한 교육기관이었다지만, 전후에는 민주적으로 문호가 개방되어 저희가 거기서 버텨내기 힘들었다거나 하는 일은 없었습니다. 그래도 저희 학년에 국사 책에 선조의 이름이 등장하는 명문 집안 친구들이 열 명 가까이나 됐어요. 마쓰다이라, 기노시타, 산조니시…….

요시테루 쪽도 마찬가지였던 모양이에요.

"우리 반에도 아사노라는 애가 있어, 주신구라의 아사노 다쿠미노카미가 너희 선조냐고 누가 물으니까 진지한 얼굴로, 아니, 그건 우리 가문에서 분가한 쪽이야, 라고 하더라니까."

이런 대화를 어머니는 그야말로 흐뭇한 얼굴로 듣고 있었습니다.

"어라라, 그 아사노가는 본가가 아니었구나. 그러고 보니 '반슈 아코*의 무인'이라는 말이 있지? 반슈 지역뿐이라면 아주 작은 지역의 영주님이네? 정말 재미있다, 재미있어. 일본 역사와 그렇게 관련이 있는 거잖아."

"응, 그래, 엄마 말이 맞아."

요시테루는 맞장구를 쳐줬지만 저는 솔직히 시들했습니다.

언젠가 일요일에 친구와 영화를 본다고 말하고 집을 나와 나카노의 외할머니를 만나러 간 적이 있었어요. 갑작스럽게 혼자 남겨져 얼마나 외로울까 걱정스러워서요. 슬그머니 마당 쪽에서 집 안을 살펴봤더니 외할머니가 눈도 빠르게 저를 알아보고 마루에 버티고 서서 고함을 치더군요.

* 播洲赤穂. 효고 현 아코 시의 옛 지명.

"뭐냐, 이놈의 새끼, 어디로 기어들어왔어?"

여전히 기가 드센 말투였지만 제가 찾아온 게 정말로 반가웠던 모양이에요, 눈물이 글썽해지려는 것을 애써 꾹 참는 기색이었습니다. 오히려 제가 먼저 울어버렸어요.

"할머니, 외롭지? 우리가 갑자기 없어져서."

"얘가 무슨 소리야? 계집애처럼 훌쩍거리기는, 쯧쯧. 외롭기는 내가 왜 외로워? 온종일 우당탕탕 날뛰던 손자 녀석들이 없어져서 아주 속이 시원하던 참이다."

"할머니는 왜 덴엔초후에 함께 가지 않아?"

"그야 이래저래 사정이 있지. 덴엔초후 같은 고급 주택은 채소 가게 할망구한테는 어울리지 않아. 나는 그 집 얘기 듣자마자 척 알았어."

"채소 가게? 그게 뭔데? 채소 가게 할망구라니, 누구 얘기야?"

"나지 누구야."

"정말? 그럼 엄마는 채소 가게 딸이었어?"

"얘, 요시히코."

문득 외할머니가 정색을 하며 말하더군요.

"그런 말, 네 엄마한테 하면 안 돼. 그런 얘기 했다가는 끝장이야."

"왜?"

"왜라니, 입 밖에 내면 안 될 말이라는 게 있어. 너도 어른이 되면 다 알 거야."

"외할머니."

"왜."

393

이번에는 제가 정색을 하고 불렀더니 외할머니가 조금 긴장하더군요.

"우리 엄마는 누가 낳았어?"

"애가 무슨 엉뚱한 소리야. 그야 당연히 내가 낳았지."

"정말 외할머니가 낳았어?"

"그래, 내가 결혼도 좀 늦었고 애도 늦게 낳았어. 이제 안 되겠다고 포기하려던 참에 애기 들어서서, 해산할 때 이웃 사람들이 죄다 나서서 도와줬어. 그때 사람들이 아카사카 히노키초에 가면 아직도 살고 있으니까 그렇게 궁금하면 네가 가서 직접 물어봐. 잡화점이니 약국이니, 다 있어. 드림 하이츠 맨션 근처에 도호도 약국이라고, 찾아보면 금세 알아."

"어떤 병원에서 낳았어?"

"이런 멍텅구리를 봤나. 옛날에는 애 낳는다고 병원에 가지를 않았어. 요즘처럼 산부인과 의사가 아니라 내 집에 산파를 불러다가 낳았지. 그러니 이웃 사람들이 큰 솥에다 물도 끓여주고 주먹밥도 해주고 아주 난리굿이었어. 네 엄마 낳을 때는 약국 아줌마가 축하한다고 양은 도시락에 찰밥을 담아서 보내줬잖아. 1936년이면 아직 양은이 나온 지 얼마 안 된 때였거든. 그래서 우리 딸이 나중에 훌륭한 사람이 되겠구나, 금빛 그릇에 찰밥 선물이 들어오더니, 하고 아버지가 아주 좋아했었어."

"아버지라니, 우리 아버지?"

"이런 답답한 녀석, 네 엄마 태어난 얘기를 하는데 거기서 왜 네 아버지가 좋아하겠어? 아버지라는 건 네 엄마의 아버지, 그러니까

네 외할아버지 얘기야. 어째 이리 말귀를 못 알아먹을까."

저는 외할머니의 그 말을 철석같이 믿었습니다. 어머니를 낳은
건 이 외할머니가 틀림없다, 두 사람은 피가 이어진 모녀지간이다,
그런데 왜 어머니는 양어머니라고 거짓말을 하는가. 그리고 외할
머니는 왜 우리와 함께 살고 싶지 않다고 했는가. 지금도 여전히
모르는 것투성이예요. 게다가 호적에는 저희 형제가 외할머니의
양자로 올라가 있습니다. 외할머니는 바로 최근까지도 호적이 그
렇게 되어 있다는 걸 알지 못했던 모양이에요.

아무튼 그날은 외할머니에게 라면을 먹고 싶다고 졸라댔어요.
그래, 알았다, 알았어, 라고 툴툴거리면서도 인스턴트 라면을 직접
끓여줬습니다. 네, 그때 외할머니는 파출부와 둘이서 살았어요. 낯
선 얼굴의 파출부였는데 아침에 와서 저녁에 돌아갔죠. 외할머니
집은 왜 그런지 파출부마다 그리 오래 붙어 있지를 못해요. 어떻든
그때 그 라면은 정말 맛있었습니다.

일주일 뒤 일요일 밤에 요시테루가 제 방에 몰래 들어와 소리 죽
여 말하더군요.

"형도 갔었다면서?"

"뭐?"

"여기, 여기 말이야. 나도 라면 먹었어. 진짜 맛있었어."

책상 위에 『중학생 필수○○』라는 참고서가 있었는데 거기서 中
이라는 글자를 가리키고 요시테루가 웃으면서 의미심장한 눈빛으
로 말하더군요. 나카노中野를 말하는 거였어요.

"너는 오늘 갔었어?"

"응. 근데 이거한테는 비밀로 하자."

새끼손가락을 세우면서 요시테루가 한쪽 눈을 찡긋하는 거예요. 녀석이 내 형제라서 그나마 다행이라고 생각했죠. 게다가 녀석이 어머니를 신경 써주는 것에는 가슴이 뭉클했어요.

어머니가 저와 요시테루를 철저히 차별했으니까요. 이를테면 저한테는 '요시히코 군'이라고 했지만 동생은 그냥 '요시테루'라고 하대했어요. 때로는 '테루'라고 이름 뚝 떼고 불렀죠. 기트는 새한테도 '미쓰코 짱'이라고 했으면서. 나카노에서 살 때도 요시테루에게 저를 '형님'이라고 하라고 억지로 가르친 적이 있었죠. 가쿠슈인에 전학한 뒤에는 저를 '형'이라고 불렀는데, 가쿠슈인 친구들이 다 그런 호칭을 쓴다고 얘기했더니 어머니가 그제야 조용해지더군요.

하지만 가쿠슈인은 역시 공립학교보다 교육 수준이 높았어요. 부모의 배경이나 뒷돈을 쓰고 들어온 한심한 친구들도 있었지만, 교사와 학부모의 교육열이 공립보다 훨씬 높았으니까 다들 공부를 잘했죠. 중간에 끼어들어 그걸 따라잡는다는 건 힘든 일이었어요. 어머니도 그럴 거라고 예상했는지 저한테 가정 교사를 서너 명씩 붙여줬습니다. 수학, 영어, 고전문법, 거기에 물리, 한서漢書까지 과목별로 프로 선생님이 착실히 개인 지도를 해줬어요. 아무튼 그건 어머니에게 감사해야 할 일 중의 하나겠죠.

그런데요, 요시테루도 가정 교사가 있었지만 저와는 달리 수준이 떨어지는 사람들을 불러준 거예요. 걔가 공부에는 취미가 없어서 아직도 가쿠슈인 대학을 졸업하지 못하고 있지만, 애초에 어머니가 공부하라는 말도 안 했어요.

"요시테루는 됐어요. 요시히코 군과는 다르니까. 마루 밑에 들어가면 그냥 함께 들어가서 놀아주세요. 나는 그 아이에게는 아무것도 기대하지 않아요. 괜찮으니까 정원에서 실컷 뛰어놀라고 하세요."

저와 겨우 한 살 차이일 뿐인데, 가정 교사들에게 그렇게 지시하는 말을 우연히 들었을 때, 정말 기분이 나빴습니다. 아무리 요시테루의 성적이 좋지 않다지만, 아예 처음부터 제쳐두는 태도였으니까요. 자식에게 아무것도 기대하지 않는다니, 그런 말을 남에게 해도 됩니까? 그런데도 요시테루는 저보다 어머니를 더 걱정해줬으니까 참 세상일이란 알 수가 없죠.

가쿠슈인이 싫은 건 아니었지만 아무래도 어울리기 어려운 면이 있어서 고등학교는 도립학교로 시험 쳐서 들어갔고 대학은 국립대로 갔습니다. 어머니가 전문 가정 교사를 붙여준 덕분에 엘리트 코스를 걸을 수 있었던 거 아니냐고 한다면 뭐, 할 말은 없습니다. 하지만 저는 가쿠슈인이 어머니 취향의 학교라는 게 영 마음에 안 들었어요. 사회로 뛰쳐나가 어머니 도움 없이 살아보자는 잠재적인 바람이 있었는지도 모르겠어요.

도쿄대에 합격했을 때, 어머니가 엄청나게 좋아했죠.

"역시 요시히코 군은 태생이 달라. 엄마는 정말 오늘처럼 기쁜 적이 없어. 죽을 둥 살 둥 일해온 보람이 있구나. 그동안 힘든 일이 많았지만, 요시히코 군을 낳은 것만은 내 인생에서 성공한 일이라고 할 수 있어."

"작은 사모님, 그리고 도련님, 진심으로 축하드립니다."

그 여 집사까지 그야말로 공손히 머리 숙여 절하면서 그렇게 말했을 때, 저는 순간 2차 지망 대학으로 가버릴까 하는 생각까지 했습니다. 도쿄대가 대체 뭐라고, 라는 환멸감이 몰려왔으니까요. 1년이면 3천 명이 입학하는 학교잖습니까. 어쩌다 그중 한 명에 낀 것뿐인데 마치 천하를 얻은 것처럼 야단법석이라니. 완전히 김이 팍 샜죠.

하지만 어머니와 결정적으로 대립한 끝에 집을 뛰쳐나와 지금까지 이런 작은 아파트에서 살게 된 것은 도쿄대에 입학하고 얼마 안 되었을 때, 말하자면 제 첫사랑이 그 원인이었어요.

"이제 남은 건 취직과 결혼이구나, 요시히코 군."

속이 메슥거릴 만큼 노상 달달한 목소리로 속닥거리던 어머니가 저한테 여자 친구에게서 자주 전화가 걸려오자 점점 인상이 험악해지더라고요.

언젠가 식당에 셋이 앉아 있는데 여 집사가 저한테 전화가 왔다고 얘기하더군요.

"그 전화, 나한테 돌려주세요."

제가 자리에서 일어서는데도 아랑곳하지 않고 어머니는 여 집사에게 지시를 내리고 자기가 직접 수화기를 들었습니다.

"여보세요, 나는 요시히코의 어머니 되는 사람이에요. 누구시죠? 아, 그렇군요. 앞으로 우리 요시히코에게 전화하는 건 삼가주시겠어요? 요시히코도 아주 번거로워하고 있으니까요. 그럼 이만 실례합니다."

깍듯이 예의 바른 말투로 얘기하고 수화기를 탁 내려놓았을 때, 저는 물론이고 요시테루까지 한참이나 멍해졌어요.

사나흘 지난 뒤에 요시테루가 얘기하더군요.

"형, 우리 용돈으로 따로 전화를 놓을까? 나도 가끔 필요하거든. 지금 집에 있는 교환식 전화는 부엌에서든 응접실에서든 다 훔쳐들을 거야. 그건 좀 불쾌해."

그래서 즉각 둘이 돈을 합쳐 전용 전화를 따로 신청했죠. 어머니도 다 알았겠지만 더 이상 아무 말도 없었습니다.

나카노 외할머니 집에 가는 것도 어느새 눈치를 챈 모양이에요. 식사 메뉴가 어느 날 갑자기 바뀌었어요. 카레라이스에 튀김덮밥, 돈가스덮밥, 라면이 간식으로 나오는 거예요. 우리한테는 한마디도 안 했지만 외할머니에게는 호되게 잔소리를 했던 모양이에요. 우리가 찾아오는 걸 점점 질색하며 싫어하시더라고요.

"이놈들이 또 왔네? 너냐 아니면 요시테루냐, 여기 와서 이걸 먹었네 저걸 먹었네 하고 졸졸 다 불어버린 놈이. 집에서 애들을 굶긴 것처럼 여기 와서 밥을 얻어먹었다고 네 엄마가 울고불고 야단이었어. 나는 이제 너희들 꼴도 보기 싫어. 나이 들면 혼자 사는 게 가장 마음 편한 거야. 이제 다시는 내 집에 오지 마!"

저도 요시테루도 나카노 외할머니를 찾아갔던 얘기는 결코 한 적이 없었어요. 더구나 거기서 뭘 먹었는지까지 어머니한테 말했을 리가 없죠. 아마 외할머니 집에 드나드는 파출부에게 돈푼이나 쥐여 주고 자세한 사정을 알아낸 모양이에요. 그러면서도 우리한테는 한 마디도 하지 않았습니다. 그런 음험한 구석이 나한테는 섬

뜩하고 불쾌하게 느껴져 참을 수가 없었어요. 외할머니를 괴롭히는 일이 될 것 같아 결국 나카노 쪽에는 발길을 끊었습니다.

나한테 전화했다가 어머니에게 봉변을 당한 사람은 같은 과 여학생이었어요. 그때까지는 그냥 평범한 여자 친구였는데 어머니가 한 짓 때문에 저희는 서로에게 품었던 호감이 점점 연애로 발전했습니다.

"너희 어머니가 별로 반기시지 않을 텐데? 그렇다면 우리 부모님도 좋아하실 리가 없어."

그녀가 그렇게 머뭇거리는 바람에 제가 오히려 적극적으로 나가게 됐죠.

"우리는 이미 성인이야. 연애든 결혼이든 우리가 선택해야지. 네가 나를 싫어한다면 물론 얘기는 달라지지만."

"네가 싫은데 얘기가 여기까지 왔겠어? 나, 그렇게 헤픈 여자 아니야."

"나, 집을 나올 생각이야."

"졸업 전에?"

"응."

"나는 졸업할 때까지는 안 돼. 엄마도 마음 아파하고, 그보다 아버지가 펄펄 뛸 텐데."

"아버지가 왜?"

"아버지와 딸 사이에는 그런 게 있어. 엄마한테는 너에 대해 시시콜콜 털어놓지만, 아버지는 딱히 네가 아니더라도 우선 남자 친구가 생겼다는 것 자체를 못마땅해하는 것 같아. 우리 요코는 평생

400

결혼하지 말아라, 라고 하시는데 뭘. 사실 너희 어머니가 전화를 탁 끊었을 때 화가 나기는 했지만, 아버지와 나의 관계를 생각해보니까 조금쯤은 이해가 되더라."

졸업을 앞두고 역시 요코의 아버지와 저희 어머니가 펄펄 뛰면서 결사반대를 했어요. 하지만 그게 오히려 용수철이 되어 요코는 제 품으로 뛰어들었습니다. 둘 다 취직할 곳이 정해져서 맞벌이를 하면 부모의 경제적 지원 없이도 살 수 있다는 자신감이 있었어요. 결혼식은 요즘 연예인들처럼 요란한 것은 저희 둘 다 원하지 않았기 때문에 교수님과 동창들에게 발표하고 회비제로 결혼 피로연을 치렀습니다. 그녀는 하얀 원피스를 입었지만 베일도 쓰지 않았고 옷자락도 그리 길지 않은 평범한 드레스 차림이었어요. 그러고는 둘이서 혼인 신고를 하러 갔고, 그때 구청에서 제가 외할머니의 양자로 올라 있다는 것을 새삼 인식했습니다. 어머니가 저희를 외할머니와 한사코 떼어놓으려고 했던 것은, 저 역시 요즘 친어머니를 거의 증오할 정도니까 아마 근친증오近親憎惡였던 게 아닌가 하는 생각이 들어요.

혼인 신고를 하기 전부터 이미 어머니의 맹렬한 방해 공작이 시작되었습니다. 우선 요코의 본가에 갑작스럽게 쳐들어갔더군요.

"도미노코지 기미코라고 합니다. 스즈키 요시히코의 엄마 되는 사람이에요. 댁의 따님이 우리 장남과 결혼하고 싶어 하는 것 같은데, 우리 요시히코는 가쿠슈인 시절부터 명문가의 따님과 서로 좋아하는 사이였고, 그 댁 양친께서도 둘 사이를 흔쾌히 허락해주셨습니다. 도쿄대에 들어가기 전에 약혼이라도 해두자고 얘기가 되어서 이미 교회에서 약혼식도 올렸답니다. 저도 며느리가 될 사람에게 보석을 약혼의 징표로 보내드렸고, 저희 집에도 자주 초대하면서 요시히코의 졸업만을 손꼽아 기다리고 있었어요. 그런데 아닌 밤중에 홍두깨 격으로 댁의 따님과 동거를 하다니, 어라라, 이건 아니지요. 지금까지 절대로 이런 적이 없는 착한 아들이었는데……. 부디 어미 된 저의 마음을 헤아려주세요. 그 댁 따님은 아직 요시히코의 동거를 알지 못하지만, 자칫 안려지기라도 하면 이떻게 되겠어요? 명문가 분들은 선하고 심약하셔서 그 댁 양친께서 얼마나 큰 충격을 받으실지, 그 생각을 하면 저는 살아도 산 것 같지를 않답니다. 지금까지 엄마 손 하나로 키워낸 귀한 아들입니다. 도쿄대에서도 몇십 년 만의 수재라는 말을 듣는 아이였고, 교수님들께 특히 주목을 받아서 요시히코는 앞으로 학자가 될 예정이었는데 이렇게 자기 마음대로 취직을 해버리고 댁의 따님과 맞벌이로 먹고살겠다고 하네요. 저는 여자가 바깥일을 하는 아수라장을 경험해본 사람이라서 며느리만은 절대로 먹고사는 일로 고생시키지 않고 학자의 아내로 얌전히 살림하면서 살 만큼 재산을 물려줄 생각이었답니다. 설마 댁의 따님이 저의 재력에 눈독을 들였다고는 생각하지 않지만요. 한 인간으로서 제가 이미 4년 전에 언약한 것이 있고, 지금도 우리 요시히코가 그 따님과 교제 중인데 이번 일로 그 귀하신 혈통의 명문가 분들이 눈물 흘리시는 모습은 차마 볼 수가 없습니다…….”

　나중에 그 얘기를 듣고, 어떻게 그런 거짓말을 줄줄 늘어놓았는지 제가 정말 어처구니가 없었습니다.

저와 약혼했다는 명문가의 따님이 대체 누구지요?

도쿄대에서 몇십 년 만의 수재라는 말을 들었다니, 제가요?

학자가 될 예정이었다고요? 대체 제가 언제 어머니와 그런 얘기를 했는데요?

요코의 양친도 요코 자신도 가장 분노했던 것은 '댁의 따님이 우리 장남과 결혼하고 싶어 하는 것 같은데'라느니 '설마 댁의 따님이 저의 재력에 눈독을 들였다고는 생각하지 않지만'이라는 어머니의 심히 나긋나긋한 말투였다는군요. 저도 불처럼 화가 나서 니혼바시의 어머니 회사로 달려갔습니다. 네, 그 빌딩 7층에 있는 도미노코지 사무실요. 비서가 "어떤 스즈키 씨이신지요? 사전 예약을 하지 않으면 사장님과 만나실 수 없는 게 저희의 규칙입니다만"이라고 하는 바람에 저도 저절로 말투가 강경해졌죠.

"사장 아들이라도 사전 예약이 필요한지 어머니에게 물어보시든지요. 다시 한 번 말하지만, 저는 스즈키 요시히코예요."

비서가 화들짝 놀라서 제 얼굴을 찬찬히 뜯어보더니 "잠시만 기다리세요. 사장님이 지금 외출 중이실 수도 있습니다"라면서 안으로 들어가더군요. 만나고 싶지 않은 사람은 이런 식으로 있어도 없는 척을 했었구나, 하고 저는 우선 한숨부터 나왔습니다. 사장이 외출했는지 아닌지는 비서가 가장 잘 알 거 아닙니까.

하지만 곧바로 다시 나온 비서가 갑자기 태도가 공손해졌어요.

"죄송합니다, 어서 들어가시지요."

그렇게 저는 태어나서 처음으로 어머니가 일하는 사장실이라는 곳에 가봤습니다. 덴엔초후의 집처럼 샹들리에가 주렁주렁 달려서 바깥은 환한 대낮인데 밤중 같은 분위기가 떠돌았어요. 어머니는 흰색 드레스 차림으로 안쪽 소파에 앉아 있다가 곧바로 일어나 저를 껴안으려고 하더군요.

"요시히코, 드디어 이 엄마한테 돌아왔구나. 내내 기다렸어. 힘든 일 있으면 엄마한테 말해. 너를 위해서라면 엄마는 뭐든 할 생각이야."

나는 어머니의 팔을 뿌리치고 요코네 집에 쳐들어간 일에 대해 뻣뻣이 선 채로 따졌습니다.

"어라라, 요시히코, 누가 그런 소리를 했어? 얘기가 전혀 다르구나. 그쪽 부모님이 나를 만나고 싶다고 하셔서 뵈러 갔던 거야. 딸을 둔 부모님이라면 걱정하시는 것도 당연하다 싶었고, 나한테도 딸이 있었다면 그렇게 했을 거야."

"내가 가쿠슈인 다닐 때 귀하신 혈통의 명문가 따님과 약혼을 했다니, 대체 무슨 소리야?"

"어라라, 무슨 얘기니?"

"엄마가 그쪽 부모님에게 그렇게 말했다면서! 내가 언제 누구와 교회에서 약혼식을 올렸어?"

"어라라, 나는 모르는 얘기야, 요시히코. 무슨 말을 하는지 전혀 모르겠구나. 귀하신 혈통이라니, 그게 뭐야? 누가 약혼을 했어?"

"엄마 입으로 그렇게 말했으면서."

"어라라, 누구한테?"

"요코 부모님에게 거짓말을 줄줄 늘어놓으면서 우리 결혼을 방해하려고 해? 요코가 나와 결혼하고 싶어 하는 것 같은데 우리 아들은 이미 약혼했다고 말했다면서!"

"요시히코, 진정해. 우선 여기에 좀 앉을래? 엄마가 저혈압이라 항상 어질어질해. 네가 그렇게 급하게 이야기하면 뭐가 뭔지 하나도 몰라."

사이드 테이블의 인터폰으로 비서에게 커피를 가져오라고 지시하더군요. 저는 소파에 앉았지만 그런 식으로 친어머니와 대결하고 있는 저 자신이 정말 비참하기 짝이 없었습니다.

"요시히코, 내가 그날 일을 얘기할게. 조용히 좀 들어줘. 알겠니?"

"대체 또 무슨 소리를 하려고?"

"요코 부모님에게서 연락이 와서 나는 그냥 찾아뵈러 갔던 거야. 그리고 그쪽에서 구구절절 말씀하시는 게, 요시히코는 가쿠슈인까지 다닌 인재니까 그에 걸맞은 상대가 얼마든지 있지 않겠느냐고……."

"또 거짓말! 요코 부모님이 그런 말을 했을 리가 없잖아."

"내가 왜 너한테 거짓말을 하겠니. 너를 낳은 엄마인 내가 왜? 가능하면 내가 거짓말이라도 지어내 어떻게든 네가 상처 입지 않게 해주고 싶은 심정이야. 요코 씨 부모님이 하셨던 말씀은 차마 너한테 다 밝힐 수가 없을 정도야."

"상관없어. 이보다 더 상처 입을 일도 없을 것 같으니까."

"그쪽 집 아버님이 이런 말씀을 하셨어. 우선 요시히코 군의 부친은 대체 어떤 사람이냐고 따지시는 거야."

"……."

"미안해, 요시히코. 내 마음도 너처럼 피눈물을 흘리고 있어. 너를 낳았을 때, 나는 열일곱 살이었단다. 지금이라면 고등학생일 텐데 그 나이에 엄마가 됐어. 너를 가진 건 열여섯 살 때인 거야. 의무교육 마치자마자 엄마는 일하러 나가야 했어. 그때 나한테는 친어머니도 없고 아버지도 없었잖아. 양아버지는 착한 사람이었지만 내가 중학교 3학년 때 사고로 돌아가셨어. 나카노의 외할머니한테 그 얘기는 들었지?"

"그게, 그 얘기는 너도 들었어. 큰네 엄마를 낳은 건 외할머니 자신이라고 하셨어. 해산할 때 그걸 직접 본 증인들이 있다고 하셨단 말이야!"

"양은 도시락에 찰밥을 선물로 받았다는 얘기? 그건 나도 수없이 들었어. 하지만 전부 거짓말이야. 외할머니는 어떻게든 나를 친딸로 생각하고 싶으신 거야. 나한테도 그렇게 믿게 하려고 늘 그 얘기를 했어. 참 감사한 일 아니니? 나는 그렇게 깊은 애정으로 네 외할머니가 나를 친딸처럼 키워줬다는 생각을 하면 그게 거짓말이라는 얘기를 도저히 할 수가 없었단다."

어머니는 눈물을 뚝뚝 흘렸지만, 저는 그따위 말에 속아 넘어갈까 보냐고 생각하면서 듣고 있었어요.

"열여섯 살 때부터 사회에 나와 일하던 여자애는 결혼 상대를 선택할 만한 눈도 없었고 판단력도 유치하기만 했어. 네 아빠에 대해 내가 여태껏 어느 누구에게도, 너에게조차도 말하지 않은 것은 네 친아빠니까 너의 명예를 위해 내 입이 찢어지더라도 결코 나쁘게 말할 수 없었기 때문이야. 그저 결과만을 얘기할 수 있을 뿐이지. 너와 요시테루를 낳고 얼마 안 되어 네 아빠는 다른 여자와 살림을 차렸어. 그래도 꾹 참고 기다리면 언젠가는 돌아올 거라고 생각했지만 당장 생활비를 주지 않으니 나는 다시 일하러 나가야 했어. 이윽고 네 아빠가 다시 또 다른 여자와 결혼하겠다고 해서 나는 강제로 이혼을 당한 거야. 하지만 이날까지 너희 둘의 양육비는 단 한 푼도 받지 않았어. 그냥 나 혼자 낳은 내 아이들이라고 나 자신에게 되뇌면서 지금까지 죽을 둥 살 둥 일하면서 살아왔지. 하지만 이제 와서 23년 전의 그 실수를 요코 씨의 아버님에게 새삼 지적당하고 추궁당할 때는 정말 눈물이 앞을 가리더구나. 미안해, 요시히코, 네가 아버지 없이 자란 것, 그건 내가 너무 어린 나이였을 때의 실수지만, 그나마 사생아가 되지 않은 것만 해도 다행이라고 생각해주면 안 되겠니? 부디 엄마를 용서해줘, 요시히코. 엄마는 젊은 날의 일, 정말 이번처럼 후회한 적이 없어."

처음으로 어머니의 결혼에 대한 사정을 어머니 입으로 직접 들으면서 저도 복잡한 심경이었습니다.

"너희 엄마는 사람이 워낙 착해서 못된 남자에게 속았어. 그래서 너희가 태어난 거야."

외할머니가 그런 말을 한 적도 있지만, 어머니는 한 번도 제 아버지를 나쁘게 말하거나 속았다는 식으로 말한 적이 없었다는 것에 제가 적잖이 감동했던 것은 사실이에요.

"의무 교육밖에 받지 못한 엄마가 혼자서 이만큼 당당하게 일해 온 것은 물론 존경할 만한 일이야. 하지만 나는 열여섯 살 아이가 아니고 요코도 열여섯 살 어린애가 아니야. 우리는 스물두 살의 성인이란 말이야. 4년 동안 교제하면서 서로의 장단점도 잘 알고 있어. 우리, 결혼할 거야. 내가 이 결혼을 진심으로 원해, 누가 어떻게 반대를 하든 말든."

"요시히코, 나는 반대하지 않아. 네가 선택한 사람이라면 분명 좋은 여자겠지. 요코 씨의 부모님은 반대를 하셨지만, 사랑이란 무엇보다 소중하고 강한 것이니까 당당히 너의 행복을 손에 넣어야지."

그렇게 어머니의 허락을 받고 그 사무실을 나설 때, 저는 뭔가 뒤죽박죽 복잡한 심경이었습니다. 밖으로 나오니 맑게 갠 하늘이 환하더군요. 마치 백일몽을 꾸고 나온 것만 같았어요.

요코가 전해준 말이 거짓일 리도 없고, 결국 저희는 어느 쪽 부모님도 초대하지 않은 채 결혼식을 올리고 혼인 신고를 하고 그야말로 떳떳하게 부부로 살기 시작했습니다. 대학 졸업하고 각자 취직해서 반년이 되어가던 참에 요코가 임신을 했어요.

"어쩌지? 맞벌이 살림으로는 미처 예상을 못 한 일이야."

"아이는 갖고 싶어. 아빠 엄마 다 있는 내 아이는 어릴 때부터의 내 바람이었어."

"하지만 지금 낳으면 경제적으로 힘들어져. 나, 최소한 1년은 일을 못 하잖아. 하지만 소파 수술을 하면 불임이 된다는 얘기도 있고, 정말 고민이야."

"그래, 좀 더 시간을 두고 생각해보자."

저도 요코도 당장 취직을 해서 맞벌이 부부였지만 그래도 세계에서 가장 물가가 비싼 도쿄에서 살아가기에는 적은 월급이었습니다. 우선 아파트 임대료가 가장 큰 지출이었죠. 하지만 아이가 생기면 가정다운 가정을 꾸릴 수 있다는 희망이 있었어요. 친구들의 축복 속에 새 호적도 생겼고 신혼 생활은 여전히 동거의 연장이었으니까요.

그해 여름, 아주 무더운 날이었습니다. 회사는 빌딩 전체가 냉방이었지만 귀가 길이나 통근 전차 안은 완전히 찜통이었죠. 첫 보너스로는 에어컨을 사야겠다고 생각하면서 집에 돌아갔더니 요코가 눈을 치켜뜬 채 기다리고 있었습니다.

"나, 아이 낳을래. 무슨 일이 있어도 꼭 낳을 거야."

"그래, 좋지. 하지만 왜 그렇게 흥분해서 말하는 거야?"

"당신 어머니가 오늘 우리 회사로 찾아와 점심시간에 둘이 얘기했어. 처음 만났지만 그래도 반가워서 임신했다, 지금 고민 중이다, 라고 솔직히 얘기를 했지. 그랬더니 뭐랬는지 알아?"

"어머니가 왜 당신을 만나러 갔지?"

"글쎄 더 들어봐. 끔찍하게 나긋나긋한 말투야. 마치 무녀의 주문처럼, 그런 아기는 떼어버려, 라는 거야."

"헉, 무슨 소리야, 그게?"

"너무 빠르다나? 자기도 그런 경험이 있대. 젊은 시절에는 열정에 휘둘려 연애와 결혼을 구분하지 못하지만 1년만 지나면 너도 네 남편도 이혼을 고민할 게 뻔하다, 그러면 아이는 다시 외부모 밑에서 네 남편과 똑같은 고통과 불행을 맛본다, 그건 죄짓는 일이다, 글쎄 그러더라고."

"진짜 어처구니가 없네."

"나, 회사에 들어와서 세 시간쯤 지난 뒤에야 갑자기 불끈 화가 나더라? 뭐가 죄짓는 일이야? 자기 손자가 될 아이를 태연히 떼어버리라고 내뱉다니. 나, 점점 더 피가 얼어붙는 것처럼 소름이 끼쳤어. 그래서 낳을래. 아무리 힘들어도 꼭 낳을 거야. 당신이 반대해도 낳을 테니까 그런 줄 알아."

"나는 반대하지 않아, 오히려 적극 찬성이지. 그런 여자가 내 어머니라니, 정말 창피하다."

"됐어, 나는 그 사람 손자라고 생각하지 않을 테니까. 당신과 나의 아이를 낳는 거야."

아이는 그런 핏 충꾀에노 시시 않고 삭년에 무사히 태어났습니다. 딸이에요. 그 아이가 어머니를 쏙 빼닮은 것도 참 아이러니하지만, 요코도 저도 어머니를 닮았다는 말은 한 번도 한 적이 없습니다.

이런 얘기, 너무 많아서 시작하면 한이 없어요. 어쨌든 저를 낳아준 사람인데 얘기하면 할수록 자기혐오에 빠질 뿐입니다. 이 정도로 그만 끝내죠.

어머니의 죽음에 관해서?

짐작되는 건 없지만, 아마 살해됐을 거예요. 요코에게 한 짓만 봐도 깊은 원한을 품은 사람이 어머니 주변에 분명 있었을 겁니다. 호적 담당자를 매수해 개명을 할 만큼 무리한 짓을 서슴지 않은 사람이니까 사업 분야에서도 어지간히 지독한 일을 당한 사람들이 많지 않았겠습니까?

하지만 뭐, 어머니의 죽음에 저는 관심 없어요. 오히려 결혼한 뒤에까지 끈질기게 이어졌던 괴롭힘에 종지부가 찍혀서 저도 요코도 안도했다는 게 솔직한 심정입니다. 자식으로서 할 말은 아니지만.

25
첫 남자

예? 도미노코지 기미코에 관해서?

아, 당신이군요. 반년 전쯤에 여동생 유키코에게도 똑같은 질문을 하셨다면서요? 여동생이 편지로 알려줘서 나도 알고 있습니다.

그나저나 놀랍군요. 4년 만에 돌아온 일본에서, 게다가 하네다 공항 세관에 들어서기도 전에 이렇게 기다리고 계실 줄이야. 여동생은 그 일에 관해 전혀 아는 게 없어서 어떤 얘기를 어떻게 했는지 모르겠군요. 하지만 이렇게 공항 입구에서 나를 기다리신 걸 보니 뭔가 이유가 있으시겠지요. 네, 잘 보셨습니다, 나는 도미노코지 기미코의 연인입니다. 아니, 과거의 연인이었다고 해야 할까요? 그녀가 세상을 떠나버렸으니.

내가 히노키초 초등학교에서 5학년일 때, 그녀는 스즈키 기미코

라는 이름의 신입생으로 내 앞에 나타났습니다. 예쁜 여자애였어
요. 우리 학년의 남자애들이 한동안 속닥속닥했을 정도로 예뻤죠.
5학년이면 딱히 조숙하지 않더라도 벌써 사내티를 낼 무렵이지요.
네, 내 첫사랑입니다. 항상 마음속에 걸리는 존재였어요. 채소 가
게 딸이라는 건 당연히 알고 있었죠. 우리 집에 늘 채소를 대주던
가게였으니까.

　내가 중학교 다닐 때는 6 3제의 신 학제는 아직 시행되지 않던
시절이에요. 고등학교에서 대학에 입학한 무렵에 채소 가게 아저
씨가 미군 지프차에 치여 그 자리에서 사망했는데, 왜 그런지 우리
어머니가 기미코를 마음에 들어 해서 혼자가 된 아주머니와 함께
우리 집에서 거둬준 거였어요.

　여동생 유키코와 같은 반이었고, 그 무렵에만 해도 둘이 친했었
죠. 그래서 그전부터 기미코는 우리 집에 자주 놀러왔습니다. 여동
생과 놀기보다 주로 어머니 얘기를 조용히 들어주면서 말동무를
해줬어요. 잘 아시겠지만 어머니가 옛 귀족 출신이라 원래부터 일
을 할 줄 모르는 사람이고, 전후에 아버지도 지갑 사정이 어려워졌
습니다. 어머니는 늘 예전의 좋았던 시절 얘기만 늘어놓는 통에 나
나 여동생은 귀에 딱지가 앉을 만큼 들었죠. 전후에는 생활력 강한
사람이 쭉쭉 성공하던 시절이었으니까 아버지 어머니의 옛날 얘
기는 들어주기도 짜증스러웠습니다. 예전에는 떵떵거리며 살았는
지도 모르지만, 실제로는 가진 재산 팔아가며 근근이 연명하는 상
황이었죠. 아버지는 패전의 충격으로 완전히 무기력해져서 왕년
에 수재라고 불리던 모습은 사라지고 없었습니다.

학교에 가보면 민주주의를 구가하며 서민들이 훨씬 씩씩하고 기운이 넘쳤어요. 나는 우리 집의 곰팡내 풍풍 풍기는 분위기가 싫어서 한시바삐 박차고 나가자, 우선 학업 성적으로 승부를 볼 수밖에 없다, 그렇게 마음먹었죠. 그러던 참에 갑작스럽게 기미코와 한 지붕 밑에서 살게 된 거예요.

기미코는 중학교 졸업하자마자 돈벌이에 나섰지만, 집에 있는 동안에는 우리 어머니가 심부름꾼 부리듯이 부려먹었습니다. 나는 그 꼴을 보고 당연히 의분 같은 것을 느꼈죠. 민주주의에 의해 신분 차별이 철폐되었는데도 어머니는 여전히 귀족 출신이라는 프라이드를 내세우며 채소 가게 딸을 업신여기는 모습, 정말 참을 수가 없었어요. 그래도 기미코는 딱할 만큼 어머니가 하라는 대로 부지런히 일했습니다. 낮에는 직장에 가고 밤이면 야학까지 다녔는데, 딱 하루 쉬는 일요일에 집 청소와 빨래를 시키는 거예요.

게다가 기미코의 어머니는 급작스럽게 남편을 잃은 충격 때문에 화병이 났다면서 하녀 방에서 종일 누워 있다시피 했습니다. 그나마 좀 나아지면 자기도 먹어야 하니까 부엌일 정도는 했지만, 그 외에는 모두 다 딸에게 떠맡겼어요. 무슨 저런 어머니가 있나, 나는 그것도 어이가 없었죠.

아무튼 원하던 대학에 합격해 안도하고 있던 내 눈앞에 매력 넘치는 여자애가 나타났으니까 나로서는 가슴이 뛰는 걸 억누르기가 힘들었어요.

대학에 들어가자마자 아르바이트를 시작했고, 내 손으로 돈을 버는 기쁨을 알게 되면서 삶에 대한 자신감도 생겼던 참이에요. 아버지가 근무했던 곳이 폐쇄 기관으로 지정되면서 예금 봉쇄와 화폐 개혁으로 내 중고등학교 시절은 회색빛이었으니까요. 그래서 전후에 벼락부자가 된 집 아이들의 가정 교사로 일해서 맛있는 것도 실컷 먹고, 꿈인가 싶을 만큼 돈을 벌었을 때는 정말 흐뭇하고 기분 좋았어요.

아침에 기미코와 비슷한 시간에 집을 나오면서 슬쩍 데이트 신청은 했습니다.

"요즘 나도 일하고 있어. 아르바이트지만 돈을 꽤 벌었어. 어때, 시간 나면 영화라도 볼까?"

"와아, 좋아라. 정말이야?"

"정말이지."

"어라라, 꿈만 같아. 오빠가 나한테 데이트를 신청하다니."

"오늘은 어때?"

"응, 좋아."

"야학은, 괜찮겠어?"

"오늘은 그냥 결석할래."

나는 그날, 학교에 가긴 했는데 약속 시간까지 뭘 했는지 생각도 안 날 정도로 붕 떠있었어요. 약속 장소는 신주쿠의 기노쿠니야 서점이었습니다. 그 당시는 지금 같은 큰 빌딩이 아니라 도로 안쪽으로 서점이 있고 그 앞은 카페 테라스여서 학생들에게 꿈의 정원 같은 장소였죠. 너무 일찍 도착해서 서점에 들어가 시간을 때웠습니다. 1층이 국내 신간 서적과 잡지 코너였어요. 《인간》, 《전망》, 그리고 《세계》 같은 잡지는 우리에게 전후 문화의 상징 같은 것이었죠. 하긴 작년에 《인간》과 《전망》은 폐간되었지만요. 아르바이트로 돈을 번 것에는 가슴이 뿌듯했지만, 물론 갖고 싶은 걸 다 살 만큼 많지는 않았어요. 그래도 《세계》를 한 권 들고 계산대에서 돈을 낼 때는 가슴이 두근거렸습니다. 그때까지는 겨우겨우 친구들이 읽던 책을 빌려 읽었으니까요.

"어라라, 오빠."

빳빳한 새 잡지와 잔돈을 받아들고 돌아서자 눈앞에 기미코가 서 있었습니다. 나를 오빠라고 한 것은 여동생이 부르는 대로 따라 한 거예요. 어머니는 유난을 떠느라 '데루히코 님'이라고 부르라고 했지만 그런 호칭은 우선 내가 싫어서 '오빠'라고 해주는 게 더 좋았습니다.

이미 오래전에 없어졌지만 기노쿠니야 서점 옆에 목조 건물 레스토랑이 있어서 둘이 카레라이스를 먹고 무사시노 영화관에서 미국 영화를 봤어요. 명화 주간이어서 아일린 던 주연의 〈안나와 시암의 왕〉을 하고 있었죠. 만원이었어요. 드디어 객석에 나란히 앉자 영화관의 어둠을 빌려 슬쩍 그녀의 손을 잡았죠. 집에서 부엌일에 빨래 같은 진일만 했는데도 손이 정말 보들보들해서 내심 놀랐던 게 기억나는군요. 그녀는 일순 흠칫했지만 내 손을 거절하지는 않았습니다.

영화가 끝나고 환하게 불이 켜졌을 때, 그녀가 눈물 젖은 뺨을 보이며 말하더군요.

"정말 순수한 얘기야. 마음이 아름다워지는 것 같아."

나는 아무 말 없이, 실은 말하고 싶은 게 너무나 많았기 때문이지만, 영화관을 나와 묵묵히 귀로에 올랐습니다.

"시암의 왕, 보석을 많이 갖고 있었지? 오빠 어머님도 옛날에는 그렇게 사셨을까?"

"하지만 일본이 시암처럼 봉건적이었을 리가 없잖아. 남자보다 오히려 여자들이 더 보석으로 장식했을 거야."

"왕으로 산다는 건 역시 꿈같아. 게다가 왕자님이 즉위할 때, 정말 멋있었어 새 시대가 시작되니까 당연히 그렇겠지, 난 가슴이 뭉클해서 자꾸 눈물이 나던데."

그녀 혼자 간간이 잠꼬대라도 하듯이 영화 이야기를 내 귓가에 속삭였지만 나는 역시 말문이 열리지 않았습니다. 옛날 얘기 같은 영화보다 오히려 내가 번 돈으로 데이트를 했다는 것에 감격해서 가슴이 먹먹했으니까요.

히노키초 집에 도착해 허리를 숙이고 쪽문을 넘어서면서 나도 모르게 그녀를 와락 껴안았습니다. 처음 해보는 키스였어요. 그녀도 저항하지 않았죠. 숨이 막힐 만큼 그녀를 껴안고 입술을 탐하며 말뚝처럼 붙어 있었습니다.

그러는데 귓가에 갑작스럽게 욕설이 쏟아진 겁니다.

"이 버러지 같은 놈, 지금 뭐하는 거냐!"

기미코의 어머니라는 것을 깨닫자마자 소스라치게 놀라서, 지금 생각해보면 참 한심한 얘기지만, 무턱대고 정원 쪽으로 뛰었습니다. 그런데 아줌마가 소리를 지르면서 쫓아와 내 발을 걸고 넘어지지 뭡니까. 정원이라고 해봤자 당시에는 방공호를 메워 채소밭으로 썼지만 그 질퍽한 땅바닥에서 붙었다 떨어졌다 하는 대격투가 벌어져버린 거예요. 그동안에도 아줌마는 우리 아버지 어머니를 불러대며 악을 썼죠.

"이 놈의 새끼, 죽여버릴 거야!"

아주 마귀할멈처럼 험한 욕을 내뱉더라고요. 나는 아줌마가 그런 여자인 줄은 상상도 못 했습니다. 소스라치게 놀라서 무슨 오해를 푼다거나 변명을 할 여유도 없이 어떻든 이 무서운 아줌마에게서 벗어나야 한다는 생각밖에 없었죠. 아버지와 어머니가 놀라서 뛰쳐나왔지만 나와 아줌마의 뜻밖의 모습을 보고는 아무 말도 못 했습니다. 그나마 우선 이웃 사람들의 눈이 무서워서 겨우 정신을 수습했던 모양이에요. 체면이라면 두 분 다 남들보다 곱절은 강했으니까요. 나는 어쨌는가 하면, 정말 못나게도 집 밖으로 도망쳐 대학 친구의 하숙집에서 이틀 동안 식객 노릇을 했습니다. 그러고도 다시 다른 친구 집을 돌며 사흘을 집에 안 들어갔어요.

그 아줌마와 우리 부모님 사이에 어떤 얘기가 오고 갔는지는 상상하기도 싫었지만, 그래도 키스만 했던 것이니까 그렇게 큰 사건은 아닐 거라고 생각했습니다. 집에 들어가지 않은 첫 번째 이유는 무엇보다 아줌마가 마귀할멈 같다는 발견이 너무 충격적이어서 그런 사람이 있는 집에는 도저히 들어가기 싫었기 때문이에요. 하지만 내가 그렇게 도망치는 바람에 기미코가 난처해질 거라는 배려가 전혀 없었던 게 지금 돌이켜봐도 후회가 됩니다. 정말 미안한 짓을 했어요, 그때는.

드디어 용기를 내서 집에 갔을 때는 기미코도 아줌마도 이미 사라지고 없었습니다. 아버지와 어머니가 나를 슬슬 피하면서 눈치만 보는 것도 좀 이상했죠. 여동생에게 물어봤지만 그날 밤에 일어난 사건을 잘 모르더라고요. 아마 자고 있었던 모양이에요.

"뭔지 잘 모르지만 아버지와 엄마가 자꾸 밖에 나가서 둘이 숙덕숙덕 비밀 얘기를 하시던데? 기미코에게 무슨 일이냐고 물어봤는데, 그냥 걔네 엄마가 몸이 안 좋아서 입원해야 한다고 한숨만 내쉬었어. 그러더니 갑작스레 둘 다 없어진 거야. 엄마 얘기로는 돈을 쥐여 주고 내보냈다던데. 오빠, 대체 무슨 일이야!"

여동생 유키코는 그 일에 대해 아마 지금도 자세한 내용은 모를 거예요.

일단 마귀할멈이 집을 나간 것에 나는 안도했습니다. 하지만 아버지와 어머니가 혹시 기미코와 나의 관계를 오해한 건 아닌지, 내심 걱정이었어요. 그 마귀할멈 아줌마가 악을 쓰며 내지른 소리들을 생각하면, 마치 내가 일방적으로 기미코를 성폭행한 듯한 꼴이 됐으니까요. 하지만 친부모에게 성에 관한 얘기를 한다는 건 우리 집안에서는 상당한 용기가 필요한 일이었습니다. 아버지 방에 들어가면 어쩐지 불안해하면서 자꾸 딴소리만 하는 바람에 나는 입을 열 틈도 없었어요. 그러다가 하루하루 지나면서 나는 마귀할멈과도 그녀와도 소식이 끊겨버린 것이 너무 서운해서 마치 실연을 당한 것처럼 우울했습니다. 식욕까지 떨어져버렸어요.

그 무렵에 일주일에 두 번을 아르바이트 가정 교사로 나갔는데, 그게 무슨 요일이었나, 벌써 20년 전의 일이라 다 잊어버렸지만, 아무튼 한 달 뒤에 아르바이트 비를 받은 날 저녁이었던 것은 기억나네요. 집에 돌아가려고 노기자카 언덕길을 내려가는데 노기진자 쪽에서 그녀가 나를 불러 세운 겁니다.

"오빠!"

"기미코!"

나야 뭐, 거의 숨이 막힐 지경이었죠. 다시는 못 만날 줄 알았던 그녀가 남몰래 피어난 하얀 꽃처럼 거기서 나를 기다리고 있었다니.

"미안해, 오빠. 그때 너무 놀랐지? 난 정말 죽고 싶을 만큼 창피했었어."

"놀라는 정도가 아니라 아예 기겁을 했었지만, 기미코의 어머니가 그런 사람인 줄은 몰랐어. 충격을 받아서 한동안 집에도 못 갔잖아. 네가 어떻게 지내는지, 어디로 갔는지도 모른 채 다시는 못만나는 줄 알았어."

별이 총총한 하늘 아래, 어느샌가 우리는 서로를 껴안고 있었습니다. 지금처럼 가로등이 밤거리를 밝혀주는 시대가 아니었거든요. 내 품안에서 그녀가 한참을 흐느껴 울었어요.

"그 사람, 친엄마가 아니야. 나는 업둥이로 그 집에 들어갔지만, 그래도 여태까지 키워준 은혜가 있잖아. 하지만 그때는 정말 너무 심했어. 내가 이렇게 좋아하는 오빠에게 그런 지독한 소리를 하다니. 나, 정말 기절할 것 같았어. 그때 죽었더라면 이렇게 오빠를 기다릴 일도 없었을 텐데, 하고 방금 생각했어. 그 사람, 오빠가 나를 갖고 놀다가 버릴 거라고 날마다 주절주절 얘기했어."

"그런 말도 안 되는 소릴! 나는 처음부터 좋아했어, 너를."

"처음부터?"

"네가 초등학교에 입학했을 때부터."

"어라라."

아, 네에, 기미코는 '어라라'라는 게 입버릇이었어요. 예? 아, 그
러고 보니 우리 어머니 말투도 그렇긴 했죠. 하지만 서로 나이 차
이가 많아서 둘이 비슷하다는 생각은 전혀 못 했어요. 기미코가 우
리 집에 있는 동안에 어머니 말투를 배웠다고요? 음, 듣고 보니 그
런 것도 같군요. 근데 그게 무슨 문제가 됩니까?

나두 젊었구 그녀두 아직 어릴 때였어요. 그날 밤에는 지갑이 두
둑해서 내가 대담하게 나갈 수 있었죠.

"기미코, 어딘가 가자."

그러고는 앞장서서 한참을 걸었습니다. 그녀는 말없이 내 뒤를
따라왔어요. 처음 그녀를 품에 안은 곳이 여인숙인지 여관인지, 아
무튼 그런 곳이었던 것은 지금도 안타깝게 생각해요. 하지만 나도
아무 정신이 없었고 끓어오르는 격정 속에 우리 둘은 맺어졌습니
다. 오빠, 오빠, 하고 잠꼬대처럼 부르짖더군요. 네, 물론 처녀였죠.
왜 그런 질문을 하시죠? 그녀는 열여섯 살이고 나는 스무 살이었
어요. 둘 다 첫 경험이라는 건 당연한 일 아닙니까?

일이 끝나고 눈물에 젖은 기미코를 보며 내가 물었습니다.

"미안해. 내가 몹쓸 짓을 했나?"

그녀가 강하게 고개를 저으면서 대답하더군요.

"아니, 기뻐서, 너무 기뻐서 눈물이 났어. 오빠가 내 사랑이 되다
니, 정말 꿈만 같아."

이제 중년인 내가 이런 말을 하니 닭살 돋게 감상적인 얘기로 들
리지만, 당시에는 그야말로 소년 소녀의 순수한 사랑이었어요. 기

미코의 어머니가 그렇게 고함 치고 욕하지 않았다면 아마 계속 플라토닉한 관계가 이어졌겠지요. 하지만 그녀와 나 사이에는 운명적인 것이 있었으니까 늦든 빠르든 결국 맺어졌을 겁니다.

그날 밤, 기미코는 서둘러 어머니가 기다리는 아파트로 돌아가야 한다고 했습니다. 나도 여관에서 하룻밤을 묵을 만한 경제력이 없었고, 혹시 바래다줬다가 그 마귀할멈에게 들키기라도 하면 이번에는 정말로 맞아죽을지 모른다는 생각에 여관 앞에서 헤어졌어요.

그 후 20년 동안, 기미코가 사망하기 전까지 우리 둘은 관계를 유지해왔습니다. 그녀는 내 아이를 둘이나 낳았어요. 아, 요시히코를 벌써 만나셨다고요? 나를 꼭 닮았지요? 그리고 둘째 요시테루는 우리 외조부님을 꼭 빼닮았어요.

그녀의 임신 소식을 들은 것은 그날 밤으로부터 얼마 안 된 때였습니다. 처음에는 깜짝 놀랐죠.

"큰일이네. 어쩌지?"

"나는 낳을 거야. 오빠와 내 사랑의 결실이잖아."

"아, 잠깐만. 기미코는 아직 미성년이고 나는 아직 경제력이 없어. 우리 부모님에게 말하면 난리가 날 거고, 기미코 어머니도 맹렬히 반대할 거야."

"난 괜찮아. 내 아이를 내 몸으로 낳는 건데, 뭐. 우리 엄마처럼 자기 배 아프지 않고 업둥이를 데려다 키우는 것보다 훨씬 더 행복한 일이야, 여자로서. 더구나 내가 사랑하는 오빠의 아이잖아."

"일단 의사와 상의해보는 게 좋지 않을까?"

"왜 의사한테 상의를 해? 난 괜찮아. 그리고 오빠에게 폐 끼칠 생각은 전혀 없어. 우리 엄마처럼 오빠 부모님을 난처하게 하지도 않을 거야."

그 무렵이었을 거예요, 드디어 아버지가 나를 불러 두 사람의 관계에 관해 물으셨던 게.

나는 아무 말 안 했습니다. 기미코의 어머니가 소란을 피울 때까지는 플라토닉한 사랑이었지만 아버지가 그런 것을 물어본 시점에는 이미 몸도 마음도 단단히 맺어졌고 그녀의 몸에 내 자식의 생명까지 깃들어 있었으니까요.

아버지도 한숨을 내쉬면서 말하더군요.

"그래, 한창때의 아들이 있는데 아직 나이는 어리다지만 그렇게 사내 마음을 충동질할 여자애를 가까이에 둔 것은 부모로서 우리가 생각이 짧았다."

그러고는 별로 나무라지도 않고 그 뒤로 어떻게 되었느냐고 캐묻지도 않았습니다. 나는 사실 아버지에게 다 털어놓고 그녀의 임신 중절에 대한 지혜를 얻고 싶었지만, 전후의 아버지는 처음에 말씀드렸던 대로 항상 생활력도 기력도 없는 모습이었고 나도 내심 경멸했기 때문에 도저히 상의할 마음이 나지 않더라고요. 아마 나를 크게 꾸짖었다면 불끈해서 사실을 죄다 말해버렸을지도 모르지요. 하지만 그때는 어떻든 혼나지 않고 넘어간 것에 오히려 안도했습니다.

기미코와의 연락은 그녀가 당시 일하던 보석점에 내가 전화하는 방법밖에 없었지만, 대개는 만날 때 다음 약속을 정하고 헤어지는 식이었어요. '쉼터'라는 여관에서 주로 만났는데, 내가 돈을 내는 건 세 번에 한 번이나 되었을까? 그 당시부터 경제력은 기미코가 훨씬 더 좋았기 때문에 주로 그녀가 냈습니다.

아랫배가 눈에 띄게 불룩해지자 기미코는 보석점을 그만두었고, 자칫 유산이라도 하면 큰일이라면서 아이가 태어날 때까지 당분간 만나지 말자고 그녀 쪽에서 먼저 말했습니다.

"나는 뭘 어떻게 해야 하지?"

"나, 저금해둔 게 꽤 많아. 그래서 출산 비용은 넉넉해. 오빠는 아무 걱정 마."

"너희 어머니는 혼내지 않았어?"

"못된 남자에게 당했다고 길길이 뛰긴 했는데 그 상대가 오빠인 줄은 모르는 거 같아. 아무튼 나는 아무렇지도 않아. 오빠만 굳게 믿을 거야. 내가 이렇게 사랑하니까."

"나는 절대로 너를 속이거나 배반하지 않아. 너를 영원히 사랑할 거야. 맹세해."

"아이가 태어나면 오빠한테 어떻게 연락해야 돼?"

"내가 가정 교사 하는 집에 전화가 있으니까 거기로 연락해줄래?"

기미코는 그 전화번호를 수첩에 받아 적고 그로부터 반년쯤이나 소식이 없었습니다. 나는 죄책감이 반절, 그녀를 보고 싶은 마음이 반절, 뭐 살아도 산 것 같지 않은 심정이었어요. 하지만 직접 기미코가 사는 아파트까지 찾아갈 용기는 없었습니다. 무엇보다 그 마귀할멈 같은 아줌마가 무서웠어요. 기미코의 말에 따르면 마귀할멈은 아이 아빠를 딴 남자라고 생각하는 모양이었지만, 내가 찾아갔다가는 금세 들통이 날 거고 그러면 또 우리 집에 찾아와 그 전보다 더 큰소리로 난리를 칠 테니까요. 자식까지 가졌다고 하면 우리 부모님은 한층 더 낭패할 거고, 그전에 기미코 모녀가 우리 집을 나갈 때도 돈을 상당히 쥐여 준 모양인데, 생활력 없는 우리 아버지가 한층 더 힘든 상황에 내몰릴 거 아닙니까. 나도 정말 고민이 많았습니다. 생각해보면 건강한 남녀가 잠자리를 하면 아이가 생기는 건 당연한 일인데, 우리는 항상 대비도 안 했어요. 후회했죠. 그때 정말 힘들었어요.

하지만 좀 더 큰 후회는 내가 가정 교사 하는 집에 갔다가 메모지를 건네받았을 때였습니다.

"여동생이라는 분에게서 전화가 왔었어요. 오늘 안으로 이 번호로 전화를 해달라고 하던데요."

중학생에게 영어와 수학을 가르쳤지만 그날은 아무 정신이 없었습니다.

"선생님, 무슨 일 있어요?"

학생 아이가 내 얼굴을 의아한 듯 쳐다봤던 게 생각납니다.

수업이 끝나자마자 그 집을 뛰쳐나와 당장 전화를 했죠.

"스즈키 기미코 씨, 부탁합니다."

"네에, 나카모토 산부인과입니다만, 스즈키 씨라는 분은 입원하지 않으셨는데요? 와타세 기미코 씨를 잘못 아신 거 아닌가요?"

"아, 제가 성씨를 착각한 모양이군요. 아무튼 기미코 씨와 통화할 수 있을까요?"

"잠깐만 기다리세요."

심장이 두근거리는 게 느껴지더라고요. 혼자 아이를 낳았으니 처녀 때 성씨를 쓰기가 어려웠던 모양이라고 나 혼자 짐작했죠. 혹시 다른 사람이 전화를 받으면 어쩌나 하는 걱정도 있었습니다. 하지만 이윽고 귀에 익은 목소리가 전화를 받더군요.

"여보세요."

"기미코, 나야, 나!"

"어라라, 오빠? 오랜만이야. 역시 전화해줬네? 왕자님이 태어났어, 오빠를 꼭 닮은 왕자님."

"나, 나는 어떻게 하면 되지?"

"저녁에는 엄마가 집에 들어가고 없어. 그러니까 지금 와도 괜찮아."

"그래, 지금 바로 갈게."

"응, 기다릴게. 7호실이야."

나는 어떻게 해야 좋을지 알 수 없었지만, 아무튼 그 길로 당장 뛰어갔습니다. 늘 다니던 아자부 쪽의 산부인과라서 병원은 금세 찾았어요.

2층 7호실로 올라갔더니 '스즈키 기미코'라는 팻말이 걸려 있더라고요. 전화를 받은 여직원이 그런 이름의 산모는 없다면서 뭔가 다른 성씨를 말했던 것은 착오였다고 생각했습니다.

병실 문을 열자 기미코가 화사한 잠옷 차림으로 누워 있었어요. 하지만 내 얼굴을 보자마자 울음을 터뜨리더라고요.

"오빠, 역시 와줬구나."

"당연하지. 걱정 많이 했어. 내 쪽에서 연락할 방법도 없고."

"고마워, 이렇게 금세 달려와주고. 나를 내팽개쳐도 상관없다고 각오했었는데."

"아기는 언제 태어났어?"

"사흘 전이야. 아기 낳는 거, 진짜 힘들었어. 몸이 찢어지는 것 같았다니까. 하지만 아기 얼굴을 보자마자 아픈 것도 다 잊어버렸어."

"아기는 지금 어디 있어?"

"간호사에게 데려오라고 할게."

벨을 누르자 간호사가 얼굴을 내밀고 물었습니다.

"지금 수유할 시간인데, 괜찮겠어요?"

"네, 괜찮고말고요. 그렇지, 오빠? 젖이 차서 아파요. 얼른 데려오세요, 우리 아기 배고플 텐데."

아기가 힘차게 울면서 들어오더라고요. 얼굴이 새빨갰어요. 하지만 기미코가 품에 안고 퉁퉁 불은 젖을 물리자 울음을 뚝 그치고 얼굴의 붉은 기도 걷힌 채 꿀꺽꿀꺽 소리 내며 젖을 빨더군요. 오랜만에 본 기미코의 몸이 전보다 풍만해진 것이 눈부셨습니다. 그리고 내 아이의 발목에 '스즈키 7'이라고 적힌 작은 이름표가 묶인 것을 복잡한 심경으로 멍하니 바라봤어요.

"이 병원에 전화했더니 스즈키 기미코라는 사람은 없다고 하더라고. 뭔가 다른 성씨의 기미코 씨는 있다고 했어."

"지금 이 병원에 스즈키라는 산모가 세 명이나 있어서 병원 직원들이 난감했던 모양이야. 그래서 우리 아기는 '일곱 번째 스즈키'라고 하기로 했대, 7호실이라서. 이름을 요시히코라고 하고 싶은데, 어때?"

"호적은 어떻게 하지?"

"물론 사생아야. 하지만 괜찮아."

나는 고개를 떨군 채 오로지 그녀의 다부진 생활력에 감동할 수밖에 없었습니다.

"미안하다, 기미코."

"미안하긴, 나는 기쁘기만 한데? 오빠가 이렇게 찾아오고 우리의 예쁜 아이도 태어났잖아."

"나는 지금은 아무것도 해줄 수가 없어. 하지만 이제 곧 취직할 거야."

"아니, 괜찮아. 근데 딱 한 가지, 부탁이 있어."

"그게 뭐지?"

"내일이라도 괜찮으니까 장미꽃을 서너 송이만이라도 여기로 보내줘."

아, 병실에 꽃이 많지 않았느냐고요? 아뇨, 나는 미처 둘러볼 새도 없었는데, 그건 왜요?

아무튼 그녀가 원하는 대로 나는 다음 날 장미꽃을 사서 마귀할멈에게 들키지 않게 병원 앞에서 살짝 간호사에게 건네주며 7호실에 갖다주라고 말하고 얼른 돌아왔어요.

젖을 먹던 아이의 옆얼굴과 광채가 나는 듯한 기미코의 젖가슴이 자꾸만 눈앞을 스쳐서 나는 한동안 멍해진 채로 하루하루를 보냈습니다.

그녀가 퇴원하고 다시 일하러 다니면서 우리의 관계는 원래대로 돌아갔습니다. 나는 피임을 하려고 했지만 기미코가 왠지 싫어해서 이윽고 다시 임신을 해버렸어요. 어떻게 해야 할지 난감했지만 기미코는 태연했습니다. 자신이 형제가 없어 외로웠다, 요시히코가 그런 외로움을 느끼게 하고 싶지 않다, 라면서 다시 또 아이를 낳아버렸어요. 그때 내가 대학 4학년이었고 취직할 곳이 지금 다니는 이곳으로 이미 정해진 상태였습니다. 이번에는 연락이 오자마자 곧장 장미꽃을 사들고 갔어요. 그전과는 다른 병원이었습니다. 아마 같은 병원에서 연달아 사생아를 낳기가 좀 거북스러웠던 모양이지요.

"이번 해산은 아주 편했어. 이렇게 동실동실 통통한 아들인데 수월하게 낳았지 뭐야. 이름을 요시테루라고 할 생각인데, 어때? 딸이라면 테루코라고 하려고 했는데."

"요시히코와 요시테루. 왜 두 아이 모두 요시義가 들어가게 지었지?"

그때 그녀가 당당히 가슴을 내밀며 했던 대답은 정말 잊을 수가 없어요.

"나는 '의'라는 단어도 좋고 그 한자도 정말 좋아."

그녀에게 나는 평생 양심의 가책을 느끼지 않을 수가 없어요.

내 아이를 둘이나 낳아준 여자가 버젓이 살아 있는데 나는 취직한 지 4년째 되던 해에 부모님과 직장 상사가 권하는 혼담을 뿌리치지 못하고 지금의 집사람과 결혼했습니다. 독신주의라고 마냥 밀어붙였다가 자칫 내 뒷조사라도 할까 봐 걱정이었기 때문입니다. 태생적으로 소심해서 부모님에게 기미코와의 관계를 털어놓을 수가 없었어요.

　나한테 혼담이 들어왔다는 얘기는 물론 기미코에게도 했습니다. 그랬더니 그 동그란 눈동자로 나를 빤히 바라보면서 조용히 말하더라고요.

　"오빠 결혼하는 거, 괜찮아. 나는 원망하지 않아. 친부모는 아니어도 나한테 저런 엄마가 있는 한, 비토가에서 나를 며느리로 맞아줄 리 없다는 거, 잘 알아. 게다가 남자가 사회에 나가면 결혼해서 가정을 꾸리는 게 당연한 일이잖아? 언젠가 이런 날이 올 거라고 각오했었어. 오빠가 나한테 말도 없이 결혼하는 일이 있더라도 흔들리지 말자고 나 자신을 다독여왔어. 난 정말 괜찮아. 나한테는 요시히코와 요시테루가 있잖아."

　나는 그때 세상은 참 복잡한 것이라고 절실히 생각했습니다.

　"너한테는 그저 미안할 따름이다. 아이 둘의 장래는 내가 반드시 책임질게. 아직 초짜 샐러리맨이지만, 회사에서 꼭 크게 출세할 거야. 그러지 않고서는 너와 아이들을 볼 낯이 없어."

　"그래, 오빠가 출세하기를 빌게. 하지만……."

　"하지만, 뭐?"

　"결혼하더라도……, 아이, 내 입으로는 말을 못 하겠네."

　"응, 나는 너를 놓아줄 생각은 없어."

　"고마워, 오빠. 너무 기뻐서 눈물이 나네. 하지만 부인 될 분에게는 미안하다. 나, 나쁜 여자인가?"

　결혼식 전날, 나는 기미코와 사랑을 나누고, 나 스스로도 한심하

다고 생각하면서 결혼식을 올렸습니다. 하지만 아내와의 첫날밤
은 예상 밖으로 실망했어요. 내가 이미 기미코와 헤어질 수 없다는
것을 그런 걸로 깨달을 줄은 생각도 못 했죠. 그래서 기미코와의
관계가 20여 년이나 길게 이어졌던 것일까요. 그녀가 내게 전혀 아
무것도 원하지 않는 그 순수한 사랑도 큰 버팀목이기는 했죠.

예? 소리요? 신음 소리라니, 그건 무슨 얘깁니까?

뭐, 할 때? 이거, 상당히 노골적인 질문이군요. 내 생각에 기미
코는 오히려 담백한 편이었던 것 같은데요?

아무튼 아버지가 돌아가시고 상속세가 내게 털썩 떨어졌을 때,
어쩔 도리가 없어서 기미코에게 상의했습니다. 그녀가 부기 1급까
지 공부해서 세무사 자격증도 있었으니까요. 그 즉시 지상권만 남
기고 토지를 부동산업자에게 팔면 된다고 알려주더군요. 부동산
업자도 소개해줘서 일단 토지만 넘겼습니다. 덕분에 어머니는 아
무것도 모른 채 그 히노키초 집에서 옛날 화려했던 때를 꿈꾸면서
돌아가실 수 있었죠. 어머니와 아내 사이가 좋지 않아서 우리 부부
가 맨션으로 분가한 것도 토지를 매각해 세금을 내고 돈이 남았던
덕분이에요.

하지만 어머니가 돌아가시자 다시 상속세가 떨어졌습니다. 그
래서 지상권도 내놓았습니다. 어차피 그런 큰 집은 우리 같은 샐러
리맨이 유지 관리를 할 수도 없고, 우선 토지 가격이 엄청나게 뛰
었으니까요.

그녀가 사업가로서 큰 수완을 발휘한다는 것은 나도 알고 있었
죠. 학벌이 없어도 부기 공부가 뒤를 받쳐준 게 성공의 바탕이었을

겁니다. 계산뿐만 아니라 세법에도 훤했으니까요. 니혼바시에 큰 빌딩을 지었을 때, 사장실 옆에 그녀 취향의 침실을 만들어 열쇠 하나를 내게 건네줬습니다. 내가 뉴욕에 가기 전까지 거기서 일주일에 한두 번은 반드시 만났습니다. 23년 동안 우리는 서로에게 싫증을 내는 일이 없었어요.

하지만 내가 뉴욕으로 전근할 때는 한바탕 크게 반발했습니다.

"정말 떠나는 거야, 당신? 나를 버리는 거야?"

"3, 4년 근무한 뒤에 돌아올 거야."

"이런 건 생각해본 적도 없어. 당신 없이 어떻게 살라고."

과장스럽다고 생각하실지도 모르지만 기미코는 항상 목소리가 나직해서 그 말이 안타깝게 가슴을 치는 바람에 나도 차마 발길이 떨어지지 않았습니다. 아내가 딸을 데리고 반년 뒤에 뉴욕에 왔지만, 실은 기미코가 그전에 먼저 뉴욕에 왔었어요. 겨우 일주일 남짓한 시간이었지만 밤을 함께 보낸 것은 그때가 처음이었습니다. 기미코에게는 어머니와 아이가 있고 나 역시 처자식이 있어서 밤이면 반드시 헤어져야 했으니까요, 그때까지는. 그녀가 정말 꿈만 같다는 말을 수없이 했었어요.

아내에게 양심에 거리끼는 건 없었습니다. 불행하게도 부모님이 정해준 중매결혼이었는데도 집사람은 시부모와 사이가 나빠서 결국 아버지도 어머니도 며느리가 불만인 채로 돌아가셨어요. 전후에 줄곧 경제적으로나 정신적으로나 재기하지 못한 채 만년을 보낸 부모님이었지만 내 결혼도 결국 효도가 되지 못한 채 끝나버린 셈이죠. 물론 아내가 나빴다고는 못 해요. 내가 기미코와의 관계를 미리 밝혔더라면, 아직 젊은 시절에 용기를 냈더라면, 오히려 어머니와 기미코가 서로 잘 지냈을 텐데, 하고 자식으로서 회한이 남았습니다.

도미노코지 기미코는 왜 사망했는가. 나는 살해된 거라고 생각합니다.

그녀는 내가 뉴욕에 있는 동안에 1년에 한 번은 꼭꼭 날아왔어요.

"우리, 견우직녀 같아."

그런 말을 하면서 나를 찾아 뉴욕까지 왔었습니다.

뉴욕 5번가를 지나갈 때, 48번 거리 근처 보석점 바로 곁에 모조품을 파는 가게가 있다는 것을 알고 기미코가 문득 멈춰 서서 이런 말을 한 적이 있습니다.

"뉴욕은 무서운 곳이네. 진짜와 가짜가 당당하게 가게를 나란히 내고 있다니. 어라라, 이 반지는 커트도 디자인도 저쪽 쇼윈도에 있는 것과 완전히 똑같아."

얼굴까지 핼쑥해진 채 그렇게 중얼거리더라고요. 연구를 위해 필요하다면서 그때 모조 보석을 산더미처럼 사갔던 게 생각나는군요.

"일본은 보석의 역사가 짧아서 이런 물건을 진품이라고 내놓고 비싼 가격으로 거래한다니까. 우리 보석점의 직원 교육에 활용해야겠어. 이런 건 육안으로는 전혀 구별이 되지 않아. 받침대로 쓴 금이 백금이잖아."

기미코가 살해되었다고 생각하는 이유 말입니까?

그건 그녀가 나한테 전화를 했었기 때문입니다. 일주일에 한 번은 회사 쪽으로 전화를 했었지만, 그때는 한밤중에 우리 집으로 직접 걸었어요.

"미안해. 일본은 대낮인데, 내가 잠을 깨운 모양이네?"

국제 전화로 본사에서 집으로도 이따금 전화가 왔었기 때문에 다행히 내가 직접 받았었지만, 그때 기미코는 환하고 신이 난 말투였습니다.

"열흘쯤 뒤에 내가 하와이에 가게 됐어. 거기서 나 혼자 뉴욕으로 건너갈 생각인데, 데루히코 씨가 혹시 출장이라도 가면 길이 어긋날 거 같아서 전화했어."

"아냐, 나는 당분간 뉴욕에 있을 거야."

"아, 다행이다. 안심했어. 집으로 전화해서 미안해. 하지만 2주일 뒤에는 오빠를 만날 수 있겠네? 너무 좋아."

"그래, 기다릴게."

그런데 바로 그 나흘 뒤에 일본에서 하루 늦게 도착하는 신문을 회사에서 펼쳐보고 나는 그녀가 사망했다는 것을 알았습니다. 기억을 정확히 더듬어 그녀의 사망 시각을 확인해봤는데, 도쿄와 뉴욕의 시차를 감안하더라도 그녀가 사망한 것은 나한테 전화한 직후라고밖에는 생각할 수가 없어요. 그토록 신이 난 목소리로 2주일 뒤에 만날 수 있다고 기뻐했는데 그 직후에 자살이라니, 이건 말이 안 되지요. 당연히 타살일 것이고, 그게 아니면 사고사입니다. 경찰에서는 지금 어떻게 말하고 있습니까?

그 당시의 주간지 말인가요? 여동생이 두세 권 보내줬는데 나는 아예 읽어볼 마음도 안 나던데요. 기미코에게 수수께끼 같은 면이 많았던 것은 바로 내가 뒤에 있었기 때문입니다. 그녀가 두 번이나 결혼했었다니, 너무 어처구니없는 말이죠. 나는 그런 말, 믿지 않습니다. 내가 4년 전에 뉴욕에 갈 때까지 우리는 긴밀히 연락을 주고받았어요. 남들이 억측으로 써낸 것보다 내가 훨씬 더 정확하게 기미코를 잘 알고 있습니다.

아, 이만 실례해야겠군요. 세관 수속을 해야 하니까요. 아내와 딸도 이쪽을 쳐다보고 있고, 밖에는 회사 사람들이 마중을 나왔습니다. 나는 진실을 모두 다 얘기했고 더 이상 덧붙일 것도 없어요. 요시히코와 요시테루는 가까운 시일 내에 만나서 필요하다면 자세한 얘기를 들려주고, 사회인으로 세상에 나온 뒤에는 잘 돌봐줄 생각입니다. 나에게 아무것도 요구한 적이 없는 기미코를 위해 최소한 아이들에게나마 뭐든 해주면서 빚을 갚고 싶으니까요. 자, 그럼 이만 실례합니다.

26
호라이 병원의 간호부장

도미노코지 기미코 씨에 관해서?

네에, 잘 알죠. 그분은 돌아가시기 4, 5년 전부터 가라스마 씨의 소개로 이따금 호라이 병원에 입원도 했었고 피곤하실 때는 자주 왕진도 의뢰했으니까요. 불면증이 심하다고 해서 호라이 병원 내과에서 수면제 등을 처방해드렸어요.

환자에 대한 얘기는 직무상 발설해서는 안 되지만 내가 작년에 정년퇴직도 했고 도미노코지 씨가 그런 식으로 세상을 떠난 뒤로 무책임한 주간지의 먹잇감이 된 것이 몹시 안타까웠던 터라서 질문하시는 것에는 무엇이든 제가 아는 그대로 말씀드릴게요.

전후에 근무했던 호라이 병원은 전국적으로 세 군데밖에 없는 오픈 시스템 병원이에요. 입원한 환자분이 어떤 의사든 직접 지명

할 수 있는 시스템이지요. 유럽이나 미국에도 그런 병원이 드물지 않다고 들었어요. 하지만 일본에서는 도쿄 대학파, 게이오 대학파라는 식으로 학벌이 대형 병원을 지배하잖아요. 게다가 한 병원 안에서 의사를 바꾸는 것조차 환자 마음대로 되지 않는 게 현실이지요. 호라이 병원은 전후에 원장님의 용단으로 그 오픈 시스템을 맨 처음으로 시작했습니다. 의료보험 쪽은 취급하지 않아서 비용이 많이 든다는 평판이 있었지만 원장님은 아주 태연하셨어요. 나름대로 신념이 있었던 모양이지요. 게다가 호라이 병원은 질환이 없는 분이라도 고객으로 모신다는 방침이 있었잖아요. 사회적으로 지위가 높은 분들은 보통 사람들보다 훨씬 더 심신이 소모되게 마련이니까 그런 분들의 건강 유지를 중요한 목적으로 내세운 거예요. 네, 그렇지요, 예방 의학 차원에서.

격무에 시달리는 분들의 영양 보급을 위해 종합비타민 주사를 놔드리는 등의 치료를 했어요. 이 처방은 원장님이 직접 하셨지만 그게 상당한 효과를 거둔 덕분에 환자분들의 신뢰도 높았죠.

오픈 시스템에 걸맞게 외과 수술이나 출산 설비 등을 완벽하게 갖췄고 간호사도 고르고 골라 우수한 사람으로만 뽑았습니다. 아무래도 그 대상이 재력 있는 분들이 되어버린 것은 어쩔 수 없지요. 돈벌이에만 골몰하는 경영이라고 원장님에게 험담하는 사람들이 많았지만 부자일수록 돈을 쓰는 데는 신중한 법이지요. 병원의 경영 방침이 마음에 들지 않으면 호라이 병원을 찾아주시겠어요? 입맛 까다로운 환자분의 입원이 많아서 식사 같은 것에 얼마나 신경을 썼는데요?

유명한 대형 병원도 식사가 뭐, 아주 형편없잖아요. 우선 식기부터 조잡하고 죄다 흰색이지요. 마치 먹이를 던져주는 듯한 곳이 많아요. 하루 세끼 식사라는 건 인간에게 가장 중요한 영양 보급원이기 때문에 칼로리 계산뿐만 아니라 맛은 물론 밥그릇이나 접시까지도 충분히 고려하지 않고서는 정신 위생에 바람직하지 않다고 우리 원장님이 자주 말씀하셨어요. 나도 정말 맞는 말씀이라고 생각해요. 이를테면 생선회를 서양 접시에 담아낸다면 우선 식욕이 나지 않잖아요? 일단 원장님 본인이 대단한 식도락가였어요. 영양사들을 1년에 두세 번 유명한 맛집에 데려가 어떻게 맛을 내고 어떻게 담아내는지, 그릇이 어떤 식으로 요리를 돋보이게 하는지 배우라고 했다니까요.

다행히 영양사들이 요리를 사랑하는 친구들이었어요. 다른 병원은 식비 예산이 빠듯한데 우리 호라이 병원은 넉넉히 내줘서 진짜 좋았다고 요즘에도 하나같이 얘기들을 해요. 그러니 고급스러운 입맛을 가진 환자분들 사이에서 우리 병원 식사가 아주 평판이 좋았죠. 낮에는 양식, 밤에는 일식으로 준비했지만 마치 레스토랑에 누워 있는 것 같다는 환자분들이 많았어요.

그래서 도미노코지 씨가 처음이었죠, 요리사를 데리고 입원하는 경우는.

하지만 그분은 행동 하나하나가 공손했어요. 입원할 때 나한테 이런 상담을 했거든요.

"아시다 씨, 병원 측에는 실례가 되겠지만, 제가 레스토랑을 경영하는 사람이라서 질병으로 입원하더라도 요리사에게서 눈을 뗄 수가 없답니다. 병원 조리실 한 귀퉁이라도 괜찮으니까 우리 요리사가 사용할 수 있게 해줄래요? 우선 나부터 마음에 드는 맛이 아니고서는 고객에게 안심하고 내놓을 수 없거든요."

그분은 절대로 큰 소리를 내지는 않았지만 말투가 아주 단호해서 딱히 명령하는 것도 아닌데 결과적으로는 그분이 하라는 대로 해버리게 되더라고요. 그때도 원장님에게 그런 이야기를 어떻게 해야 하나, 하고 고민하는 참에 벌써 요리사가 냄비며 접시를 척척 조리실로 옮겨 놓고 영양사들이 보는 앞에서 손도 빠르게 요리를 시작해버렸잖아요.

네, 병원에서 도미노코지 씨의 아침 식사가 나오기는 했지만 저혈압 때문에 늦게 일어나니까 아침 식사에는 거의 손을 대지 않았죠. 아침에는 병실 문이 잠겨서 정기 체온 측정도 안 했어요. 일단 잠이 드는 게 너무 힘들어 불면증과 저혈압으로 큰 고생을 했어요. 그렇게 젊은 나이에, 더구나 여자 혼자 그만한 사업을 꾸려가자면 심적인 고민도 클 거라고 우리는 짐작했었지요.

그러다가 잠이 깨면 벨을 눌러요. 그러면 대기하던 간호사가 즉시 종합비타민 주사를 들고 들어갑니다. 피부가 하얗고 정말 아름다운 여자라서, 우리 호라이 병원에는 연예인들도 많이 들락거렸지만, 청소부 아줌마가 한번은 이런 얘기까지 했잖아요.

"웬만한 연예인들보다 도미노코지 씨가 훨씬 더 미인이야."

하지만 그분은 피부나 몸매가 지나치게 무른 편이었어요. 정맥 주사를 놓으면 주삿바늘 꽂기가 너무 힘들어 우리가 보통 고생한 게 아니에요. 간호사 중에서도 한 방에 바늘을 꽂은 건 딱 한 명뿐이었어요. 사토라는 이름의 간호사였죠.

사토 간호사가 쉬는 날에는 어쩔 수 없이 내가 주사를 놓아드렸어요. 전쟁 중에 야전 병원에서 단련된 터라서 웬만한 일에는 눈하나 깜짝하지 않던 내가 그분의 팔뚝에는 두 손을 들어버렸다니까요. 우선 혈압이 너무 낮아서 아무리 고무로 양 팔뚝을 꽉 묶어도 정맥이 나오질 않아요. 팔뚝 관절을 뜨거운 타월로 찜질을 하고서야 겨우 정맥이 가늘게 뜨는데, 아무튼 근육이 거의 없다시피 해서 주삿바늘을 꽂아도 정맥이 자꾸 사라지는 거예요.

"죄송합니다. 다른 쪽 팔로 바꿔볼게요."

"네, 그러세요. 누가 하든 어렵다고들 하니까 부장님도 초조해하시지 말고요."

말은 그렇게 하시는데, 바늘을 서너 번씩이나 찌르다 보면 피가나니까 나도 땀이 줄줄 나지요. 사토 간호사는 아직 미혼의 젊은아가씨였어요. 백전노장의 내가 그 아가씨보다 서툴다니, 아휴, 창피한 일이죠. 여기다, 하고 겨냥해서 꽂아도 가느다란 정맥이 바늘을 피해 오른쪽 왼쪽으로 움직여요. 정맥을 단단히 잡아주는 근육이 거의 없었거든요. 가까스로 정맥을 찾아 주사를 놔도 그게 워낙가늘어서 바늘 끝이 뽑히거나 옆으로 빠져서 약이 밖으로 새어 나가요.

"부장님, 어깨 아래쪽이 조금 아파요."

"죄, 죄송합니다. 다시 한 번 해볼게요."

"나는 바늘에 찔리는 것쯤은 아무렇지도 않으니까 마음 편히 하세요. 사업을 할 때는 훨씬 더 괴로운 일을 겪는답니다."

바늘이 빠지면 그 자리에서 피가 나는데 그분은 지혈도 늦어요. 그래서 꽉 누르다 보면 이번에는 주삿바늘 쪽이 막히는 거예요. 네, 굵은 주삿바늘은 사용할 수 없으니까요.

도미노코지 씨의 입원 기간에 사토 간호사가 비번이면 내가 영양주사 하나 놓다가 녹초가 되니까 결국 사토 간호사한테 물어봤어요.

"사토 씨는 어떻게 한 방에 주삿바늘을 찌를 수 있어?"

"에잇 하고 그냥 배짱으로 밀어붙여요. 처음부터 힘을 줘서 찔러야 해요. 정맥이 도망칠 틈을 주지 않고 과감하게 찌르는 게 요령이에요."

"아, 그렇구나. 나도 이제 나이를 먹었나, 전쟁 중에는 대포알쯤은 무시해버릴 정도여서 배짱은 남보다 더 두둑하다고 생각했는데."

"저도 도미노코지 씨처럼 힘든 환자는 처음이라서 진짜 긴장이 돼요. 하지만 도미노코지 씨가 주사 놓기 전에, 너뿐이다, 너만 믿는다, 너는 뛰어난 간호사다, 라고 자꾸 말해주시니까 저도 대담해져서 힘껏 찌르게 되더라고요."

네, 그렇죠. 그분은 사람을 다루는 게 아주 능숙해요. 입원은 진짜로 지쳤을 때 하는 거라서 대부분 일주일에서 열흘까지 머물게 되는데, 그 사이에 청소부 아줌마부터 접수처 여직원까지 모두 도미노코지의 팬이 되는 거예요. 사토 간호사는 특히 사랑을 듬뿍 받아서 도미노코지 씨의 왕진이라면 언제든 좋아라고 내과 선생님을 따라나섰습니다.

아무튼 도미노코지 씨가 씀씀이도 대단했거든요. 요리사를 데리고 입원해서 낮이건 밤이건 가리지 않고 전채에서부터 수프, 생선, 고기 요리, 샐러드, 디저트까지 풀코스를 내오라고 했다니까요.

"아시다 씨, 원장 선생님은 오늘 어디 계시죠?"

"네, 원장님은 오늘은 종일 병원에 계십니다."

"그러면 원장 선생님 방에도 우리 요리사의 요리를 보내드릴 테니까 맛을 좀 봐달라고 해주세요."

원장님이 워낙 미식가라서 물론 아주 좋아하셨죠. 우리 병원 식단도 다른 병원에 비하면 비용도 많이 들고 손이 많이 가는 요리였지만 역시 프로 요리사에게는 못 당하지요. 3, 4인분을 한꺼번에 요리해서 나도 남은 걸 입맛을 다셔가며 먹었어요. 수프가 정말 영양가 있고 향기 좋고, 아, 이게 수프라면 우리 병원 수프는 수프라고 할 수도 없겠구나 했네요. 영양사들에게 물어보니까 값비싼 재료를 아낌없이 넣었기 때문이라더군요. 수프도 그렇고 소스도 그렇고, 정말 최고였어요.

"부장님, 배울 게 아주 많아요. 요리학교에서 공부한 것과는 딴판이에요. 역시 프로 요리사는 하나하나 진지하게 승부하더라고요. 마음가짐이 다르다니까요. 그쪽 요리사는 도미노코지 씨와 원장님이 드시고 내놓은 접시를 일일이 손에 들고 숨을 죽인 채 살펴봐요. 그 옆얼굴이 무서울 정도예요. 내놓은 접시의 상태로 먹은 사람의 마음을 읽어내려는 것이겠죠? 원장님이 새콤한 것을 좋아하신다는 거, 한번에 딱 알아맞히더라고요."

"부장님, 우리 영양사가 제일로 살판이 난 것 같아요. 요리할 때 큰 도움이 된대요. 도미노코지 씨는 생김새와는 달리 진한 맛이 나는 요리를 좋아하고, 그것도 아주 조금만 드시잖아요. 접시에 남긴 것을 요리사가 처음에는 아주 섭섭한 얼굴로 쳐다보더니 슬슬 표정이 환해지면서 손끝으로 소스를 찍어 먹고는 아, 그렇구나, 하고 중얼거리더라고요. 먹는 사람과 요리하는 사람 사이의 대화를 우리가 직접 목격한 거예요. 아, 나도 환자의 심리와 건강 상태를 돌이 요즈 눅기를 보고 읽어낼 징보가 뫼너아 세내로 원 넝앙사가 뇌겼구나, 깨달은 게 많았어요."

영양사들이 저마다 그렇게 얘기했죠. 매일같이 입원 환자의 병실을 돌아보는 게 우리 업무 중 하나였어요. 도미노코지 씨의 병실에 가면 영양사들이 무척 좋아한다고 감사 인사를 드렸지요.

"어라라, 다행이에요, 나는 폐를 끼치는 게 아닌가 걱정했었는데. 참 훌륭한 영양사들이군요, 그런 걸 날카롭게 관찰하다니."

"네, 영양학과 출신 중에서도 대학 측에서 보증해준 사람들만 채용했으니까요."

"사람이 무엇보다 소중하지요. 좋은 인재가 모이지 않으면 사업을 할 수 없답니다. 이 병원이 분위기가 좋은 것은 그렇게 좋은 인재들을 선정했기 때문인가 봐요."

"송구한 말씀이지만, 우리 원장님은 도미노코지 씨의 입원이 고맙다고 하십니다. 이렇게 날마다 맛난 요리를 대접받을 줄은 생각도 못 하셨다고요."

"입에 맞으셨다면 그야말로 다행이지요."

"요리사가 이미 원장님의 취향을 다 꿰고 있는 모양이에요. 영

442

양사들이 그렇게 얘기하던데요?"

"어라라, 그래요? 우리 시마모토 요리사가 한결 실력이 좋아진 모양이네요. 그이는 내가 '맥심 레스토랑'에서 특별히 뽑아왔답니다. 미묘한 맛을 내는 데 천재거든요. 아무리 요리 수업을 해도 미각은 타고나는 것이죠. 안 되는 사람은 안 돼요. 아무리 돌봐주고 예뻐해줘도 안 되는 사람은 안 되는 것처럼. 부장님, 내가 이 나이에야 겨우 그걸 깨달았어요."

"이 나이라니, 아직 이렇게 젊으신데요."

"그런가요? 하지만 나이에 넘치는 일을 하느라 남들보다 두세 배는 공부해야 한답니다."

입원 중에도 손님이 끊이지 않았지만, 항상 베갯머리에 책을 수북이 쌓아놓고 잠깐 틈이 나면 독서를 했어요. 아니, 소설책은 아니었던 것 같군요. 뭔지 모르겠지만, 아무튼 어려운 책들이었어요. 네, 법률 관련 서적이 많았던 것 같네요.

"저혈압에는 운동과 식사가 가장 좋은 치료법이에요. 저녁에라도 잠깐 산책을 하시는 게 어떨까요?"

"그건 나도 잘 알지만, 하릴없이 걷는 시간이 아까워요. 이 세상에는 알고 싶은 게 너무 많잖아요. 법률은 자꾸 개정되고. 뭐든 다 알고 난 뒤에 죽고 싶어요."

"그러시자면 건강이 최우선이지요."

"그렇지요? 그래서 나는 술도 담배도 안 해요. 아, 남자도 거절하고 오로지 일만 하는 것은 건강에 안 좋을까요?"

"그야 물론 섹스도 중요한 일이지만 옛 영주님처럼 방탕한 것과는 달리 부인의 경우에는……."

"역시 건강과는 관계가 없겠지요?"

"네에. 하지만 이렇게 젊고 아름다우신 분이 남자가 없다는 건 참 애석한 일이네요. 나도 꾹 참아가며 이 나이까지 일을 해왔지만 젊은 시절을 돌아보면 후회가 많아요. 두 번 다시 오지 않는 시간이니까 나중에야 아차 하고 아쉬워하지 않게 하셔야지요."

"니는 멜레비건에 출연힌 뒤부디 부쩍 지유기 시끼긴 느낌이에요. 아무래도 경솔했던 것 같아요."

"하지만 예능계 분들은 화려하게 사시잖아요?"

"그건 하는 일의 질이 다르니까요. 나는 많은 직원들을 이끌어야 한답니다. 때로는 그런 사람들이 부럽다는 생각도 들어요. 여자 혼자서 마냥 일만 하다 보면 말을 붙이는 남자도 없어요, 부장님."

"그런가요?"

밤새 잠이 안 오고 내과에서 처방해준 가벼운 수면제도 효과가 없다면서 새벽에 당직의가 불려가 진정제를 주사해주는 일도 자주 있었어요.

수면제는 혈압을 떨어뜨리니까 저혈압에는 악순환이 되죠. 가벼운 신경안정제도 처방해줬는데 불면증으로 너무 힘들다고 하소연해서 내과 쪽에서 방법을 찾다가 정신 분석을 해본 적이 있었습니다. 그때의 진료 기록은 지금 나한테 없고 병원에서도 아마 공개하지 않겠지만, 도미노코지 씨가 아무래도 사실대로 말한 적이 없었던 모양이에요. 사망한 뒤에야 내과 선생님이 원장님에게 그때의 진료 기록을 보여드리면서 안타까워했으니까요.

"생년월일까지 거짓말이었어요. 의사는 환자의 비밀을 지켜줄 의무가 있으니까 안심하시라고 몇 번이나 말했는데."

하지만 원장 선생님도 애써 달래주더라고요.

"나이를 열 살이나 속였으니 우리 의사진도 정확한 진단을 내릴 수가 없었지. 솔직히 나도 그 여자가 서른 살이라는 걸 의심조차 못 했어. 사십 대인 줄 알았다면 나도 다른 처방을 내렸을 거야. 이 건 절대로 자네 실수가 아니야. 그나저나 의사한테까지 나이를 속이다니, 나도 의사 생활 오래 했지만 그런 환자는 처음 봤네."

아, 삼십 대와 사십 대가 의학적으로 어떻게 다르냐고요?

내가 간호사로 당시에 부장까지 했었지만 그래도 의사는 아니 잖아요. 그러니까 이건 어디까지나 추측일 뿐이지만, 사람마다 개인차는 있어도 여자는 35세부터 갱년기가 시작된다고 봐도 무방해요. 갱년기 증상은 제각기 다양하지만 불면증, 저혈압, 어깨 결림, 두통은 아주 일반적인 특징이지요. 도미노코지 씨의 불면증은 심한 편이기는 했지만, 그야 서른 살인 줄 알았으니까 당연히 심신의 피로 외에 다른 이유는 생각도 못 했어요. 마흔인 줄 알았으면 가벼운 우울증이나 난소 호르몬 문제처럼 딱히 산부인과 의사가 아니더라도 합당한 치료가 얼마든지 가능했을 텐데. 원장님도 내과 담당 선생님도 바로 그 점을 가장 안타까워하신 거예요.

네, 맞아요. 갱년기 우울증에는 자살 경향도 자주 보입니다. 이유 없이 지하철에 뛰어든다든가 하는 것이지요. 하지만 이건 몇 번이나 말씀드렸듯이 내 개인적 추측이고, 지금 생각해보면 도미노코지 씨의 사망 원인은 의료진으로서도 수수께끼라는 말씀밖에 드릴 수가 없을 것 같네요.

하지만 그분은 아주 착한 환자였어요. 자기 멋대로 이거 해달라 저거 해달라는 얘기는 한 번도 한 적이 없었어요. 입원 중에는 병실에 꽃을 가득 꾸며놓고 파자마도 연한 핑크색이나 노란색에 프릴이 달린 귀여운 것을 입어서 마치 왕비님이 주무시는 것 같았네요. 나도 꽃을 좋아해서 날마다 병실에 갈 때마다 꽃에 홀려 잠시 나마 꿈같은 시간을 보냈어요.

"간호부장님도 꽃을 좋아하시는 모양이지요?"

"네, 정년퇴직을 하면 화초나 키우면서 여생을 보내려고 이즈 쪽에 땅도 사뒀어요."

"그러면 모란꽃은 어떠세요?"

"모란, 좋죠. 이즈에 가면 가장 먼저 심고 싶은 게 모란꽃이에요. 겹꽃 모란만큼 아름다운 꽃도 없잖아요."

도미노코지 씨는 저혈압 때문에 큰 소리는 못 내는 분이었어요. 조용하고 여린 말투였지요.

"어라라, 나도 모란꽃을 좋아해서 덴엔초후의 우리 집 정원에 심었답니다. 5월에 꽃이 피면 보러 오실래요?"

그분은 우리한테 절대로 거짓말을 한 적이 없어요. 약속한 5월에 일부러 차를 보내줘서 내가 그 덴엔초후 자택까지 갔었잖아요. 숲처럼 광대한 정원에 모란 꽃밭이 한없이 펼쳐졌는데, 흰색, 붉은색, 자주색 모란꽃에서부터 주름진 모란, 홑겹 모란, 겹꽃 모란까지 그야말로 활짝 핀 꽃 천지더라니까요. 내가 아는 모란꽃 종류만 해도 열 가지가 넘게 보였어요. 그냥 멍해져서 한참 동안 말도 안 나왔죠.

"사, 사모님, 이건 대체 몇 종류나 되나요?"

"3백 종류쯤은 모아볼 생각인데 아직 그렇게까지 채우지는 못했어요. 겨우 278종을 맞췄답니다."

"아이구, 모란이 그렇게 종류가 많았어요?"

"네, 사람과 마찬가지던데요? 다들 얼굴이 다른 것처럼 모란도 다 달라요. 이건 시마네 현의 다이콘지마에서 가져온 모란이랍니다. 정말 아름답지요?"

순백의 겹꽃 모란 앞에서 도미노코지 씨가 그렇게 말하던 모습이 지금도 내 눈 속에 찍혀 있어요.

그렇죠, 매사에 손이 엄청 크셨어요.

사토 간호사가 결혼으로 퇴직했을 때, 인사차 찾아갔더니 값비싼 프랑스제 순백 레이스 원단 한 필을, 네, 한 필이에요, 그걸 축하한다고 턱하니 내줬다잖아요.

"양장점에 가져갔더니 웨딩드레스가 세 벌이나 나온다는 거예요. 내가 너무 미안해서 필요한 만큼만 잘라놓고 나머지는 돌려주러 갔더니, 결혼 때 뭘 돌려주면 재수가 없다고 나무라시더라고요. '나는 결국 여태까지 결혼을 못 했지만 내 몫까지 꼭 행복하게 잘 살아요, 남은 건 침실 커튼으로 쓰세요', 그러시는 거예요. 하지만 방 두 개짜리 임대주택에 이런 고급 커튼은 어울리지도 않겠죠?"

그러면서 사토 간호사가 어쩔 줄을 모르더라고요.

입원한 동안에도 날마다 값비싼 반지를 번갈아가며 끼고 있어서, 나도 모르게 홀린 듯 쳐다본 적이 있었어요.

"보석은 재산으로도 가치가 있지요?"

"아니에요, 부장님. 악질적인 보석 장사꾼들이 그런 얘기를 하면서 보석을 팔아먹지만, 원래 보석은 어디까지나 사치를 즐기려는 것이랍니다. 그저 아름답기 때문에 좋아하는 거예요. 이거 보세요, 광채가 정말 아름답지요? 아무리 들여다봐도 싫증나지 않는 아름다움이에요. 그 대신 조금이라도 흠집이 나면 점점 보기가 싫어져요. 보석도 꽃도 완전한 것일수록 아름답지요."

그러고는 나한테 이러시더라고요.

"부장님, 이즈에 땅을 사뒀다고 하셨죠? 몇 평인가요?"

"2백 평이에요. 원래 주인이 3백 평을 팔겠다고 했는데, 그걸 다 사면 집 지을 자금이 모자랄 것 같아서."

"어라라, 아까워라. 이즈 쪽이라면 달러 쇼크도 관계가 없고 3년만 지나면 다섯 배는 뛸 거예요. 나중에 백 평만 떼어 팔면 궁전이라도 지을 텐데, 아깝게 됐네요."

"그런가요?"

"보석은 이자가 붙는 것도 아니고 돈을 낳을 일이 없지만, 토지는 확실하답니다. 그 2백 평은 무슨 일이 있어도 내놓으면 안 돼요. 요즘은 부동산이 최고의 재산이니까."

정년을 맞이해 막상 집 지을 단계가 되었을 때, 도미노코지 씨가 해준 충고가 딱 맞았다는 걸 알았네요. 저금해둔 돈으로는 도저히 집을 못 짓죠. 인플레 때문에 건축 재료비도 공사비도 다락같이 올라버렸잖아요. 그래서 할 수 없이 70평을 떼어 팔아서 그 돈으로 간신히 이 집을 지었어요. 노인네 혼자 사니까 이 정도면 충분하지만, 마당이 좀 넓으면 내가 좋아하는 꽃을 더 많이 심을 수 있을 텐데, 하고 아쉬울 때가 많아요.

도미노코지 씨는 정말 훌륭하고 착한 분이었어요. 세상 떠나고 나서 주간지마다 이러쿵저러쿵 떠들어대는 기사를 보고, 이건 정말 너무 심하다 싶어서 내가 오늘 이런저런 얘기를 죄다 쏟아냈네요. 사토 간호사도 지금 아이 하나 낳고 잘 살고 있지만, 사건 당시에 나한테 찾아와 여우에 홀린 듯한 표정으로 얘기했었잖아요.

"도미노코지 씨가 나한테는 분명 결혼한 적이 없다고 했는데, 글쎄 기사에는 몇 번이나 결혼을 했고 아이까지 있다고 나왔어요. 하지만 부장님, 나는 그 기사, 도저히 믿어지지 않아요."

그럼요, 나도 주간지에 나온 그 기사들, 진짜 이상하다고 생각해요.

27

차남 요시테루

도미노코지 기미코에 관해서?

네, 우리 어머니예요.

어떻게 생각하느냐고요? 그야 나를 낳아주기도 했고, 멋진 사람이었죠. 형은 안 만나셨어요? 아, 만났군요. 형은 어떻게 얘기했죠?

어휴, 말도 안 돼. 형이 그렇게 말하면 안 되죠. 어머니는요, 형을 말도 못하게 사랑했다고요. 나하고는 달라서 형은 공부를 꽤 잘했거든요. 어머니가 형에게는 모든 것을 쏟아부었어요. 형도 그거 다 알고 진짜 자기 하고 싶은 거 다 했어요.

부러웠냐고요? 누가요? 아, 내가 형을? 그야 부러웠죠, 공부를 잘하면 부모는 당연히 좋아하잖아요. 근데 어머니는 나한테도 해달라는 건 뭐든 다 해주고 뭐든 다 사줬어요. 어머니 쪽에서 형제간을 차별 대우하는 건 없었어요. 단지 형은 공부를 잘하고 나는 공부라면 질색이었으니까 형제라고 해도 성격은 완전히 달랐잖아요. 그래서 형에게는 형에 맞게, 나한테는 나한테 맞게 어머니가 늘 말하던 '사랑'으로 감싸준 거예요. 나도 엄청 혜택을 받으면서 살았죠, 네.

나와 형의 차이는, 간단히 말하자면 형은 자동차를 보면 엔진의 특징이라든가 조립 상태라든가 내구력 같은 것에 흥미가 있었어요. 그래서 언제까지고 차 한 대를 들여다보고 찬찬히 굴려보고 성능을 시험해보고, 그런 식이었죠. 근데 나는 차를 보면 일단 올라타고 부우웅 내달리는 성격이에요. 그것도 메르세데스 벤츠나 007이 탔던 애스턴 마틴이나 고급 시트로엥, 아무튼 폼 나는 차를 좋아해서 어머니를 졸라 차례차례 사들였죠. 어머니는 사달라면 즉각 사줬어요. 스포츠카만은 위험해서 절대로 안 된다고 했지만.

"얘, 내 성격도 좀 생각해줘야지. 우리 테루가 스포츠카를 타다가 혹시 무슨 사고라도 나면 어쩌나 하고 하루 종일 걱정만 할 거야."

눈물을 글썽거리면서 내 얼굴을 지그시 들여다보고 그렇게 달래는 통에 나도 재규어 같은 건 도저히 사달라는 말을 못 하겠더라고요. 위험하기로 치자면 링컨 컨티넨탈도 함부로 몰면 마찬가지인데 말예요. 근데 어머니도 나름대로 자기만의 이론이 있었어요.

"큰 차와 작은 차가 충돌했을 경우, 작은 쪽이 위험하잖니? 그러니까 대형차는 아무리 비싼 것이라도 사줄게, 우리 테루를 위해서라면."

외할머니랑 살다가 덴엔초후 집으로 이사한 뒤에 처음에는 어머니 운전기사를 옆에 앉히고 운전을 배웠어요. 아직 어려서 운전 면허를 딸 나이까지는 한참 더 기다려야 했으니까요. 어머니가 운전기사한테 신신당부를 했던 모양이에요, 집 밖에는 절대로 못 나가게 하라고. 집 안에서 차를 대는 곳까지만 오락가락했죠. 그래도 진짜 신났어요. 어머니도 다 알면서 말리지 않았다니까요. 운전기사는 조수석에 앉아 나를 옆에서 껴안다시피 하고서 뭐든 다 하게 해줬어요. 어린애가 어른 차를 굴리다니, 진짜 최고였죠. 역시 어머니랑 함께 사는 건 참 좋다고 생각했어요.

나카노의 외할머니요? 그야 헤어질 때는 진짜 섭섭했죠. 우리를 키워준 분이고 나쁜 사람은 아니었으니까. 하지만 우리 어머니를 직접 낳은 것도 아니고, 그냥 키워준 은혜가 있을 뿐이에요. 게다가 우리 형제 어릴 때 잘 키워줬다고 어머니가 나카노 외할머니에게 할 만큼은 해줬어요. 외할머니도 어머니에게 고마워했죠, 정말로.

"너희 엄마는 대단한 인물이야."

외할머니가 항상 감탄하면서 말했었어요. 직접 혈연도 아니었지만 그래도 외할머니와 어머니는 친모녀간처럼 사이가 좋았으니까요. 하지만 둘이 성격이 너무 달랐어요. 아니, 성격이라기보다 역시 친혈육이 아니었기 때문이겠죠? 그래서 함께 살지 않았던 것은 두 사람을 봐서도 현명한 선택이었다고 생각해요, 나는.

아직 어린 우리도 집을 옮기면서 우선 먹을 것에서부터 크게 당황했잖아요. 레스토랑에서나 보는 음식을 집에서 날마다 나이프와 포크로 먹는다는 건 좀 그렇죠. 외할머니는 밥에 물 말아서 장아찌하고 훌훌 먹는 타입이었으니까 단 하루도 못 버텼을 거예요.

우리도 학교 급식으로 시원찮은 밥을 먹는 데 익숙해져 있어서 진짜 힘들었어요. 그래서 덴엔초후 역 앞의 라면집에도 뻔질나게 들락거렸다니까요. 주먹밥이나 돈가스덮밥이 먹고 싶어서 진짜 꿈까지 꿨어요, 처음에는.

그래도 우리 어머니, 진짜 대단한 사람이에요. 우리가 원하는 게 뭔지 알고 나서는 당장 요리사에게 라면이며 된장국을 차려주라고 했잖아요. 말린 정어리 같은 허접한 반찬을 "나도 이거 정말 좋아해"라고 방실방실 웃어가면서 억지로 우리하고 똑같이 먹었다니까요.

어머니는 사실은 프랑스 요리를 좋아해서 식당도 그런 요리를 먹을 수 있게 샹들리에도 달고 식기도 멋있게 장만해놓고 살았는데, 우리 형제가 오니까 그런 멋진 곳에서 겨우 카레라이스니 스파게티 같은 걸 차려주고 함께 먹기도 한 거예요.

"엄마, 가끔은 프랑스 요리도 괜찮아."

내가 그렇게 말해주면 금세 눈물을 글썽여요.

"어라라, 테루는 배려심이 많구나. 참 착해."

그런 때는 내가 진짜 난감하더라고요. 원래 남자는 여자의 눈물에 약하잖아요. 게다가 어머니는 소리 내어 흐느끼는 일도 없이 조용히 눈물만 뚝뚝 흘려요. 참을 만큼 참다가 소리도 없이 운다니까요. 그래서 나는 어머니가 눈물 흘릴 일은 절대로 안 했어요. 아마 형도 처음에는 나하고 똑같은 마음이었을 거예요.

음악 쪽으로도, 어머니는 전혀 이해를 못 했을 텐데도 내가 가쿠슈인에서 밴드를 만들었을 때는 악기를 다 사줬어요. 그것도 최고급품으로만. 어머니 덕분에 드럼으로 밴드마스터가 됐죠. 용돈이야 뭐, 얼마든지 줬어요. 가쿠슈인에서도 그걸로 끗발 좀 날렸죠.

형은 그런 건 과보호다, 너무 심하다, 하면서 비판적이었지만 어머니 입장에서는 자기 손으로 일해서 부자가 됐고 좋은 환경을 만들어주려고 열심히 뛰었고, 그렇게 어렵사리 자식들과 함께 살고 싶은 염원이 이뤄졌으니까 무한정 예뻐해준 것도 어쩌면 당연한 거 아니에요?

형한테도 최고의 가정 교사를 붙여줬죠. 그야 나와는 달리 공부 쪽에 소질이 있었으니까 그것도 충분히 의미가 있었어요. 하지만 어머니가 그렇게 열심히 뒤를 받쳐주지 않고 그냥 나카노 공립학교에만 다니면서 정말 최고의 대학에 들어갈 수 있었을지, 그건 의문이잖아요. 근데요, 형은 그런 걸 잘 모르더라고요. 머리 좋은 사람일수록 주위가 어떻게 돌아가는지 감을 못 잡는다니까. 우리 형도 그런 구석이 좀 있어요.

하지만 처음에는 진짜 행복했어요. 갑작스레 부잣집 아들이 되어 가쿠슈인에도 다니고 자가용으로 마중과 배웅도 해주고, 어머니가 항상 하던 말이지만, 그야말로 꿈만 같았어요. 나카노에서 외할머니하고 살 때는 상상도 못 했던 일이잖아요.

나카노 외할머니 집에 찾아갔던 거요?

그거야 우리를 태어날 때부터 키워줬고 나이도 있으신데 혼자 외롭기도 할 것이고 나도 보고 싶어서 갔었죠. 몇 번이나 갔냐고요? 뭐, 셀 수 없을 만큼 들락거렸어요. 친구들도 다 그쪽에 있었으니까. 덴엔초후에서는 근처 아이들과 뛰어노는 일이 없었거든요. 형은 책상에 붙어 앉아서 공부만 했어요. 나한테도 가정 교사를 구해줬는데 어머니가 적당히 놀이 상대나 해주라고 미리 말했던 모양이에요. 하지만 가정 교사는 어른이잖아요. 같이 놀아봤자 전혀 재미가 없어요. 텔레비전도 좋아하는 프로는 하나도 안 보고, 록 음악만 듣는 내가 전혀 이해가 안 되는 눈치였으니까요. 어른들은 하나같이 음악 쪽은 젬병이에요. 베토벤이나 바흐 얘기는 잘하지만, 음악회 같은 데서 근엄하게 연주하는 그런 건 내가 별로였어요. 공부라면 질색하는 나를 가르쳐야 했으니까 그 가정 교사도 참 딱했죠. 어머니가 돈을 많이 주니까 그냥 꾹 참고 나하고 놀아주는 식이었어요.

어머니 결혼요?

그건 내가 자세한 얘기를 듣지 못한 채 끝나버렸네요. 호적상으로 와타세 요시히코라는 사람이 우리 아버지로 적혀 있던데 그 사람은 단 한 번도 우리를 만나러 온 적이 없으니까 아버지로서 자격이 없다고 해야겠죠? 주간지에 이런저런 기사가 나왔지만 도무지 뭘 모르는 느낌이었어요. 어머니가 매력적이었으니까 당연히 젊은 시절에 남자들이 그냥 내버려둘 리가 없었겠죠. 아마 어떤 못난 남자한테 걸려들었던 모양이에요. 그 결과로 우리가 태어났는지도 모르지만 뭐, 아무려면 어때요, 누가 아버지였건. 어머니가 열심히 일해서 우리 형제한테 부족함 없이 돈을 대줬고 외할머니는 피는 안 섞였어도 우리를 친손자처럼 키워줬잖아요. 그러다가 우리가 좀 자란 뒤부터는 어머니 옆에 데려다가 초호화판 청춘을 선물해줬어요. 그런 어머니 하나면 충분하다고 생각해요, 나는.

어머니는 머리도 좋았지만 진짜 노력파였어요. 밤늦게 집에 돌아오면 우리 방에 살짝 들어와 살펴보고 한밤중까지 책도 읽고 침실 전화로 열심히 통화도 했거든요. 어떻게 아느냐고요? 그건 한 집에 살아도 어머니를 통 못 보니까 항상 그리웠는데, 내 방을 들여다볼 때 자는 척하면 한참이나 지그시 쳐다봐주는 게 너무 좋았어요. 아뇨, 밤늦게까지 깨어 있으면 혼나니까 자는 척했죠. 어머니가 어린애는 일찍 자고 일찍 일어나야 한다고 딱 정해놨거든요. 거친 말로 나무라는 일은 한 번도 없었어요. 그냥 내가 밤늦게까지 안 자면 슬픈 얼굴로 눈물을 글썽거리는 거예요.

"테루, 엄마는 네가 어떤 일을 해도 화는 내지 않아. 하지만 건강한 생활만은 너 스스로 꼭 명심해서 지켜야 해. 다른 집 엄마들처럼 너희 곁에 온종일 붙어 있지 못하는 게 항상 가슴이 아프단다."

그래서 대문 쪽에서 어머니 자동차 소리만 나면 텔레비전도 라디오 심야 방송도 얼른 끄고 침대로 쏙 들어갔다니까요.

하지만 잠든 얼굴을 쳐다보다가 내 방 전깃불을 끄고 살그머니 나가면, 그냥 큰 소리로 "엄마! 엄마!" 하고 불러보고 싶은 충동이 드는 거예요. 뭐, 아직 어렸으니까 엄마 품이 그리웠던 모양이죠. 나카노 집에서 살 때는 어머니가 수요일마다 선물 보따리를 들고 찾아오면 그 옆에 나란히 누워 데굴데굴 어리광을 부렸거든요.

처음 덴엔초후 집에 갔을 때는 걸핏하면 복도까지 어머니를 따라 나갔었어요.

"엄마, 엄마!"

"어라라, 테루, 잠든 거 아니었어?"

"응, 엄마가 쳐다보니까 잠이 깨버렸어."

"그랬구나, 엄마가 잘못했네. 미안해."

그러고는 덥석 안아줘요.

"어라라, 우리 테루가 그새 무거워졌네."

멋진 침실까지 안고 가면 큼직하고 푹신푹신한 침대에 누워서
어머니가 예쁜 네글리제 차림으로 들어오는 걸 기다렸는데, 와아,
진짜 황홀했죠. 어머니가 보들보들한 몸으로 나를 꽉 껴안아줬으
니까.

"우리 테루, 아침까지 여기 있어도 되니까 어서 자."

다정하게 달래주면 얌전히 눈을 꾹 감고 잠을 자보려고 하는데
지금 생각해보면 엄마 옆에서 자는 게 진짜 좋았던 모양이에요, 도
무지 잠이 안 와요.

그러는데 침대맡에 있던 전화가 따르릉 울리는 거예요.

"네, 도미노코지입니다."

어머니가 조용한 목소리로 전화를 받았죠.

"어라라, 잠깐만 기다려주실래요? 지금 테루가, 네, 요시테루가
어리광을 부려서 쩔쩔 매고 있는 중이에요. 자꾸만 내 침대로 기어
든다니까요. 어라라, 그런 이상한 말씀은 하지 마세요. 네, 알았어
요. 테루는 자기 방으로 보낼게요."

그러고는 수화기를 내려놓고 조곤조곤 타일러요.

"요시테루, 엄마가 네 방까지 데려다줄까?"

어머니가 나를 '테루'라고 부를 때는 어떤 어리광을 부려도 괜
찮지만 '요시테루'라고 부를 때는 뭐, 무서울 것까지야 없지만 아

무튼 말을 잘 들어야 할 것 같은 분위기인 거예요.

"아니, 괜찮아. 나 혼자 갈 수 있어."

그러고는 조용히 내 방으로 돌아왔죠. 집이 워낙 넓어서 한밤중에 긴 복도를 건너가면 어쩐지 무섭고 진짜 슬펐죠. 그래서 어머니침실에서 아침까지 잤던 일은 겨우 몇 번 정도예요.

그런 때도 내가 아직 어려서 스르륵 잠들어버렸지만 어머니는 침내밀의 신화도 소곤소곤 세속 동화글 했어요. 누구하고 얘기하나 하고 어린 마음에도 호기심과 질투가 뒤섞여 귀를 쫑긋 세운 적도 있었어요.

"어라라, 2만 평? 그건 꼭 매입해야겠네. 즉시 계약금을 걸어주시겠어요? 괜찮아요, 변호사에게 말해서 조사원을 붙일 테니까. 그 정도 가격이면 결코 비싼 게 아니에요. 그쪽에서도 절박한 사정이 있어서 내놓으셨을 테니까 너무 깎으시면 안 돼요. 3년만 묵혀두면 틀림없이 두 배는 뛸 자리니까. 네, 3년이에요. 내 명의로 사야지요, 물론."

그런 대화가 대부분이었어요.

새벽녘에 문득 잠이 깨서 이불 밖으로 얼굴을 내밀면 어머니가 스탠드 불빛 아래 조용히 책을 읽고 있어요. 어머니는 대체 언제 잠을 자나 하고 신기하게 생각했었죠.

엇, 스가와라 집사도 만났어요?

그 여자는 진짜 나쁜 여자예요. 악녀라면 바로 그런 여자를 두고하는 말이에요.

"테루 도련님, 이제 어엿한 사내니까 어머님 방에서 자면 안 됩니다. 작은 사모님이 테루 도련님 때문에 한숨도 못 주무신다고 하셨어요. 밖에서 큰일을 하시는 분이잖아요. 그런 점은 요시히코 도련님처럼 잘 알고 계셔야지요."

나한테 걸핏하면 그런 잔소리를 했어요. 짜증이 나서 그 여 집사가 외출했을 때 내가 그 여자 방을 죄다 뒤엎어버린 적이 있어요. 그랬더니 집에 들어오자마자 경찰을 불러다 지문을 찍어보자고 야단법석을 떨었죠.

"도난당한 건 뭡니까?"

"예?"

"도둑이 가져간 게 뭐냐고요."

"아니, 내 방을 이렇게 엉망으로 만들어놔서……."

"차분히 마음을 가라앉히고 뭔가 중요한 물건이 없어지지 않았는지 잘 살펴보세요."

범인은 반드시 현장에 얼굴을 내민다는 말이 있는데, 그거 정말이에요. 경찰차 타고 달려온 아저씨 옆에서 그 여 집사가 온 방을 북북 기어 다니며 여기저기 살펴보는 걸 내가 슬쩍 구경했거든요. 근데 장롱 맨 밑의 서랍을 열고 밑바닥을 더듬어 큼직한 갈색 봉투를 꺼내더니 그 안에 든 것을 열심히 세어보고 있더라고요. 진짜 웃기지도 않죠. 그러고는 침대 옆 테이블에 있던 꽃병, 내가 바닥에 내동댕이쳤었는데 거기에 꽂아둔 조화 꽃다발을 빼내더니 그 안에 손을 집어넣어 뭔가를 꺼내보고는 결국 고개를 젓더라고요.

"도둑맞은 물건은 없네요."

그러고는 여 집사가 그제야 나를 알아보고 눈을 치켜뜨면서 소리를 쳤어요.

"어머, 도련님이 왜 여기 와 계시는 거예요?"

"도둑이 들었다고 해서 내려와봤어. 2층 엄마 방은 괜찮아?"

"아차차, 그렇군요. 2층도 한번 살펴봐야겠네요."

경찰 아저씨를 안내해 2층으로 올라간 틈에 내가 서랍 밑바닥에 숨겨둔 그 봉투 속을 들여다봤어요. 만 엔짜리 지폐가 몇 다발이나 들었더라고요. 그리고 꽃병에는 다이아몬드와 루비 귀걸이가 들어 있었어요. 게다가 전부 다 한 쪽만. 아무래도 수상하죠?

1년쯤 지났을 때였나, 미쓰코의 머리를 쓰다듬으면서 어머니가 얘기하더라고요.

"어라라, 미쓰코 귀걸이 한쪽이 또 떨어졌네? 스가와라 씨, 좀 찾아보세요."

"네, 알겠습니다. 하지만 작은 사모님, 그런 값비싼 보석이 없어지면 집사인 제 잘못이 될 수 있어서 여간 걱정이 아닙니다. 부디 미쓰코에게는 리본이나 모조품 보석을 달아주셨으면 합니다."

"그럴 수가 있나요, 미쓰코가 진품 보석이 아니면 질색을 하는데. 게다가 값비싼 것이라고 해봤자 반지와는 달리 귀걸이는 보석 크기가 작아서 그리 대단한 것도 아니에요. 지난번처럼 잔디 틈새에서 나오겠지요. 나도 가짜 보석은 너무 싫어요. 모조품 유리잖아요. 우리 집에서 누군가 그런 걸 줍기라도 하면 자칫 우리 보석점의 신용도 떨어지지 않겠어요?"

"네, 그렇기는 하지만, 저는 아무래도 항상 움찔움찔하게 되니까요."

내가 그 여 집사를 쓰윽 노려봤더니 눈치를 챘던 모양이에요. 갑자기 눈을 부릅뜨고 날카로운 소리를 내더군요.

"혹시라도 제가 의심을 받으면 저는 정말 난처합니다."

"어라라, 아무도 의심하지 않아요. 나는 스가와라 씨를 굳게 믿고 있답니다."

어머니가 조용히, 모든 것을 다 꿰뚫어보고 있는 것처럼 대꾸했다니까요.

그랬더니 진짜 어머니의 예언대로 없어졌던 귀걸이가 잔디에서, 숲속에서 발견됐어요. 그걸 누가 찾아냈을 거 같아요? 그 여 집사예요. 정원사가 청소를 깨끗이 했는데 거기서 다이아몬드 귀걸이가 나오다니, 무슨 도술이라도 썼던 모양이죠?

"흥, 스가와라 아줌마는 마술을 부리나 봐."

내가 어머니에게 말하면 오히려 나를 타일렀어요.

"테루, 한 지붕 아래 살면 모두 한 가족이야. 그 사람을 나쁘게 말하면 안 돼. 우리 집을 두루두루 살펴주는 사람이잖니."

근데 그 여 집사의 도벽은 어머니도 알았을 걸요? 진짜 그걸 다 알면서 계속 놔뒀다면 참 대단한 사람이죠. 하긴 뭐, 어머니가 원래 바보처럼 착하기도 했어요.

하지만 딱 한 가지는 틀림없이 그 여 집사 짓이에요. 어머니가 사망한 뒤에 주간지마다 시시콜콜 다 까발렸잖아요. 그때 덴엔초후 근처 쌀가게, 정육점 같은 데서 몇 달째 돈을 못 받았다, 근처 메밀국수 가게도 10인분 넘게 잔뜩 배달시키고 돈을 안 줘서 외상값을 20만 엔이나 떼였다, 별별 얘기가 다 나왔죠. 그걸 모두 어머니 탓으로 돌린 건 진짜 너무 심한 거예요. 집안 살림은 그 여 집사가 도맡았으니까 당연히 그 외상값도 그 여자가 처리했어야죠. 그런 가게에 줘야 할 돈을 자기 서랍장 봉투 속에 빼돌린 겁니다, 틀림없이.

예? 그 여 집사 집에도 갔었어요?

어머니가 그 여자한테 맨션을 사줬다고요? 노후를 위해서?

거짓말이에요, 그거.

절대 안 믿어요, 나는.

아니, 어머니가 그 여 집사한테 가끔 이런 얘기를 했었거든요.

"스가와라 씨의 노후는 아무 걱정 마세요. 나는 부모도 없고 자매도 없잖아요? 평생 이 집에서 나와 함께 한 가족으로 지내주세요. 나는 그럴 작정이랍니다."

맨션은 그 여자가 빼돌린 돈으로 샀겠죠. 어머니가 워낙 손이 컸거든요, 돈을 듬뿍듬뿍 집어 주고. 형도 마찬가지예요, 다달이 용돈을 엄청 받아갔어요. 나도 학교에서 내 뒤를 졸졸 따라다니는 애들이 많아서 금세 다 써버렸지만 어머니를 조르면 얼마든지 줬어요.

조화요? 아, 그 여자 방 꽃병에 있던 거?

어머니가 만들었느냐고요? 그건 왜요? 어머니가 손재주가 좋긴했지만 가짜 꽃을 직접 만드는 취미는 없었어요. 정원사를 고용해서 광대한 정원에 진짜 꽃이 잔뜩 피어 있었는데요, 뭐.

"솔로몬 왕의 영광도 백합꽃 한 송이에 미치지 못한다고 예수님이 말했어. 성서에서 내가 가장 좋아하는 구절이야. 그렇잖니? 흙에서 나는 것 중에서 꽃이 가장 아름다워."

그런 얘기를 한 적이 있어요. 어느 틈에 성서까지 읽었나 하고 깜짝 놀랐죠.

어머니가 직접 만들었다면서 친구들에게 조화 꽃다발을 나눠 줬다고요? 에이, 그건 아니겠죠. 아, 어머니가 하야시 리에라는 디자이너에게 드레스를 맞췄죠? 그걸 잘못 알고 생겨난 헛소문일 거예요. 그 디자이너의 드레스는 조화를 주렁주렁 붙이는 게 특징이잖아요. 작년에는 그걸 등에 붙이고 다니는 패션을 새로 출시했죠? 어머니는 그 사람의 스폰서였지만, 조화에 대해서는 아마 비판적이었을 걸요? 우리 어머니는 프릴 달린 프랑스 인형 같은 드레스를 좋아했고 그게 잘 어울리기도 했지만, 그 디자이너 선생이 거기에 조화를 붙여주면 슬쩍 떼어내고 보석으로 바꿔 달았어요.

카틀레야 꽃? 아뇨, 난초를 부케로 만들어 가슴팍에 꽂은 것은 봤지만, 조화는 별로 좋아하지 않았는데요? 네, 어머니가 그런 조화를 만들었을 리가 없죠.

어머니는 아무튼 아름다운 것을 엄청 좋아해서 거의 병적일 정도였어요. 네, 자기 입으로 그런 얘기도 했었어요.

"엄마는 아름다운 것만 좋아해. 이런 성격, 내가 생각해도 좀 난감한 구석이 있단다."

헉, 형이 어머니 험담을? 말도 안 돼. 어머니는 진짜로 형을 좋아했다고요. 형 여자 친구가 놀러오면 얼마나 극진하게 대접했는데요? 어머니 브로치가 멋있다고 하면 그 자리에서 떼어 주기도 하고, 옆에서 보기에 좀 지나칠 정도였어요. 어머니가 일단 형이라면 매사에 지극정성이었다니까요.

형이 연애할 때 어머니가 크게 흥분했던 건 사실이에요. 나도 그거 보고 좀 놀랐을 정도예요. 하지만 아들을 떼어 보내는 거잖아요. 결혼식장에서 신부 아버지도 엉엉 운다잖아요. 여태껏 사랑으로 키운 아들을 빼앗긴다는 마음이 왜 안 들겠어요? 그야말로 풍덩 빠져서 허우적거릴 만큼 사랑했던 아들인데. 형이 집을 뛰쳐나가 멋대로 결혼해버렸을 때는 완전히 실연당한 사람 같았어요. 얼굴이 새파래졌고, 얼굴뿐만 아니라 손톱 색깔까지 창백해졌어요. 의사가 와서 계속 주사를 놓쳤을 정도예요.

"테루, 너는 안 그럴 거지? 언제까지나 엄마 곁에 있을 거지?"

내가 걱정스러워서 들여다보면 금세 죽을 것처럼 힘없는 목소리로 나한테 매달렸잖아요.

"나는 결혼 안 해. 엄마하고 사는 게 훨씬 더 좋은데, 뭐."

"고마워, 테루."

"형도 이제 곧 알 거야. 게다가 형이 엄마가 싫어서 그 여자와 결혼한 것도 아니잖아."

"왜 요시히코는 하필 그런 여자를 선택했을까. 여자도 아름답지 않으면 아무 가치가 없는데."

형이 대학 동창과 결혼했는데, 솔직히 말해 좀 못생긴 편이거든요. 그래서 어머니로서는 뜻밖이었던 모양이지요. 우리 형이 유난히 잘생겼잖아요. 뭔가 좀 안 어울리는 부부예요. 형은 여자는 얼굴이 아니라 마음이고 머리다, 뭐 그런 생각이겠죠. 그야말로 수재와 재원의 결혼이긴 해요.

나는 독신주의냐고요? 당연히 아니죠. 하지만 비탄에 빠진 어머니를 보면서 그런 말은 할 수가 없더라고요. 나라도 나서서 달래줘야죠.

"테루도 있고 미쓰코도 있고, 나는 혼자 남은 게 아니니까 정신을 바짝 차려야겠지?"

나를 우리 집 개와 동급으로 생각하는 게 어이없었지만, 어머니는 천진하고 어린애 같은 데가 있는 사람이라서 전혀 악의는 없었어요. 화가 난다기보다 오히려 귀여워서 꽉 안아주고 싶었죠.

어머니가 죽은 게 병 때문이냐고요? 그거, 무슨 뜻이죠? 어머니는 아프지 않았어요. 아름다운 것에 지나치게 집착하는 성격이라 좀 이상한 느낌은 있었지만 그건 죽을 정도의 병은 아니죠.

하지만 어머니가 사망했을 때, 나는 드디어 올 것이 왔다고 생각했어요. 별로 놀라지 않았어요. 그야 충격은 컸죠, 나를 낳아준 어머니가 세상을 떠났는데.

실은 내가 경험했던 게 있었어요. 내가 아직 어릴 때, 나카노 외할머니하고 허름한 목조 주택에서 살았고 아직 어머니도 가난했던 시절이에요. 네, 공동주택 2층의 좁은 단칸방에서 살았어요. 내가 아직 초등학교에도 안 들어갔을 때였죠. 어머니가 얼굴이 창백해져서 돌아왔어요. 외할머니는 시장에라도 나갔었나? 형은 초등학생이었으니까 집에 없었고, 아무튼 어머니와 나 둘뿐이었어요.

"얘, 테루, 오늘은 어쩌면 날씨가 이리도 좋을까. 저 하늘 좀 봐. 온통 파란 하늘이야. 정말 아름답지 않니?"

그러면서 나를 안고 창문턱에 올라서는 거예요. 비행기를 태워주는 줄 알고 나는 좋아서 어머니 품에 안겨 있었죠.

"테루, 저기 봐, 저 구름."

겨울이었나 가을이었나, 하얀 구름이 마침 눈앞을 흘러가는데 진짜 예쁜 구름이었어요.

"얘, 테루, 아름답지?"

"응."

"저 구름에서 음악 소리가 들려오지 않니? 어라라, 일곱 빛깔로 저기 구름이 무지개처럼 빛나고 있어. 테루, 우리 저기로 가보자."

내가 꽥꽥 늘 다시 소리를 질렀죠.

"엄마, 안 돼! 떨어져!"

그랬더니 슬픈 얼굴로 나를 지그시 바라보다가 뭔가 아쉽다는 듯이 창문턱에서 방으로 다시 내려선 거예요.

"테루는 아직 어린애구나. 저렇게 아름다운 것을 보고도 그 곁에 가고 싶지 않아? 꿈같이 아름다운데?"

"그래도 엄마, 여기는 2층이야. 창문으로 나가면 아래로 떨어져서 다쳐. 형이랑 내가 창가에 붙어 서면 외할머니는 뚝 떨어져 죽어도 난 모른다, 하고 소리치는데?"

"그랬어? 응, 네 외할머니는 꿈이 없는 가엾은 사람이니까."

크게 실망한 듯이 한숨을 내쉬면서 중얼거렸어요. 어릴 때 일이지만, 나도 나름대로 뭔가 생명의 위기를 느꼈던 거예요. 그래서 똑똑히 기억나요.

그래서 내 생각은 이래요.

어머니는 그날, 빌딩 탈의실에서 무지개 빛깔의 구름을 본 거예요. 아름다운 것이라면 넋이 나가버리는 사람이라서 앞뒤 생각할 것도 없이 그 구름에 올라타려고 했겠죠. 그날은 날씨가 아주 좋았잖아요. 게다가 환한 대낮이었어요. 아마 어머니 곁에 아무도 없었 겠죠. 말리는 사람이 없었던 거예요.

어머니의 죽은 얼굴을 봤는데 정말 아름다웠습니다. 아름다운 것에 감싸여 매우 만족스러운 듯한 느낌이었어요. 어머니는 자신 이 죽은 것도 몰랐던 거 아닐까요?

어머니가 악녀라니, 말도 안 돼요. 어머니는 꿈같은 일생을 보낸 사랑스러운 여자였어요, 진짜로.

순수를 뒤트는 가짜 꽃의 거짓된 향기

아리요시 사와코는 1954년에 등단하여 60년대에서 80년대에 걸쳐 대중적인 인기를 누린 전설의 여류 소설가다. 다행인지 불행인지 우리나라에 가장 먼저 알려진 그녀의 작품은 환경 문제를 다룬 『복합오염』(최열 옮김, 형성사, 1988)이었다. 1975년에 출간된 이 책은 소설 형식을 취하고 있지만, 농약과 화학 비료를 쓰지 않는 유기농업을 소개하고 계면활성제가 인체와 생태계에 미치는 악영향을 경고하며 합성보존료와 합성착색료 등의 식품 첨가물과 자동차 배기가스의 위험성에 대해 논하고 있어 거의 논픽션에 가까운 작품이다. 햇수로 40여 년 전에 출간된 책인데도 작가가 제기한 복합오염의 화두가 지금까지 전혀 빛바랜 느낌이 들지 않는다는 것이 여러 모로 놀랍기만 하다. 시대를 앞서가며 환경 오염의 실태를 지적하여 당시 일본 산업사회에 일대 경종을 울린 기념비적인 화제작으로, 현대 환경 공해 문제의 고전으로 꼽히는 레이첼 카슨의『침묵의 봄』(1962)에 빗대어 '일본판 침묵의 봄'으로 일컬어지기도 한다. 이 책은 우리나라의 초기 환경 운동에도 적지 않은 영향을 끼쳤다.

그 밖에도 급격한 현대화의 이면에서 무너져가는 외딴 섬의 생활상을 기록한『나는 잊지 않으리』와『해암海暗』, 인종 차별의 실상을 깊숙이 파고든『비색非色』, 치매 노인과 그를 부양하는 가족의 고통을 묘사하여 일찌감치 노인 의료 복지 역사에 한 획을 그은 것으로 평가받는『꿈꾸는 사람恍惚の人』등, 소설 형식을 빌려 당대의 문제점을 선제적으로 짚어내는 혜안의 사회 참여 작가였다.

하지만 아리요시 사와코의 재능은 정통 문학에서 빈틈없는 구성력과 뛰어난 이야기꾼의 면모를 보이며 유감없이 발휘되었다. 역사에서 소재를 따와 대담하게 재해석하고(『하나오카 세이슈의 아내』), 사라져가는 고전 예능의 아름다움을 복원하는 데 주력하고(『끊어진 줄斷弦』), 격동의 근대를 살아낸 여성들의 삶을 끊임없이 흘러가는 강물에 빗대어 그린 강 시리즈(『기노가와紀ノ川』,『아리타가와有田川』등)를 차례차례 발표하여 인기 작가로 발돋움하였다.

전쟁이 끝나고 급격히 재편된 사회를 배경으로 현대인의 인간 관계를 다룬 작품을 써내면서 중견 작가로 올라서는데, 이 시기의 대표작으로는, 남편이 사망한 뒤에 본처와 첩과 시누이가 한 지붕 밑에서 살게 되면서 일어나는 난장판을 통해 노년을 직시한『세

노파』, 불륜을 즐기는 한 남자의 파탄을 그려낸『불신의 시간』, 사원 주택단지에 사는 이른바 '사모님'들의 일상을 희극적으로 그려낸『유히가오카 3호관』, 차례차례 사람들의 손을 건너가는 청자 항아리와 그 소유주인 인간의 모습을 옴니버스 형식으로 추적한『청자靑瓷』, 연극계의 질척거리는 속사정을 추리적인 기법으로 그려낸『개막 벨은 화려하게』, 그리고 27인의 관계자에 대한 인터뷰 형식으로 한 여성의 히와 일을 부각시킨『악녀에 내하니』까지, 홍 시대 여성을 중심으로 수많은 독자의 사랑을 받는 베스트셀러 작가로 떠올랐다. 이러한 인기에 힘입어 많은 작품이 드라마와 영화로 만들어졌다.

다만 당시 문단은 내면적인 자아 성찰을 중시하는 사소설 순수문학이 주류를 이루고 있었다. 드라마틱한 스토리 위주로 대중적 인기를 누리는 아리요시의 작품에는 은근한 경멸의 시선이 날아왔다. 문단의 양대 문학상이던 아쿠타가와상도 나오키상도 아리요시 사와코에게는 주어지지 않았다. 요즘에는 이른바 '자의식 과잉'의 순수문학이 대중의 외면을 받고 속도감과 입담을 겸비한 스토리텔링이 오히려 환영받는다는 점을 생각하면, 이 작가는 사회에 대한 날카로운 문제 제기뿐만 아니라 소설의 경향에 있어서도 시대를 훌쩍 앞서가는 면이 있었다고나 할까.

그녀가 '당돌한 여류 작가'로 지목될 만큼 직설적인 성품이었던 것도 남성 중심의 문단에서 곱지 않은 시선을 받는 데 한 가지 요인이었다는 얘기도 나오고 있다. 분명한 것은 가부장적인 남성 중심 사회의 협소한 공간 속에서 아리요시의 지성은 불합리한 벽을 향해 온몸을 던져 도전했다는 점이다. 예술적 재능을 가진 소설가에만 머물러서는 그 부조리를 어떻게도 개선할 수 없다는 것은 당시 여성 작가들이 짊어진 짐이었는지도 모른다. 아리요시 사와코는 확고한 자각에 따라 소설가일 뿐만 아니라 시대를 선도하는 교양인이자 지성인으로서의 능력을 연마했고 그것을 자산으로 좌충우돌하면서도 당당하게 시대를 개척해나간 여성 작가로 평가되어야 할 것이다.

아버지 쪽은 옛 조슈 번(야마구치 현)의 무가武家였고, 어머니 쪽은 옛 기슈(와카야마 현)의 정치가, 이른바 명문가에서 태어난 아리요시 사와코는 어려서부터 '공주님'으로 떠받들어 키워졌다. 병약해서 학교 대신 주로 집 안에서 닥치는 대로 장서를 읽는 일이 많았다. 두뇌 회전이 빠르고 이지적이며 매사에 겁 없이 뛰어드는 성품이었다. 은행원인 아버지를 따라 네덜란드령 동인도(현 인도네시아)의 바타비아 및 수라바야에서 유년기를 보내고 1941년에 귀국했다. 도쿄여대 영어학과를 졸업하고, 1956년에『샤미센 노래地唄』로《문학계》신인상, 아쿠타가와상 후보작에 오르면서 등단했다. 초기에는 주로 고전 예능을 소재로 단편을 썼으나 대담한 재해석의 역사소설, 이어서 자신의 가계가 모델이 된 장편『기노가와』를 시작으로 '강 시리즈'를 차례차례 발표하면서 인기 작가의 반열에 올랐다. 70년대 들어서는 사회 문제를 정면으로 다룬『꿈꾸는 사람』,『복합오염』을 발표하면서 일대 반향을 불러 일으켰다.

연극에도 조예가 깊어 작가 등단 전에 연극 평론가에 뜻을 두었을 정도였다. 몇몇 희곡 작품을 집필하고 자신의 소설을 각본으로 고쳐 쓰거나 직접 무대 연출에 나섰다. 아리요시의 소설에 연극적인 분위기가 짙은 것도 여기서 비롯된 것이다. 그 밖에 국내외 취재 여행에도 적극적이어서 1959~1960년에 록펠러 재단 장학금으로 사라 로렌스 대학에 유학, 1970~1971년에는 하와이 대학에서 반년 동안 '네모 후지의 희곡문학'을 강의하였다. 중국과는 특히 인연이 깊어 자주 초대되었고, 1965년과 1978년에는 집필을 위해 장기 체류하기도 했다. 1968년에 문화인류학자 하타나카 사치코와 동행한 뉴기니 오지에서의 체험은 『여자 둘만의 뉴기니』라는 재미있는 수필집에 담아내기도 했다.

다도에 능하고 기모노를 즐겨 입었는데, 특히 기모노와 관련해 재미있는 일화를 남기기도 했다. 중국에 일본 작가단의 일원으로 초대되었을 때, 지나치게 눈에 띄는 옷차림은 삼가라는 주의사항에도 불구하고 아리요시는 화려한 기모노를 입고 저우언라이를 방문하여 "오늘 제가 입은 기모노가 목단(중국의 국화) 무늬가 아니라서 유감입니다"라는 인사말을 건넸고 그에 대해 저우언라이는 "목단은 바로 당신이지요"라고 답했다고 한다.

아리요시 사와코의 작품에 대해 말할 때 빠뜨릴 수 없는 사람은 어머니이다. 대표작 『기노가와』는 어머니(후미오)와 자신(화자)의 관계를 포함하여 어머니의 가계를 소재로 한 소설로, 어머니에게 자랑스럽게 내놓을 만한 소설이었다. 또한 실생활에서도 어머니의 도움이 컸다. 1962년에 예술 극단 흥행 기획자 진 아키라와 결혼하였으나 그의 사업 실패로 2년 만에 이혼하고, 그 직후에 낳은 딸을 도맡아 키워준 것도 어머니였다. 그 뒤 1984년, 아리요시가 급성 심부전으로 53세의 나이에 갑작스럽게 사망할 때까지 어머니는 작가의 실질적인 비서 역할을 하고 작품의 비평에서부터 자료 정리, 평소에 복용하는 약까지 챙겨주는 등, 공사에 걸쳐 그녀의 생활에 큰 영향을 끼쳤다.(「위키피디아」 일본어판 참고.)

『악녀에 대하여』는 1978년 3월부터 9월까지 《주간 아사히》에 연재된 소설이다. 한 편씩 연재되는 것과 동시에 아사히 텔레비전에서는 연속 드라마로 제작 방영되었다. 유명 작가가 취재에 나서 가공의 인물 도미노코지 기미코 주변 사람들의 이야기를 실시간으로 들려주는 듯한 생생한 현장감이 있었다고 한다. 최근인 2012년에 리바이벌된 드라마에서는 사와지리 에리카가 여주인공 역을 맡기도 했다. 이 소설의 배경에는 전후에 민주주의가 시행되고 자본주의가 밀려들면서 생활 능력이 떨어지는 귀족은 몰락하고 산업화의 바람을 탄 졸부들이 속속 등장하는 일대 격변의 시대가 자리 잡고 있다.

어느 화창한 날 오후, 미모의 여성 사업가가 자신의 빌딩 사무실 7층에서 추락하여 사망한다. 도쿄의 빌딩가 뒷골목에 마치 새빨간 꽃 한 송이가 떨어진 듯한 모습으로. 젊은 나이에 막대한 부를 축적한 '사업의 여왕' 도미노코지 기미코의 수수께끼 같은 죽음이었다. 자살인가 타살인가. 언론에서는 일제히 그녀에 대한 기사를 쏟아내고 온갖 억측이 난무하는 가운데, 작가는 그녀의 삶을 추적하기 위해 관련자들을 찾아 나선다. 27인의 중요한 관련자들이 각자의 시점에서 풀어놓는 이야기는 반전에 반전을 거듭하며 도미노코지 기미코의 실체를 점점 더 미궁 속으로 몰아넣는다. 그녀가 뒤틀어놓은 순수와 허식의 꼬리는 쉽게 잡히지 않고 진실은 갈수록 모호해진다.

『악녀에 대하여』는 아리요시 사와코의 소설 중에서도 특히 치밀하게 짜인 구성과 이야기꾼으로서의 재능이 번득이는 매력적인 미스터리 작품으로 손꼽힌다. 27인의 증언자 각각에 대한 취재는 단 한 번뿐, 동일한 인물이 다시 증언에 나서는 일은 없다. 우리는 제각기 다른 시점을 가진 27개의 퍼즐을 조합하여 한 여자를 완성해야 한다. 그중 어느 한 조각도 빠뜨려서는 안 될 만큼 치밀한 퍼즐이다. 27인 모두가 그녀에 대해 말하지만, 정작 주인공은 단 한 번도 증언대에 서지 않고, 닫혀버린 입은 두 번 다시 열리지 않는다.

아무리 객관적이 되려고 해도 결국은 자신의 주관에 따라 사람을 평가하게 된다는 것을 27인의 증언자가 풀어놓는 이야기를 통해 우리는 절실히 깨닫게 된다. 각각의 주관을 정리하여 객관적으로 분석하려고 해도 결국 분석하는 사람의 주관에 바탕을 둔 결론이 나오게 마련이다. 눈에 보이는 것은 각자의 상황에 따른 모습일 뿐, 악녀의 꼬리라는 진실은 결코 손에 잡히지 않는 것인지도 모른다.

'사업의 여왕'으로 통할 만큼 호화스러운 삶을 누리면서도 그녀는 속물적인 것에는 관심이 없다고 말한다. 고생이라고는 해본 적이 없는 귀족의 딸(?), 청순한 용모와 조용한 말투로 나이와 거처를 속이고 어머니와 남편과 자식을 속인다. 갈취한 종잣돈으로 악랄한 부동산 전매를 통해 부를 쌓고, 상류층을 위한 스포츠 클럽에 드나들며 영양주사와 수면제로 허식의 구멍을 메우는 삶을 살아왔지만 그녀는 여전히 꾸며낸 얼굴로 선한 마음과 믿음을, 행운의 운명을 읊조린다. 그녀를 교조처럼 숭앙하는 속된 신도들이 생겨난다. 정교한 허식(겉치장)으로 세상을 뒤흔든 그녀는 거듭거듭 말한다.

— 나는 죄가 없어요. 그저 순수하고 아름다운 것을 추구했을 뿐이랍니다.

그녀가 한 송이씩 정성껏 만들어 친구에게 선물한 조화造花에서는 오래도록 향기가 풍겼다고 한다. 가짜 꽃의 거짓 향기처럼 사람을 미혹시키는 것은 없다.

2017년 1월
양윤옥

악녀에 대하여

초판 1쇄 펴낸날 2017년 2월 15일
초판 6쇄 펴낸날 2023년 7월 1일

지은이 아리요시 사와코
옮긴이 양윤옥
펴낸이 김영정

펴낸곳 (주)현대문학
등록번호 제1-452호
주소 06532 서울시 서초구 신반포로 321(잠원동, 미래엔)
전화 02-2017-0280
팩스 02-516-5433
홈페이지 www.hdmh.co.kr

* 책값은 뒤표지에 있습니다.
* 파본은 구입처에서 교환해드립니다.